PODIUM

Paru dans Le Livre de Poche :

ANISSA CORTO

LES CIMETIÈRES SONT DES CHAMPS DE FLEURS

YANN MOIX

Podium

ROMAN

GRASSET

Pour Maria, comme d'habitude.
À Claude François.

J'ai toujours su qu'un jour je serais
un Claude François célèbre.

BERNARD FRÉDÉRIC.

— T'arrive-t-il souvent de te détester ?
— Oui, souvent. Sinon, je serais Dieu.

Entretien accordé par
CLAUDE FRANÇOIS à ÉRIC VINCENT,
Salut les copains, 1972.

I

Tout ça c'était hier

> J'ai toute la vie de Claude François
> devant moi.
>
> BERNARD FRÉDÉRIC.

D. Jérôme

Quand j'ai débuté dans Claude François, la profession était déjà saturée. Il n'y avait pas une ville en France, pas un village, pas un bourg, pas un lieu-dit, pas un mas qui n'ait son Cloclo. Luc François, Chris Damour, Claude Flavien exerçaient leur magistère et faisaient autorité dans le circuit. C'étaient ceux-là qu'on acclamait d'abord. La concurrence faisait rage. Claude, à son époque, était le seul Claude François. C'était plus facile : il avait à se battre contre d'autres artistes, Bécaud, Johnny, Hugues Aufray, Frank Alamo et Sacha Distel, mais pas contre d'autres Claudes François.

Longtemps, je me suis considéré comme un bon Claude François. Longtemps, moi, Jean-Baptiste Cousseau (alias Couscous), j'ai fait autorité entre Saint-Ay et Huisseau-sur-Mauves. Et puis un jour Bernard a déboulé : j'ai dû m'incliner. Il avait le feu sacré, moi pas. J'ai lâché l'affaire. Histoire d'amortir mon passage dans Claude François, je me suis recyclé dans C. Jérôme, dont je suis aujourd'hui sosie officiel sous le nom de « D. Jérôme » – ce qui est logique puisque je viens après lui. En plus, le vrai nom de C. Jérôme étant Claude Dhotel, je reste dans un Claude : je ne suis pas trop dépaysé.

« Je suis mieux dans ma peau depuis que je suis dans celle de Claude », m'a un jour avoué Bernard. Je ressens la même chose avec C. Jérôme, qui me correspond mieux que Cloclo, où j'avais toujours l'impression d'endosser un costume trop grand. Avec C. Jérôme, j'ai la sensation agréable d'avoir trouvé ma voie. Et puis ce n'est pas n'importe qui. Il a signé des standards comme *Kiss me* (1972) ou encore *C'est moi* (1974).

> *Oui, Jérôme, c'est moi, non je n'ai pas changé*
> *Je suis toujours celui qui t'a aimée*
> *Qui t'embrassait et te faisait pleurer*

Financièrement, c'est vrai que C. Jérôme est moins intéressant que Cloclo, mais ça marche toujours mieux qu'Hervé Vilard ou Gérard Lenorman. Qu'importe : j'étais un Cloclo honorable, je suis un C. Jérôme honoré.

Claude François ou rien

J'avais 10 ans quand Claude est mort, le samedi 11 mars 1978[1], électrocuté dans sa baignoire, à 15 heures

---

1. 15 olympia 38 du calendrier claudien (voir Annexe 3, p. 389 : « Le calendrier claudien »).

précises, en voulant redresser l'applique d'une ampoule.
Dans les jours qui suivirent l'accident, j'achetai tout ce
qui le concernait : journaux, magazines, biographies,
disques, cassettes pirates acquises à prix d'or dans différents fan-clubs, vidéos. Tout me plut en lui : sa coiffure, ses spectacles, ses tenues, ses danseuses. À Noël
78, une panoplie de Cloclo sous le sapin fut le plus beau
cadeau de ma vie. Je dormais avec, allais chercher le
pain avec, insistais pour aller à l'école avec, mais ma
mère (qui m'élevait seule avec ma sœur Véro depuis la
mort de mon père) ne me la sortait qu'une fois les
devoirs terminés. En cas de mauvaise note, la perruque
blonde, le micro en plastique, la ceinture à boucle
dorée, le costume à paillettes, la chemise rouge col pelle-
à-tarte et les bottines orange m'étaient confisqués.

Et puis un jour, ma vie a basculé. Au 007, la disco-
thèque située à l'entrée de Chaingy sur la nationale 152,
était annoncé un sosie de Claude François : « Cloclo-
d'Yvon et ses Super Clodinettes ». Le soir du gala, ma
déception fut à la mesure de mes attentes : infinie. Le
Yvon en question était une insulte à la mémoire de
Claude. Son seul rapport avec Cloclo était le brushing.
On ne répétera jamais assez le mal que font les mauvais sosies à la réputation de Claude.

Un nouveau spectacle claudien fut annoncé à Four-
neau-Plage, un camping des bords de Loire. Cette fois,
le sosie avait l'air très professionnel. Ses affiches, sur
lesquelles sa ressemblance avec Claude m'avait impres-
sionné, étaient en couleurs, avec des sponsors partout,
des logos, comme pour les tournées de Sardou ou de
Johnny. La classe.

Le Crédit Mutuel du Loiret,
La Brasserie Potard & Mister Bricol'tout
présentent

Spectacle live

CLAUDIO DAVID

ET SES STARFLÉCHETTES

interprètent

CLAUDE FRANÇOIS

au « 007 »

filles : entrée gratuite
N 152 – Route de Blois
Samedi 8 et dimanche 9 août 1981
à partir de 21 h 30
consommations : 20 francs
Avec la participation amicale du Crédit Agricole

La prestation de Claudio David fut pire que celle de
Cloclod'Yvon. D'abord, c'était un vieux Cloclo (il
avait largement dépassé les 45 balais et Claude nous a

quittés à 39 ans). Ensuite, il était trop gros. Quant aux fameuses Starfléchettes, elles étaient... toute seule puisqu'il s'agissait de la femme de Claudio David.

En 1986, un bac éco en poche, je fis mes premières animations en Cloclo. Ma mère exigea que je m'inscrive en fac de droit à Orléans-La Source. Pas question.

— Je serai Claude François ou rien !

Quand Victor Hugo s'était exclamé : « Je veux être Chateaubriand ou rien ! », il entendait par là qu'il voulait devenir un aussi grand écrivain que Chateaubriand. Moi, je n'en avais rien à faire de devenir un aussi grand chanteur que Claude François : c'était vraiment Claude François que je voulais être.

Les « jours vinaigrette »

En juillet 86, je fus embauché à la plonge chez Flunch, à l'Auchan d'Olivet. Dès septembre, je recrutai mes propres Clodettes. Je n'étais pas au point, mais j'en avais marre de refaire en boucle le concert d'adieu à Bruxelles du 12 janvier 1974[1] devant la glace de la salle de bains avec un tube de Rexona fraîcheur en guise de micro.

Cette année-là
Je chantais pour la première fois
Le public ne me connaissait pas[2]

---

1. 4 olympia 34.
2. *Cette année-là*, 45 t Flèche 6061 872 (juillet 1976), 33 t Flèche 9101 928 (décembre 1976), album *Souvenirs 78*, *Claude François en public*, 33 t double Flèche/Carrère 67 235/6 (avril 1978), *Megamix* 45 t Carrère 14 869 (février 1990).

Je parvins à embrigader une serveuse de Flunch + une copine de lycée + une amie de ma sœur + une barmaid. De 86 à 89, j'ai été un sosie que Claude n'aurait pas renié. De Chaingy à Meung-sur-Loire, en passant par Saint-Jean-de-la-Ruelle et Patay, je signais des autographes à mes groupies.

Un jour, mes danseuses m'ont quitté. J'ai alors connu mes premiers vrais «jours vinaigrette», pour reprendre l'expression de Claude évoquant les temps difficiles de ses débuts où il se nourrissait exclusivement de mouillettes trempées dans la vinaigrette.

dans ma soif ils m'abreuvaient de vinaigre

J'ai tiré ça d'une Bible que j'ai piquée un soir dans une chambre de l'hôtel Formule 1 situé sur l'A 10 entre Olivet et Artenay.

À l'époque dont je parle, Claude n'a pas 18 ans et il est décidé à devenir une star, au grand dam de son père. Il s'inscrit dans toutes les sections de l'Académie nationale de musique : clarinette, flûte, chant classique, timbales, percussions, harmonie. Les parents de Valérie Vicky, une Anglaise dont il est tombé fou amoureux, refusent que leur fille sorte avec un saltimbanque. Claude se vengera plus tard en composant *Pauvre petite fille riche* et en épousant une Anglaise plus belle que Valérie : Janet.

Je me suis mis à boire, à fréquenter les putes. Je leur demandais de m'appeler «Claude». Elles me traitaient alors en véritable Claude François. Je leur criais dessus comme Claude sur ses Clodettes. Je pleurais dans leurs

bras comme Claude dans ceux des femmes qu'il avait
aimées. Ça me coûtait 200 francs mais je me sentais
parfaitement Claude. Je traînais en costume de scène.
Bottines, pantalon blanc, veste scintillante, ceinturon.
Un ceinturon semblable à celui de Claude et qui sym-
bolisait le choix pour chacun de son destin.

une ceinture d'or lui serrait la poitrine

Le plus grand Claude François
depuis Claude François

Le bon Claude François est possédé par Claude
François : sur scène, il entre dans une sorte de transe
durant laquelle il échange sa personnalité contre celle
de Claude. Le mauvais Claude François complique,
embellit, fait des variations : ses chorégraphies sont
pleines d'erreurs et de contresens.

C'est au printemps 1989 que le bruit a commencé
à circuler dans la région orléanaise que quelqu'un se
prenait pour Claude en personne. On parlait d'un fou.
Je ne savais pas encore que ce fou allait devenir mon
meilleur ami. Il est venu un beau jour me trouver à
Chaingy. Très vite, on s'est adorés. Je me suis toujours
senti comme le frère de Nanard. À tel point que je suis
devenu son beau-frère.

Bernard était absolument persuadé qu'il ferait régner
la parole de Claude François dans un monde gouverné
par Florent Pagny, Patricia Kaas et Marc Lavoine.

*Celui-ci est mon Fils bien-aimé
en lui j'ai mis tout mon amour*

Dans les premiers temps, il m'a reconnu pour un Claude François supérieur à lui. Mais l'élève a vite dépassé le maître. Le jour où j'ai décidé de mettre un terme à mon activité de Claude pour embrasser la carrière de C. Jérôme, Bernard a pu voler de ses propres ailes. La seule chose qu'il me doit, outre le fait d'avoir hérité d'une partie de mes fans, c'est tout au plus quelques leçons de chorégraphie et l'acquisition d'une présence qui permette de s'imposer à la foule avec autorité. De toute façon, j'avais toujours pressenti que j'annonçais quelqu'un d'autre. Quand on m'acclamait au gymnase de Dry, à la salle des fêtes de La Ferté-Saint-Aubin, à la Foire à la brocante d'Ouzouer-le-Marché, j'avais envie de leur hurler, à tous : « Vient derrière moi celui qui est plus fort que moi, dont je ne suis pas digne, en me courbant, d'aider à ôter les bottines ! »

Les bottines

Les inconditionnels de Claude savent quelle importance avaient pour lui les bottines. Les step-line Napoli classiques de chez Anello, en cuir grené pleine fleur, noires avec des coutures brunes – portées pour la première fois le vendredi 31 janvier 1975[1] à Lens. Les Tarmac à semelles spéciales en Nubuck huilé (avec

---

1. 11 olympia 35.

renforcement du bout et du talon pour réduire l'usure)
– portées pour la première fois à Morangis le mardi
21 novembre 1972[1], soir du démarrage de la tournée
périphérique avec Véronique Sanson et Patrick Topaloff. Les Bornéo sport brunes (avec parements verts et
coutures brun clair) en cuir pleine fleur première qualité et doublure en tissu respirant – portées pour la première fois le vendredi 7 janvier 1977[2] à Bruxelles. Les
Hydra blanches en cuir gainé – portées pour la première (et dernière) fois au jardin des Tuileries, à Paris,
le lundi 30 juin 1975[3], lors du fameux gala réalisé au
profit de la recherche médicale. Les Orion euro-line,
modèle Molières Classiques en cuir espagnol strié – portées pour la première fois dans une séquence mythique
du «Top à Claude François», l'émission de Maritie et
Gilbert Carpentier, où Claude interprète main dans la
main avec une Mireille Mathieu déguisée en petite fille
modèle un pot-pourri de chansons enfantines (samedi
19 janvier 1974[4]). Les Montevideo Standford super-
boots multisemelles, zébrées, cuir de Cordoue, modèle
unique confectionné à Rome par Montello spécialement pour la tournée d'été 1975 avec Dani, David
Michel et son pingouin Nestor.

---

1. 22 alexandra 33.
2. 22 alexandra 37.
3. 16 clodettes 36.
4. 11 olympia 34.

Mouss et Véro

J'écris ces lignes à Chaingy, dans ma chambre, sous les combles du pavillon que Nanard partage avec ma sœur Véro et Mouss (7 ans), le fils de Véro, né d'un premier mariage avec un salaud. J'aime quand Véro fait son footing, les matins d'hiver, dans la brume. Les doigts écartés posés sur les hanches, elle lève la tête au ciel et son souffle tournoie dans l'air froid. À 18 h 20, elle regarde « Questions pour un champion ». Depuis juillet 1987, elle travaille à la mairie de Chaingy où elle s'occupe des cartes d'identité. Le dimanche, elle se rend place d'Arc à Orléans, où elle retrouve Annie, une ancienne copine du cours Pigier. Ses yeux clairs sont ceux de ma mère, décédée des suites d'un cancer du pancréas au printemps 1998, presque vingt ans jour pour jour après Claude.

Bernard a aménagé pour Mouss une chambre aussi confortable que le ventre d'une mère. Il a choisi le papier peint. Véro voulait de gros motifs rigolos, mais Bernard lui a expliqué que les teintes froides reposent les enfants et que les petits motifs excitent moins que les gros. Il a opté pour un revêtement pastel bleu outremer rehaussé d'une frise colorée représentant des lionceaux. À Noël dernier, Mouss a trouvé sous le sapin *Pour les jeunes de 8 à 88 ans*, disque pour enfants réalisé par Claude en 1976 et qui contient des chefs-d'œuvre comme *Sale bonhomme*, *Timoléon* et *Monsieur Crapaud*.

Du temps de nos tournées, Véro se disputait sans arrêt avec Nanard. Soi-disant qu'il n'avait aucune personnalité. Faux : il avait celle de Claude François. Elle lui reprochait aussi de n'être jamais là. Bernard lui rétorquait qu'il avait le devoir de faire sacrifice de sa vie au public.

Véro a accordé à Bernard l'autorisation de laisser à des endroits bien précis de la maison les nombreux posters, badges, drapeaux, objets à l'effigie de Claude. Sous verre, près de son lit, Nanard conserve une mèche de cheveux de Claude. La mèche est un symbole important dans la mythologie claudienne. En 1964, sur Télé-Lille, à l'occasion de la sortie d'*Une petite mèche de tes cheveux*, l'animateur de l'émission « Salut les copains », Robert Lefebvre, avait promis une photo dédicacée de Claude à toutes celles et à tous ceux qui en feraient la demande. « Il n'est pas obligatoire de joindre à l'envoi une petite mèche de cheveux ! » avait cru bon d'ajouter Lefebvre, pour plaisanter. En trois jours, Télé-Lille reçut 6 000 lettres contenant des mèches de cheveux.

Sur la table de nuit de Bernard se trouve également un petit présentoir qui montre Claude en chemise blanche et veste de cuir noir portée à Lyon le mercredi 18 février 1978[1], pour l'émission « La Grande Parade » sur RTL. Sur cette photo, Claude a vraiment la coiffure parfaite. Durant cette émission, animée par Michel Drucker, il avait interprété *Le pénitencier* de son ami Johnny et *La tactique du gendarme* de Bourvil.

---

1. 23 drucker 38.

46, boulevard Exelmans

Cette photo de « La Grande Parade » est sérigraphiée
sur le mur de l'hôtel particulier de Claude, 46, boulevard Exelmans, dans le XVIe arrondissement de Paris.
On s'y rend avec Bernard les soirs où ça ne va pas.

Les fans de Claude avaient trois zones de repli : le
46, boulevard Exelmans, le 122, siège des disques
Flèche[1], et le Moulin de Dannemois, dans l'Essonne.
Une nuit, devant le 46, on a rencontré une des premières groupies de Claude : Flavie Brichot. Le vendredi
22 août 1975[2], à Nice, comprenant soudain qu'elle ne
coucherait jamais avec son idole, Flavie avait avalé
des barbituriques. Elle est aujourd'hui âgée de 54 ans.

— Jamais je n'aurai d'amant. Je voue ma vie à
Claude comme une religieuse à Dieu.

Elle s'était même prostituée pour suivre son idole en
tournée.

— Mais sans tromper Claude ! avait-elle précisé en
nous montrant une dédicace que Dieu lui avait griffon-
née sur la pochette du 45 tours du *Téléphone pleure* :

Pour Flavie,
love ! ! !
Claude

Flavie, comme des centaines d'autres filles, aurait
été incapable de rater un seul show Cloclo. Les grou-

---

1. Maison de disques créée par Claude.
2. 11 flèche 36.

pies se déplaçaient en stop et connaissaient mieux l'emploi du temps de Claude que sa propre attachée de presse. Après chaque représentation, c'était la ruée dans la loge. Flavie et les autres se précipitaient pour ramasser un Kleenex dans lequel Dieu s'était mouché ou avec lequel il avait essuyé son front couvert de sueur. Pour une chaussette, une mêlée se formait. On se battait, on se mordait, on se griffait pour repartir avec un slip de Claude, un bouton de manchette de Claude, un coton-tige usagé de Claude. Les moins chanceuses se consolaient en se jetant sur les miettes de son dîner : un os de poulet, un reste de brocolis, quelques lentilles adoubées par sa fourchette. Elles lapaient, poussant de petits cris aigus, la flaque de moutarde chatouillée par son incroyable et unique et divin couteau de table.

Un de nos jeux préférés, avec Bernard, est « favinets-favinettes » – c'est ainsi qu'on surnommait les fans de Claude. Il s'agit, à tour de rôle, de citer le nom complet des fans historiques. Le premier qui cale a perdu.

— Brigitte Charbonnel.
— Didier Coin.
— Nicole Kotel !
— Patricia Roquin ?
— Dominique Jakob.
— Magalie Mathurin.
— Et je te réponds Michèle Moulin.
— Andrée Fourdrier.
— Chantal Cauvin.
— Brigitte Berquez.
— Camélia Bouserau !
— J'ai un trou, là, Nanard…
— T'as perdu.

II

Chacun à son tour

Claude François a été Claude François dès sa naissance : moi, il a fallu
que je travaille comme un malade
pour rattraper mon retard.

BERNARD FRÉDÉRIC.

L'enfance de Bernard

Bernard a été élevé à l'Institution Serenne d'Orléans, un orphelinat situé dans le quartier Dunois. Il a
mis des années à se trouver. À présent il sait qui il est :
un Claude François inimitable. Il a essayé de recher-
cher ses parents. Il voulait comprendre pourquoi ils
l'avaient abandonné, un jour de 1964, l'année où Claude
sortait *Maman chérie*, en plus. Le samedi 16 août
1975[1], lors d'un voyage à Fréjus, Bernard ne répondit
pas à l'appel. Son tuteur s'en aperçut à 3 heures du
matin, sur une aire d'autoroute, et fit le chemin inverse
pour le retrouver. Après bien des détours, il se rendit

_____
1. 5 flèche 36.

accompagné de deux gendarmes aux Arènes, où Claude
François donnait ce soir-là le vingt-huitième concert
de sa tournée d'été. C'est là que fut retrouvé Nanard,
assis sur les marches, observant les techniciens de
Claude en train d'installer le matériel pour le show.

Le lundi 27 octobre 1975[1], les bureaux des disques
Flèche reçurent une lettre tamponnée du bureau de
poste de la place Dunois :

> Cher Claude François,
>
> J'ai onze ans et quand je serai grand je voudrai être
> Claude François aussi. C'est mon rêve. Comment ~~le réa-
> liser~~ y arriver ? Est-ce qu'il faut être bon en mathématic
> pour ~~y~~ le faire ? Comment ~~es tu devenu célèbre~~ as-tu
> fait ? Est-ce que tu es né déjà en Claude François ? Est-ce
> que c'est un coup de la chance ? s'il te plaît envoyer moi
> ~~des la document livres sur la~~ de la documentation et des
> livres d'exercices ~~(beaucoup de livres ! ! !)~~ sur comment
> on devient toi parce je dois ~~m~~ m'entraîner.

L'Institution Serenne veillait à ce que tous ses pen-
sionnaires soient habillés à l'identique : pantalon gris,
blouse beige. Un lundi matin, Bernard alla se changer
aux toilettes avant d'aller en cours : perruque jaune,
veste orange étroite, cintrée à la taille, pantalon galbé
aux mollets et légèrement évasé en pattes d'éléphant.
Sa prof de maths ne l'accepta pas en classe. Nanard
donna alors son tout premier spectacle en public au
milieu de la cour. Dans l'air vif de février, sur la scène
de ciment où sa respiration formait des volutes, Ber-

---

1. 19 rio 36.

nard se réchauffait à sa manière, sa trousse à crayons en guise de micro, entraînant dans son tempo des Clodettes imaginaires sur *À part ça la vie est belle* (1973) :

Je n'y comprends rien
J'ai de mauvaises nouvelles
Et pourtant je me sens bien
Mais à part ça la vie est belle [1]

Élèves et professeurs, collés aux fenêtres, assistaient à l'événement. Bernard leur lançait des bises invisibles, remerciant ce qui resterait historiquement son premier public d'être venu si nombreux.

Voici, il vient au milieu des nuées,
Et tout œil le verra

Les filles dont il était secrètement amoureux et qu'il croyait ainsi séduire le trouvèrent encore plus grotesque que d'habitude à le voir chanter et danser un lundi à 8 h 15 en tenue de samedi soir. Un surveillant intervint, arracha la perruque de Bernard, la jeta à terre, et administra publiquement une raclée au jeune Cloclo.

Celui qui s'humilie sera élevé

À Serenne, il fut envoyé au trou. Il pensa à ce que Claude avait enduré à son âge, comment il avait lavé

1. *À part ça la vie est belle*, 33 t Flèche 6450 504 (septembre 1973), 45 t Flèche 6061 174 (septembre 1973), *Claude François sur scène*, 33 t Flèche 6325 677 (juillet 1974).

les affronts dans le succès. La nuit, il pleura quand
même.

> *Il y a dans les orphelinats*
> *Des murs grands comme l'Himalaya*
> *Et des barreaux gros comme des séquoias*
> *Et des portes lourdes comme des trois-mâts* [1]

À 14 ans, un soir qu'il avait fait le mur, Bernard alla
trouver sur les quais de Loire deux prostituées pour
leur proposer de devenir ses danseuses. Des centaines
de fois, il avait remarqué qu'il y avait des filles qui
attendaient là dans la nuit, mais jamais il ne s'était
interrogé sur le but de cette attente. Ce qui pour d'autres
était des putes n'avait jamais été pour Bernard que des
Clodettes vacantes. Déguisé en Cloclo de pied en cap,
Nanard s'approcha d'elles et entonna *Belles ! Belles !*
Belles ! en se trémoussant.

> *Puis des filles de plus en plus*
> *Tu vas en rencontrer*
> *Peut-être même qu'un soir*
> *Tu oublieras de rentrer* [2]

Il leur expliqua qu'un Cloclo sans Clodettes n'était
pas crédible. Le prenant pour un simplet, les deux

---

1. *Dans les orphelinats*, 33 t Philips/Flèche 844 801 (décembre
1969).

2. *Belles ! Belles ! Belles !*, 45 t EP Fontana 460 841 (octobre
1962), 25 cm Fontana 660 277 (juin 1963), 33 t Philips 77975
(novembre 1963), *Claude François à l'Olympia*, 33 t Philips 77818
(décembre 1964), *Claude François sur scène*, 33 t Flèche 6325 677
(juillet 1974).

filles l'entraînèrent dans un bar. Il rentra à Serenne ivre mort et fut envoyé dans un centre de redressement à Romorantin où il prépara un CAP pâtisserie. À 18 ans, un patron l'embaucha sur Orléans.

Derniers préparatifs

Puis vint le jour où Bernard dut partir à l'armée. Il servit dans l'artillerie, comme bigor, au 3ᵉ RAMA à Verdun. Quand sa section croisait une section d'infanterie en manœuvre, le sergent-chef ordonnait aux siens de chanter ceci :

Putain d'biffin qu'as-tu
T'en as d'la merde aux fesses
Putain d'biffin qu'as-tu
T'en as d'la merde au cul

Si t'en as pas t'en as eu
Biffin d'la merde aux fesses
Si t'en as pas t'en as eu
Biffin d'la merde au cul

Bernard fut désigné bigor-chant. Il excella sur *La Madelon* ou *J'avais un camarade*. Le week-end, à la caserne, il continuait, en treillis, de s'entraîner à Cloclo, suscitant l'intérêt de types comme Mabile, Tattinclaux, Yahiaoui ou le Sénégalais Gassama. Dégagé des obligations militaires, Bernard était plus que jamais décidé à devenir le plus grand Claude François de sa génération. Il s'entraîna aux pas du twist, du mashed-

potatoes et du hully-gully, s'exerça au chant, révisa les
paroles de chansons un peu oubliées, comme *Si douce
à mon souvenir* (1970) ou *Drame entre deux amours*
(1977). Il voulait détrôner Luc François et Claude
Favien. Il trouvait que le croisement des genoux sur
Belles ! Belles ! Belles ! n'était pas synchronisé avec
les moulinets des bras chez Doc Gynéclaude, que
Chris Damour sortait systématiquement du tempo dès
la 8e mesure de *Magnolias For Ever*.

Il nettoya puis reprisa une vieille veste de cuir rouge
qui avait appartenu à un Elvis à la retraite. Il y cousit
des étoiles argentées. Il amidonna le col d'une chemise
violet fluo achetée aux Puces. Il ressortit une paire de
bottines récupérée dans une poubelle. S'apercevant
qu'à l'une d'elles il manquait un talon, il eut l'idée d'y
clouer une cale de bois. Soucieux d'en tester aussitôt la
solidité, il effectua le même bond que celui de Claude
à Deauville en 1963 sur la photo avec les Gam's et Sylvie Vartan, et s'estropia. Il se confectionna une moumoute avec les restes d'une perruque de mannequin de
vitrine de mode, qu'il fit tenir avec des morceaux
de sparadrap collés sur sa nuque. Restait à trouver un
nom de scène. Il opta pour Bernard Frédéric. Bernard
comme Bernard Menez, son acteur fétiche, et Frédéric
comme Frédérique Barkoff, la petite fille qui chante
avec Claude sur *Le téléphone pleure*.

Entraîné, habillé, baptisé, il ne lui manquait plus
qu'une femme car Claude n'était jamais resté sans
femme. Il se mit en couple avec une Muriel qu'il rebap-
tisa Ketty. Il recruta des Clodettes qu'il appela tout
d'abord les « Frédériquettes ». Le turn-over des danseuses était important : aucune ne supportait la vio-

lence et les excès de Bernard. Il hurlait sur elles, les humiliait, les menaçait. La troupe décrocha quelques mariages, des fêtes dans les écoles communales, des animations en supermarché, n'attirant d'abord qu'une poignée de curieux : l'inattention des hommes veut du temps pour être forcée. Pour le commun, Bernard n'était alors qu'un Claude François comme les autres.

Claude François free-lance

J'ai souvent poussé Nanard à passer l'examen de sosie officiel. Il a toujours refusé, persuadé que seuls les Cloclos n'ayant pas confiance dans leur clauditude ont besoin d'un diplôme. Pour lui, les « Cloclofficiels » sont des Claudes François trop académiques, bouffés par la tradition. Bernard, c'est différent : Claude est en lui.

Pour devenir Claude François officiel, tu dois passer des épreuves écrites et (en cas d'admissibilité) orales. Tout est administré par le C.L.O.C.L.O.S. (Comité Légal d'Officialisation des Clones et Sosies). Une fois passé officiel, le Claude François doit prêter serment devant la tombe de Claude.

Qu'apporte le statut de « sosie officiel » ? Le respect de tous les autres Claudes François. C'est vous que les fan-clubs invitent. Vous que le public réclame. C'est la fin des années vinaigrette. Les galas se multiplient. Vous passez aux actualités régionales. C'est beaucoup de responsabilités. Je représente officiellement C. Jérôme depuis 1994 : je sais de quoi je parle.

Il y a des types qui, après des années de boulot pour

obtenir leur officialisation en Claude François, en Sardou ou en Johnny (les trois sections les plus prestigieuses et les plus prisées, parce que offrant le plus de débouchés), abandonnent. Ce qui n'empêche pas que l'année d'après, ils peuvent être reçus du premier coup dans Aznavour, Roch Voisine ou Garou. Ça prouve seulement qu'ils s'étaient trompés de voie. Je connais un sosie qui, après avoir été recalé trois fois à l'examen de Johnny officiel, a fini en officiel d'Herbert Léonard avec la meilleure moyenne jamais obtenue depuis la création de la section « Léonard ». Il est passé sans transition d'*Allumez le feu* à *Pour le plaisir*. Un ancien Julien Clerc frappé de calvitie a dû, lui, se recycler dans Obispo où il s'est essayé six mois. Il s'est ensuite fait poser des implants. Ratage intégral : on aurait dit un champ de poireaux. Aujourd'hui, il coule des jours heureux dans Michel Fugain. À l'inverse, un Maxime Le Forestier est passé officiel de Claude François avec une moyenne générale de 15/20 [voir Annexe 2, p. 387 : « Les quotas annuels de sosies »].

Nombreux sont les Claudes François qui, comme Nanard, ne supportent pas la mascarade de l'officialisation. Pour ces « dissidents », Claude François est d'abord une aventure individuelle. Leur message est simple : rassembler dans Claude François les sensibilités les plus diverses (« Vivons différemment nos ressemblances »). Jugés comme des parasites par le C.L.O.C.L.O.S., ils sont victimes de brimades, empêchés d'exercer leur métier dans de bonnes conditions, rejetés par leurs rivaux homologués.

Une lettre-type de Jeanine Marchand

Jeanine Marchand
Présidente du Fan-Club Très Officiel de Claude François
Secrétaire générale du C.L.O.C.L.O.S.
27, rue du Chat-Huant
78280 Chosny

                                   27 magnolia 54

                         À Monsieur Bernard Frédéric

        Monsieur,

    Après une enquête minutieuse conduite par mes col-
laborateurs, il apparaît que vous ne tenez aucunement
compte de nos avertissements quant à l'illégalité totale de
vos activités.

    Je vous rappelle, une dernière fois, que vous n'avez
aucunement le droit d'exploiter de façon lucrative et non
officielle l'image de Claude François de quelque façon
que ce soit (statut de sosie en vue de spectacles et pour
tournées) et dans quelque endroit que ce soit (en France
et à l'étranger).

    Ce que vous faites depuis des années nuit à l'aura uni-
verselle de Claude François et aux institutions qui honorent sa mémoire par l'intermédiaire de ses fans et de ses
représentants assermentés.

    Vous bafouez la légende du chanteur le plus populaire
de l'histoire de la chanson française qui, sans doute aucun,
réfuterait la nature de votre activité et l'exploitation com-
merciale qui en découle.

    Vous n'êtes pas sans savoir que notre pays ne peut

autoriser une quelconque prolifération de sosies illégaux de Claude François, c'est pourquoi le C.L.O.C.L.O.S. (Comité Légal d'Officialisation des Clones et Sosies) a été créé en 1982 afin de réguler le flux perpétuel de prétendants au titre. Aujourd'hui, il n'existe que 52 sosies officiels et vous ne figurez pas parmi eux.

Si vous ne cessez pas sur-le-champ votre activité de sosie-pirate, l'intégralité de votre dossier, entièrement mis à jour par nos soins, sera transférée au C.L.O.C.L.O.S. Pour le bien de tous, il est grand temps que prenne fin l'usurpation claudienne.

Si toutefois vous désiriez légaliser votre activité, nous vous rappelons que le dossier pour postuler à l'examen de Claude François officiel, dont les épreuves se dérouleront à Dannemois à partir du 11 mars prochain, est disponible dès à présent auprès de notre secrétariat.

Veuillez recevoir, M. Frédéric, l'expression de mes sentiments les meilleurs.

JEANINE MARCHAND

NB : Sachez également que nous avons reçu plusieurs plaintes émanant de jeunes filles de votre région pour « intimidation, insultes et torture mentale » infligées lors de castings sauvages organisés par votre équipe. Alors, M. Frédéric, comme l'aurait dit Claude, je vous dis « STOP, AU NOM DE L'AMOUR, AVANT QU'IL NE SOIT TROP TARD ».

Chaque année, Le *Who's Claude* répertorie les sosies officiels, tandis que le *Guide Cloclo* enregistre pour sa part les Claudes François free-lance [voir Annexe 1, p. 375 : « Quelques Claudes François célèbres »].

III

On est qui, on est quoi

> Si c'est pour être un Claude Fran-
> çois comme les autres, c'est pas la
> peine.
>
> BERNARD FRÉDÉRIC.

L'Arche

Bernard et moi, on fait équipe depuis 1990. Pendant cinq ans, on n'a pas cessé d'être au top. Je me produisais en D. Jérôme en première partie de chaque spectacle. Et puis il y a eu les grèves de décembre 95, qui ont paralysé la France. Les tournées de galas se sont arrêtées. Avec Bernard on travaille à la plonge : à l'Arche, une cafétéria située sur l'aire d'Orléans-Gidy, en bordure de l'autoroute A 10, à 120 km au sud de Paris. Les clients plantent leurs cigarettes dans le ketchup. Les enfants prennent dix fois trop de sauce tomate. Les routards lèchent leur assiette jusqu'à la dernière molécule. On connaît les gens par leurs restes. La France défile dans l'évier. Nanard et moi on est sociologues par les gants.

Posée en pleine Beauce, l'Arche est ouverte vingt-quatre heures sur vingt-quatre. Jean-Louis boit un potage-tomate, Marc va chier, Laure avale mécaniquement ses pommes dauphine, Ahmed achète des revues pornographiques. Chez Total, on vend des tournevis, des CD *nice price* de George Benson, des sandwiches au thon enveloppés sous cellophane et des *Akim Color*.

Le seul chanteur français qui se soit à ce jour vérita-blement intéressé à l'Arche est Michel Fugain dans *Une belle histoire*, en 1972.

> *C'est un beau roman, c'est une belle histoire*
> *C'est une romance d'aujourd'hui*

Il y est question d'une rencontre amoureuse suivie de relations sexuelles entre un jeune homme et une jeune fille qui se croisent sur l'autoroute. Lui, qui est sans doute domicilié dans la région lilloise, rentre dans le Nord. Elle, descend dans le Midi. C'est là que plu-sieurs indices nous aiguillent vers l'Arche :

> *Ils se sont trouvés au bord du chemin*
> *Sur l'autoroute des vacances*

précise l'auteur. Autrement dit : l'A 10. Et celui-ci d'ajouter :

> *Ils se sont trouvés dans un grand champ de blé*

Le doute n'est plus permis : c'est bien de l'aire d'Or-léans-Gidy qu'il s'agit. Charles Péguy a un jour com-paré les champs de Beauce à l'océan. C'est très exagéré. N'est pas Fugain qui veut.

Maïwenn

Derrière la station Total de l'Arche se trouve le Géodrome. Ce jardin géologique est une miniature modelée à l'image de la France. Huit cents tonnes de roches et de minéraux ont été apportées ici pour faire découvrir aux écoles roches sédimentaires, granit, gneiss, feldspath, calcaire, craie. Maïwenn, l'animatrice scientifique du Géodrome, commente les étapes de formation des roches aux visiteurs. Elle a 25 ans et rêve de devenir chanteuse. Elle ne porte que des blue-jeans. Elle a croisé Smaïn à l'Arche. Il lui a promis de l'aider. Mais Smaïn a dû égarer son numéro de portable.

Maïwenn est d'origine algérienne. Ses yeux sont clairs, ses cheveux sont noirs. Ses lèvres lui dévorent le visage. Elle a des seins en tremplins de ski. En arabe, le mot exact existe pour la décrire. C'est une langue où Maïwenn est répertoriée. Quand je vais à la station Total de l'Arche m'acheter des yaourts à boire, il y en a à la vanille, à la fraise : jamais à Maïwenn. Pourtant, j'aimerais bien la boire. Dans une autre vie, Maïwenn a dû être un Yop.

Bernard est amoureux d'elle. Et puis il adore son prénom qui, dit-il, sonne comme *My Way*. C'est un peu salaud par rapport à Véro, tout ça. Mais je ne lui jette pas la pierre. « Je ne me sens pas capable d'être fidèle, révélait Claude lui-même en mars 1966 à *Mademoiselle Âge Tendre*. Je peux être tendre, affectueux, plein d'attentions pour une fille, mais ignorer toutes les autres, ne plus les regarder, agir comme si on avait oublié leur existence, honnêtement, je crois que ça m'est impossible. Tiens, un exemple : j'adore Nat King Cole. Pour moi, c'est vraiment le chanteur parfait : il possédait toutes les qualités d'un grand artiste. Eh bien, cela ne m'empêche pas de le "tromper" en écoutant Ray Charles.» Le problème, avec Bernard, c'est que les filles s'aperçoivent très vite de son plus gros défaut : la radinerie.

Le plus gros radin de tous les temps

Dépenser un centime a toujours été insupportable à Bernard. Quand il entre dans un café, il ne regarde pas la carte :

— Qu'est-ce que vous avez de moins cher ?

La seule fois où on a pris un taxi, Bernard a dit au chauffeur :

— Donnez-nous pour 37 francs dans la direction gare de l'Est.

Dans un bistrot, lisant sur la carte : «Sandwiches pâté/jambon/rillettes/saucisson : 22 francs. Supplément cornichon : 1,20 franc», Nanard a commandé le supplément cornichon.

Un soir, Véro, Bernard et moi étions allés boire un verre à l'Eucalyptus, en face de la place d'Arc, à Orléans. Véro avait laissé 2 francs de pourboire. Une fois dehors, Bernard prétexta qu'il avait oublié de demander un renseignement au patron. Il ramassa les 2 francs.

À la Kermesse du Nouvel An de Rebréchien, en 92, Nanard, en transe, avait lancé à ses groupies un tee-shirt à l'effigie de Claude, vendu pendant la tournée estivale de 1972, que je lui avais prêté et auquel je tenais comme à la prunelle des yeux de Claude. Je décidai de lui pardonner à condition qu'il m'invite au cinéma. Pendant toute la projection, il avait tiré la gueule.

— Alors Nanard, comment t'as trouvé le film ?

— Cher !

Dans une boîte de Tours où se produisait un Cloclo, Claude Jean-François, le garçon avait demandé à Nanard ce qu'il voulait prendre :

— Rien.

— Je suis désolé mais vous ne pouvez pas rester là sans consommer.

— Okay, alors je sais ce que je vais prendre : la porte.

La radinerie presque exaltée de Bernard n'est pourtant pas le contraire de la générosité. Car les gens comme lui, possédés par leur idée, donnent leur vie de grand cœur pour sceller leur œuvre. À l'époque où je l'ai rencontré, Bernard logeait aux Salmoneries, une cité HLM qui avait pignon sur l'Auchan de Saint-Jean-de-la-Ruelle. Il y avait trouvé un studio en rez-de-chaussée. Sur le paillasson à l'effigie de Claude, les chats se relayaient pour pisser, souillant l'idole. D'où une haine disproportionnée de Nanard pour ces bêtes. La porte d'entrée était ornée d'une affichette :

Ce que j'aime dans la vie ?
Le travail bien fait, le soleil brûlant,
les types qui n'en rajoutent pas.

Claude François,
Salut les copains, janvier 1963

Il laissait pendre à sa fenêtre, dans un sac d'Auchan, ses bouteilles de lait, sa viande. Il avait également mis au point, pour économiser l'électricité, un système qui l'empêchait d'écouter à la fois de la musique et d'éclairer la pièce. C'était un son *ou* lumière.

Véro, juste après qu'ils étaient sortis ensemble, m'a avoué avoir eu peur la première fois qu'elle s'était rendue chez Bernard. Une odeur de pourri y saisissait la gorge. Des centaines de boîtes d'emballage de tubes de lait concentré sucré Nestlé étaient empilées les unes sur les autres. Un jour que Bernard était aux toilettes (dont il ne tirait la chasse qu'une fois sur cinq afin d'économiser l'eau), j'ouvris une de ces mystérieuses boîtes. Une boule puante atomique m'explosa au visage, au point que je crus en être défiguré à vie. Ces boîtes lui servaient de poubelles et Bernard, qui ne jetait jamais rien, les conservait.

Au bord de l'évanouissement, je refermai aussitôt ce tombeau qui cracha ses remugles venus de l'enfer jusqu'au dernier atome, baignant la pièce tout entière de relents de poisson mort, d'émanations de cadavres de mamies, d'arômes de vomi, de bouquets de merde humaine, de fumets de vieille pisse, de parfums de différents bourbiers qu'on ne trouve que dans certains endroits du Vietnam, de suavités de panard confiné, d'imprégnations de sperme acide, de senteurs d'aisselles de gros, de puanteurs de Loire, de vestiges de pets cancéreux.

Le mur principal était réservé à Claude : affiches, posters, photos, articles. Bernard collait les coupures

de presse les unes au bout des autres. Il appelait ça ses
« paperoles ».

La formule « viande à volonté »

Quand Bernard va au restaurant, c'est généralement
parce que celui-ci offre une formule « à volonté ». Pas
plus tard que samedi dernier, Bernard a invité Maïwenn au Rodéo Grill, un restaurant à volonté situé
dans la ZUP de Saint-Jean-de-la-Ruelle, juste à côté du
karaoké le Back Voice.

> *Demandez, vous obtiendrez ;*
> *cherchez, vous trouverez*
> *frappez, la porte sera ouverte.*
> *Celui qui demande, reçoit*

J'ai tout de suite compris que Maïwenn ne voulait
pas se retrouver seule en tête à tête avec Bernard. Elle
m'a demandé devant lui si je voulais les accompagner.
Bernard est devenu livide :

— Heu… Le mieux c'est deux, en théorie pure.
C'est une réalité qui est bien, deux. Y a le yin et le
yang dans deux. Dans trois t'as pas.

— J'ai très envie de vous voir tous les deux, a
insisté Maïwenn.

Nous avons fini par nous rendre tous les trois au
Rodéo Grill. Nous avons pris la voiture de Maïwenn.
Bernard, d'abord très énervé par la perspective d'avoir
à partager la jeune Algérienne avec moi, a fini par se
calmer quand Maïwenn a eu l'idée de passer *Cette*

année-là, Écoute ma chanson et *Je vais à Rio* sur son autoradio.

— Vous verrez, Maïwenn, c'est un endroit fantastique. On mange esstraordinaire au Rodéo Grill. On ressort on n'a plus faim !

— Je vous fais confiance.

— J'ai le trac, a dit Nanard.

— Le trac ?

— Oui… c'est un restaurant à volonté. Alors j'ai pas mangé depuis trois jours. Essprès ! J'ai tellement la dalle que savoir que je peux manger jusqu'à demain matin ça me génère un trac.

Le Rodéo Grill était plein à craquer. Il y avait des gens qui poireautaient pour obtenir une table. Seuls les milliardaires n'attendent pas.

— Messieurs dame bonsoir.

— On est trois à vouloir manger et zéro à vouloir attendre ! a lancé Nanard.

— Vous avez réservé ?

— Qu'est-ce que tu crois que je suis en train de faire ?

— Oui monsieur, je comprends, mais il y aura un peu d'attente… Si vous voulez bien patienter au bar.

— Au bar ? Tu me prends pour un punk ? On n'a pas soif : on a faim. Toi bonhomme, tu commences à m'échauffer le frifri. Je te signale que je pourrais très bien être Claude François en personne.

Maïwenn ne savait plus où se mettre. Un type de la sécurité est arrivé.

— Y a un problème ?

— Keep cool, Totor, a répondu Bernard, on veut

juste s'asseoir, bouffer, payer, repartir. Un schéma classique en somme.

— Écoute, la star : tu vas au bar avec tes amis, tu te calmes, tu prends un verre, et tout ira bien. La semaine dernière on a eu David du « Loft » et il a fait aucun problème.

— Tu me tutoies pas, cow-boy. Je suis Bernard Frédéric, sosie free-lance de Claude François.

— Tu baisses surtout d'un ton si tu veux pas être sosie free-lance de Quasimodo.

On a attendu une heure au bar. Enfin, un garçon est venu nous chercher.

— Ces messieurs dame ont-ils des vestiaires ?

— C'est gratuit ça, les vestiaires ?

— Heu… C'est-à-dire que c'est à discrétion, monsieur.

— À quoi ?

— À discrétion, à la discrétion de notre aimable clientèle.

— Tu traduis, please ?

— Eh bien chacun, en sortant, donne ce qu'il veut à Madame Martine, qui tient le vestiaire.

— Ah ouais, ah ben alors je vais être discret, tu peux compter sur moi ! Hein, toi Couscous qui te plains toujours que j'suis pas discret, ben là tu vas voir les progrès ! Bon très bien mon pote, on te laisse nos pelisses et nos manteaux, mais tu vas dire à Dame Tartine, là, qu'on met les trois vêtements sur le même vestiaire. Hein ? L'unique même ! On vient se lâcher sur le « à volonté » de l'endroit, c'est pas pour flamber au niveau de la garde-robe, non ?

— Mais cher monsieur, c'est que…

— J'ai dit : tu gardes les pulls et les blousons et nos pelisses ! Sinon on fait un tas de nos fringues par terre ! Kapiert ? Aaaaah, ça c'est clair que ma discrétion divisée par trois, c'est pas avec ça que tu vas aller croûner au Casino. Ça mène pas à Deauville, ma discrétion !

— Bon. Si ces messieurs dame veulent bien me suivre…

Nous nous sommes installés.

— Hé ! Garçon ! a hélé Bernard.

— Monsieur ?

— Elle est où ma flûte ?

— Je vous demande pardon ?

— Ben ma flûte de champe ! Quand on est reconnu, on a sa flûte VIP !

Maïwenn était de plus en plus gênée.

— Attends, là, mon gars, a persévéré Bernard, tu veux être mon copain, non ?

— Heu… Oui, monsieur…

— Tu sais un copain d'qui ?

— Ben de vous…

— Oui mais j'suis qui moi ?

— …

— Attends attends attends, là : tu vois quand même je suis le sosie de qui ?

Le serveur nous a regardés, Maïwenn et moi. Il cherchait la réponse sur nos visages, sur nos lèvres. On aurait fait n'importe quoi pour l'aider. Maïwenn s'y est essayée par une mimique.

— C'est la dernière fois que je viens ! a hurlé Bernard. C'est pas believable ! Vous êtes vraiment trop nuls en pipole et en VIP ici ! Ah les ploucs ! Vous avez vu ça Maïwenn, les ploucs ! De toute façon on a choisi,

mon pote! Ça va faire mal! C'est parti pour la formule
«j'en peux plus»: on va pas discuter vingt-quatre
heures sur qui prend quoi et comment et pourquoi et
quand et où, hein, alors c'est viande à gogo pour tout
le monde! Sers-nous la «à volonté» à 13,60 euros:
poulet, agneau, travers de porc et purée.

— Moi j'aime pas trop le porc, ai-je dit: je vais
plutôt prendre à la carte.

— Au fou, toi! a hurlé Bernard. Do you rigole? À
la carte?!? J'ai une tête de «à la carte» moi? Hé, tu te
trompes de «c'est lui qui paye à la fin», mon gros
Couscous. Si tu prends la formule à 13,60, spéciale
«porc à en claquer», hein, «volaille et SAMU», alors
j'arrose, c'est sur le compte de «Bernard Frédéric Group
Incorporated». Mais si tu fais du hors-piste, je te préviens tout de suite: c'est avec ton flouze.

— Donc je note bien trois formules à 13,60? a
résumé le serveur.

— Peut-être quand même que Maïwenn, elle, peut
prendre autre chose? ai-je tenté de glisser, voyant qu'elle
n'avait pas même eu le temps de jeter un œil à la carte.

— Maïwenn va prendre la spécialité d'ici! a rétorqué Bernard. Quand tu te promènes à la mer, tu prends
des produits des profondeurs. Tu manges ton huître,
tu manges ta moule, tu manges ton crabe. Tu manges
aussi ta crevette! Ici, la spécialité, c'est la volonté
viande, alors on prend la volonté viande. Tu aimes ta
viande ici! Et c'est ta purée. C'est pas la purée d'un
autre ici.

— Vous ne prendrez pas d'entrée? a demandé le
serveur.

— Ah ils sont forts, ces gars du bizness! Vous avez

vu ça, Maïwenn ? Tu demandes tranquillement ta viande
et la purée de ta viande. Et eux, ils essayent de te four-
guer des tomates que tu veux pas, des betteraves que tu
veux pas. Et des carottes râpées que tu veux pas ! Tu
sais ce sera quoi l'entrée, amigo ? Que tu te dépêches
d'apporter le plat principal.

— Bien monsieur. Et comme boisson ?

— Le château-destop en pichet n'est pas servi à
volonté ?

— Ah non, monsieur, désolé…

— Remarque tant mieux : il assommerait un rat.
Bon ben alors de l'eau.

— Vittel ? Évian ? Badoit ? San Pelegrino ?

— Sans quoi ?

— San Pelegrino.

— C'est payant cette affaire ?

— Tout à fait, monsieur.

— Payant comment ?

— 2,55 euros, monsieur. Il s'agit d'eau gazeuse.

— Tu m'as l'air gazeux, toi, oui… Allez, fais péter
de la plate des éviers ! C'que t'as de meilleur en robi-
néteuse. C'est ma tournée ! Et de la bien fraîche, s'il te
plaît : j'ai le gosier qui pèle. Concocte-nous quelque
chose de polaire. Une carafe relativement géante avec
des gros glaçons gratuits qui flottent. Des glaçons tellement gratuits que c'est la gratuité qui les fait flotter.

Que celui qui le veut reçoive de l'eau vive, gratuitement.

Agacé, le garçon s'est éloigné. J'ai demandé à Maïwenn si elle désirait prendre un peu de vin. Bernard ne
lui a pas laissé le temps de répondre.

— Okay ! Si vous voulez du rouge, vous prenez du rouge. Mais c'est un tort ! L'eau c'est mieux pour se recréer. Parce que l'eau peut te nourrir, mais aussi l'eau peut te porter. Parce que l'eau a des lois magiques ! L'eau peut tenir des cargos dans la mer, des milliers de tonnes d'acier. C'est quelque chose qui a beaucoup de dimensions, l'eau.

— Moi je crois que je vais prendre une Évian, quand même… a dit Maïwenn.

— Je vous conseille pas ! a renchéri Bernard, terrorisé pour son porte-monnaie. Ici elle a un goût. Ils n'ont que de l'Évian recyclée. Jamais d'Évian ici. La Vittel aussi est frelatée. Ils écoulent de la vieille Vittel des années 70.

— …

— Non donc vous voyez, Maïwenn, comme je vous disais au bar, tout à l'heure, la première fois que j'ai rencontré Chouffa, la mère de Claude, elle m'a dit : « Bernard, il n'y a que vous qui puissiez prendre la relève. Mon fils Claude m'a dit sur son lit de mort qu'il rêverait d'un successeur comme vous. »

— Je croyais qu'il était mort dans sa baignoire, électrocuté…

— Comment ? Heu… Oui, oui oui… Non bien sûr, mais je parle de ce qu'il a dit dans son lit à sa mère la veille de sa mort. Quand tu meurs dans la journée, la veille tu dors. Tu as dormi un peu avant de mourir. Tu dors toujours la nuit d'avant le jour de ta mort.

Les assiettes sont arrivées. Bernard s'est rué dessus. Il y a joué très sévèrement du coup de fourchette pendant que Maïwenn chipotait dans son plat.

— Moi ce que j'aime, dans ces restaurants à volonté,

a lancé Bernard, c'est qu'on sait quand qu'on commence mais pas quand qu'on finit !… Ça me plaît bien.
Bidule !

— Monsieur ?

— Tu me remets ça à la virgule près : j'ai plus d'appétit qu'un barracuda.

Le garçon a esquissé un départ, faisant signe à Bernard qu'il a bien enregistré la commande. Mais Bernard lui a demandé de revenir sur ses pas. Le garçon,
las, s'est exécuté.

— Monsieur ?

— Écoute-moi bien, Bidule. Voilà : je suis déjà venu
ici. Je sais comment fonctionne votre petit manège
dans les restos à volonté. Vous nous faites poireauter
deux heures entre chaque plat pour pas que le client
profite à plein du côté «à volonté» de la formule.
Vous voulez nous décourager. C'est l'attente qu'est à
volonté ! Du coup, le client abandonne, il est fatigué et
il demande l'addition avec encore la dalle parce qu'en
fait il a consommé qu'un seul plat, exactement comme
dans un resto normal… Mais ça moi bonhomme, je te
préviens illico : je tombe pas dans le panneau ! Tes
pigeons t'iras les chercher du côté de chez les punks !
Ce soir j'ai décidé avec mes amis de mettre la barre
très haut, alors compte pas sur moi pour que je t'oublie. T'as tout intérêt à pas partir aux Bahamas entre
chaque assiette. Understand ?

— Je vous assure, cher monsieur, que…

— Le débat est clos : si tu désertes le périmètre un
peu longtemps, on risque de s'orienter vers du scandale. Alors maintenant que t'es briefé de partout, tu
m'apportes ma deuxième platée. Et n'oublie surtout

pas de t'inquiéter de la situation des assiettes de mes amis.

— Entendu monsieur. N'ayez aucune inquiétude.

Le garçon est revenu avec une deuxième assiette. Maïwenn et moi-même n'avions pas terminé la première, que Bernard a engouffré la seconde à une vitesse inhumaine. Au bout de quelques minutes, il a appelé le garçon :

— Trucmuche !

— Monsieur ?

— Le tome 3, bitte schön !

— Viande, encore ?

— Je confirme. Avec un « s » à viande.

Pensant que Bernard, au bout de deux assiettes, avait moins faim, le garçon lui a apporté un troisième plat un peu moins garni que les deux précédents.

— Dis-moi, Nénesse : serais-tu farceur à tes moments ou aurais-tu un problème de « je prends les gens pour des cons » ? Montre-moi ce qu'y a à manger dans cette assiette qu'on rigole !

— Enfin monsieur…

— Tt tt tt ! Avoue que le rapport avec les deux premières fournées est pas hyperflagrant. Hé ! Je suis pas un gégétarien ! Je consomme pas du maïs quand j'ai commandé un troupeau de porcs et toute ta basse-cour en réserve ! Et pis qu'où donc est la purée ? Dans ta boots ?

— Non je…

— T'es Majax, en purée ?

— Désolé, monsieur, je…

— T'es Mirouf, en purée ?

— Non…

— T'es Garcimore alors, en purée ? T'es décontras-shté, hé hé, décontrasshté... Bastapute ! Pour qui te prends-tu en purée ? Tu n'es pas à l'écoute de l'esto-mac du client, niveau purée. C'est grave ! Alors tu vas donner l'alerte en cuisine et me rapporter la totale. Une compilation des meilleurs moments de ta volaille et des porcs. J'attends aussi de toi du veau. Énormément de veau ! Et de l'agneau, avec beaucoup d'agneau à l'intérieur. Allez !

— Moi, une assiette, ça m'a suffi amplement, a conclu la jolie Algérienne.

— De quoi ? Ah non. Un petit effort ! Faut amortir. Le but, vous voyez Maïwenn, c'est de leur montrer qu'ils sont tombés sur plus forts qu'eux. Qu'on est des kings du gratis. Ils veulent faire les malins, là, avec leur formule « à-vo-lon-té ». Ils connaissent pas la mienne, de volonté ! Je vais leur montrer ce que je sais faire, moi... Hého, Majax ! T'es décédé ?

Le garçon est arrivé avec une assiette remplie de viandes diverses et garnie d'une montagne de purée. Peu après, Bernard déclara enfin forfait en viande.

— On est à jour, Nestor, tu peux débarrasser tout ce qu'est ossements.

— Vous prenez un dessert, Maïwenn ? ai-je demandé au moment où j'ai croisé le regard noir de Bernard signifiant qu'il avait envie de me tuer.

— Ah ça par contre je veux bien, a souri notre ravissante invitée. Je suis trop gourmande ! Je vais prendre un banana-split.

— Et ces messieurs ?

— Ces messieurs rien, a tranché Bernard.

— Alors un banana-split pour madame, très bien, c'est noté…

— Heu… Dis-moi Zéphyr, a demandé Nanard, c'est compris dans la formule à 13,60 la banane en slip ?

— Non monsieur : la formule à volonté ne concerne que nos viandes.

— Oui d'accord mais je vois, là, le slip il est à 7,50… Donc si je reprends, comme c'est mon bon droit, disons quatorze assiettes de ta carne et de ta purée décontrasshtée, financièrement tu y perds. Demande à tes comptables !

— Non mais tant pis, Bernard, laissez, ce n'est pas grave… En plus je n'y tiens pas plus que ça, s'est défendue Maïwenn, de plus en plus gênée.

— Écoutez, monsieur, je dois demander à mon chef de salle.

Le serveur est revenu accompagné de son supérieur.

— Madame, messieurs. Je peux vous aider ?

— Voilà : ça coince au niveau du banane à slip. On avait compris qu'il était compris. D'où : déception.

— C'est vrai que c'est pas très clair, sur le menu, ai-je précisé afin d'aider mon ami.

— Messieurs, je suis désolé : il est parfaitement spécifié sur la carte que notre formule « à volonté » n'est applicable qu'au plat principal.

— Parfait, a embrayé Nanard : il se trouve que le principal, pour notre copine, c'est justement le dessert.

— Désolé, monsieur : c'est contraire au règlement.

— T'as tort de faire ce comportement, car je suis un très bon client : sais-tu combien de fois j'ai repris de ta carne ?

— Écoutez, monsieur, nous avons des directives.

Mais si vous le souhaitez, je peux vous donner un formulaire de réclamations afin que…

— Vous avez vu un peu, Maïwenn, comme ils sont, ici ? Ils ne savent pas à qui ils ont affaire ! Tant pis : la barbaque va continuer. Mets-moi la ration spéciale nuit blanche, mon lieutenant ! Quitte à finir à l'hosto, je t'informe que tes biftecks vont me tenir compagnie jusqu'à l'aube. Va annoncer en haut lieu ma tournée de l'extrême. Je veux des viandes géantes avec du-qui-déborde en purée. Prévois comme si c'était pour que j'explose. J'ai fait Cloclo des années : je peux faire Carlos une nuit ! Seulement je te préviens : si je suis malade après, je viens être malade ici ! Chez toi ! Allez, exécution !

— Heu… Bien monsieur…

— Bon allez Couscous, tu remportes Maïwenn jusque chez elle.

— Mais ?

— Tu te tais ! Je reste. C'est l'honneur des Claudes François en jeu, là.

— Bernard, vous êtes très gentil mais je…

— Je vous fais la bise, Maïwenn… Vous êtes mignonne. Allez, mes assiettes arrivent. Laissez-moi seul avec elles. Tchââââooooo !

« *Bernard Frédéric et ses Bernadettes* [1] »

J'écris ces lignes pendant ma pause, debout, sur une table-girafe, près de la machine à café Zanussi. J'ai pris mon service deux heures avant Bernard, qui va bientôt tomber sur l'affiche que j'ai collée dans son vestiaire : elle le représente en tenue de scène. Richaume, l'imprimeur de Patay, m'a aidé. Richaume fut longtemps un intime de mon père, décédé le samedi 15 février 1976 [2]. C'est lui qui avait appelé à la maison pour prévenir. Quand ma mère était entrée dans ma chambre pour m'annoncer la nouvelle, Gérard Lenorman chantait *Michèle* dans le « Hit-Parade » d'André Torrent sur RTL. J'ai su plus tard que Claude s'était produit ce soir-là à Château-Thierry, où mon père était né.

Comme photo de Nanard pour l'affiche j'ai choisi « Faye-aux-Loges 92 », un beau spectacle où nous avions fait la première partie du batteur des Forbans, Patrick Papain, qui entamait une carrière solo en Daniel Balavoine. Bernard y arbore une coupe aussi proche que possible de la coupe originale de Claude. Ça fait un peu moumoute quand on regarde de près, mais de loin, on dirait vraiment Claude.

---

1. Ce nom a été trouvé par moi. J'en suis très content : il fait non seulement référence au prénom Bernard, mais aussi au 14e 33 t de Claude, sorti en juin 71 et intitulé *Bernadette* – d'après *Bernadette* des Four Tops (Soul/Tamla Motown USA) composé par Brian Holland, Lamont Dozier et Eddie Holland.

2. 14 olympia 36.

ATTENTION!

---

le monumental

BERNARD FRÉDÉRIC
et ses Bernadettes

sont de retour

!!! UN ÉVÉNEMENT!!!

— Pourquoi t'as mis cette affiche, bastapute?

— Mais enfin, Nanard! Y a dix ans jour pour jour, on donnait notre premier concert!

— Nom d'un fion! T'y as pensé! T'es vraiment une raclure, hein, de me donner des peines d'émotion comme ça. J'ai de la douleur mentale, maintenant, à cause de toi...

— Je suis...

— Tais-toi quand je souffre! Faut que je me refabrique un peu, là, à cause du choc des souvenirs... Passque c'était des années folles, moi je dis. On était des gens qui vivent et maintenant on est des gens qui vivons plus. J'ai rempli plein de bonheur de cette époque. Et le bonheur c'est ma tactique pour être heureux.

— ...

— Je t'en veux de toute ma mort, Couscous, de m'avoir mis du passé dans la tête : c'est beau, parce que le passé c'est un truc qu'est intouchable là où il est, on sait pas où c'est le passé. Tu connais pas où ça habite. Comme un rêve. Tu peux pas aller dedans. Y a du rêve dans tous les passés des gens. Mais c'est triste.

— …

— C'est du grand « je suis triste », là. Du très grand « je suis triste ».

— Mais t'as rien compris, Bernard, mon cadeau d'anniversaire, c'est pas l'affiche : c'est ton retour sur scène.

IV

Comme une chanson triste

> Si Claude était mort à 60 ans, j'au-
> rais eu vingt fois plus de boulot.
>
> BERNARD FRÉDÉRIC.

Humiliation

Nanard a fait les cent pas aux éviers. En avril 94,
Claude avait déjà failli ruiner son ménage avec ma
sœur et il ne voulait pas prendre le risque de foutre une
nouvelle fois son couple en l'air. Avril 94. Notre troupe
est sur les dents à cause de la soirée annuelle « Handicape-aide » à Beaune-la-Rolande. Une répétition est
organisée dans le salon de notre pavillon, à Chaingy.
Bernard est vêtu d'un collant vert fluo moule-bite. Les
Bernadettes (composées alors de Véro, Peggy, Melinda
et Jacqueline) dansent en tenue de sport sur *Magnolias
For Ever*. Bernard, en même temps qu'il dirige la chorégraphie, répond aux questions d'un journaliste du
Quotidien blésois (tirage : 58 000 exemplaires).

BERNARD : Welcome, amigo ! Tu te mets dans un
coin, tu poses tes questions, je réponds. Et observe ! Je

suis étonnant. *(Aux Bernadettes.)* On se sort les doigts du cul, les filles !

LE JOURNALISTE *(un peu intimidé)* : Vous n'avez jamais eu envie d'être vous-même ?

BERNARD *(continuant, comme s'il n'avait rien entendu, à faire travailler les filles)* : Et un et deux et trois ! Melinda ton bassin ! *(Il se retourne, énervé, vers le journaliste.)* Mais il a rien compris, lui ! Rien ! Y a un styyyyle Bernard Frédéric ! Une griiiiffe Bernard Frédéric ! *(Il remarque que Véro n'est absolument pas en place.)* Dis donc, Bibendum, tu te crois sponsorisée par la Vache qui Rit ou quoi ? *(À Peggy.)* Hé toi, là, c'est quoi que tu me fais ? On dirait le Père Dodu en after au Queen. *(Au journaliste.)* Je suis sexy, hein ? Faut dire que j'ai la chance d'avoir de très belles fesses, rondes et rebondies, comme des melons de Cavaillon. Tu connais les melons de Cavaillon, amigo ?

LE JOURNALISTE *(hésitant)* : De nom…

BERNARD : Alors tu connais mes fesses de nom. Et c'est une zone où je suis balèze ! Une noisette, je la casse entre mes fesses. Note-le, ça ! Et pis mets quelque part aussi dans ton papier que je suis beau comme un Apollin. *(À Jacqueline.)* Plus souple, ma cocotte, plus souple ! Je veux du smooth ! Que ce soye bien smooth ! *(À Peggy.)* Ta respiration, cocotte ! Très important ! *(À Véro.)* Qu'est-ce que tu fous, nom d'une moule ?

VÉRO *(elle est en sueur, épuisée)* : Je fais ce que tu me dis de faire…

BERNARD : T'appelles ça de la danse, toi ? J'appelle ça du sumo ! Ça fait vraiment charolaise sur une chaise électrique.

Véro, humiliée, quitte le salon en claquant la porte vitrée.

BERNARD *(interloqué)* : Ben, tu vas où, là ?… *(Véro ne répond pas.)* Allez, c'est ça, tire-toi la grosse ! *(Au journaliste.)* Esscuse-la, amigo, c'est la pression du showbiz ! Mais avoue qu'elle est pas smooth. Moi je veux du smooth ! Faut surveiller sa ligne, quand tu showbizes. Tiens, j'adore les cacahuètes par exemple. Mais ça fait prendre du poids. Alors je me retiens ! Surtout qu'après tu en reprends. Tu peux plus t'arrêter ! Les cacahuètes c'est le mouvement perpétuel à la portée de l'homme… Note, note ! *(À Melinda.)* Titine !

MELINDA *(inquiète)* : Oui Bernard ?

BERNARD *(agacé)* : Tes hanches ! Bon, je vous le rappelle à toutes : les chorégraphies de Claude ne *sup-por-tent pas* la médiocrité ! Faut que ça soye *im-pe-cca-ble* ! Et puis sur la respiration, une chose importante : Peggy, entre toi et moi il y a un produit qui s'appelle l'oxygène, alors si tu fais ça *(Il inspire et expire.)* comme ça, tu vis, mais si je tue l'oxygène comme sur la lune, tu meurs ! C'est compris ?

Le journaliste a commencé à esquisser un sourire. Que Bernard a vu immédiatement.

— Tu te fous de ma gueule, toi ?

— Ah non je…

— « Non Bernard ».

— Non Bernard.

— T'as trouvé ça comment la chorégraphie ?

— Heu… Intéressant.

— Mais encore ?

— Ben… Surprenant.

— Comment ça « surprenant » ?

— Incongru, quoi, enfin…

— Incongru ? Fais bien gaffe à ta gueule, ma caille.
De toute façon tu sors pas d'ici tant qu'on a pas écrit
ton article, je te préviens… T'es pas sorti d'ici ! Je
contrôle tout ! T'as intérêt à avoir bien noté ma phrase
sur les cacahuètes et que je suis beau comme un Apollin. Je vais vérifier !

Le journaliste esquisse un départ. Bernard hurle
comme un damné :

— Tu vas t'asseoir, ouaaaais ! Encore un geste…
Un geste un seul et tu décèdes !

Rupture

Au dîner, Bernard et Véro se sont retrouvés l'un en
face de l'autre dans un silence de mort. Bernard était
attablé en costume de scène de Claude, ce qui ne
lui arrive généralement qu'à Noël et au Nouvel An.
Il m'avait demandé de faire un effort vestimentaire :
j'avais mis ma salopette avec, cousu sur le ventre, le
« D » de « D. Jérôme ». Mouss était au lit. J'étais caché
dans les toilettes. Je voulais que Bernard et ma sœur
puissent se parler sans que je les gêne. J'entrevoyais ce
qui se passait par la porte entrebâillée. Bernard fixait le
petit présentoir que je lui avais offert – un cadre vitré
qui représente une photo de Claude en 71, au Moulin,
en train de jouer aux échecs avec Sheila. Pour ne pas
affronter le regard de Véro, il a joué mécaniquement
avec l'ampoule électrique qui ne le quitte jamais quand
il est à table et qui symbolise la mort de Claude par
électrocution.

— Bon, qu'est-ce qu'il branle là, Couscous ?

C'est à cet instant précis que je suis arrivé.

— Tu fous dix balles dans la soucoupe, a dit Bernard. Tu connais la règle : t'es en retard, tu raques.

— J'ai que sept francs soixante-dix.

— Ça manque deux trente.

Du coup, Bernard a prélevé deux fourchettes de purée de mon assiette pour les mettre dans la sienne.

— Je t'enlève pour deux trente de purée.

Grand seigneur, il m'a remis un chouïa de purée :

— Allez, j'arrondis à deux francs.

Véro a regardé Bernard avec pitié. Les coudes appuyés sur la table, celui-ci a joint les mains. Il a incliné la tête avec recueillement, vers l'avant, juste devant la photo de Claude-en-71. J'en ai fait autant.

Alexandrie, Alexandra
Merci mon Claude pour ce repas
For ever ô les magnolias
Le nom de Dieu est Claude François

Bernard a saisi l'ampoule, soufflé dessus et l'a reposée délicatement sur la table :

Amen

Bernard a tendu un paquet à Véro. Elle a défait l'emballage cadeau et a découvert un 33 tours de Daniel Guichard.

— C'est un collector, ma chérie. Pour me faire pardonner. Y a une version inédite de *La tendresse* dessus. Et puis tu pourras plus dire que je m'intéresse à rien en dehors de Claude.

— Tu m'as humiliée tout à l'heure devant les autres, a dit Véro en fixant Bernard droit dans les yeux.

— C'est le show « Handicape-aide » qui me stresse : tu peux le comprendre, ça ! Ça met une de ces pressions…

— C'est vrai, moi je me mets à sa place, ai-je tenté.

— Oh toi ça va, hein… Vous faites une belle paire tous les deux. Vous avez vu vos dégaines ? Vous avez des stock-options chez Emmaüs ou quoi ?

Bernard s'est levé et a serré Véro dans ses bras. Elle est restée de marbre.

— Pardon pupuce… Je vais jurer sur le Saint Suaire que je recommencerai plus.

Bernard a couru dans sa chambre et en a ramené le costume créé pour Claude par Camps de Luca lors du lancement de *Belinda* dans le « Top à Claude François » du 20 janvier 1973[1]. Il s'est dirigé dans un angle mort de la cuisine qu'il a aménagé lui-même où trône un guéridon, décoré d'objets estampillés « Cloclo ». Du guéridon pendait une écharpe, fixée par des cailloux ramassés dans le parc du Moulin, conçue sur le modèle des écharpes de supporters. Bernard s'est s'agenouillé, s'est signé, a baisé l'écharpe, puis le costume.

Ne t'écarte pas d'une épouse sage et bonne,
car sa grâce vaut mieux que l'or.

— Il faut que je te parle, Bernard.

Bernard a regagné sa place. S'est installé. A noué sa serviette autour de son cou. A commencé à dîner sans

1. 24 olympia 34.

dire un mot. Il savait très bien que cette phrase annonçait des cassures, des déchirures, des blessures, des brûlures et toutes ces choses qui se terminent par « ure » et laissent un homme à terre. Il a saisi pour la première fois de sa vie ce qu'était le bonheur : c'était avant la phrase que Véro allait dire maintenant.

— Dis donc, tu l'as achetée où ta carne, là, Couscous ? C'est imbouffable ! Hein, ma chérie, c'est pas bon ?

— C'est fini, Bernard, entre nous.

Bernard a jeté ses couverts dans son assiette :

— Moi je bouffe pas ça.

Il s'est mis à hurler contre moi à en faire trembler les murs. On aurait dit qu'un Boeing 757 venait de s'encastrer dans la chambre du haut.

— Tu-le-sais que Claude bouffait jamais de viande de porc, tu-le-sais !

Prenant Véro à témoin :

— Ça fait vingt fois que je lui rabâche les recettes préférées de Claude ! Je lui ai même fait photocopier un numéro spécial de *Podium* là-dessus !

Me postillonnant au visage :

— So-ja, é-pi-nards, bro-co-lis, poi-sson, viande *crue*, bordel ! C'est trop te demander, ça ?

Il m'a balancé un coup dans l'épaule qui a failli me faire tomber à la renverse. Revirevoltant vers Véro :

— Comment ça, c'est fini ?

Me désignant :

— Pas devant lui... Pis tu vas pas me faire ça, pupuce, hein ?

Véro n'a rien répondu.

— Mais dis quelque chose, toi, meeeeerde ! C'est ta

sœur, meeeeerde ! Dis-lui que c'est pas possible, qu'elle peut pas me faire ça ! Attends, ma chérie : je vais t'écrire une chanson d'amour, là... Du niveau du *Téléphone pleure*...

— C'est pas le téléphone, qui va pleurer, là Bernard, c'est toi ! Non mais tu t'es regardé avec ton ampoule électrique et tes cols pelle-à-tarte ? Tu sais, Bernard, j'ai cru en toi y a une époque... Mais aujourd'hui je sais que tu es un raté. T'es incapable d'avoir une personnalité à toi... Tes crises comme Claude, tes bottes comme Claude, tes petits déjeuners comme Claude... C'est plus tenable...

«Comme Claude». Claude est son port d'attache. Dès qu'il peut citer Claude, faire référence à Claude, faire intervenir Claude par le biais d'une anecdote, d'une citation, Bernard se sent sauvé.

— Bouge pas, ma chérie : je vais te chanter *Comme d'habitude*... Rien que pour toi...

Bernard, faisant face à Véro, a commencé à chanter en retenant ses larmes. Je l'ai accompagné en claquant des doigts pour marquer la mesure.

— C'est fini tout ça. J'en peux plus.

— Mais pourquoi ?

— Écoute, Bernard : les Guichards, les Cloclos, les podiums Paul Ricard, les Foires aux asperges et les play-back sur *Le téléphone pleure*, c'est pas une vie pour une femme. Je fais une croix dessus pour toujours. Peut-être que je fais une connerie, mais je suis vraiment la plus heureuse des femmes en la faisant.

Une lettre de Véro à Bernard

Le lendemain matin elle était partie, laissant juste une lettre sur la table de la cuisine comme dans les films français des années 70.

27 avril 1994

Bernard,

Excuse ma violence d'hier soir. Mais tu es insupportable. Tu n'es pas psychologue. Autant tu es d'une délicatesse peu commune envers la mémoire de Claude François, autant, en ce qui me concerne, tu ne fais pas attention au mal que tu peux faire. Je ne me supporte plus en train de te supporter, si j'ose dire.

Te voir nettoyer tes perruques, les sécher, te voir cirer tes bottines et danser dans le salon sur *Magnolias For Ever* devant mon fils avec un stick de déodorant en guise de micro ne donne pas de toi l'image que je voulais avoir quand je t'ai rencontré.

J'ai essayé de te parler, mais tu ne m'écoutes pas. Tu es horriblement, affreusement égoïste, mais tu le paies tous les jours et tu n'as pas fini de le payer. Si tu ne fais pas attention, un jour, tu vas te retrouver tout seul. Tout seul avec Claude François. Mais c'est peut-être ce que tu veux.

Adieu. Bonne chance. Mouss t'embrasse.

Véro

On a su plus tard qu'elle était partie avec Mouss chez Annie. Du coup, le show « Handicape-aide » s'est

très mal passé. On a dû annoncer aux Bernadettes
qu'on faisait un petit break. Avec Nanard, on est allés
se recueillir au 46, boulevard Exelmans. On s'y soû-
lait parfois la gueule au Malibu, guettant un signe de
Claude. Lui, il nous aurait dit quoi faire.

> *J'attendrai que tu reviennes à nouveau*
> *J'attendrai, j'attendrai longtemps s'il le faut* [1]

— T'en fais pas, va, Nanard, elle va revenir…
— Oh tu sais, les revenures, j'y crois pas trop…
Avant de connaître Véro, j'étais avec une fille que t'as
pas connue, Ketty… Avec elle c'était du love énorme.
Elle est partie aussi parce qu'elle disait que Claude
prenait toute la place dans le for intérieur de notre
couple. Un jour je n'ai plus rien trouvé en rentrant.
C'était du très violent « je suis triste ». Elle avait tout
emporté mes disques. Dedans y avait la première version de *Un monde de musique*.
— Celle de 69 ? ! ?
— Oui. J'ai cru que la vie allait s'arrêter.
— Tu m'étonnes…
— Pis j'ai cru que je pourrais pus jamais donner du
« je t'aime » à une femme. Les autres femmes qu'étaient
pas elle m'intéressaient pas. Il m'a fallu beaucoup de
temps pour refermer ma blessure. Et alors y a eu mon
histoire avec Frédé.
J'avais envie de lui répondre : « Quelle histoire avec

---

1. *J'attendrai*, 45 t EP Philips 437 267 (décembre 1966), 33 t
Philips 844 777 (décembre 1966), 45 t EP Philips 437 267 (janvier
1967), 33 t Philips 70 386 (janvier 1967) et *Claude François à
l'Olympia* 33 t Philips/Flèche 844 804 (décembre 1969).

Frédé ? » C'était une très vieille lubie, Frédé, qui reprenait périodiquement ses droits en lui. Le choc causé par le départ de ma sœur avait redéclenché cette pathologie. Je sais que Bernard va très mal quand le processus « Frédé » se remet en route.

L'affaire Frédérique Barkoff

Pour la plupart des êtres humains, Frédérique Barkoff ne s'appelle pas Frédérique Barkoff : c'est la-petite-fille-qui-chantait-avec-Claude-François-sur-*Le-téléphone-pleure*. C'est loin. C'est flou. Pas pour Bernard et moi.

Bernard a écrit à Frédérique Barkoff pendant des années, tous les jours. C'étaient des dizaines de milliers de lettres qui étaient parties en direction de sa boîte aux lettres. Lettres remplies d'exhortations sidérantes, de prières démentes, de déclarations irréversibles, d'allusions risquées, de résolutions hasardeuses, de théories abracadabrantes, d'invitations périlleuses, de recommandations surréalistes, de suppositions incroyables, de révélations essentielles, d'égards disproportionnés, de revendications déplacées, d'ultimatums capricieux, de chantages au suicide et de chansons inédites de Claude François signées Bernard Frédéric.

PETITE FRÉDÉRIQUE

Dans les matins qui sont froids,
Comme dans les jours qui sont gais,
Je pense à Claude François
Sur scène à tes côtés

Du fin fond de mon cœur,
La petite Frédérique,
Qui pourrait être ma sœur,
Entame un duo mythique

Le téléphone pleure encore
Puisque tu ne réponds pas :
Pour le moment tu m'ignores
Mais demain tu m'aimeras

Dans les nuits qui sont de trop,
Comme dans les soirs faits d'ennui,
Je sais bien que Cloclo
Te protège et te sourit

PLUIE DE PRINTEMPS

Mais où es-tu Frédé Barkoff,
Et que fais-tu de tes journées ?
J'ai demandé à Topaloff,
Mais même Patrick a séché

J'ai remarqué sur un poster
Que Claude t'aimait – comme ça se voit !
Il te sourit et ses yeux clairs
Ne reflètent que de la joie

Prends ces mots comme un magnolia,
Car dans le port d'Alexandrie
Toutes les lumières brillent pour toi :
Y a du soleil dans tes lundis

Il pleut souvent dans mon jardin :
Ici le printemps ne chantera

Que lorsqu'un petit mot de rien
Ta signature portera

Bernard était même allé jusqu'à acheter pour Frédé, chez Étamine, à Orléans, une jolie petite robe bleue, très chère, qu'il a postée dans un colis qui contenait également toutes sortes de friandises : Bounty, Mars, MnM's, Lion, etc. Il m'a expliqué que le moment le plus délicat, c'est quand la vendeuse lui avait demandé la « taille et les mensurations de Madame ».

Bernard avait également décidé de concocter à l'attention de « Frédé » une compilation (il prononce *compidation*) géante de ses chansons préférées [voir Annexe 4, p. 393 : « "Frédérique Frédéric", Méga-compi nanardienne destinée à Frédérique Barkoff »]. Ce « best-of » des « best-of » était ce qui le décrivait le mieux. Nanard a toujours été un génie de la compilation. Les morceaux qu'il sélectionne ne sont pas ceux qu'on peut écouter à longueur de journée sur Nostalgie ou RFM[1].

Toute cette histoire était de la faute d'Al Pacino. Un beau jour, Jean-Pierre Bourtayre (compositeur de *Chan-*

---

1. Branche-toi tout de suite sur RFM, lecteur : tu tomberas fatalement sur une des chansons suivantes : *Stand By Me, The House Of The Rising Sun, No Milk Today, I Started A Joke, A Whiter Shade Of Pale, I Heard It Through The Grapewine, My Year Is A Day, Nights In White Satin, Avec le temps, Oh Happy Day !, My Lady D'Arbanville, Me And Mrs Jones, Angie, San Francisco, Porque Te Vas, Feelings, No Woman No Cry, Sailing, Les vacances au bord de la mer, Say It Ain't So Joe, Show Me The Way, Hotel California, The Year Of The Cat, Many Rivers To Cross, Les uns contre les autres, Blue Eyes, Every Breath You Take, Sweet Dreams, Every Time You Go Away, Nuit magique, Quelque chose de Tennessee.*

son populaire) va voir *L'épouvantail*, film où Pacino abandonne sa femme et part à l'aventure. Au bout de huit ans, il craque et appelle chez lui. Une gamine décroche le téléphone : sa propre fille. Jean-Pierre Bourtayre persuade Claude d'en faire une chanson. Encore faut-il trouver la petite. Une centaine de gosses est auditionnée. Aucun ne convient. Claude a alors une idée géniale : pourquoi ne pas essayer avec la fille de Nicole Gruyer, la dame de confiance de Claude, et de Jean-Paul Barkoff, l'attaché de presse des disques Flèche ? Ils sont vraiment divorcés dans la vie et leur petite Frédérique a justement l'habitude de leur servir d'intermédiaire téléphonique.

Le 45 tours se vend à 80 000 exemplaires par jour. En trois mois, on dépasse le million. Au « Hit-Parade » d'Europe 1, Jean-Loup Lafont n'a jamais vu ça. Richard Anthony, malgré le décollage d'*Amoureux de ma femme*, a l'air d'un nain face au bulldozer Cloclo.

— Tais-toi, Couscous, tais-toi, là, bastapute ! Elle va faire son entrée !

Bernard a ses yeux de fou. Il fait allusion à l'apparition de Frédérique sur scène, aux côtés de Claude, lors du concert mythique du dimanche 15 décembre 1974[1] au Parc des Expositions au profit de l'Association Perce-Neige de son ami Lino Ventura.

Ce jour-là, Frédérique avait répété dans l'après-midi (en manteau) et le soir, vers 18 h 30, elle était sur scène (en jupette). « En tournée, avait déclaré Claude, je la remplace par une bande magnétique, parce que

---

1. 22 alexandra 35.

Frédérique est encore trop jeune pour mener la vie d'artiste. »

Bernard aimait écouter en boucle (et quand je dis en boucle, c'est en boucle) le passage où Claude introduit Frédérique auprès de son public :

CLAUDE *(un peu essoufflé)* : Pour *Le téléphone pleure*, je vous ai réservé une petite surprise, ce soir. C'est bien la seule ville où je peux vous proposer cette petite surprise. Il s'agit de la p'tite fille qui répond au téléphone pendant que je chante dans le disque. Alors je vais vous la proposer pour la première fois – c'est la première fois de sa vie où elle vient sur une scène, c'est la dernière fois sûrement. *(À Frédérique.)* Salut. Alors elle est là. – *(À Frédérique.)* Tiens tu veux pas parler un petit peu aux gens ?

FRÉDÉRIQUE : Ben, j'étais très contente d'être ici et pis de chantler *(sic)* avec Claude François et puis… heu…

CLAUDE : C'est pas mal hein ? C'est pas mal pour commencer… J'crois qu'elle est tellement p'tite – y a pas une chaise dans le coin ? *(À un technicien.)* Allez ramène-moi une chaise, voilà c'est très bien ça, comme ça on me la met à ma hauteur – pour une fois que j'ai quelqu'un qu'est plus p'tit qu'moi. Voilà. Haa… C'est bien, ça. Qu'est-ce qu'on va chanter d'après toi, tu crois ? *Si j'avais un marteau* ? Non, hein ? *(Rires.)* Voici *Le téléphone pleure*.

— J'ai peut-être été con d'arrêter le plan Frédé, Couscous… J'ai vraiment pas gras dans le kangourou pour arrêter comme ça un amour… Je suis pas allé jusqu'au bout. Elle a dû se dire que j'avais un problème de motivation. Elle a raison ! J'ai pas eu Frédé parce que je ne me suis pas donné les moyens de l'avoir. Puisque Véro vient de se tirer, je vais reprendre tout le dossier où que je l'ai laissé. Je vais aller lui dire pardon d'avoir failli à mon devoir. Désormais, plus rien pourra m'arrêter !

Il avait une intonation de malade mental en déclamant tout ça. J'ai essayé de le raisonner. J'ai compris que ça ne servirait à rien.

— Et tu vas m'aider. Tu vas m'aider… C'est du très, très grand « j'ai besoin de toi ».

— Je crois que tu as besoin de sommeil, Nanard… Frédé c'était y a longtemps. Et puis ma sœur, je la connais bien : je suis sûr qu'elle va revenir…

Je parlais dans le vide. Bernard a prétendu que cette fois il l'aurait, qu'il repartait au combat, que c'était une question de vie ou de mort, qu'il lui ferait un enfant.

Le plus désagréable, c'est quand il s'est mis en tête d'aller à Paris pour attendre Frédérique en bas de chez elle et tout lui balancer de visu. Je lui ai dit que ce n'était pas une bonne idée, qu'elle allait avoir très peur.

— Elle va te prendre pour un névropathe, Nanard.

— Mais non, je vais juste lui donner une nouvelle compi avec que des versions différentes du *Téléphone pleure* en concert et puis lui demander sa main. Je lui ai fait une compidation.

Lorsqu'on est partis, en ce petit matin d'avril 1994, les arbres étaient lugubres. Bernard a passé deux heures dans la salle de bains à se préparer. Il a voulu bien s'habiller, choisissant les plus belles étoffes. Il a repassé ses cols pelle-à-tarte. Il a ciré huit fois ses bottines anglaises, en faisant couler du cirage incandescent

dessus, comme il avait appris au 3ᵉ RAMA pour faire
briller les rangers.

En arrivant on a trouvé porte close et personne
n'était là. Il faut quand même dire qu'on n'était pas
spécialement attendus. On a passé deux nuits blanches
dans la voiture devant chez elle à écouter du Claude.
Bernard n'a pas cessé d'aller sonner à la porte ou de
déposer des mots doux dans la boîte. Parfois, toutes
vitres ouvertes, il mettait *Le téléphone pleure* à nous
en faire exploser les tympans. Jusqu'à ce que les flics
nous demandent ce qu'on faisait là, comme quoi il y
avait des gens, dans le quartier, qui nous trouvaient
bizarres et qui pensaient qu'on préparait du louche.

— Nom ?
— Frédéric.
— Prénom ?
— Bernard.
— Profession ?
— Claude François.

On est rentrés penauds sur Orléans. Bernard n'a pas
dit un mot sur la route, même quand on est passés sous
l'Arche. Une fois à la maison, il m'a dit de ne pas le
déranger puis il est parti s'enfermer dans sa chambre.
Au bout d'une heure, il en est ressorti en me demandant ce que je pensais de ça :

Chaingy, jeudi 5 mai 1994

Chère Frédé,

Sais-tu ce qu'on appelle cardiothyréose ? C'est une
maladie du cœur très grave, dont je suis atteint depuis

tout petit. Je n'ai plus beaucoup d'années devant moi. Le
peu qu'il me restait à vivre, je voulais le passer avec toi.
Mais si moi je suis malade au cœur, toi c'est pire : tu n'en
as pas. C'est dommage. C'est du gâchis. Tu seras responsable si le cœur lâche plus tôt que prévu. Adieu.

                                        TON BERNARD

— Tu sais Couscous, me confia Bernard quelques
jours plus tard, j'ai peut-être fait une connerie. Frédé
n'est pas forcément la fille qu'il me faut. J'aurais sans
doute dû tenter Julie.
— Julie?
— Ben Julie Bataille. Tu sais, Miss Podium 73.

L'exorsosiste

Quand Véro est revenue, elle a fait promettre à Bernard de ne jamais plus exercer son activité de Claude
François et a pris rendez-vous pour lui à Paris, 14, rue
Marcadet, chez Monsieur Lo, un «exorsosiste» (exor-
ciste spécialisé dans le traitement des sosies[1]). L'endroit avait une allure clandestine pas très rassurante.
La porte s'est ouverte automatiquement, donnant sur
une salle d'attente extrêmement propre et aseptisée,
comme chez le radiologue. Attendaient un Gainsbourg,
deux Sardous, un Dalida homme et un Dalida femme
(on aurait dit qu'ils étaient ensemble), un Mike Brant,

---

1. Une Association des Claudes François Anonymes existe également pour aider les sosies de Claude à s'en sortir (de Claude).

un Julio Iglesias, un Johnny et trois Michaels Jacksons. Une secrétaire s'est approchée du Johnny :

— Vous avez dû vous tromper de jour, monsieur.

— Comment ça ?

— Le professeur ne reçoit jamais de Johnny le lundi.
Les Johnnys, c'est le mercredi, avec les Elvis.

— Monsieur Frédéric ! a retenti une voix.

Bernard s'est levé. Véro lui a adressé un regard qui
voulait dire : « c'est pour le bien de notre couple ». Une
femme accompagnée d'un trentenaire barbu et obèse
vêtu d'une chemise hawaïenne et d'un bandeau dans
les cheveux est venue s'asseoir à côté de Véro et moi.

— Il est cher, le docteur, a-t-elle lancé à Véro, mais
il fait des miracles ! Grâce à lui, mon fils ne fait plus
que trois galas par an.

— Votre fils ?

— Oui : le sosie de Carlos… Vous ne connaissez
pas mon fils ? Il a tourné pendant dix ans sous le nom
de Barlos. Ça lui vient de son père, qui était lui-même
le « Alain Barrière picard »… Mais c'est fini tout ça,
hein mon chéri ?

Barlos, renfrogné et buté, a fait signe de la tête que
non.

— C'est qu'il est possédé, mon gars… Hein mon
pauvre chou ? En lui faisant chanter *Big bisou* à l'envers,
le professeur Lo a décrypté des messages sataniques.

Après quinze minutes d'attente, le docteur Lo nous
a fait appeler, Véro et moi. M. Lo était un Noir d'une
cinquantaine d'années, portant djellaba et calotte. Ses
gestes étaient lents et précis. Selon un immuable protocole, M. Lo invite son patient à s'asseoir en tailleur
en face de lui puis lui fait lire des sourates du Coran.

Pendant que le Elvis, le Johnny, le Cloclo ou la Mireille Mathieu lit, M. Lo saisit dans la poche de sa djellaba une poignée de coquillages, les manipule comme des osselets et les jette sur le tapis.

— Madame, je n'irai pas par quatre chemins : votre mari n'est pas un Claude François.

— Vous êtes sûr ? a demandé Véro, soulagée mais incrédule.

— Madame, a renchéri très calmement l'exorsosiste, en vingt ans, j'ai traité des centaines d'Elvis, de Sardous, de Léos Ferrés, des Johnnys par wagons et même un Florent Pagny. Les Claudes François, qui sont par ailleurs ma spécialité, je ne les compte même plus. Monsieur n'est pas un Claude François. À peine un François Valéry... Pour rester poli.

— Sale nègre ! Je suis Fils de Claude ! a hurlé Bernard.

— Ne blasphémez pas : vous êtes un imposteur, monsieur Frédéric.

Quand nous sommes partis, Nanard avait dévasté le cabinet. Véro réitéra néanmoins sa menace de quitter Bernard s'il ne délaissait pas la peau de Claude. Quelques jours plus tard, afin de convaincre Véro de sa popularité, Bernard eut alors l'idée de taguer lui-même au pistolet à peinture (avec mon aide, j'ai honte de l'avouer) notre propre pavillon de messages de fans enamourés. Sans compter les nuits qu'on avait passées à écrire nous-mêmes, dans ma chambre, ou à l'Arche, des lettres hystériques réclamant que Nanard fasse davantage de galas.

Cher Bernard,

J'ai entendu il y a sept ans, sur Orléans FM, que ton type de fille favori était «une petite blonde aux yeux bleus». Ma sœur et moi t'aimons beaucoup (et même un peu plus : nous sommes folles de toi). Bien que nous soyons brunes toutes les deux, pouvons-nous espérer avoir un peu de ton amitié ?

ISABELLE GENTIL, OLIVET

Cette lettre s'inspirait éhontément de celle que Maryse Ducourneau, de Stains, avait adressée à Claude en 1965 et qui fut publiée dans *Salut les copains*.

V

C'est un départ

> Bien sûr qu'il existe des posters de
> Bernard Frédéric.
>
> BERNARD FRÉDÉRIC.

Retour aux éviers

Mais quittons l'année 1994 et revenons au présent :
un évier rempli de vaisselle sale, un passé qui ressemble à cet évier rempli de vaisselle sale, un avenir
incertain.

— T'as raison, Couscous. On a tout faux ! On se
noie dans l'évier ici. On peut pas rester des gratte-cul.
Parce qu'un jour on meurt et on n'a pas été star.

Le soir, pour se remotiver, une fois Véro endormie,
on a regardé les vidéos de nos galas de l'époque. Une
de mes préférées a toujours été celle du *live* à la Quinzaine Yoplait des Trois Mousquetaires, au centre commercial Intermarché-Jargeau, le 30 mars 1991[1]. Bernard
surpasse presque (*presque*) Claude sur certains mor-

---

1. 26 podium 51.

ceaux, comme *Magnolias For Ever* ou dans son final
sur *Si j'avais un marteau*. La soirée des Catherinettes,
le 11 octobre 1994[1], sur le parking du Shopi, à Garches,
est fabuleuse également. Même si ce fut la grosse
engueulade au sein de l'équipe pendant le *debriefing*, à
cause de Jacqueline qui avait lâché Bernard pendant
Alexandrie, Alexandra. 12 mars 1990[2], inauguration
du Speedy de Fleury-les-Aubrais. 2 novembre 1993[3],
Fête du saucisson à Bucy-Saint-Liphard : c'était la première scène de Magalie, une des meilleures Bernadettes qu'ait connue notre formation. Et le Bal des
Seniors, en avril 95, le 14, à la salle des fêtes de
Chaingy. À la fin du show, Bernard avait dansé avec la
doyenne du village, Émiline Bréhier, 107 ans. Toute
l'assemblée en avait eu les larmes aux yeux. Et la
standing ovation, aux 10 ans de France-Menuiserie à
Meung-sur-Loire, dernière date de notre ultime tournée. Même Sardou n'a plus des *standing ovations*
comme celle-là : vingt minutes ! Ce samedi-là, Bernard était en concurrence avec un « Spécial Patrick
Sébastien » sur TF1. Eh bien, tout Meung avait fait le
déplacement.

C'était une foule immense que nul ne pouvait dénombrer

Bernard avait tout donné. Tout. Il avait achevé le
public, après une bonne dizaine de rappels, avec un
pot-pourri. Le même que sur *L'Album Souvenirs* de

1. 12 kathalyn 54.
2. 20 podium 50.
3. 17 marteau 54.

1978 : *Éloïse* ; *Il fait beau, il fait bon* ; *Comme d'habitude* ; *Rêveries* ; *Quand un bateau passe* ; *Donna Donna* ; et *Si j'avais un marteau*.

J'adore également Châteauneuf-sur-Cher 93. Bernard, en costume lamé argent orné de strass et de «rubis», avait mis le feu aux poudres jusqu'au dernier rappel. Mais rien n'égalera jamais le show de la Foire aux asperges de Tigy du dimanche 26 avril 1992[1]. C'est une copie de cette cassette que j'ai envoyée, il y a deux semaines, à « C'est mon choix », l'émission d'Évelyne Thomas, sur France 3. Chaque année, celle-ci organise un grand concours de sosies, «La Cérémonie des Sosies», au Palais des Congrès, retransmis en direct.

— Et tu sais quoi, Nanard ? Évelyne Thomas a adoré ! On est pris ! T'interpréteras la chanson de Claude que tu voudras ! Le gagnant dansera même avec les vraies Clodettes, dont Ketty elle-même !

Le visage de Nanard a commencé à rayonner. C'était une revanche sur cinq années d'anonymat et d'eau de vaisselle.

— Ketty… La vraie Ketty ?

— La vraie, Bernard. La vraie.

Considérations sur le casting
de « C'est mon choix »

— Ce sera qui donc les autres Claudes ? m'a demandé Nanard une fois ses esprits repris.

— Que des pointures, Nanard, j'te préviens ! C'est

---

1. 13 rio 52.

que des officiels… Tu seras le seul non-officiel…
Attends, j'ai la liste, là. Elle est pas close, mais on sait
déjà que y aura Clody Claude[1]…

— Connais pas.

— Mais si, tu sais, en 95 à Outarville, c'est lui
qui…

— Connais pas ! Qui d'autre ?

— Claude Sanderson…

— On dirait Annie Girardot. Après ?

— Claude Sylvain.

— Lui c'est pareil ! Ses danseuses se faisaient déjà
des lumbagos sous Pompidou. Et puis depuis qu'il a
fait tomber sa moumoute à Château-Landon y a trois
ans pendant un mashed-potatoes il est grillé… Ensuite ?

— Doodoo Franky.

— Houais, je vois qui c'est : il avait moins 15 ans
quand Claude est mort. Il sera pas prêt avant 2023.
Continue…

— Claudine…

— Quoi ? La gouinasse ? Elle danse pas le Dirla-
dada au paradis des brouteuses, celle-là ? Raaah, qu'est-
ce qu'elle ferait pas pour se faire laper la crape par une
Clodette, cette vieille pute ! Bon ben la suite, la suite :
pour l'instant, c'est que des ruines, un nouveau-né et
une gousse pour hospice !

— Chris Damour.

— Pfft ! Lui c'est un danger pour personne. À part
peut-être pour lui-même… C'est tout ?

— Doc Gynéclaude.

---

1. Voir Annexe 1, p. 375 : « Quelques Claudes François célèbres »,
pour la biographie des sosies cités ici.

— Un branleur ! Si Claude était vivant, il lui casserait la gueule. C'est fini ?

— Heu… Non.

— Pas Luc François j'espère !

— Non, lui il s'est désisté au dernier moment : il est en tournée au Québec.

— C'est pas dommage. Et Claude Flavien ?

— Non plus : il est dans le plâtre.

— Bon alors y a qui d'autre ?

— Ben…

— Accouche bastacouette ! Pis fais pas cette tronche de mimosa enceinte !

— Little Claude.

Nanard a été secoué d'un tic nerveux, comme s'il chassait une guêpe imaginaire.

— T'es sûr ?

— Oui.

— On a aucune chance.

À la toute fin des années 90, le fan-club rémois de Claude connaît une agitation frénétique. Quinze heures par jour, des sosies de Claude François déchaînés, essentiellement marginaux, s'affrontent énergiquement au cours de play-back ou de karaokés marathons ou, au contraire, de blitzs (play-back ou karaokés en accéléré). Les jeunes turcs comme les frères Zanzini, Francis Claude, Patrick Hervé, entre autres, passent leur vie dans cet univers clos où la cohabitation avec des Claudes François plus traditionnels (pour la plupart des retraités poussant la chansonnette) ne va pas sans heurts. De cette communauté hétéroclite, un Claude François va se révéler le maître incontesté : il n'a pas 12 ans. Connu sous le nom de Little Claude (il s'ap-

pelle en réalité Patrice Watt), ce Cloclo en culottes
courtes mettra deux ans seulement à passer du rang de
sosie débutant à celui de meilleur Claude François du
club en karaokés accélérés. Il n'a pas fallu attendre très
longtemps pour voir ce que ce prodige au tempérament
teigneux est capable de faire dans les tours de chant et
les chorégraphies à vitesse normale. Il devient vite la
grande attraction, et pour les Claudes François officiels de passage, comme Claude Sanderson, un adver-
saire qu'on évite d'affronter en duo. Tout le monde
n'est pas d'accord pour que Little Claude passe l'examen de Claude François officiel et aille chez Évelyne
Thomas à « C'est mon choix ». N'est-ce pas l'envoyer
au massacre et briser prématurément une carrière pro-
metteuse ? Les caïds du milieu n'en feront qu'une bouchée et le feront pleurer. Car Little Claude, s'il triomphe
sans vergogne après un succès, ne retient pas ses larmes
quand il rate un pas de danse ou une mesure d'*Alexandrie, Alexandra* ou de *Magnolias For Ever* (qu'il peut
chanter et danser jusqu'à cinq fois plus vite que la
vitesse normale). Little Claude obtient une dérogation
du C.L.O.C.L.O.S. et passe l'examen : le *wonderkind*
est reçu avec la meilleure moyenne de tous les temps
(19,25/20).

Nanard a mis quelques minutes à absorber le choc.
Comme on rince un évier qu'on doit laisser nickel
après le boulot, il était en train d'évacuer des milliards
d'heures de regrets, de rancœurs, d'aigreurs et de
remords. Cloclo reprenait ses droits en lui. Nanard irra-
diait d'un plaisir intérieur, solitaire, qui avait quelque
chose de divin : Évelyne Thomas avait dit oui.

Il m'est tombé dans les bras. Si Leroy, notre chef,

était entré à cet instant, il nous aurait pris pour un couple de *strolls* (prononcer *schtroll*) : c'est ainsi que Bernard, homophobe pur jus, a toujours désigné les homosexuels, à cause d'une danse des années yé-yé appelée le « Popeye stroll ». Or, Nanard a toujours trouvé que les chaussures à la mode dans les milieux gays ressemblent à celles de Popeye. Le générique de « Salut les copains », interprété par les Mar-Keys, était du pur Popeye stroll.

— Tu sais quoi, Couscous ? La gloire c'est un cycle ! La roue tourne. Le cycle du cosmos dans la vie. C'est une grande roue ! On se fait une petite sardonnade, samedi soir, pour fêter ça ?

— Ah non Bernard, pas ça. Tu sais que je ne pratique pas.

— Juste une ! C'est symbolique.

— Non.

Les sardonnades du samedi soir

1) DÉFINITION

Tout le monde a entendu parler des ratonnades, ces expéditions punitives menées à l'encontre des Maghrébins, l'argot « raton » désignant dans les couches populaires les Français d'origine nord-africaine. La langue évoluant, le terme de « ratonnade » s'est aujourd'hui élargi : il ne désigne plus seulement les brutalités envers les Nord-Africains, mais envers des groupes ethniques en général, ainsi qu'envers des groupes sociaux. Or, il y a un groupe social que Bernard n'a jamais supporté :

celui des Sardous. « On appelle "sardonnades" les expéditions punitives que certains sosies et imitateurs de
Claude François conduisent de manière épisodique à
l'encontre des sosies et imitateurs de Michel Sardou
(la seule consigne étant, généralement, de ne pas toucher aux fans). Les descentes de Sardous pour passer
les Cloclos à tabac sont appelées, dans le milieu, des
claudades (à ne pas prononcer comme le mot portugais
saudade). » (Martial Guillen et Thérèse Vaillant, *Dic-
tionnaire du Claudisme*, Palandier, 1989.)

2) Repères historiques

Si les Cloclos entre eux se détestent, il est un sujet
sur lequel ils se retrouvent unanimement : les Sardous.
La tradition a longtemps consisté, chez les Claudes
François, à laisser les sosies de Michel s'en prendre
aux sosies de Claude sans riposter. L'histoire remonte
à novembre 1975 : Michel Sardou décide alors de lancer
son propre magazine, *M.S. Magazine*, pour concurren-
cer *Podium*, que Claude gère comme un saltimbanque
mais dont le succès est tel qu'il a fini par supplanter
Salut les copains. Michel sort la grosse artillerie. Si tu
en as l'occasion, lecteur, jette un œil sur le numéro 5
de *M.S. Magazine* de mai 1976. La couverture montre
une photo amateur de Claude, chemise déchirée, cernes
sous les yeux, en sueur, regard de malade mental,
mains dans les cheveux, des poils ébouriffés surgissant
de son aisselle droite. Le tout avec ce gros titre : « AU
FOU ! » À l'intérieur, dans un article au vitriol, Claude
est traité de « sauterelle » par un plumitif à la solde de
Sardou. Découvrant le papier, Claude reste de marbre.

Il sait que lorsque les sauterelles se répandent sur la terre, leur pouvoir est pareil à celui des scorpions. Il prend ça comme un compliment.

> *Les sauterelles avaient l'aspect de chevaux équipés pour le combat,*
> *Sur leurs têtes on eût dit des couronnes d'or,*
> *Et leurs visages étaient comme des visages humains.*

Quelle sera la consigne de Claude pour contrer l'attaque ? Rendre la pareille à Sardou ? Non : se comporter en grand seigneur, continuer à soutenir Michel, et même l'exiger comme *guest star* du « Numéro Un Claude François » de la fin de l'année 76.

> *Si quelqu'un te frappe sur une joue, présente-lui aussi l'autre. Si quelqu'un te prend ton costume de scène, ne l'empêche pas de prendre encore tes bottines.*

Voilà comment est née la tradition de non-agression des Claudes à l'encontre des Michels. Hélas, cette jurisprudence est allée en s'émoussant depuis la disparition de Claude et le boom des sosies. Les sardonnades et les claudades se sont alors multipliées.

3) REMARQUES GÉNÉRALES SUR MICHEL SARDOU

À titre personnel, je condamne ces pratiques : Michel est un très grand artiste. Certes, ce n'est pas Claude, mais comment écouter *Je vole* sans pleurer ? Comment écouter ce classique qu'est *Le bac G* sans réfléchir sur les malaises de notre société ? Et puis, Claude et

Michel ont souvent partagé les mêmes compositeurs et les mêmes paroliers. Quant à la version de *Comme d'habitude* interprétée par Michel, n'est-elle pas un hommage flamboyant à Claude ? En fait, la seule chose que je n'ai jamais réussi à comprendre chez Sardou, c'est si les paroles de *Je vole* parlent d'un voyage en mer ou d'un suicide.

4) TRAVAUX PRATIQUES

J'ai assisté une seule fois à une sardonnade. C'était en décembre 1992. Bernard s'était bien gardé de me dire où nous allions ce soir-là. Arrivé au niveau du pont George-V, Bernard avait bifurqué sur Olivet. On s'est dirigés vers le Bowling.

— On va casser du Sardou.

C'était en effet au Bowling d'Olivet que, chaque samedi soir, le fan-club orléanais de Michel tenait sa réunion hebdomadaire, invitant pour l'occasion un ou plusieurs sosies.

— C'est MC Cloclo qui organise la baston.

MC Cloclo était un jeune Antillais de Chartres qui avait repris l'intégrale des chansons de Claude en rap – ce que nombre de Cloclos avaient par ailleurs bien du mal à supporter. Bernard, suivant ainsi sa conception d'un claudisme adapté à la sensibilité de chacun, aimait beaucoup MC Cloclo et c'était réciproque.

Parking. Bernard avait lancé deux appels de phares. Un autre véhicule avait répondu avec le même signal. Trois silhouettes s'étaient avancées vers nous : MC Cloclo, Walter François, un ancien taulard reconverti en Cloclo après des années passées à faire la manche en compagnie de son berger allemand Minos sous les arcades de la rue Royale à Orléans, et Lucien Dannemois, dit «Lulu», un ancien légionnaire réputé pour être un cramé de la tête. Faire la liste des boîtes qu'il avait saccagées et des gueules qu'il avait mises en pièces pour un mot de trop prononcé à l'encontre de Claude n'entre pas dans les limites de ce récit. Il y a quelques années, Walter et Lulu avaient envisagé un temps de kidnapper Jordy et de demander une rançon.

— On frappe avec quoi? a demandé Nanard.

— *Comme d'habitude*, a répondu MC Cloclo.

— Super! a gloussé Nanard. Je vais chercher la mienne.

Il parlait de sa batte de base-ball.

— Viens là ma titine!

Et il l'a embrassée.

— C'est qu'elle en a, la coquine, du sang de Sardou, sur le CV! Hein ma titine?

— Y vont voir si on est des pédés, a calmement annoncé Walter.

— Tiens! Toi, Couscous, tu prends les photos, m'a dit Nanard en sortant de sa poche un appareil jetable.

— Ah non Nanard, désolé, je cautionne pas ça. Je reste dans la voiture.

Suis-je une ordure? Un faible? Un voyeur? Un peu tout ça. Comme toi, je te signale, qui passes tes journées devant «Loft Story». J'y suis allé finalement. Je n'ai pas participé activement, mais j'y suis allé. Ce fut un carnage. Effet de surprise: les Sardous n'eurent pas le temps de réagir. Il y en avait cinq ou six au milieu des fans, en costumes de scène. Affolés comme des gélines enfermées avec Renart dans leur poulailler, les

Michels couraient dans tous les sens, pleurant, beu-
glant, suppliant. Nanard, s'époumonant avec des « you
are dead ! », coursa l'un d'eux, jurant de l'achever s'il
le chopait :

— Regardez-moi ça, comme elle court, la maladie
d'amour ! riait Nanard.

Puis il parvint à agripper le Sardou par les cheveux :

— Viens là, salope !

Ce dernier poussa un cri de goret. Il ne s'agissait pas
d'une perruque mais de ses véritables cheveux. Bernard le tirait à présent sur le sol. Il avait prise, car ce
Sardou-là n'était pas un Sardou des années 90,
avec une coupe quasi militaire, mais un Sardou 1974,
romantique, avec longue chevelure bouclée. Il n'essayait même plus de se débattre : Nanard venait de lui
balancer un coup de batte sur les côtes, qu'il lui brisa.

— Arrête tes fanfreluches ! trancha Nanard.

Pendant ce temps, Lulu faisait honneur à sa réputation de fou furieux en tenant un autre Sardou plaqué au
sol, solidement coincé entre ses cuisses.

— Fils de pute !

J'ai bien cru qu'il allait l'étrangler et le laisser mort
sur place, quand soudain un Michel arriva derrière lui
en boitillant, pointant vers le Cloclo légionnaire un
revolver :

— Lâche-le ou je tire ! a menacé le Sardou.

C'est alors que Walter François abandonna un Michel
qu'il était en train de latter à grands coups de bottines
(une imitation des Hydra blanches en cuir grené de
Claude) dans l'abdomen avec l'aide de MC Cloclo et
sauta sur le Sardou armé, le faisant trébucher. Il l'im-

mobilisa à terre, s'empara du revolver et le lui fourra
dans la bouche :

— Alors, ma jolie, on joue les durs ?

Puis, faisant allusion à un tube de Michel :

— Ça m'étonnerait que tu meures de plaisir, là !

Le Sardou était figé dans la terreur, les yeux écar-
quillés. Walter sortit un briquet « Cloclo 2000 » de sa
poche.

— Je vais te griller le cul !

Il commença à chatouiller le pantalon argenté du
Sardou avec sa flamme tout en maintenant l'autre main
sur la bouche de sa victime. Lulu, lui, avait menotté
son Sardou depuis un moment. Avant que quiconque
n'intervienne et que la police ne rapplique, on était
déjà dans les voitures. Les fans, eux, trouillards comme
pas permis, avaient détalé depuis belle lurette. Trois
Sardous furent capturés ce soir-là. Bernard en avait pris
un. Ligoté. À l'arrière.

— Vous m'emmenez où ?

— Au Connemara, ma choute ! Voir les lacs !

La fête s'était poursuivie dans un hangar désaffecté
de la zone industrielle de Patay. À l'intérieur, c'était
comme des ateliers. Chacun malmena son Sardou
comme bon lui sembla. Lulu et MC Cloclo rasèrent le
leur avec une tondeuse en chantant le refrain de *Être
une femme*.

Femme des années 80
Mais femme jusqu'au bout des seins
Ayant réussi l'amalgame
De l'autorité et du charme

Bernard et Walter avaient pour leur part ouvert un atelier d'arts plastiques : ils refaçonnèrent leurs Sardous respectifs de la tête aux pieds à l'aide de pistolets à peinture (orange, vert fluo, violet). Les trois pauvres sosies de Michel étaient attachés à des lamelles d'acier incrustées dans les parois du hangar et ne pouvaient pas s'échapper. Frappés d'épouvante, ils tremblaient de peur.

— J'ai comme qui dirait envie de pisser ! s'exclama Bernard.

Atteignant les limites du déshonneur et de la débauche, il couvrit d'urine les trois malheureux sur l'air du *France*. Puis, s'égouttant sur l'un d'eux :

— Claude fait pleuvoir sur les injustes.

Quand on relâcha les deux premiers, ce fut en pleine Beauce, près de l'autoroute, complètement à poil. MC Cloclo proposa qu'on garde le troisième pour le supplice dit du « marteau », qui consistait à enfermer un Sardou dans le hangar pendant douze heures, attaché, sans manger ni boire, avec une sono à fond la caisse diffusant en boucle *Si j'avais un marteau* de Claude – soit 288 écoutes.

VI

Le musée de ma vie

> Ce que je préfère chez moi, c'est
> Claude.
>
> BERNARD FRÉDÉRIC.

Maïwenn devient une Bernadette

Bernard a proposé à Maïwenn de faire la Bernadette dans notre nouvelle formation. Elle nous a fait languir pendant une semaine avant de nous donner sa réponse qui, contre toute attente, a été positive. Comme nous, Maïwenn était prête à n'importe quoi pour quitter l'univers de l'Arche.

— Ce sont tes derniers jours d'Emmerdodrome! a lancé Nanard.

— Bon, je vous laisse, les garçons, j'ai une classe de 5e qui arrive…

Réalisées pour les plus jeunes sous forme de jeu de piste ou de rallye photos, les animations de Maïwenn au Géodrome sont prévues pour tous les niveaux, depuis la maternelle jusqu'au lycée.

— C'est quoi, ça, madame, le petit moulin, là? a demandé un gosse.

Bernard et moi avions, à l'emplacement précis de Dannemois sur la France miniature du Géodrome, reconstitué le Moulin de Claude ainsi que sa tombe au 1/1 000. On fleurit la minuscule tombe régulièrement, et parfois on y pose un cierge – une bougie d'anniversaire afin de conserver les proportions.

— Ça? a répondu Maïwenn un peu gênée, c'est rien... Venez, je vais vous montrer les différentes sortes de calcaires qu'on trouve dans le Bassin parisien.

Soudain Bernard, fou de rage, a surgi de derrière un talus :

— N'écoutez pas, les enfants ! C'est pas rien, c'est *tout*, au contraire ! C'est un lieu saint ! C'est là qu'a habité Claude François !...

— Bernard, non ! s'est fâchée Maïwenn.

— Vous demanderez à vos parents à la maison ce soir en rentrant qui que c'était que Claude François... Ils vont vous le dire ! C'est pas Garou ! Pas Bopispo ! C'était un grand monsieur enterré là... Demandez ce soir à vos parents ! Demandez-leur de vous emmener au Moulin.

Le Moulin de Dannemois

Autoroute du Sud. Direction Fontainebleau. Sortie Cély-en-Bierre. Parcours fléché jusqu'à Dannemois. Entre Corbeil-Essonnes et Milly-la-Forêt.

Moulin de Dannemois
ancienne propriété de
Claude François
1964-1978

Le Moulin est un monument historique du XIIe siècle. Il y a quelques années, avant que M. et Mme Lescures ne le rachètent et ne lui redonnent vie avec passion, il était mangé par les herbes. Les carreaux étaient cassés. Les rats grouillaient. La toiture était défoncée. Tout rouillait, le portail grinçait. La piscine était constellée de moisissures. Des orties avaient réussi à pousser sur le dallage bleu ciel. Le court de tennis était envahi par les ronces. Plus aucune trace de Joe Dassin, de Mort Shuman, de Mike Brant et de Sheila.

Pendant des années, on est allés se ressourcer là-bas, avec Bernard. On escaladait le mur et on se promenait dans les allées herbues. On cherchait à déceler parmi les broussailles, les ruines, des morceaux de 1972, des vestiges de 1975, des preuves de 1978. Parfois, on passait la nuit sur place, dans une des dix-neuf chambres à coucher. On savait bien que Claude nous aurait dit : « Faites comme chez vous ! » Du coup, c'est ce qu'on faisait. Par une nuit d'insomnie, Bernard était même allé nager dans l'École, parmi les cygnes craintifs. Aux beaux jours, on prenait le petit déjeuner sur la terrasse. En juin, sur un treillage de bois à la peinture craquelée fleurissait une glycine où les moineaux se posaient. Les fleurs étaient desséchées. On aurait dit des vieilles femmes.

On évitait le bâtiment secondaire, qu'un mystérieux incendie avait ravagé en 73, détruisant guitares, livres, opalines et souvenirs : le toit menaçait de s'effondrer. Claude, qui aurait voulu être américain, comme James Brown, avait baptisé cette partie du Moulin « la maison américaine ». D'une certaine manière, il l'était, américain – moins que Joe Dassin ou Mort Shuman, certes, mais beaucoup plus que Nicolas Peyrac ou Gérard Lenorman.

Marie-Claude et les pilleurs

On n'était pas les seuls à pénétrer dans l'enceinte du Moulin. Mais tous les visiteurs ne venaient pas pour communier avec Claude. Des types bourrés d'idées fixes pillaient tout, arrachaient des carreaux dans la piscine, ramassaient des gravillons dans l'allée, décollaient des tuiles de la toiture, décapitaient des statuettes, remplissaient leurs sacoches de morceaux de parpaings, de crépi de la façade, de débris de verre, de mégots qu'ils imaginaient avoir été fumés par des invités de Claude. Certains emportaient des fragments de marbre du caveau où Claude repose – un des lieux les plus profanés de France. Leur butin était négocié dès le lendemain auprès de différents fan-clubs.

Il y a deux sortes de fan-clubs de Claude : 1) ceux qui punissent ce genre de comportement[1], 2) ceux qui

---

1. Voici quelques très bons fan-clubs de Claude : Association Claude François, M. Mathieu Thierry, 1, rue d'Estouville, 76700 Harfleur, tél. : 02 35 49 02 98 ; Association Claude François,

les encouragent. Un des pires en la matière est l'Association Tourangelle des Amis de Cloclo (ATAC). Sa
présidente, Marie-Claude Gendry, qui se fait appeler
Marie-Claude par souci de proximité avec Claude mais
dont le véritable prénom est Edwige, est une vieille
folle obèse et dépressive à la peau criblée de cratères.
Elle collectionne les photos dédicacées de Claude, les
notes de restaurant de Claude, les mosaïques du pédiluve de la piscine du Moulin de Claude. Ce n'est pas
un hasard si elle est très amie avec le fondateur du
musée de la merde, René Rinaldo, dont la spécialité est
de conserver, dans des bocaux remplis de formol, les
étrons des vedettes du cinéma, des stars de la chanson
et des hommes politiques célèbres. Il a de tout dans
son musée (sis à Amiens) : Picasso jeune, Picasso
âge mûr, de Gaulle, Jackie Kennedy, Mick Jagger,
Diana, Bill Clinton, et même Laurel et Hardy dont les
« œuvres » excrémentielles sont inversement propor-
tionnelles à leur gabarit. La plupart de ces précieux
prélèvements ont été récoltés dans des hôtels chics
par des agents de la CIA qui, après analyse dans le but
d'évaluer l'état de santé des intéressés, en ont fait com-

Mme Lemarchand Jacqueline, 2, rue Louis-Funel, 06560 Valbonne,
tél. : 04 92 28 11 26 ; Club Claude François, Mme Julien Patou,
182, allée Thomas-Edison, 84500 Bollène, tél. : 04 90 40 02 08 ;
Club Claude François, M. et Mme Katchadourian, Villa Belle Vue,
Quartier Loubeyron, 04510 Mallemoison ; Club Claude François,
Mme Motard Martine, 103, résidence Jeanne-Hachette, 60000
Beauvais ; Club Magnolias for Claude, Mme Verstraeten Jeanine,
boulevard Mettewie, 87/25, 1080 Bruxelles ; Amicale Claude
François for ever, 5, rue Ambroise-Challe, 89000 Auxerre, tél. :
03 86 48 38 02.

merce pour arrondir leurs fins de mois. On prétend que
de nombreux faux sont en circulation.

EDWIGE *(gloussant)* : Mes amis, il reste encore au
Moulin, dans le parc et les dépendances, pas mal de
statuettes et de bustes. Il nous les faut. Il me les faut.
J'ai l'argent.

PILLEUR Nº 24 *(d'une voix qui s'enfle)* : Le fan-club
de Mike Brant m'a donné cent mille pour un foulard
qu'il avait porté adolescent en Israël. J'ai fait le voyage
là-bas pour rapporter la relique. J'ai peur de rien, du
moment que ça paye bien.

EDWIGE *(cassante)* : Tu n'auras pas à te plaindre de
mes tarifs. L'argent n'existe pas quand il s'agit de
Claude.

PILLEUR Nº 25 : On écoute.

EDWIGE *(levant un doigt)* : Il me faut le bas-relief en
plâtre offert à Claude par Petula Clark en juin 72. Vous
vous démerdez comme vous voulez, mes biquets. Il est
dur à arracher, faites gaffe. Je vous préviens, si vous
me l'abîmez, je vous envoie des mecs qui vous abîme-
ront aussi. *(Elle s'éclipse en se tortillant.)*

La plupart du temps, la grosse se fait rouler dans la
farine par les loulous qu'elle emploie. Ils lui rapportent
de l'eau de Loire en guise de flacons d'eau de l'École.
Les cailloux du Moulin ? Ramassés en bas de chez
eux. Et la grosse allonge les billets, ivre de bonheur.
L'année dernière, dans une sorte de remake de Car-
pentras, un commando Edwige a profané la tombe de
Ness-Ness (cf. *Le Quotidien de l'Essonne* du 19 avril
dernier, page 36) :

TRÉSORS MAL GARDÉS

Dans la nuit de dimanche à lundi, des pilleurs ont acquis à Dannemois, au cœur de la propriété de Claude François, une très belle statuette de Ness-Ness, le singe écureuil de Cloclo, merveille de l'art kitsch. Étant donné la multitude des statuettes de plâtre peintes ou de sculptures de cire, on peut accepter sans mauvaise humeur l'émigration de ces quelques spécimens. Mais il ne faudrait pas que ces fuites devinssent nombreuses.

Ness-Ness

Tout avait commencé au Zoo de Notre-Dame, l'animalerie où Claude achetait des animaux exotiques. C'est là qu'il était tombé amoureux de ce petit singe écureuil à la queue touffue et au museau foncé. Ness-Ness devint une des figures du Moulin. Il slalomait entre les pattes d'eph d'Hugues Aufray et les espadrilles de Sacha Distel. Il adorait jouer avec les bouclettes de Julien Clerc.

Pour jardiner en paix, Claude lui avait construit une cage à poules où il le cloîtrait. Mais savoir le petit animal enfermé le rendait malade. Au bout d'un quart d'heure, il venait le libérer. Aussitôt Ness-Ness reprenait vie, sautillait, piaillait et piétinait les plates-bandes. Jamais on ne l'avait vu chercher à s'enfuir. Il était sans cesse collé à Claude, fourré entre ses jambes à le faire trébucher, perché sur son épaule. Ses yeux minuscules brillaient. Ness-Ness était heureux.

Claude se plaignait parfois des ongles de son ami

quand celui-ci, en trois coups de pattes, grimpait jusqu'à sa chemise. Les enfants l'adoraient et il jouissait d'un grand succès auprès des Clodettes. Les soirs d'été, autour du barbecue, bravant les étincelles qui le faisaient parfois détaler, Ness-Ness venait chaparder des merguez qu'il s'empressait d'aller déguster dans une des nombreuses cachettes qu'il s'était bâties dans les arbres ou sur le capot d'une Porsche dont il rayait la carrosserie. Le vendredi 25 juillet 1975[1], à l'heure du dîner, Ness-Ness ne vint pas chercher sa merguez. Pourtant, ce soir-là, les flammes n'étaient pas plus hautes que d'habitude. On mit son absence sur le compte du nombre d'invités, plus important qu'à l'accoutumée. Ce n'est que le lendemain matin, en inspectant le tronc d'un vieux chêne, que Claude trouva le corps déchiqueté de son petit compagnon. Ness-Ness gisait dans une allée de terre battue, le regard débarrassé de toute frayeur, la queue raide et ses petits bras recroquevillés sur sa tête comme pour se protéger jusqu'à la fin des temps des mâchoires d'Agor, le berger allemand des voisins. Un petit trou fut creusé à l'endroit où on l'avait trouvé. On posa par-dessus une dalle de marbre portant une épitaphe au burin.

DESSOUS CET ARBRE, EN CE TERRAIN PLAT, GÎT
NESS-NESS
AGOR, QUI EST PIRE DE JOUR EN JOUR,
LUI FIT SUBIR DE SES DENTS
UN GRAND MARTYRE
R.I.P.

---

1. 12 disco 36.

Avec Nanard, on est venus des centaines de fois se recueillir sur la tombe du petit singe intrépide.

— Il a coulé de beaux jours, ici…

La dernière fois qu'on est allés visiter la sépulture de Ness-Ness, Bernard, une boule dans la gorge, m'avait parlé de son passé.

— Moi tu sais, Couscous, j'ai eu une chienne… Bergère allemande avec des taches. Magnolia, elle s'appelait ! Elle était très « je suis fidèle » comme bête. Très « Nanard je t'aime »… Elle gambadait énormément. C'était super ! Avec son museau frais… On avait le même feeling elle et moi. Quand on s'amusait, elle lâchait pas la balle. De l'écume dans la gueule, elle mordait la balle ! Mais jamais les humains : que les balles. Des vieux ballons qu'elle crevait. C'est qu'elle était joueuse… Elle parlait pas trop. Elle « parlait », avec du feeling, mais elle n'avait pas de langage pour nos trouilles à nous. Je la caressais à pratiquement tous les moments… C'était du bonheur ! Un matin elle a pas bu… Pas mangé. Elle m'a regardé par tous ses yeux… Dedans, on aurait dit que c'était déjà fini. Elle avait des sueurs. Je l'ai touchée. Elle était dans le « je suis calme ». J'ai caressé ses poils. J'ai pas voulu appeler les médecins pour animal… Elle m'a regardé et quand son regard a été terminé, elle est morte. J'ai creusé une petite tombe. J'ai juste marqué « Magnolia », sans ses dates. Je connaissais pas quand elle est née. Elle est enterrée derrière le Auchan, près du stade. Elle aimait bien jouer au ballon. Elle est sous la terre tout près du foot. Claude doit protéger tout ça…

Dans le bus pour Dannemois

Bernard a tenu à ce que Maïwenn connaisse Dannemois, afin qu'elle s'imprègne de l'esprit Claude François. Lors d'une tombola organisée par un fan-club de
Gien pour les vingt ans de la mort de Claude, on avait
gagné trois places pour un voyage organisé à Dannemois : c'était le moment d'en profiter. Bernard avait
emporté un mystérieux sac de voyage avec lui (quand
tu sauras pourquoi, tu ne vas pas être déçu). Le car
est arrivé. Bondé. La présidente du fan-club, Martine
Dupuis, a vérifié sur sa liste qu'on était bien inscrits.
Nous nous sommes installés au fond.

— Je crois que nous sommes tous au complet, a
commencé Martine. Je voudrais d'abord vous remercier d'être venus si nombreux. On a de la chance : la
météo est avec nous. C'est un dimanche au soleil !
(Rires.) Bien… Je vous rappelle que ce voyage est effectué dans le cadre de notre programme « Une fleur pour
Claude ». Claude nous attend vers 10 h 30 environ : il
faisait beaucoup attendre les autres mais il n'aimait pas
qu'on le fasse attendre ! *(Rires.)* Je vous rappelle que
notre but est de pouvoir ériger une statue plus grande
que celle de nos amis bruxellois de « Magnolias for
Claude », qui ont réussi à réunir suffisamment d'argent
pour leur magnifique bronze de 1,43 m… Mais bon,
notre statue du club posée il y a trois ans a été élue
deuxième plus belle statue du cimetière par un jury
strasbourgeois indépendant ! *(Cris de joie et applaudissements.)* Sinon, j'ai reçu un appel de la municipalité
de Dannemois hier soir : quelqu'un a manifestement

essayé de frotter la statue du club, mais aurait utilisé un mauvais produit qui a fait ressortir l'oxydation du bronze… *(Sifflets.)* C'est sans gravité *(Cris de soulagements.)*, une brosse et de l'eau arrangeront probablement l'affaire… Par contre, un vandale a griffonné sur l'autre tombe, celle de l'ange…. *(Huées.)* Mais l'essentiel est quand même de profiter de cette journée qui s'annonce belle, belle, belle ! *(Rires.)* En arrivant, un petit déjeuner chaud sera servi. Ensuite visite, suivie du spectacle du sosie Laurent Alexis. Ce ne sont pas quatre, mais six Clodettes qui sont annoncées. *(Applaudissements.)* Le Comité Légal d'Officialisation des Clones et Sosies nous propose même un deuxième sosie : Pascal Fabrice. *(Applaudissements.)* Voilà. Je vous rappelle que vous pouvez dès maintenant réserver la journée « Cloclo Folies » du 11 mars prochain… Les adhérents à jour de leur cotisation pourront bénéficier du prix de groupe sur présentation de la carte de membre… Merci de m'avoir écoutée et bonne journée !

Visite guidée du Moulin

Maïwenn a trouvé le Moulin[1] « très bien conservé ». Dans le hall du bâtiment principal était exposée la chemise en soie naturelle modèle Rive Gauche d'Yves Saint Laurent que Claude François portait si souvent en privé tout au long de l'année 1973. Notre guide avait les cheveux gras. Dans la main droite, il serrait

---

1. ARL Le Moulin, 32, rue du Moulin, 91490 Dannemois, tél/fax : 01 64 98 59 14.

un classeur à l'intérieur duquel, sous des pochettes plastifiées et perforées, étaient soigneusement rangés des documents.

— Je m'appelle Guy. Je suis fan officiel de Claude François depuis 1978. Si vous avez des questions, n'hésitez pas à les poser. Il vaut mieux oser poser une question que de ne pas comprendre. Nous allons commencer par l'allée. Cette allée, mesdames et messieurs, se compose de pavés anciens qui vont du jardin jusqu'aux différents bâtiments du Moulin. Il faut savoir que lorsque Claude François a acheté en 1964, l'allée était constituée de dalles lisses. Les pavés qui les remplacèrent furent offerts à Claude par la préfecture. Ils furent déposés ici par camion. On dit que c'est dans cette allée que Coco, le fils aîné de Claude François, faisait du tricycle.

Un Belge a hoché la tête. Une femme à lunettes en forme de cœur s'est baissée pour vérifier la texture d'un pavé. Elle était accompagnée de sa fille d'une trentaine d'années, qui faisait très esthéticienne salope.

— C'est bon pour l'allée ? Pas de questions ? Eh bien je propose que nous nous enfoncions un peu plus dans le jardin. Bien ! Alors il est important de savoir que Claude François aimait beaucoup venir ici. Je vous demanderai de ne pas faire trop de bruit, puisque c'est ici qu'il venait puiser la paix et l'inspiration. Claude François méditait beaucoup et pratiquait le jardinage, hein. Il lui arrivait de prendre un sécateur pour couper les fleurs fanées. Quand il y avait une branche morte sur un arbre, Claude François se munissait d'une échelle et allait couper la branche, d'accord ?

Le Belge fit plusieurs « oui » de la tête.

— Des questions ?

— Est-ce qu'il plantait ? a demandé un gros à casquette.

— Ah ! Est-ce qu'il plantait ? Quelqu'un sait répondre ? Non ? Bon : alors il faut bien savoir que Claude François plantait tous les noyaux et tous les pépins qu'il trouvait. Il avait « la main verte », comme on disait à l'époque, et c'était une de ses grandes fiertés. Contrairement à ce qu'on a pu lire dans une certaine presse à un certain moment, Claude François prenait grand soin du potager. Alors ce qu'il faut bien avoir à l'esprit, c'est que le potager que vous voyez là est une reconstitution, hein. Seul le rosier sur votre gauche est d'époque. Les légumes devaient être cueillis juste au moment de les faire cuire… Pourquoi d'après vous ?

— Pour que ce soit meilleur, a répondu un vieux jeune à catogan.

— Oui, c'est vrai. Mais encore ?

— Pour les vitamines ? a essayé Maïwenn.

— Exact ! Les vitamines avaient beaucoup d'importance pour Claude François. Bien : alors à côté du potager, dans le prolongement de mon bras, il y avait un poulailler avec non seulement des poules, mais aussi des dindes et des pintades.

Le guide a appuyé sur les mots « dindes » et « pintades ». Le Belge a poussé un « oh » d'admiration.

— Je précise que tous ces animaux étaient nourris au grain. Ainsi, messieurs dames, chaque jour Claude François pouvait avoir dans son assiette des œufs frais et de la volaille à volonté, sans hormones. J'attire aussi votre attention, avant que nous n'entamions la visite des bâtiments proprement dits, sur le fait que les ani-

maux qui peuplaient l'enceinte du Moulin étaient ici
chez eux. Depuis sa plus tendre enfance, Claude François a toujours trouvé chez les animaux l'amitié qui lui
faisait défaut chez les humains, hein ? Claude François
aimait tout particulièrement les volatiles. Il y avait ici
à l'époque des flamants roses et des grues très bonnes
en danse, des sortes de Clodettes si vous voulez, qui
étaient des reines de la chorégraphie. Dès qu'elles
entendaient de la musique par les fenêtres ouvertes du
bar américain, elles bougeaient en rythme et se livraient
à un véritable ballet d'ailes et de pattes. Mais Claude
François avait aussi ses danseuses du Lido : des petites
poules noires dont la tête était couronnée d'une touffe
de plumes. Je passe sur les perroquets, les perruches et
les paons. Pour ce qui est des flamants roses, puisque
vous allez sûrement me poser la question, eh bien
Claude François était très sensible à la couleur pastel
de leur plumage.

Il exhiba une des photos plastifiées de son classeur.

— Nous voyons sur ce cliché, pris en 1971, que ces
oiseaux roses ressortent magnifiquement sur le gazon
vert.

— Mais tous ces oiseaux, ils ne s'envolaient pas ? a
demandé une blonde sans seins.

— Haaa haaa… a fait le guide, la voix pleine de
suspense, en plissant les yeux. Eh bien non ! Ils ne
s'envolaient pas ! Car Claude François les avait fait
opérer. Je vous rassure, l'intervention était effectuée
sans douleur, sous anesthésie. Mais nous allons pénétrer à présent si vous le voulez bien dans le bâtiment
américain. Entrez, je vous en prie. Près du bar, que vous
voyez là, se trouvait déjà ce magnifique aquarium, qui

était illuminé en permanence par des spots multicolores, ce qui donnait un spectacle éblouissant. Vous
trouverez au sol des dalles de Venise réchauffées par
des tapis d'Orient sur lesquels se trouvaient de confor-
tables fauteuils en cuir qui ont été malheureusement
emportés par des vandales avec la lunette des toilettes.
C'est une perte pour le musée du Moulin, car les dernières études en cours montrent de manière incontes-
table que Claude aimait s'y prélasser. Un chercheur de
l'Université du Wisconsin, qui était en bourse d'études
ici l'hiver dernier, a même apporté la preuve que Claude
avait disposé sur ces fauteuils ces peaux de buffle à
la couleur chatoyante qui sont exposées sur le mur
principal. Aujourd'hui, cette pièce sert encore pour
les épreuves écrites de l'examen de Claude François
officiel ainsi que pour certaines épreuves orales d'admissibilité.

Nous avons visité la piscine et quand le Belge a
demandé si c'était bien là que Claude avait composé
My Way, Guy s'est mis en colère :

— On dit pas *My Way*, c'est de la diffamation, on
dit *Comme d'habitude* ! Pour une fois que les Ricains
nous reprennent un standard, vous allez quand même
pas encore leur laisser, non ?

Puis Guy nous a montré, sur l'escalier en colimaçon,
une marche sur laquelle Françoise Hardy s'était assise.
Quand nous sommes ressortis de l'aile américaine,
nous avons aperçu des cygnes sur l'École :

— La durée de vie d'un cygne étant d'une trentaine
d'années, on pense que certains d'entre eux ont connu
Claude.

Le Belge a encore opiné, admiratif. Puis nous nous

sommes approchés de la roue du Moulin. Guy a pris un air mystérieux :

— Il y a eu un drame ici, en 1973. Qui peut me dire lequel ?

— La partie américaine a brûlé ! a lancé Bernard, fier de lui, pour impressionner Maïwenn.

— D'abord c'est la partie principale qui a brûlé, mais ce n'est pas ça. Non : il y a eu un décès ici en 1973. Personne ne voit à quoi je fais allusion ?

— Ness-Ness ? ai-je demandé.

— Mais non, a coupé Bernard, c'est pas possible, enfin : Ness-Ness c'était en 75…

— Ce n'est pas Ness-Ness – qu'on appelait d'ailleurs généralement « Ness » tout court – a répondu Guy avec une intonation de présentateur télé. Vous donnez votre langue au chat ?

— …

— Ben Plouf ! Le chien Plouf ! Il s'est pris dans les pales de la roue… Quelle fin terrible, n'est-ce pas ? Enfin : il portait bien son nom, hein ?

Variété française et modernité
dans un monde multipolaire

Pendant les fêtes claudiennes, les pèlerins investissent les campings des alentours de Dannemois, les chambres d'hôte ou les hôtels. La municipalité a dû faire construire des infrastructures adaptées : les Cloclotels. Les fans y dorment en chambrées de dix. Avec Bernard, on va chaque année à Dannemois pour le 11 mars (Pâque claudienne).

Quant au C.L.O.C.L.O.S., il a installé ses bureaux dans un local d'où on aperçoit la tombe de Claude et possède des dépendances dans la rue principale – notamment le Centre d'Études Claudiennes (C.E.C.), université où viennent travailler fans, chercheurs, exégètes et biographes du monde entier [voir Annexe 5, p. 407 : « Le Centre d'Études Claudiennes »].

Après la visite guidée du Moulin, on s'est rendus dans la salle polyvalente Chouffa, où avait lieu une conférence sur *Le téléphone pleure*, tenue dans le cadre d'un colloque de musicologie claudienne intitulé : « Claude François : variété française et modernité dans un monde multipolaire. Pour une interdisciplinarité des intermédiaires culturels. » C'était plein à craquer. Des types prenaient des notes. D'autres enregistraient la conférence sur des magnétophones. Le conférencier était seul derrière un bureau immense et actionnait parfois une manette lui permettant de projeter des diapos. J'ai pu en enregistrer un bout sur mon walkman.

— Voyez-vous, la musicologie doit dépasser, dans l'analyse du *Téléphone pleure*, la simple constatation de l'alternance entre le style chanté des incises du père et le style mélodramatique des réponses, parlées, de sa fille… Voir dans ce principe formel, mesdames et messieurs, la quintessence de l'œuvre, signifierait se refuser l'accès au véritable fondement ontogénétique de la pièce. L'écriture claudienne exploite l'art de la citation stylistique d'une manière particulièrement productive ! L'oreille un peu attentive et cultivée retient facilement du *Téléphone pleure* les faux-bourdons à la sixte – anacrouse du refrain – et les mouvements paral-

lèles à la tierce – pont du couplet. Ces figures scriptu-
raires sont affublées d'un glissement chromatique de
l'accord parfait de tonique au V/V en fa majeur via
une couleur de fa dièse, impertinente sans être cho-
quante. Fi de l'ordre tonal : tel semble être également
le mot d'ordre à l'origine de la célèbre cadence plagale
qui clôture la chanson. Je renvoie tous ceux que ça
intéresse à la coda de la pièce, à partir de « Dis, mais
retiens-la ».

Un grand rouquin voûté s'est levé.

— Excusez-moi, mais…

— Oui monsieur, je vous en prie…

— Est-ce qu'on ne peut pas quand même dire que
Le téléphone pleure procède d'un style néo ?

— C'est aller un peu vite en besogne : l'exigence
progressiste de Claude le mène à un emploi dynamique
des forces structurantes de la tonalité moderne.

— Vous pourriez nous donner des exemples ? a
demandé une lunetteuse bandante.

— Eh bien j'en donnerai deux, si vous le voulez
bien mademoiselle, qui, je l'espère, vous convaincront.
Un examen attentif de la marche mélodico-harmonique
du refrain – avec son tendre accord parfait mineur sur
le troisième degré au milieu de la marche, qui surim-
prime sur l'ensemble un parfum fauréen – révèle que
la séquence par quintes descendantes ré-sol – sur
« … pho… », « pleure » –, do-fa – « vient », « pas » – ne
se conclut pas par un intervalle si-mi, prévisible et donc
un peu plat, n'est-ce pas, mais par celui, plus épicé, de
si-sol – « crie », « t'aime » –, l'ensemble étant dupli-
qué. Autre indice aussi irréfutable de modernité, chère
mademoiselle : l'emploi figuraliste de la sonorité de

septième mineure, étrangement trouble, sur le second degré de l'échelle de fa majeur, pour illustrer l'irrévocabilité de la douleur. Quel autre accord du romantisme et du post-romantisme pouvait mieux contraster avec les couleurs plus simples du reste de l'œuvre sur des fragments comme «Quand je lui crie je t'aime» et «Car je serai demain au fond d'un train»? Vous le constaterez vous-même : variations de surface, chant et mélodrame cachent donc, *par l'art même*, la stylistique fondamentale de l'œuvre, empreinte de choix compositionnels dictés par la connaissance de l'histoire et la sûreté du goût.

On est pas restés plus longtemps parce que Maïwenn avait faim.

Le déjeuner

Nous avons déjeuné au restaurant-grill du Moulin, grande cafétéria où nous avons retrouvé le groupe du bus. Bernard était vert lorsqu'il a appris que le prix du déjeuner n'était pas inclus dans la journée. Le restaurant-grill est un endroit très agréable où sont diffusées en boucle les chansons de Claude. Il restait une bonne heure et demie avant les shows de Laurent Alexis et de Pascal Fabrice. Maïwenn, traumatisée par l'épisode du Rodéo Grill, a immédiatement proposé d'inviter tout le monde. La radinerie l'emportant de très loin chez Bernard sur la galanterie, il m'a asséné un coup de bottine à tomber dans les pommes au moment où j'allais répondre à notre nouvelle Bernadette qu'il n'en était pas question.

— Ça c'est gentil ! s'est-il empressé de s'exclamer.

Du coup, Nanard s'est lâché. Moi, par politesse, j'ai pris un classique steak au poivre-purée à 7,30 euros. Maïwenn a commandé une salade (7 euros) et une Vittel (1,80 euro). Nanard, lui, s'est subitement souvenu qu'il adorait le bordeaux et, malgré mes regards furieux qu'il s'évertuait à éviter, il a commandé une demi-bouteille de château-cassagne haut-canon 1993 dont, par crainte d'être traité de mythomane, je tairai le prix.

— Goûte ça, Couscous ! Il a du fruit ! Il fruisse.

Puis :

— Patronne !

— Monsieur Frédéric ?

— Ton filet de canette aux cèpes du Périgord, il est servi avec quoi déjà ?

— Avec des pommes sarladaises, monsieur Frédéric, a répondu Mme Lescures qui n'en revenait pas que Bernard ne prenne pas, comme à chacune de ses visites, le menu enfants.

— Je suis preneur. Mais j'aurais été en joie de goûter aussi le confit de canard. Tu m'en faufilerais un chouïa entre deux cèpes ?

— Très bien, monsieur Frédéric. Mais ça fera un petit supplément, n'est-ce pas ?

— Bien sûr : ça allait de soi ! a lancé Nanard.

— Ce sera tout, monsieur Frédéric ?

— Pour l'instant, oui. Mais dis quand même à ta brochette de rognons et de rate de pas s'éloigner trop : il se pourrait que je m'y consacre.

La patronne s'en est allée aux cuisines. Maïwenn est restée interdite par la grossièreté de Bernard.

— Vous verrez Maïwenn, on mange très bien ici.

Au dessert, j'ai commandé un café (1,20 euro). Maïwenn a pris un «Je vais à Rio» (glace rhum-raisin, piña colada, sorbet noix de coco – 6 euros) et Bernard une coupe Cloclo (sorbet pêche, champagne alcool – 8,40 euros), un «Belles, Belles, Belles» (glace vanille, chocolat noir, nougat – 6 euros) et un «Téléphone pleure» (sorbet poire au calvados – 7,50 euros).

Après que Maïwenn a passé sa carte Visa dans la machine, Bernard a voulu faire un tour à la Boutique. Il est reparti avec deux ouvrages – *Le temps passe, le cœur reste* de Magalie Mathurin, et *20 ans pour toujours* de Patrice Gascoin – et une casquette *Comme d'habitude*.

— C'est pris sur le repas que j'ai pas payé, de toute façon ! a lâché Nanard en passant à la caisse, souriant comme un bébé à Maïwenn.

En sortant, Bernard a vu dans le hall quelque chose qui ne lui a pas plu du tout : une affiche de spectacle d'un de ses sérieux futurs concurrents à «C'est mon choix».

Centre Culturel de MOUILLERON-LE-CAPTIF
21 février 2002
IK Shows ASRD – SDZ et 21th Century Cloclo
PRÉSENTENT

CLOCLO MEMORIES

PROGRAMME DE LA JOURNÉE :

12h00 le verre de l'amitié/**12h30** ouverture du forum
BOURSE D'ÉCHANGES – DIAPOS CYBERCLOCLO – EXPO ETC.
13h30 karaoké – expo/**15h00** vidéo grand écran
16h00 show historique de **CLAUDE FLAVIEN**
18h00 exposition photos inédites
18h30 exposition objets collectors/**19h30** fin du forum
20h00 vidéo concert Cloclo (1re partie)
20h30 témoignages d'invités
20h45 Magic-Cloclo AVEC JÉRÉMIE BOB & MAGALIE PASTEUR
21h30 Gérard BERSON/**22h00** entracte
22h15 SHOW **CLAUDE FLAVIEN** (1re partie)
23h15 entracte
23h45 SHOW **CLAUDE FLAVIEN** (2e partie)
00h45 vidéo concert Cloclo (2e partie)
01h15 remerciements et fin

Le spectacle

Enfin, l'heure du spectacle est arrivée. Les clubs du troisième âge, les fans et les curieux se sont rassemblés dans la salle polyvalente. Bernard est mystérieusement retourné chercher quelque chose dans le bus, me laissant seul avec Maïwenn. Lorsque le show de Laurent Alexis a commencé, Bernard n'était toujours pas de retour. La prestation de Laurent Alexis fut moyenne : pas de danseuses, manque d'attaque dans le tempo, insuffisance vocale sur la période disco, mise en place défaillante sur les chorégraphies de *Belinda* et de *Chanson populaire*. En revanche, il a créé la surprise en interprétant une chanson de Claude pratiquement disparue des mémoires : *Une petite fille aux yeux rouges*, sortie en juillet 1969. Très bonne idée, qui n'est pas tombée dans l'oreille d'un sourd. Donner un nouveau souffle à Claude, c'est aussi partir à la recherche de pépites enfouies sous les tubes célèbres et les remettre à jour.

Après trois rappels (non mérités) et une courte pause, le Claude François suivant, Pascal Fabrice, est monté sur l'estrade. J'avoue qu'il a fait très fort : non seulement il était venu avec trois danseuses à lui, mais la quatrième était Kelly, une véritable Clodette d'époque. *Standing ovation*. De plus, la ressemblance physique avec Claude était surprenante. C'était la première fois que je voyais ce type et il m'est apparu immédiatement comme un concurrent très sérieux. Il a enchaîné sans débander *Belles ! Belles ! Belles !*, *Cette année-là*, *Écoute ma chanson*, *C'est comme ça que l'on s'est aimés*,

Alexandrie, Alexandra et *Disco météo*. Le tout avec Ketty déchaînée derrière, en ceinturon de nickel, tee-shirt *Podium* et mini-short en soie sauvage.

Tout à coup, surgi de nulle part, Bernard a fait irruption sur la scène en tenue de Claude François. Pascal Fabrice venait d'attaquer *Magnolias For Ever*.

> *Dites-lui que je suis comme elle*
> *Que j'aime toujours les chansons*
> *Qui parlent d'amour et d'hirondelles*
> *De chagrins, de vent, de frissons* [1]

Il a fallu que ce dingue de Bernard vienne se greffer là. Qu'il s'insère dans le spectacle d'un autre Claude François, par orgueil, pour que les gens puissent comparer objectivement. C'était donc ça qu'il préparait depuis le début du voyage. C'est pour ça qu'il avait, tout au long de cette belle journée, été étonnamment calme, notamment pendant la visite guidée où, en temps normal, il se serait accroché cinquante-sept fois avec le guide sur des points de détail. En fait, il se concentrait pour ça.

Dans la salle, c'est l'étonnement : le public s'imagine dans un premier temps que c'est une surprise, qu'on lui donne trois Cloclos pour le prix de deux, que c'est une cerise sur le gâteau. Applaudissements. Les danseuses sont étonnées : on ne les avait pas préve-

---

1. *Magnolias For Ever*, 45 t Flèche/Carrère 49 329 (novembre 1977), 33 t Flèche/Carrère 67 215 (décembre 1977), *Album souvenir 1978*, 33 t double Flèche/Carrère 67 2235/6 (avril 1978), *Megamaxi Claude François*, 45 t Carrère 14 869, CD Carrère 95 063 (février 1990).

nues. Ketty sourit même à Bernard, qui lui donne le baisemain avant de s'emparer d'un micro et de superposer sa voix à celle de Pascal Fabrice.

Dites-lui que je pense à elle
Quand on me parle de magnolias

Bernard se place d'emblée en voix de tête, il donne tout, voulant éclipser son collègue, son jumeau, son ennemi. C'est une lutte à mort qui s'engage, un duel au sommet, un combat de titans comme lorsque, dans *Strange*, on annonçait pour le prochain numéro l'affrontement du siècle entre Spiderman et Superman et qu'une vignette publicitaire, sur laquelle on avait un mois entier pour fantasmer, nous les montrait en train de se crêper le chignon sur le toit de l'Empire State Building. Ce n'était d'ailleurs pas dans le cadre d'un *Strange* normal que se déroulaient les hostilités, mais dans un *Spécial Strange*, qui coûtait forcément un peu plus cher. (Ils se vendent par paquets promotionnels de cinq à la station Total de l'Arche, parfois mélangés à des *Akim*, des *Zembla*, des *Blek le Roc*.)

Your girl is crying in the night
Is she wrong or is she right
Je ne sais plus comment faire

Pascal Fabrice, professionnel jusqu'au bout, ne laisse rien paraître du cauchemar qu'il est en train de vivre : mais on sent dans son regard un mouvement de panique intérieure, une interrogation affolée sur le pourquoi du comment de cette atroce blague, qui ira en s'aggravant jusqu'à ce que deux gorilles montent sur l'estrade pour évacuer Bernard. Mais si, à ce stade de mon humble témoignage, lecteur, tu en es encore à t'imaginer que Bernard est homme à se laisser évacuer comme ça d'une scène, je te conseille de reprendre ta lecture à zéro.

Écris donc ce que tu as vu, ce qui est et ce qui doit arriver ensuite.

Bernard a sorti un revolver de sa veste. Dans la salle, les gens se sont mis à hurler. Bernard a crié « pas de panique » et a placé le revolver sur la tempe de Pascal Fabrice. Puis il passé son bras autour du cou de ce dernier, l'enserrant avec fermeté. Les deux Claudes François ont ainsi continué la chorégraphie, les pas de danse, les déhanchements. Les filles s'étaient arrêtées de danser mais Bernard leur a ordonné de continuer. L'une d'elles s'est évanouie. Le pauvre Pascal Fabrice était relégué au rang de simple Clodette. On aurait dit la marionnette de Bernard, Pinocchio géant, désarticulé. Bernard était ivre de joie. Il envoyait de temps en temps des clins d'œil en direction de Maïwenn. Un membre de la sécurité a réussi à le plaquer au sol. Panique totale. Bousculades, crises d'épilepsie, de nerfs, de tout. Ils se sont mis à plusieurs sur Bernard après l'avoir désarmé. Ils se sont très vite aperçus que son revolver était un jouet. La direction du Moulin n'a pas porté plainte. Mais Bernard est *persona non grata* dans les lieux jusqu'à la fin de ses jours.

Le plus difficile, avec cette bonne blague, ç'a été de convaincre Maïwenn de rester faire la Bernadette auprès de nous. Je lui ai longuement parlé de Bernard. Je lui ai expliqué que mon ami était incapable de faire du mal à une mouche et que, finalement, sa folie mettait de l'ambiance dans ce monde d'agents d'assurances et de notaires où chaque geste est millimétré, chaque parole mesurée. On vit dans une société où on ne peut plus ni rien dire ni rien faire : Bernard, au moins, assumait son personnage jusque dans ses extrémités les plus poussées. Etc., etc. Maïwenn a éclaté de rire. Elle m'a avoué qu'elle ne savait pas si, avec nous, elle se trouvait en présence de purs génies ou de grands malades. J'ai eu envie de lui répondre que l'un n'empêche pas l'autre. Mais je me suis tu.

VII

Soudain il est trop tard

> Claude n'est pas vraiment mort,
> puisque je suis vraiment vivant.
>
> BERNARD FRÉDÉRIC.

Au cimetière

Après cet incident, Nanard a voulu se recueillir sur la tombe de Claude. À l'entrée du cimetière (situé à cinq minutes à pied du Moulin), un favinet avait scotché une pancarte en carton :

Ici, poussez la grille, chut plus un mot, nous rentrons dans un monde de recueillement. Une pensée pour toi, Claude, une prière. Claude a retrouvé son père dans le caveau familial de Dannemois, tout près de son Moulin.

Ce que Bernard ne supporte pas, au cimetière, ce sont les camelots qui vendent à la poignée d'anciens 45 tours de Claude, des figurines à son effigie, des bracelets, des tee-shirts, des pendentifs. Il y a trois ans, Bernard, furieux, s'était mis à expulser ceux qui vendaient et ceux qui achetaient aux abords du lieu où Claude repose. Il avait renversé les cahutes, les tentes, les stands, les kiosques, les tréteaux, les étals et les chariots et avait empêché quiconque de repartir avec quoi que ce soit dans les mains.

— C'est plus un cimetière ici, bastafente ! C'est une caverne de racailles !

Les statues ont fait de l'effet à Maïwenn. La plus grande représente Claude nanti d'une longue écharpe et les mains dans les poches de son imper. À ses pieds, quelqu'un avait déposé un téléphone orange à cadran des années 70, avec cette inscription :

CETTE FOIS, JE PLEURE VRAIMENT

Claude – du moins sa statue – regarde au loin. Un léger sourire remonte à la commissure droite des lèvres.

NUL NE SAIT SON CHEMIN
SEUL LE DESTIN S'EN CHARGE
CLUB C.F. MARSEILLE

L'autre statue est un buste surélevé de Chouffa. Elle porte le chignon et des lunettes. Dans un parterre de magnolias, une feuille de classeur plastifiée :

CHOUFFA, SA MAMAN, A SURVÉCU PENDANT DES ANNÉES À LA MORT DE SON FILS CLAUDE SANS JAMAIS POUR AUTANT SURMONTER SON CHAGRIN. ELLE A REJOINT CLAUDE UN 22 DÉCEMBRE 1992. CLAUDE A 39 ANS ET RESTERA ÉTERNEL.

Chacun vient vénérer l'idole. On incline la tête. On dépose un bouquet de fleurs, encore un. Un grand-père à chihuahua qui était avec nous dans le bus a sorti de son sac une plaque de marbre. Il a les larmes aux yeux. Il caresse la plaque. La dépose au milieu des bouquets.

CLAUDE
CES FLEURS QUE JE
T'APPORTE SONT LES
SEULES CARESSES QUE
PEUT T'OFFRIR MON CŒUR

Parfois, je me dis que Claude est mieux là où il est, dans son 1978 éternel. C'est marrant, on ne peut plus séparer « 1978 » de « mort de Cloclo ». D'ailleurs, chacun se souvient *précisément* de ce qu'il faisait au moment où il l'a apprise. Henri tondait la pelouse, Anne-Marie essayait des chaussures, Bernard emmenait ses gosses à la piscine, Juliette se roulait un joint, Timothée finissait un orgasme, Jean-Christophe se grattait le testicule gauche en parcourant *Le Monde*, Monique était dans la descente de son sous-sol, Séverine remontait sur Chartres au volant de sa R5, Michèle pleurait parce que Patrick venait de la plaquer. Tous ont eu la vague sensation que le monde s'arrêtait. C'était comme la preuve définitive que la mort existait *vraiment*.

Le « mystère » de la mort de Claude François

Bernard s'est agenouillé et a croisé ses mains contre son torse :

— Claude ! Ô mon Claude ! Pardonne-moi ! J'ai écorché *Le lundi au soleil* avant-hier dans la salle de bains... Mais je retravaille depuis. Le matin, je prends des vitamines comme toi. Des C, des D, des E ! J'ai arrêté les graisses. Je mange moins de viande. C'est fini la paupiette, les sauces. Je mange des choses plus vertes, des végétaux... Les mêmes végétaux que toi !

— Monsieur, s'il vous plaît ! Y en a qui attendent... se sont plaints certains fidèles, impatients eux aussi de se recueillir. Claude François est à tout le monde ! Vous n'êtes pas tout seul !

Bernard s'est retourné. Il y avait dans son regard plus de folie, de terreur et de fin du monde que dans n'importe quel regard de détraqué mental depuis que la planète Terre joue de la rotation dans le système solaire. Le type qui s'était plaint a regardé ses mocassins. Personne n'a plus interrompu Bernard. Nombreux sont ceux qui sont allés prier à distance.

— Pardon mon Claude ! On a été coupés ! Ce que je voulais te dire, c'est que je vais reprendre mes activités de Claude François. Je repars ! Pour devenir le plus grand toi, le meilleur toi !

Maïwenn s'est discrètement approchée :

— Vous êtes quelqu'un de bien, Bernard...

— Je sais. *(Désignant la statue de Claude.)* Et lui le sait.

— Mais de quoi est-il mort exactement ?

— Quoi ? Mais… Oula. Vous me faites beaucoup de peine, là, Maïwenn. Je suis un peu dans le « je suis déçu » avec vous à cause de cette question.

— Non mais c'est que j'ai entendu dire que…

— Shut up, merde ! *(S'inclinant vers Claude.)* Pardon mon Claude, ça m'a échappé… *(À Maïwenn.)* Bon allez, dégagez, vous ! Disez pas des horreurs comme icelles ici ! C'est de la profalation !

Sept thèses circulent sur la mort de Claude.

1) LA THÈSE DE L'OVERDOSE

Absurde. La seule drogue qu'ait jamais connue Claude est le travail. Ses uniques overdoses ? Du surmenage – qu'il paya en malaises sur scène (Claude faisait en moyenne trois syncopes par an) et en hospitalisations diverses. Claude, grand hypocondriaque, avait bien trop peur de la mort pour se shooter. Son petit déjeuner se composa invariablement, pendant dix-sept années au top, d'un jus d'orange ou de carotte accompagné parfois d'un pamplemousse dégusté en quartiers et *sans sucre*, d'un thé au miel, de deux yaourts au lait entier et d'un œuf à la coque. Ses abus ? Des compléments nutritionnels : un peu de gelée royale (rien qu'un peu), une cuiller à café de caviar Sevruga et deux à trois toasts (pas plus) de pain complet tartinés de purée d'avocat. D'accord, Claude engloutissait 125 tubes de Pernazène par an, sous forme d'inhalations nasales : mais c'était seulement avant de chanter, pour l'aider. Quant aux 75 cachets qu'il absorbait chaque semaine, ils étaient tout simplement destinés à le calmer (à côté de lui, Gilbert Bécaud, alias « Monsieur 100 000 volts » n'affichait plus que 1,5 volt).

2) LA THÈSE DU RASOIR ÉLECTRIQUE

Claude se serait électrocuté dans sa baignoire en utilisant un rasoir électrique. Admettons. Mais alors pourquoi serait-on allé inventer qu'il a voulu reviser une ampoule ? Pourquoi se casser la tête à remplacer une version parfaitement plausible et banale par une autre version parfaitement plausible et banale ?

3) LA THÈSE DU SÈCHE-CHEVEUX

Claude se serait électrocuté avec son sèche-cheveux, toujours dans son bain bien sûr (c'est comme Marat, Claude, sa baignoire joue un grand rôle dans la mythologie et dans l'imaginaire populaires – depuis sa mort, il semble que plus jamais les Français n'ont pris leur bain comme avant, que plus jamais ils n'ont regardé leur baignoire ni leurs ampoules de la même manière). Les ignares qui véhiculent cette version savent-ils seulement que jamais (je dis bien : JAMAIS), entre 1961 et 1978, Claude, qui suivait deux traitements capillaires SECS par semaine, ne s'est mouillé les cheveux UNE SEULE FOIS ? Qu'ils m'expliquent donc POURQUOI Claude se serait *séché* les cheveux alors qu'ils étaient *secs* ?

4) LA THÈSE DU VIBROMASSEUR

Impossible de s'électrocuter avec ce genre d'appareil, car il fonctionne avec des piles, et non pas en 220 volts.

5) LA THÈSE DE LA « CHARMANTE COMPAGNIE »

Claude serait mort à la suite d'ébats érotiques dans sa baignoire. Très drôle. Ça pourrait faire un épisode de « La Quatrième Dimension » présenté par les frères Bogdanov.

6) LA THÈSE DU SOSIE

Pour certains, l'homme électrocuté dans sa baignoire n'était pas Claude François, mais un sosie. Le véritable Claude François, lui, aurait traversé la Sibérie et serait arrivé au Japon. Il s'y serait remarié, aurait eu trois enfants et serait mort en septembre 1997. Il reposerait aujourd'hui dans le cimetière du petit village de Shingo, à quelques centaines de kilomètres de Tokyo.

7) LA THÈSE DE LA PISTE INDONÉSIENNE

La secte KKK (Klo Klo Klan) pense que c'est bien Claude qui a été électrocuté, mais qu'ayant été décollé de l'ampoule juste avant sa mort par Kathalyn, il se serait enfui en Indonésie où il aurait fait carrière dans le cinéma de série Z sous le nom de Wilbur Ayaki et vivrait toujours.

Les dernières heures de Claude François

> Si Claude n'était pas mort dans un
> bain chaud, il serait mort dans un
> bain de foule.
>
> BERNARD FRÉDÉRIC.

En ce 11 mars 1978[1], à 13 h 30, Claude se réveille dans son appartement parisien du 46, boulevard Exelmans. La veille, il était encore en Suisse, à Leysin, un village qui doit son entrée dans l'Histoire à ce que Claude François y prit son dernier souper. C'est à Leysin que Claude enregistre, pour la BBC, sa dernière émission, intitulée « Spécial Vacances blanches », qui doit être diffusée le 12. Il a mis le paquet : l'Angleterre, c'est la première marche vers l'Amérique. Les techniciens anglais sont sidérés par son professionnalisme. Les producteurs jugent la performance « phénoménale ». Sheila est sur le plateau. Elle n'est pas étonnée : Claude, impitoyable avec les autres comme avec lui-même, est tel qu'elle l'a toujours connu – en pleine forme. Après l'enregistrement, Claude invite tout le monde à dîner dans le meilleur restaurant de la région, Le Leysin, sur le balcon duquel il interprète, chose exceptionnelle, une version anglaise du *Mal aimé*. La nuit est festive – Claude ne retrouve sa couche parisienne qu'à 6 heures du matin. Il s'effondre comme une masse.

C'est le soleil qui, doucement, le réveille. Le ciel est

---

1. 15 olympia 38.

bleu. Claude entend des bruits rassurants dans la cuisine. Il sait qu'il s'agit de Kathalyn et de Marie-Thérèse, son attachée de presse – il y a des gens qui nous sont si intimes qu'on n'a nul besoin de l'éclat de leur voix pour les reconnaître, les deviner, mais seulement du bruit qu'ils font (incapables d'en faire un autre) en actionnant un robinet, en posant une casserole, en ouvrant une fenêtre. Ces bruits sont comme une signature. Ce que Claude entend, ce sont des bruits de petit déjeuner. Tout est amour dans leur écho étouffé. Tout est dévouement. Et tout est feutré comme un printemps en avance. Il est 14 heures à présent. La terrasse est un éden pour Claude. Le boulevard en bas est bruyant. S'il se penche un peu (mais il est sujet au vertige), il sait qu'il apercevra ses fans (les enfants de ses fans d'autrefois) assis en tailleur sur le trottoir, attendant en vain un signe, un battement de cils, la silhouette fuyante de leur dieu, ou mieux : un sourire à conserver à vie dans un bocal, un mot de lui à ressasser jusqu'à la fin des temps sans jamais l'entrecouper d'un autre mot afin de ne pas le souiller. Il sait qu'en bas ils sont plus nombreux qu'hier et moins nombreux que demain. La foule est le baromètre de la gloire. Il suffirait qu'il passe la main par-delà les bégonias et, vingt-sept mètres plus bas, des existences se verraient justifiées, des destins pourraient se clore, des vocations se déclencher. Concentrés dans une seule seconde d'une densité inouïe, et mélangés les uns aux autres comme dans une grosse boule de n'importe quoi, on aurait eu du mal, ce samedi-là comme tous les autres, à isoler les cris, les évanouissements, les suppliques, les promesses, les menaces de suicide, les demandes en mariage, les défis impos-

sibles, les prières absurdes, les bravos hystériques et
les ébauches d'escalade. Soudain, le téléphone sonne :

— Claude ! T'es en retard ! hurle Rémy Grumbach.

— Arrête… Je suis pas en retard : je connais la
chanson, c'est toujours le même cirque. On te fait te
presser, et ensuite tu attends des heures… Non, t'inquiète pas, j'arrive. Mais dis-moi juste une chose…

— Quoi ?

— Tu crois qu'il vaut mieux que je prenne ma veste
bleue ou la velours grenat ?

— Je sais pas, moi… Demande à Kathalyn.

— C'est à toi que je le demande.

— Prends la veste bleu électrique.

— Je prends un bain et j'arrive.

Les studios de la SFP, où Claude est attendu par
Michel Drucker, sont situés aux Buttes-Chaumont.
Le nom de Chaumont signifie crâne. Buttes-Chaumont
désigne un tertre dénudé, ayant la forme d'un crâne
chauve. En hébreu, crâne chauve se traduit par Golgo-
tha. Toute l'équipe des « Rendez-vous du dimanche »
s'affaire. Il s'agit de préparer l'arrivée de Claude. Chacun connaît ici son souci du moindre détail. Rien ne
doit être laissé au hasard – sinon c'est le scandale. Sylvie Vartan est déjà sur place : elle assiste aux répétitions des Clodettes aux côtés de Michel Drucker.
Claude rêve dans son bain : l'eau a la couleur du Mississippi, la texture de l'Hudson. Il est en Amérique. Il
est l'Amérique.

Claude adore les bains. Il s'y sent en sécurité. Sa
mousse est un bunker. De manière plus générale, il
adore l'eau – il l'a encore expliqué mardi dernier à
Jacqueline Cartier, de *France-Soir*, en dégustant une

somptueuse écrevisse à la nage, son plat préféré (qu'il accompagnait souvent de sauce italienne) dans le restaurant des frères Leduc, boulevard Raspail :

— Je suis un homme d'eau. Je ne peux me passer d'elle. Tout petit, je traversais en crawl le canal de Suez… Ne vous émerveillez pas : à cet endroit, il fait deux cents mètres ! J'étais un très bon nageur et un très bon pêcheur.

L'odeur du bain moussant l'apaise. Les bulles lui rappellent les 100 000 bulles de savon qui s'étaient envolées pendant les rappels de ce concert mythique de Marseille, salle Vallier, lorsque, voulant conjurer le sort, il avait joué à l'endroit même où trois semaines plus tôt il était tombé en syncope sur scène. De temps en temps Claude jette un œil sur la pendule murale. Il est en train de vivre les dernières minutes de sa vie, mais comme il ne le sait pas, ces minutes-là sont semblables à toutes les autres, elles sont faites de la même matière que les minutes normales, elles ont la même tête, possèdent la même durée que les minutes de ceux qui ne vont pas mourir. C'est le même sablier qui les remplit, les vide. Mais devant l'Éternel, ces minutes contiennent 1 200 concerts donnés jusqu'à ce qu'évanouissement s'ensuive, 42 705 colères piquées, 14 000 nuits passées à pleurer dans les bras de blondes aux yeux bleus, 784 costumes de scène taillés sur mesure (tous numérotés et datés, sortant des ateliers de Camps de Luca, avec ses initiales brodées à l'intérieur de la manche avant gauche) [1], 45 Clodettes bientôt plongées dans le noir, le

---

1. Complexé par son physique, et plus particulièrement par sa petite taille, Claude doutait énormément de lui. Il compensait ses

noir des temps où viendront s'engouffrer, les unes après les autres, les idoles à mèches, les yé-yés à boots et franges des années perdues. Ce sont des minutes gonflées de sueur, de sperme, de sang. Elles racontent les accidents, les détours, les erreurs et les morts frôlées, quand la vraie mort, la seule qui compte, s'annonce dans sa banalité trompeuse, dans la même baignoire que d'habitude, presque dans la même eau bien qu'on ne s'y baigne jamais deux fois paraît-il, dans la même salle de bains, avec dehors le même soleil qui brille sur les mêmes briques immuables, ces briques de toujours qui abritèrent ici, avant que Claude n'en fasse son refuge, un couple dont la femme dépressive s'était taillé mortellement les veines dans cette même baignoire, située dans la même salle de bains, par un jour semblable où cette même lumière jaune provenait d'un soleil jumeau.

Soudain, il constate une imperfection dans l'installation électrique. Un détail qui cloche, c'est l'univers tout entier qui déraille. Un dérèglement imperceptible pour nous, c'est pour Claude la fin du monde. L'applique de l'ampoule située juste au-dessus de sa tête n'est pas droite : si on ne fait pas quelque chose, et immédiatement, c'est une journée de travers elle aussi qui va s'annoncer, une émission avec Michel Drucker qui elle aussi sera bancale. Claude est contrarié : il va falloir faire un effort surhumain, s'arracher à la mollesse tendre et maternelle d'un bain chaud, abandonner

---

défauts par l'élégance de sa tenue vestimentaire. Des fortunes furent engouffrées en costumes de scène. «C'est à ce prix, aimait-il à répéter, qu'on apporte le rêve.»

momentanément le pays des bains moussants aux senteurs de bonbons pour pénétrer dans un monde d'adultes et d'électriciens. Cette ampoule est une injure à l'ordre de l'univers, dont elle augmente le désordre (les physiciens disent l'«entropie» et Claude le sait, car ce mot revient souvent dans les ouvrages consacrés au paranormal qui, pendant qu'il se dit qu'il va être obligé de se lever, dorment dans sa chambre sur les étagères de sa bibliothèque où rien ne dépasse). L'effort à fournir pour passer de la position horizontale à la position verticale n'est pas une mince affaire : il se peut même que ce soit le plus grand effort qu'il ait eu à fournir de toute sa vie. Les 100 000 kilomètres par an, les galas, les fans en délire, les couchers à 6 heures du matin réveillé à 8 heures en tournée ne sont rien, rien du tout, comparés à ce que va s'imposer à lui-même le très maniaque François, Claude, né le 1er février 1939[1] à Ismaïlia : s'appuyer sur les poignées d'argent de la baignoire, étirer les muscles de ses cuisses puis, d'une traite, lutter contre la pesanteur et le ridicule en se retrouvant habillé de mousse comme dans la robe déchirée d'une jeune mariée. Et pourtant il va l'exécuter, ce mouvement. Il le sait. Il ne sait que ça. Ça le mine trop. Ça lui gâche son instant infini, son azur, ce soleil de printemps précoce, ça lui gâche la beauté de sa femme et ses rêves d'Amérique, ça lui gâche l'odeur du café qui s'insinue par les interstices de la porte, ça lui gâche la joie de retrouver ses Clodettes et Michel Drucker tout à l'heure, ça lui gâche sa carrière tout entière, ça lui gâche ses enfants, ses souvenirs – ce n'était pas la

---

1. 1er marteau 01.

peine de naître si, après une vie pareille, je laisse passer, moi Claude François, la traviolité d'une applique
qui me nargue et nargue les galaxies, et nargue l'Humanité dans sa petite inclinaison moqueuse et têtue.
On verra bien qui sera le plus fort. La provocation a
assez duré. Rira bien qui rira le dernier. On ne reçoit
pas trois cents lettres d'amour par jour pour se laisser
damer le pion par une ampoule électrique. Le match
qui s'annonce est perdu d'avance pour l'applique, tout
le monde le sait. C'est l'Olympia face à Bricorama.
Tout ça n'a aucune importance. Je pourrais très bien
abandonner, déclarer forfait, m'avouer vaincu – mais
non. J'en fais une affaire personnelle. Si je cède à une
ampoule et à son filament, alors ce sont mes assistants,
mes techniciens, mes collaborateurs, mes danseuses
qui, l'âge venant (mais j'ai le temps, j'ai le temps, j'ai
le temps), me boufferont la laine sur le dos. Je vais me
lever, oui, c'est la seule solution. Je ne pense plus qu'à
ça. Dès que je tente d'évacuer cette pensée, la trom-
pant par une fausse rêverie, une préoccupation artifi-
cielle, je vois cette applique qui me tire la langue, me
fait des bras d'honneur, est à deux doigts, si je ne fais
rien, de me cracher dessus. Bon ! je lui laisse une dernière chance : si dans cinq secondes (pas une de plus)
l'ampoule ne s'est pas remise bien droite, *comme elle*
devrait l'être, en harmonie avec la Voie lactée et les
siècles et Dieu, alors je serai vraiment obligé de sévir.
D'intervenir. De remettre de l'ordre dans le chaos universel. C'est incroyable, quand même, il faut toujours
passer derrière les choses, les gens, les années, les animaux : tout bouge sans cesse, c'est insupportable. Les
choses tombent, se délitent, se déchirent, chutent, s'éro-

dent, ramollissent, s'éliment, se cassent, s'éparpillent, se fissurent – rien ne peut jamais rester *en place*. L'applique? C'est elle ou moi. Allez, je suis grand seigneur, je lui laisse une toute dernière chance – l'instant de regarder l'heure une dernière fois et de me gratter l'épaule gauche (j'espère que ce n'est pas un début de cancer à l'épaule). Mais comment dira-t-on, quand on écrira mon histoire, que je me suis levé? Mécaniquement? Tranquillement? Machinalement? Hystériquement? Violemment? Difficilement? Sereinement?

Du fin fond de l'univers et des étoiles, ils se sont tous rassemblés, Aimé, son père, Olivier Despax, l'ami des débuts, Elvis, Ness-Ness juché sur les épaules d'Elvis. Ils regardent sa main droite. Elle est à 7,34 centimètres de l'ampoule, elle vit de tous ses doigts, elle habite un bras qui lui-même habite un corps habité par la musique et la mélancolie, le disco et la peur de l'abandon. La mousse attend que le corps de Claude replonge dans l'eau, mort ou vivant, elle s'en fiche, son rôle de mousse est de mousser tout autour de ce corps glabre et mince. C'est une mousse exclusive, presque jalouse. L'eau elle-même s'impatiente. Elle conserve autant de chaleur qu'elle le peut, mais les lois de la thermodynamique l'empêchent d'aller aussi loin en ce domaine qu'elle le voudrait. Elvis est pris d'un tic nerveux. Ness-Ness, tout à l'heure, c'est étrange les animaux, a failli le griffer. La main droite de Claude n'est plus qu'à 2,54 centimètres de l'applique. Dans 2,54 centimètres (2,36 maintenant), un bloc d'avenir va se transformer en un bloc de passé. Claude est 3e au hit-parade avec *Magnolias For Ever*. 1. Johnny Hallyday, *Elle m'oublie* – 2. Boney M, *Belfast* – 3. Claude

François, *Magnolias For Ever* – 4. The Bee Gees, *How Deep Is Your Love* – 5. Plastic Bertrand, *Ça plane pour moi* – 6. Queen, *We Will Rock You* – 7. Umberto Tozzi, *Ti Amo* – 8. Renaud, *Laisse béton* – 9. Laurent Voulzy, *Bubble Star* – 10. Patrick Juvet, *I Love America* – 11. The Rolling Stones, *Miss You* – 12. Gerry Rafferty, *Baker Street* – 13. Julien Clerc, *Travailler c'est trop dur* – 14. Barry Manilow, *Copacabana* – 15. Daniel Balavoine, *Le chanteur* – 16. Electric Light Orchestra, *Mr Blue Sky* – 17. Bonnie Tyler, *It's A Heartache* – 18. Starshooter, *Betsy Party* – 19. Claude Nougaro, *Tu verras* – 20. Serge Gainsbourg, *Sea, Sex and Sun*. La main n'arrête pas de se rapprocher, têtue, butée dans son rapprochement : 0,78 centimètre (la voix de Rémy Grumbach), 0,77 centimètre (l'odeur du cigare de Jean-Pierre Bourtayre), 0,76 centimètre (le feu d'artifice défaillant du concert du 24 février à Lyon), 0,75 centimètre (le nez moucheté de Kathalyn), 0,74 centimètre (le rire de Johnny, ivre, à l'Élysée-Matignon), 0,73 centimètre (les senteurs de l'éther à l'hôpital de Genève), 0,72 centimètre (le Hilton de Londres), 0,71 centimètre (Frédérique Barkoff devant le piano), 0,70 centimètre (Coco et Marc dans l'allée du Moulin), 0,69 centimètre (Isabelle), 0,68 centimètre (le Claridge), 0,55 centimètre (Janet), 0,53 centimètre (Ismaïlia et les enfants qui nagent). À cette distance, la main droite de Claude sent la chaleur de l'ampoule. Elle pressent peut-être plus de choses encore, mais un geste ne rebrousse jamais chemin à, pardon 0,42, pardon, 0,18, pardon, 0,5, pardon 0,1 centimètre, pardon mais quelque chose perce mes os et m'écartèle. Et mes nerfs n'ont pas de répit, il y a quelque chose en moi qui court à toute vitesse, un lâcher d'énergie, je brûle, je suis terrassé. Me voilà devenu poussière et cendre. Je hurle vers toi, tu ne réponds pas. Je me tiens devant toi, ton regard me transperce. Je m'attendais à la lumière, l'ombre est venue.

« *Tout est accompli.* » *Et baissant la tête, il rendit l'esprit.*

Claude n'est plus. Il n'aura jamais ces 40 ans qu'il redoutait plus que tout au monde. Peut-être était-ce pour lui le moment de s'en aller. Non-quadragénaire à jamais. Le moment de partir ? Mais non ! hurlent les uns : il s'apprêtait à embraser l'Amérique ! Peut-être, murmurent les autres, qui savent que ces derniers temps Claude avait oublié le plaisir de vivre, d'aimer, de voir, de sentir. Entraîné par cette effrayante progression d'enthousiasme, commandé par les nécessités d'une mise en scène de lui-même de plus en plus exaltée, Claude n'était plus libre. Il appartenait à son rôle, à son personnage, au public.

Ses fans ? Ils vont avoir à s'expliquer désormais, à expliquer la mort de leur maître et le sens qu'il faut lui donner, à interpréter cette mort, à l'admettre, à la surmonter, à la comprendre à travers ce qu'ils pensent être le plan de Dieu. Ils savent, ceux-là, que leur idole avait des angoisses et des agitations intérieures. Qu'il se donnait lui-même le vertige. Que son tempérament excessivement passionné le portait à chaque instant hors des bornes de la nature humaine. Que son œuvre n'était pas une œuvre de raison et que, se jouant de toutes les règles du showbiz, ce qu'il exigeait le plus impérativement c'était l'amour. C'est là le mot de tous les mouvements populaires.

Ayant payé de sa personne, il verra une descendance, il sera comblé de jours.

VIII

Jeu dangereux

> Ce que j'aime dans la vie, c'est la
> vie de Claude.
>
> BERNARD FRÉDÉRIC.

Souvenirs, souvenirs

Avec Bernard, on s'est rendus ce matin dans la zone industrielle de Saran. Notre vieux hangar nous attendait. La chaîne et le gros cadenas étaient rouillés. Les portes ont grincé. La lumière a pénétré par flots, faisant danser la poussière comme dans un mouvement brownien. Je me souviens de ce qu'est un mouvement brownien (ce sont des agitations moléculaires très complexes à l'intérieur des végétaux) parce que Mme Béranger, notre prof de sciences naturelles en 4e, nous en avait parlé et que je croyais que ça venait de James Brown, que Claude respectait beaucoup. J'ai eu du mal à contenir mes larmes. Je me suis approché de la fourgonnette. Sous la poussière, ces lettres en relief : BERNARD FRÉDÉRIC ET SES BERNADETTES.

J'ai sauté à l'avant du véhicule. J'ai caressé le volant.

Mais de la cabine s'exhalait une odeur de vieux cuir qui m'a rendu heureux.

— Ah Couscous, c'est mélancolique à trouer des culs… Je suis à deux pas des larmes, dans l'œil. Parce que c'est de la tristesse, mais spéciale. C'est une combination de tristesses. Quel beau « je suis triste » ! Allez, on part, bastapute ! Direction La Ferté-Saint-Aubin ! Tutti frutti !

Il s'est retourné vers des Bernadettes fantômes :

— D'accord, les filles ? Vous êtes partantes ? Démarre, Couscous !

Je me suis interrogé quand même : et si j'avais commis une erreur en remettant toute la machinerie en route ? J'ai commencé à douter. Et c'est Bernard, cette fois, qui m'a encouragé à repartir :

— J'aime pas tes doutes. On recule plus ! On n'est pas des pédés ! Si t'es pédé, pas moi ! Va dans le Marais alors… Tu mangeras des salades homossessuelles avec une fourchette homossessuelle et tu mettras sur ta salade homossessuelle de la vinaigrette homossessuelle ! Et des huiles. Tu liras des magazines homossessuels qui expliquent des détails sur des défilés homossessuels dans Paris.

— Mais…

— Des huiles homossessuelles ! Sur *ta* salade. Arachide homossessuelle. Tu paieras avec de la monnaie homossessuelle l'addition homossessuelle !… Va là-bas ! Des gars t'aimeront très fort le trou des fesses. Mais je te préviens, je serai plus ton ami quand tu auras les godasses de Popeye et des fers à cheval dans la narine et des pulls serrés de marin. Que tu danseras dans le Queen, en mini-short, en disant « je t'aime » à

des barbus pornos. Tu sors de ma vie si tu es un peu-
reux homossessuel !

Le vent a fait claquer les portes de tôle. On s'est
retrouvés dans le noir.

— Et les filles ? j'ai demandé. Les Bernadettes...

— Ça j'm'en fais pas. Et pis si y en a qui veulent
plus parmi les anciennes, on en rengagera des toutes
neuves. Des toutes neuves qui soyent des canons !

— Faut dégriser le moteur, j'ai dit.

Au Parc Pasteur

Orléans. Parc Pasteur. Bernard marche main dans la
main avec Véro. Mouss fait du toboggan.

— Regarde, Nanard ! a crié Mouss, très excité, en
se laissant glisser allongé sur le dos.

— C'est bien, Mouss ! Sur le ventre maintenant,
asticot !

Véro est soucieuse.

— Ce sera que pour un mois, Véro, lui promet
Nanard. Et après, j'te jure sur ma tête, Véro, on arrê-
tera tout ! Tout tout tout !

— Je me doute bien que la plonge c'est pas drôle
tous les jours, Bernard, mais... Ça va encore te monter
à la tête... Tu vas pas gérer et tu vas encore péter les
plombs.

— Nanaaard ! T'es le roi des canards ! crie Mouss à
son copain.

Bernard se met à marcher en canard en battant des
ailes avec les bras repliés sur les hanches.

— Coin-coin! Coin-coin!… Non, tu sais Véro, j'ai gagné en maturité.

Véro a fini par céder :

— Un mois, Bernard. Pas un jour de plus.

Bernard l'a prise dans ses bras et l'a embrassée.

— Accepteras-tu aussi d'être ma plus belle Bernadette?

— Quoi!?

— Dis oui, je t'en supplie!

Ensuite, il l'a appelée *pupuce*, comme il le fait dans les moments où ça va pour le mieux entre eux, et ils se sont embrassés longtemps. Mouss a couru se blottir contre eux.

— Ouuuuuh les amoureux!

Il faisait presque nuit quand ils sont sortis du parc. Bernard et Véro avaient abandonné à l'obscurité une sorte d'ivresse. Bernard, surtout, avait eu pendant quelques minutes l'impression d'être éternel. C'était bon signe pour « C'est mon choix ». Mais il faut à présent que je te raconte la manière étonnante dont Bernard et Véro se sont rencontrés.

La Foire aux arbres de Sandillon
(dimanche 22 mars 1989)

Le dimanche 22 mars 1989[1], Michel Delpech était annoncé en tête d'affiche à la Foire aux arbres de Sandillon. Dans ce même département du Loiret, Marcel Amont avait chanté à la Foire aux asperges de Tigy,

_____

1. 13 rio 49.

l'année précédente. « La Sologne est une belle région, où les couleurs brunes, vers le soir, s'affaissent derrière un rideau de gouttes fines qui troue des étangs. Les sangliers, les canards colverts et tadornes, les biches y vivent toute l'année, dans la vague préfiguration de leur mort. Joncs, ajoncs se mêlent aux chênes lourds qui virent passer les rois, et la Loire suit vers la mer son tourbillon jaunâtre où sont secoués des troncs. » (Jean-Philippe Watremez, *La Sologne, Région du IIIᵉ millénaire*, chez l'auteur, 18, rue de Bourgogne, 45000 Orléans.)

Ce dimanche-là, Michel Delpech était juché sur un podium Paul Ricard et une bande instrumentale préenregistrée remplaçait les musiciens de ses tournées des années 70. Un attroupement clairsemé faisait face à la scène. On mit l'absence d'émeute sur le compte de la pluie. Il s'agissait d'une bruine glaciale, persistante et solitaire, qui rendait les virages dangereux entre Sandillon et Saint-Benoît-sur-Loire. Michel avait gardé le sourire et on devinait dans son regard mélancolique, lorsqu'il balayait l'espace comme un curseur cherche la bonne fréquence, le besoin légitime d'être aimé de son public.

Le show avait démarré par une reprise inattendue d'un standard américain. Puis Michel, par respect pour ses fans qu'il n'avait pas voulu faire attendre sous la pluie, avait immédiatement enchaîné sur *Le chasseur* (1975). Les badauds, qui reconnurent aussitôt l'air, avaient, l'espace de trois minutes, cessé de s'intéresser à leurs achats d'arbustes et de seringas pour braquer en direction de la star des dimanches de jadis une préoccupation d'aujourd'hui. Cette bouleversante mélodie, chantée là au milieu d'un parvis boueux, et qui racontait le crépuscule et les roseaux en compagnie d'un épagneul, avait replacé chacun quinze ans en arrière, dans une jeunesse provinciale faite de rêves abolis, mais dont subsistaient, remués dans la gorge de Michel Delpech, la tristesse des cours de rentrée, l'épais bourdon des mobylettes et la brume des matins d'interro de maths.

Entre chaque note du *Chasseur*, comme enchâssés dans la partition, se trouvaient un clocher, une gifle, une amoureuse aux joues roses et mouchetées, un «Numéro Un Enrico Macias». Hélas, ce passé retrouvé le temps d'une danse sous un ciel détrempé n'existait plus. Les années 80 lui étaient passées sur le corps, massives, imbéciles, butées. Claude était parti au bon moment, finalement. Il n'aurait pas supporté ce spectacle, ni de voir le regard triste de Michel qui semblait revenu de tout, n'attendant plus rien que d'autres jours de pluie. Michel avait enchaîné sur *La maison est en ruine* (1974), *La fille avec des baskets* (1975), *Trente manières de quitter une fille* (1979) et *Quand j'étais chanteur* (1975).

Bernard remarque Véro parce qu'elle participe comme danseuse à une attraction folklorique organisée par le Conseil régional du Loiret en première partie du concert de Delpech. Frappé par l'énergie de Véro, Bernard l'aborde et l'invite à boire un café.

— On dirait que c'est la fin d'une longue traversée du désert pour Michel.

— Michel?

— Delpech.

— Ah... oui, a répondu Véro.

— Remarque, ce que je dis c'est vrai aussi pour
C. Jérôme.

— Oui, a répondu Véro.

— Et même pour Fugain, ce que je dis c'est valable.

— Aussi, a répondu Véro.

— De toute façon depuis qu'il a ses implants, c'est
plus le même.

— Il a des implants, Fugain ?

— La Fugue ? C'est Mondial Moquette sous sa casquette ! Quand y passe à la télé, on sait jamais si c'est
une émission de variétés ou une émission médicale sur
les implants.

— Et Sardou ? a demandé Véro. J'ai une copine qui
m'a dit qu'il avait une moumoute.

— Tu confonds avec Bedos : Sardou c'est des talonnettes qu'il a...

— Comme Aznavour ?

— Oui, sauf qu'Aznavour, c'est fromage et dessert,
lui : il a talonnettes *et* moumoute. Tu me diras, y en a
bien qui croyaient que Vassiliu avait une fausse moustache... N'empêche que pour en revenir à Delpech, ses
années 80 elles ont été très « c'est pas facile ». Il a eu
vachement de mal à se remettre du four de *Rock en
URSS*. Tu connais, *Rock en URSS* ?

— Non.

Bernard a commencé à le chanter.

Venez danser le rock en URSS
Là-bas aussi les filles savent rouler des fesses
C'est le rock en URSS

Puis il s'est dit que si Delpech s'était pris un bide
auprès du public avec cette chanson, il y avait peut-
être un risque de se prendre un bide avec Véro.

— Ce qui l'a sauvé, Michel, c'est les pépites RFM.
Ça l'a remis sur son bon pied.

— Mm…

— Et puis Nostalgie lui a quand même consacré un
après-midi entier au mois de mars où ils ont rediffusé
tous ses standards, *Le chasseur*, *Wight Is Wight*, *Ce
lundi-là*, tout. *Ce lundi-là*, tu te rends compte ? C'est
du rare en radiophonique, ça. Très ! Si tu veux j'ai la
cassette, a dit Bernard, trouvant un prétexte pour revoir
ma sœur. Je peux te la prêter, si tu veux. Ou te la
dupliquer.

Bernard insistait sans doute un peu trop sur Michel
Delpech : en 1989, Véro écoutait essentiellement Soldat Louis, Patricia Kaas et Mylène Farmer, *Jour de
neige* d'Elsa et *Je te survivrai*, d'un certain Jean-Pierre
François qui a aujourd'hui disparu de la circulation à
cause de Bernard et moi (ou plutôt : *grâce* à Bernard et
moi). Voici en effet la lettre que j'avais alors rédigée à
son attention :

Chaingy, le 12 mars 1990

Monsieur,

On ne vous écrit pas à propos du tort éventuel que vous
pouvez causer à M. Frédéric François en vous illustrant
sur scène et dans les « Hit-Parade » sous son nom, mais
pour vous informer qu'après lui, vous êtes le deuxième à
tenter de tirer une gloire de l'appropriation malhonnête

du patronyme d'un chanteur aujourd'hui disparu, dont vous avez peut-être entendu parler il y a quelques années, et dont le prénom était tout simplement Claude.

Désireux d'éviter que cette dérive ne devienne une habitude, et qu'après Frédéric François et Jean-Pierre François, il n'y ait pas de Michel François, de Jean-Christophe François ou de Gilbert François (il en existe bien assez comme cela dans le milieu de ses sosies), nous vous demandons de bien vouloir cesser sur-le-champ de vous produire sous cette appellation. Si vous êtes au plus mal dans votre peau et que vous désiriez en changer, ce que nous pouvons parfaitement concevoir au vu de vos productions, nous vous invitons à poursuivre votre carrière sous le nom de Jean-Pierre Sardou, Jean-Pierre Mitchell, Jean-Pierre Balavoine, Jean-Pierre Hallyday ou encore Jean-Pierre Presley.

Ne doutant pas que vous estimerez plus sage de tenir compte de ces quelques conseils dans les plus brefs délais sous peine d'être en proie aux multiples désagréments que de nombreux fans de Claude François (à commencer par les plus expéditifs parmi lesquels nous avons l'honneur de nous compter) ne manqueront pas de vous causer ainsi qu'à vos proches, nous vous souhaitons bonne chance pour la suite de votre carrière.

BERNARD FRÉDÉRIC et JEAN-BAPTISTE COUSSEAU,
dit « Couscous »

NB : Ne manquez pas d'écouter ou de réécouter l'un des chefs-d'œuvre de Claude qui vous concerne au premier chef. Il s'intitule sobrement <u>Sale Bonhomme</u> et vous le trouverez chez votre disquaire habituel dans toute compilation, indigne de vous, certes, mais néanmoins digne de ce nom.

Bernard avait trouvé cette lettre «imbitablissime» *(sic)* et n'avait pas pu s'empêcher d'en rédiger une autre à sa sauce – et de l'envoyer dans la foulée.

Chaingy, mois de mars
(qui sera peut-être ton dernier mois de mars!!!!!)

ESPÈCE DE PAUVRE CON,

TU AS BIEN INTÉRÊT DE LIRE CE MOT-LÀ CAR C'EST LE PREMIER ET LE DERNIER AVERTISSEMENT!!! C'est la dernière fois de ta vie que tu prends le nom de «François» dans le show-bizness. TU VAS ARRÊTER TOUT DE SUITE ÇA!!! Si tu continues, tu peux considérer que tu es MORT!!!

Je répète qu'il n'y AURA PAS D'AUTRE AVERTISSEMENT.

BERNARD FRÉDÉRIC

Un dîner en famille

Après sa promenade décisive au Parc Pasteur, avec Véro et Mouss, Bernard m'a annoncé la bonne nouvelle, me jurant que ma sœur était «ravie» qu'on remette la machine en route. Véro a nuancé l'engouement que lui prêtait Bernard. Elle nous a avoué, pendant le dîner, qu'elle n'avait jamais compris que Bernard fasse à jamais une croix sur la restauration pour faire carrière dans le showbiz, ni que j'arrête mes études pour m'égarer dans le «sosisme».

— En plus, toi, pour faire C. Jérôme, franchement…

Bon, mais vous voulez remettre ça? Okay! Je vous
souhaite bonne chance à tous les deux. De tout mon
cœur.

J'ai tout de suite remarqué que ces paroles avaient
contrarié Bernard. Tout d'un coup, il s'est demandé si
l'attitude de Véro n'était pas trop noble, trop grande en
comparaison de ce qui, soudain, ne lui paraissait pas si
grandiose qu'il l'avait imaginé. Cette autorisation inattendue, par sa générosité même, avait fait douter
Nanard de la valeur du destin qu'il s'était choisi. Pire :
la carte blanche que nous donnait Véro nous enfermait
automatiquement dans un destin réclamé par nous mais
sur lequel on commençait, précisément à cause du feu
vert de ma sœur, à nourrir de sérieux doutes. Libérés
de nos revendications, il fallait maintenant *assumer*.
Alors, je me suis demandé au nom de quoi l'avenir
serait différent de ce qu'on avait fait jusque-là. Véro
était en train de nous condamner à faire bouger les
choses, et une voix intérieure me disait que Bernard et
moi, on n'en était peut-être pas capables.

— C'est vrai au fond, a conclu Véro, c'est vous qui
avez raison, vous n'êtes plus des gosses. Personne ne
pourra plus vous changer.

Cette remarque a fini de m'achever : elle nous dessi-
nait Bernard et moi une fois pour toutes dans le futur.
La trappe s'était refermée sur nous : Bernard, sosie de
Cloclo, et moi, sosie de C. Jérôme jusqu'à la fin. J'avais
entrevu, en un éclair, ce qui allait rester de nous, ce
qu'on allait laisser sur la terre, le couloir étroit dans
lequel on allait évoluer. On allait vieillir chacun dans
le corps d'un autre – le plus dur, c'était pour Bernard :

il dépasserait bientôt l'âge canonique de 39 ans[1], celui auquel Claude nous avait quittés, il finirait ses jours dans un corps de jeune, moi j'avais de la marge : C. Jérôme est décédé à 53 ans.

---

1. Cet âge s'accompagne chez la plupart des Claudes François d'un état dépressif.

IX

Un peu d'amour, beaucoup de haine

> « Bernard Frédéric », « Claude François » : ce sont des appellations différentes pour un seul et même phénomène.
>
> BERNARD FRÉDÉRIC.

Les zombiz

Oh ! je sais très bien qui nous sommes, nous, les sosies. Nous voulions être des grands, mais d'autres l'ont été à notre place. Notre vie, faite de l'ombre qu'ils nous font, nous la passons dans les morceaux de lumière qu'ils nous laissent. Nous sommes des presque : presque Michel Sardou, presque Johnny Hallyday, presque Elvis Presley. Presque Claude François. Notre tragédie, c'est que Claude François a été un peu plus Claude François que nous. Que Michel Sardou a été plus loin en Michel Sardou que nous. Que Johnny Hallyday a mieux réussi Johnny Hallyday que nous. Qu'Elvis a été Elvis jusqu'au bout, et pas nous.

Nous sommes des petits dans la cour des grands.

Nous avons nos fans, mais ce sont d'abord les leurs. Ils
ont ricoché sur eux et sont revenus sur nous. Tout le
monde y trouve son compte. Les autographes ? Nous
imitons leur signature comme nous imitions celle des
parents sur les bulletins de notes. Nous sommes de
sales copieurs. Sur scène, notre corps bouge mais ce
n'est pas vraiment, pas seulement notre corps. C'est un
peu le leur aussi. Nos gestes sont des plagiats de gestes.
Nous photocopions des attitudes. Incapables d'inventer des nouvelles figures, nous travaillons à l'infini les
anciennes, qui nous servent à vie de modèle et de cane-
vas. On appelle ça un patron.

Guy Francis n'est qu'un Lalanne perdu dans un
champ de Lalannes. Alan Mitchell est noyé dans la
masse des Eddys Mitchells. Magic Sylvain ? Un Plastic
Bertrand parmi les Plastics Bertrands. Adrien Jérôme
est un Dave comme un autre. Bastien Claudy est un
Claude François comme un autre. Rock Daniel est un
Elvis que rien ne distingue de la meute des Elvis.
Johnny Rock est un Johnny semblable à tous les autres
Johnnys. Luc Michel est un Sardou dans la moyenne.
Et je ne suis qu'un C. Jérôme de plus sur cette terre.

Les sosies sont partout, qu'ils soient ou non « res-
semblants » (on finit toujours par ressembler à qui on
veut). Nous sommes toujours en retard par rapport à
nos maîtres. Ils nous échappent. Dès que nous croyons
les connaître par cœur, ils brouillent les pistes. Parfois, sans prévenir, ils font des choses tellement nouvelles, tellement différentes de celles qu'ils avaient
faites jusque-là, que ça remet tout notre travail en
question. Nous avons le même échiquier et les mêmes
pièces que Kasparov, alors nous imitons ses ouver-

tures, nous recrachons ses milieux de partie, mais, perroquets imbéciles de son génie, nous ne comprenons
rien à sa stratégie.

Lorsque nos modèles meurent, quand nous croyons
que tout est enfin figé, nous nous disons alors que nous
avons l'éternité pour réviser. Rien à faire : nous n'arrivons toujours pas à coïncider avec les originaux. Même
leur passé est en avance sur nous.

Un jour, nous nous apercevons que les femmes qui
les ont aimés ne nous aimeront jamais. Qu'eux-mêmes
ne nous auraient peut-être pas adressé la parole. Qu'il
aurait fallu avoir l'enfance de Claude pour être Claude,
la rage de Michel pour être Michel, un code génétique strictement identique à celui de Johnny pour être
Johnny. Que la seule solution pour devenir Elvis aurait
été d'être vraiment Elvis. Que la seule chance d'espérer pouvoir être Claude François un jour, c'est de
l'avoir réellement été. Pour l'instant, ça n'est arrivé
qu'à Claude.

Bernard sait bien que les gens viennent applaudir
l'autre, le mort. Il sait bien que, s'ils avaient le choix,
ils le piétineraient pour approcher Claude François.
Qu'ils échangeraient en une seconde la mort du « vrai »
contre la sienne. Qu'ils troqueraient une minute de
plus de la vie du Cloclo 1939-1978 contre toute l'existence de Bernard Frédéric 1964- ? Qu'ils viendraient,
un par un, à la queue leu leu, lui cracher au visage afin
que leur Claude disparu vienne chanter une toute dernière fois *Le téléphone pleure* ou *Comme d'habitude*.

Emprisonnés dans un autre, nous sommes des morts-
vivants. Nous sommes les zombies du showbiz. Des
zombiz. Pourtant, dans l'épiderme d'un autre, nous trou-

vons notre bonheur. Quand on ne sait pas qui on est, autant être un autre qu'on a choisi. Claude, Michel, Johnny, Jérôme sont si grands qu'il y a de la place pour tout le monde dans leur costume. C'est en étant eux que nous sommes le plus nous. Ils nous *prêtent* vie.

Le Marchand de sable

Regarde : Bernard est dans la chambre de Mouss. Observe-le bien. À genoux près du lit de l'enfant, en train de le border. Bernard raconte toujours une histoire à son copain : ce soir, il lui narre la fois où des loubards ont essayé de piquer le matériel de concert pendant que Patrick Topaloff assurait la première partie de Claude lors de la grande tournée d'été 72. Mouss rit. Bernard lui pose une bise sur le front. Il laisse un halo de lumière (une petite lampe de poche posée sur la moquette) parce qu'il sait que Mouss a peur dans le noir. Comme Claude. Bernard quitte la chambre à pas de loup. Mouss le rappelle : énervé par la journée de toboggan, il ne trouve pas le sommeil. Nanard lui passe la main sur le front.

— Je vais te raconter d'où vient tout ce qui existe. Sais-tu d'où vient ce que tu manges ? La grosse tartine beurrée de ton goûter ?

— De maman.

— C'est ta maman qui l'a préparée, avec le pain qu'elle a acheté chez le boulanger.

— Et le boulanger il fait du pain avec la farine.

— Et la farine elle vient d'où ? Elle vient du meunier. Qui a moulu du blé. Et ce blé, un paysan l'a récolté dedans son champ. Mais qui donc qu'a fait pousser le blé dedans le champ ?

— Maman m'a pas dit.

— Eh bien c'est Claude.

— Il est gentil, Claude.

— Ton pain vient de Claude, et tout ce que tu manges vient de Claude aussi.

— Il est gentiiiil…

— Bonne nuit, mon asticot.

— Nanard…

Chut ! Dors petit homme, à tout à l'heure,
Et que chaque jour soit le meilleur
Demain c'est déjà un autre jour [1]

Psoriasis

Je commence à être nerveux. Un psoriasis a fait son apparition dans mon cuir chevelu. Le médecin m'a donné une lotion à base de vitamine D3. Il m'a parlé d'une étude faite aux États-Unis selon laquelle les optimistes vivraient plus longtemps que les pessimistes. Les personnes qualifiées de pessimistes auraient des taux de survie inférieurs de 20 % à celui du groupe qualifié d'optimiste. Ce matin, dans la voiture, j'étais optimiste : je savais que nous serions bien accueillis par Melinda. Elle avait toujours été la Bernadette la plus motivée. Ce fut un vrai drame pour elle quand tout s'est arrêté.

1. *Dors petit homme*, 33 t Flèche 91101 925, *Pour les jeunes de 8 à 88 ans* (avril 1976), 45 t Flèche 6061 870 (mai 1976).

— Tu sais ce qui me donne le plus de «je suis ému», Couscous, chez Claude? C'est que, malgré sa taille, il a bouffé le monde. Et sans talonnettes, hein! C'était pas un tricheur dans sa boots! On n'est pas chez Sardou, dans Claude. Tiens : savais-tu que les présidents des États-Unis ont toujours été considérés par les Américains plus grands d'environ 7,6 centimèt'? Toi ton problème, c'est que t'as aucun charisme, aucune envergure, rien. En plus t'es gros. Tu seras plus jamais dans «signez-moi l'autographe» comme à tes débuts dans Claude... Même en D. Jérôme, tu commences à faire pitié... C. Jérôme, tu pourrais lui ressembler beaucoup plus si t'y mettais un peu du tien, il est quand même pas dur à être. C'est pas Claude!

— Qu'est-ce que tu veux que j'y fasse?

— Bouffer moins, déjà. Tu croques tout ce que tu croises. T'es une poubelle! C'est Carlos qui te guette, c'est Demis Roussos! T'as vu ce que tu pèses? T'as vu tes repas avec tous les «je vais en reprendre», tes rabs? Quand c'est donc que tu trouves du temps pour chier tout ça? Tu dois vivre aux cagouinsses, toi, c'est pas possible! Tiens allez, on arrive, file-moi un Déomenthe!

Melinda

Je les ai toujours sur moi, mes Déomenthe. Ce sont des pastilles fraîcheur qui améliorent l'haleine. Melinda habite le quartier de la gare à Orléans. Un petit immeuble tranquille, rue Jean-Moulin. Sur la porte, le nom de Melinda était inscrit en gros caractères, avec des petites étoiles autour. On a entendu des pas. Melinda est la plus jolie des ex-Bernadettes. Son petit nez en trompette, légèrement épaté, s'accorde avec son sourire large aux dents parfaites. Elle a les cheveux noirs et frisés. Ses yeux sont si noirs qu'on ne distingue pas la pupille de l'iris. Melinda est la fille des excès : elle fait des allers-retours incessants entre la tristesse et la joie. Elle a le cœur sur la main et une sensibilité à fleur de peau.

Melinda a fait ses études à Orléans. En 4e, elle a arrêté le cycle normal de ses études pour faire une CPPN (classe pré-professionnelle de niveau). Elle rêvait de faire du cinéma et lisait *Première* tous les mois. Mais ses parents, divorcés, ne pouvaient pas l'entretenir. Melinda a dû s'orienter rapidement vers quelque chose de plus « professionnel », malgré de réels talents de comédienne (elle a fait un peu de théâtre amateur dans une petite troupe du Centre espagnol de l'impasse du Coq). Le frère de Melinda, Michael, s'était destiné à devenir pâtissier, comme Nanard. Un soir d'août 1988, alors qu'il revenait d'un tour à vélo avec des copains, une 2 CV a grillé une priorité rue Royale et a tué Michael sur le coup. La seule ride qui raye le jeune front de Melinda est la signature de ce drame.

Elle a été sidérée quand elle nous a vus. Un mélange de joie et de surprise. Elle a lâché un gros mot assez répandu, puis a prononcé le nom de Bernard avec de nombreux points d'exclamation derrière, puis mon nom, pour terminer, avec moins de points d'exclamation que pour Bernard, c'est vrai, mais suffisamment pour que cela laisse mon ego à peu près intact.

— Salut pitchounette ! a lancé Nanard.

Qu'est-ce qu'une bonne Bernadette ?

Une bonne Bernadette est une fille qui sait bouger et se bouger. Bernard ne demande pas la lune : un petit bond, bien souple, une série de moulinets, hop, flexion, hop, petit bond sur la jambe droite, ex-ten-sion, et on recommence dans le sens contraire, et ainsi de suite. Au moment du final, les filles doivent lever les bras et tourner sur un pied tout en continuant de sautiller. Une bonne Bernadette doit aussi être sexy. Mais tout le monde ne peut pas se permettre de venir sur scène et danser à moitié nu. Ce qui ajoute à la difficulté du choix des danseuses. Toutes ne sont pas comme Melinda.

J'avais toujours été, en plus de mon activité de D. Jérôme et de *road manager*, responsable de la pré-sélection. Après un premier écrémage, je présentais à Bernard les filles que j'avais retenues. Il fallait que rien ne cloche, tant sur le plan artistique que physique. En théorie. En pratique, on fait avec ce qu'on a.

— Je veux zéro virgule zéro défaut ! avait exigé Nanard.

Son rêve était que les Bernadettes soient toutes grandes, minces, avec des jambes qui n'en finissent plus et des hanches faites pour le rythme. Il était bien rare que toutes ces qualités soient réunies chez une seule et même fille. Le plus souvent on en avait une grande, une autre mince, une troisième avec des grandes jambes et une autre encore qui avait le sens du rythme. Il arri-vait souvent que la grande soit grosse, que la mince soit petite, que celle qui avait des jambes infinies ne sache pas danser du tout et que celle qui savait danser soit grosse, petite, avec des poteaux télégraphiques à la place des jambes.

Le plus dur, pour les filles, c'étaient les séances de musculation au gymnase de Chaingy et les footings marathons sur le stade en face du château d'eau. Je ne te parle pas du régime : si l'une de ces demoiselles dépassait les bornes question balance, Bernard la foutait tout bonnement dehors.

— Dis-moi, ma belle : pourquoi donc que tu pèses comme si t'avais Richard Anthony période fraude fiscale dans ta petite culotte ?

— Mais Bernard…

— Sais-tu que les obèses n'ont pas de place dans la formation ? Ça casse le côté « c'est de l'harmonie ». Si tu as faim tu ouvres ta pizzeria (Bernard prononce « piséria »). Faut pas dépasser le poids, ici. Ici tu t'en vas quand tu penses aux chips ! Toi t'es trop portée sur la chip. Répète après moi : « Oui Bernard je suis portée sur la chip. »

— Ouibernardchuiportésulachipe…

Véro, en particulier, a toujours eu tendance à prendre du poids (c'est un euphémisme). D'où d'interminables scènes de ménage ayant pour thème les principes de base de la calorimétrie. La propreté était aussi une des grandes obsessions de Nanard. Un soir de gala, à Dry, en mai 91, il refusa à Monique, une Bernadette des débuts – par ailleurs adorable et compétente – qui avait fini par craquer, le droit de danser parce qu'elle avait une tache de gras sur son jean.

— Mais quelle importance, s'était-elle défendue (un

brin insolente, c'est vrai), puisque je ne danse pas en jean ?

— Je m'en fous ! avait beuglé Nanard. Si t'es cradoque dans la life, tu sonneras cradoque on stage ! Le public sent ces choses-là. On n'est pas chez les porcs chez moi ! Dans ma troupe les gens sont très lavés. À grande eau ! C'est toujours, c'est encore la dimension de l'eau.

Monique s'était mise à pleurer. Elle était rousse. Bernard se lança alors dans une diatribe contre les rousses :

— De toute façon, ce qu'est roux c'est pas net ! Avec tes écureuils angora qui te pendent sous les aisselles !

Trouver les bonnes Bernadettes est loin d'être simple. En cinq ans, on en avait essayé 14 : Melinda, Monique, Isabelle, Jacqueline, Chantal, Valérie, Christine, Nicole, Carole, Karen, Ophélie, Martine, Gabrielle et Véro. Ce n'est rien comparé à Claude, qui était monté à 45 Clodettes en onze ans. Claude aimait ses danseuses parce qu'il les avait précédées dans la danse. En connaisseur, il réglait toutes les chorégraphies à la virgule près : le plaw wilson pickett, le ressort, la glissade. La danse était à ses yeux aussi importante que la musique ou les textes. C'est à elle qu'il devait sa carrière. Si Claude était monté à Paris avec l'aide de Brigitte Bardot, c'est parce qu'il avait appris à Brigitte comment danser le madison au Papagayo pendant l'été 1960 – il venait alors de claquer la porte de Louis Frosio, chef d'orchestre du Sporting-Club de Monte-Carlo, auprès duquel, frappant sur ses tumbas en pleine vogue du cha-cha-cha, il n'avait que trop tourné en rond. Claude était un enfant du madison.

À cette époque, un 45 tours n'était pas pris au sérieux s'il n'y avait pas, au verso de la pochette, une notice explicative, croquis à l'appui, sur les pas de base du madison. Le moyen le plus sûr de le danser correctement était de suivre la méthode dite « du grand M » – M pour madison. C'était en tout cas ce que proposait celui qui en était alors le prince et dont, sur la pochette d'un collector introuvable que Nanard conserve sous verre, le sourire un peu naïf et les oreilles décollées rappellent Christian Marin, le Laverdure des « Chevaliers du ciel » : Billy Bridge. Avec Nanard, on est allés il y a trois ans sur la tombe de Billy – qui s'appelait en réalité Jean-Marc. Il nous a quittés le 21 novembre 1994[1]. Même les danseurs de madison meurent un jour.

Du temps où Jean-Marc se faisait appeler Billy, on précisait sur les pochettes des disques le genre de danse attribué à chaque morceau. Il y avait des pièges. Sur le 45 tours *Dansez le madison au Madison Club*, par exemple, enregistré en 1962 par Olivier Despax et les Gamblers, le titre *A Little Bit Of Shot* était en réalité 100 % pur twist. Si tu as la chance de posséder cette rareté, regarde bien la pochette : au second plan, derrière Despax-le-bellâtre et les deux blondes qui se trémoussent, se trouvent les Gamblers. Leur fondateur, caché par un bongo, y joue du tambourin. Je suis certain que tu n'avais pas reconnu Claude. Cette photo n'est pas très célèbre. D'après Bernard, elle fut prise au Caramel Club, une boîte branchée parisienne des sixties située dans le XVIe arrondissement, à deux pas

---

1. 24 marteau 55.

de la place de l'Étoile, rue Arsène-Houssaye, et fré-
quentée par Nicole Croisille, Danyel Gérard et Hugues
Aufray (quand elles ne se tenaient pas au Golf-Drouot,
la plupart des « surpattes » du samedi après-midi avaient
lieu au Caramel). Je ne suis pas d'accord avec Nanard
sur ce point : pour moi, ce cliché a été pris au Papagayo
à Saint-Tropez. Despax s'y produisait en ce temps-là
avec Sacha Distel, et l'orchestre de Claude, spécialisé
dans le twist-madison, les accompagnait. Je possède une
photo rare représentant les Gamblers jouant au baby-
foot dans la cour ensoleillée d'un troquet de la Côte
d'Azur durant l'été 62. Claude, extrêmement concentré, ne joue pas : il arbitre la partie et établit le score. Il
porte un pantalon blanc et une chemise à damier.

À l'été 62, sa réputation de danseur n'est déjà plus à
faire. On se l'arrache. Il devient le chorégraphe des
Chaussettes noires pour le film de Michel Boisrond,
Comment réussir en amour. Eddy Mitchell, le leader
des Chaussettes, ne prête alors aucune attention à celui
qui deviendra bientôt le plus grand showman français
de tous les temps. Il faudra encore attendre cinq ans et
le « Sacha Show » de Maritie et Gilbert Carpentier du
2 janvier 1967[1] pour que Sacha Distel les installe côte
à côte, dans une parfaite égalité, autour du crooner des
fifties Eddie Constantine. Le trio interprétera ce soir-là
un vieux tube d'Eddie, *Cigarettes, whisky et p'tites
pépées*. Ce n'est cependant pas le madison qui a fait la
gloire de Claude, mais le mashed-potatoes. Un nom
étrange qui faisait souvent dire à Nanard, quand il

---

1. 18 marteau 28.

s'adressait à une de ses Bernadettes pendant les chorégraphies :

— Ta patate ! Écrase mieux ta patate[1] !

La meilleure traduction de mashed-potatoes est purée
de pommes de terre. Sur le 45 tours de *Belles ! Belles !*
Belles ! (disque Fontana), un des morceaux (il y en
avait deux par face à cette époque) s'intitule *Hey Pota-*
toes («Hé ! Les patates»). La chanson se déroule à un
rythme d'enfer et reste, bien qu'inconnue aujourd'hui
du grand public, une de mes préférées dans son répertoire. Johnny, lui aussi, est tombé dans la purée de
pommes de terre. Voici comment démarre la face B de
L'idole des jeunes, sorti en même temps que *Belles !*
Belles ! Belles ! :

— Dis, Johnny, qu'est-ce que tu danses là, c'est
drôlement chouette, comment ça s'appelle ?

— C'est le mashed-potatoes, en Amérique tous les
jeunes le dansent.

— Tu veux pas nous l'apprendre ?

— Si bien sûr, allez tout le monde autour de moi !

C'est à cette même époque que Claude, inventeur du
raï avec *Nabout Twist*, abandonne le nom de Kôkô et
se cherche un nouveau nom de scène.

— Vous penserez que j'ai un nom assez banal, dit
Claude. Tant pis. Pour une fois, un chanteur de rythme
aura un nom français.

---

1. Il y a même une danse qui s'appelle le «nanar» : elle est col-
lective et c'est un genre de letkiss en plus fantaisiste, le letkiss
étant une danse importée de Laponie, dérivée du letkaienka (vieille
danse folklorique finlandaise). Le letkiss démarra au Club Saint-
Hilaire (club le plus snob de Paris), grâce au maître des lieux, François Patrice.

Choix simple et osé à une époque où tout le monde
emprunte un pseudonyme américanisé [voir Annexe 6,
p. 413 : « Américanisation patronymique chez les célébrités yé-yé »].

Mais ce n'est pas tout. Claude sent qu'autour de lui,
il manque quelque chose. Il ressent comme un vide sur
scène. Il va alors avoir une idée de génie en s'inspirant
de James Brown et des groupes féminins, comme les
Ikettes, les Ronettes et les Supremes. Le 8 décembre
1966[1] à l'Olympia, il s'entoure pour la première fois
de quatre bombes sexuelles, dont deux Blacks extraor-
dinaires qu'il avait fait rapatrier de Londres, où il faisait
ses provisions de danseuses. Les nombreuses comé-
dies musicales programmées dans cette ville attiraient
les filles les plus jolies, les plus motivées et les
plus douées. Les Africaines n'étaient pas choisies par
hasard : elles avaient pour mission d'entraîner les deux
autres danseuses blanches, plus crispées. L'Europe et
la danse ont toujours eu du mal à s'accorder.

Les Clodettes ne s'appelaient pas encore les Clodettes et la mythologie claudienne retiendrait que cette
formation historique était alors constituée de Pat, Cynthia, Solange et Siska. Leur tenue était légère. Le sexe
faisait enfin son apparition dans le Paris yé-yé. Les filles
allaient et venaient au sein de la petite communauté
des Clodettes. Malgré une sélection épouvantable, y
entrer était toujours possible : mais rien n'était plus
difficile que d'y rester. La promotion suivante, celle de
1968, compterait Madly, future petite amie de Jacques
Brel (« Il porte bien son nom, le Belge ! » dixit Nanard
qui ne l'a jamais supporté), Lydia, Patricia et Nelly

---

1. 22 kathalyn 27.

(une pure merveille, doublée paraît-il d'une sacrée cochonne[1]).

Dès l'année suivante, Madly fut nommée par Claude capitaine des Clodettes. La Clodette préférée de tous les temps de Nanard, la Vietnamienne Peggy, fit quant à elle son apparition dans la troupe. En février 1967, elles obtinrent la couverture de *Salut les copains*. Je passe sur les formations les plus éphémères[2] pour en arriver à l'ultime équipe, celle des années disco : elle se composait de Prisca, de la Haïtienne Sandra, de Dany, de Ketty et de Julie. Les cinq filles continuèrent à se produire tout au long de l'été 1978 sous le nom de Clodettes Associées. Il n'était pas question pour elles d'exploiter un filon, comme l'ont cru certaines mauvaises langues, mais au contraire de rendre un dernier hommage à l'homme de leur vie. « Les femmes sont toujours plus fidèles que les hommes », disait Claude. La dernière fois qu'on a vu les Clodettes ensemble c'était à « Champs-Élysées », chez Michel Drucker, en 1985. Aujourd'hui, Prisca s'occupe de l'École des Clodinettes. Dany est décoratrice chez Hechter. Ketty a ouvert un restaurant afro-antillais, le Kamukera, à Paris, dans le XIIIe arrondissement[3].

1. Claude disait toujours que les Clodettes devaient être choisies « bien salopes ».

2. Voir à ce sujet le *B.A.C.F.* no 78, série 12, janvier 1979, pp. 116-131, « Belles ! Belles ! Belles ! : histoire et historiographie des Clodettes (1963-1985) », par Gérard Clément.

3. 113, rue du Chevaleret, 75013 Paris (métro Chevaleret), ouvert tous les jours du lundi au samedi de 11 heures à minuit. Réservations : 01 53 61 25 05.

Da Dou Ron Ron

Il y a deux ans, pour son anniversaire, j'ai offert à Bernard un disque impossible à trouver de nos jours : *Chinese Kung-Fu* (« Version New York USA réalisée par Tom Moulton »), enregistré sans Claude par les Clodettes en 1975 sous la houlette de Gérard Louvin. Il y avait eu avant les Clodettes quelques formations féminines. En 1963, les Crystals, quatre très jolies Noires américaines, avaient fait un tube, *Da Dou Ron Ron*. Les Surfs, des Malgaches, avaient connu un beau succès en se classant en décembre 1963 à la 18e place du hit-parade, juste derrière Claude, 17e avec *Je veux rester seul avec toi*. Il y avait eu aussi les Parisiennes et les Djinns, qui s'étaient fait remarquer en 1960 avec *Marie, Marie*. J'ai personnellement beaucoup de mal à supporter les Djinns. Quant aux Parisiennes, mieux roulées, on leur doit *Il fait trop beau pour travailler*, qui s'était rangé juste derrière *I Should Have Known Better* des Beatles en septembre 64. Ces mêmes Beatles qu'elles avaient dépassés avec *L'argent ne fait pas le bonheur*, mieux classé d'une place que *Yesterday* en février 1966. Depuis, les Beatles se sont vengés des Parisiennes.

Quatre ex-solistes des Djinns s'étaient retrouvées dans les Gam's, formation féminine qui se produisit avec Claude le temps de l'été 1963. De nombreuses photos les montrent sur les planches de Deauville, dansant, sautillant, sous le regard de Sylvie Vartan vêtue d'un tee-shirt à rayures. Magnifique Sylvie. Claude sur fond de plage, immortalisé en plein saut avec deux

Gam's de chaque côté qui accompagnent ce saut. Claude comme en apesanteur, suspendu dans l'air. Et Sylvie, ses cheveux jaunes devant la mer bleue, perdue dans l'éparpillement lumineux, Sylvie à 18 ans, sur cette plage de Deauville surgie d'un 1963 dont les couleurs ne semblent pas tant passées qu'irréelles. Sylvie qui cligne un peu des yeux. La plage n'est pas surpeuplée comme aujourd'hui sont surpeuplées les plages. Sylvie patiente et sculpturale, égarée dans un été de sa jeunesse.

Le Brésil de chez Leader Price

— Qu'est-ce que vous faites là ? nous a demandé Melinda, surprise.

On s'est installés au salon, sur un canapé Ikea. Melinda nous a demandé si on voulait du café. Bernard a répondu que oui, enjoué.

— Toi Bernard dès qu'un truc est gratuit, de toute façon… a plaisanté Melinda. Dis-moi Couscous, il est toujours aussi radin notre Nanard national ?

Melinda nous a servi un café Leader Price avec marqué « Brésil » sur l'emballage. C'est bizarre qu'un café puisse venir de deux endroits aussi différents que le Brésil et Leader Price. Sa tasse bien serrée dans les deux mains, Melinda nous faisait face. Elle était vêtue d'un peignoir rose bonbon avec « Festival du Film Fantastique de Gérardmer 1998 » inscrit dessus. Elle était pieds nus. Ses ongles de pied étaient recouverts d'un vernis à ongles vert pomme.

— Et sinon, ça marche bien pour toi ? a demandé Bernard.

168   *Podium*

— Enfin, là j'suis un peu en stand-by… Je récu-père, quoi. Mais sinon, ouais, ça va. C'est supercool.

— Génial. Tu nous racontes ?

— Ben tu sais… Quand tout s'est arrêté il y a cinq ans, j'ai eu une proposition de Boy Régis.

— Le sosie de Boy George ?

— Oui. Je faisais choriste. Mais bon… En fait, il voulait seulement coucher, alors je suis pas restée…

— On t'avait prévenue, à l'époque, avec Bernard : attention, Boy Régis, il est pas aussi pédé que l'original.

— Après, j'ai fait de la figuration chez Pascal Sevran. Mais y avait un gros roulement : j'ai pas pu rester.

— Et après ? a repris Bernard.

Il y a eu comme un malaise. J'ai regardé ailleurs, par la baie vitrée. Le temps était gris. Sur les murs, il y avait plein d'affiches de nos tournées de jadis. J'ai senti ma gorge se serrer. Je me suis alors aperçu que le temps avait passé. On était en train de vouloir ressus-citer des choses formidables, mais c'est l'époque de nos débuts qui n'était plus là.

— Après : rien. Voilà. La vérité c'est que ma car-rière est au point mort depuis quatre ans. Je suis ven-deuse à Pantashop.

— …

— Intérimaire.

Des larmes ont commencé à couler sur ses joues. Bernard m'a donné un coup de coude dans les côtes. Je me suis levé. Je me suis avancé vers une des affiches de nos concerts : BERNARD FRÉDÉRIC ET SES BERNA-DETTES CASSENT TOUT À BRICORAMA. Bernard était figé comme une statue. Je ne savais pas quoi dire. J'ai dit n'importe quoi.

— Ah, j'avais pas vu. C'est la tournée 92 ?

— Oui. Et puis j'ai gardé tous les articles et toutes les photos dans un classeur. Pardon, c'est idiot. J'ai l'air bête, hein ?

Melinda avait les yeux tout rouges. Puis elle a commencé à avoir un rire nerveux. L'appel de la scène la réclamait. Elle avait déjà le trac.

Lucifer

On avait réussi à convaincre Melinda. Il n'y avait pas de raison qu'il n'en soit pas de même avec Karen. On a sonné. On est entrés. On s'est assis. Un gros chat angora est venu se frotter contre les jambes de Nanard. Tu te souviens peut-être que, depuis l'époque des Salmoneries, où ils se relayaient pour pisser sur son paillasson à l'effigie de Claude, il n'est pas animal au monde que Bernard déteste plus que les chats.

— Il a quel âge ? a demandé Nanard avec une tête de faux-cul.

— Luci ? Trois ans ! a répondu Karen en embrassant l'animal. C'est encore un bébé, mon chachat... C'est mon gros bébé !

— Il est beau, hein ? a rajouté Nanard, l'œil rempli de haine envers la bête.

— Luci a l'air de beaucoup t'aimer, Nanard, regarde : il vient dormir sur tes genoux.

Lucifer s'est installé, après deux trois coups de griffes hâtifs, sur le pantalon de skaï de Nanard. À cet instant,

j'ai vu dans l'œil de Bernard passer une lueur qui ressemblait à de la folie meurtrière. Je savais (je savais !)
que dès que Karen aurait le dos tourné, le gros-cha-
chat-à-sa-maman allait s'offrir un vol plané qui resterait dans les annales de l'histoire féline, voire de
l'aviation.

— Il est vraiment affectif, ce chat… a précisé
Bernard.

— Oh mais faut pas s'y fier, tu sais ! Il a ses humeurs !

Ç'a été la goutte d'eau. Cette précision sur les
« humeurs » d'un chat a fait bouillir intérieurement
Nanard qui semblait parcouru de spasmes. Ce n'était
plus Bernard Frédéric qui caressait la pauvre bête,
mais le docteur Petiot, le vampire de Düsseldorf, Guy
George, Landru, Himmler, Thierry Paulin, le Japonais
du bois de Boulogne, le général Aussaresses, Patrice
Alègre et Francis Heaulme.

— Regarde-le comme il est chou ! a surenchéri
Karen, ignorant que chaque mot visant à donner au
chat un regain d'importance aggravait l'intensité du
désir de vengeance de Bernard qui, n'ayant jamais eu
de parents, ne supportait pas que l'on puisse s'occuper
autant d'un bouffe-chie-dort à poils.

— Il va avoir des chatons ?

— Non, non : Luci est castré.

— Oh ben comme ça il deviendra pas homossessuel… Tu seras pas un chat stroll, toi pépère, hé hé !…

— T'es bête, franchement, Bernard. C'est pas drôle,
s'est vaguement formalisée Karen.

— Tu sais, pitchounette, les animaux y sont moins
vicieux que nous. Ils sont pas homossessuels comme
les hommes humains. Y a pas de punks chez eux ! Pas

de putes ! Pas de tarlouzes ! Et pis ils sont très discrets.
Ils se taisent. En revanche – en revanche ! – il y a beaucoup de toucher et de contacts des yeux, des choses
vraiment sincères. Et ça m'a vraiment beaucoup aidé
dans le «je suis gosse», dans mon passé personnel,
que me développer avec des animaux autour de moi.
Quand j'étais à l'Institution Serenne, on allait à la campagne. À Romorantin ! Y avait des vaches, à Romo.
Des chiens qu'on caressait, à Romo. Un gros chien que
j'avais appelé Georges.

— C'est marrant Georges, pour un chien, a répondu
Karen.

— Mais attention, ma pitchoune : c'est pas en hommage à Brassens ! Il est trop nul Brassens. D'ailleurs
avec Couscous on a été pisser dessus sa tombe au
cimetière de Sète.

— Tu as vu comme Luci ronronne ? a fait remarquer Karen.

— C'est qu'il se sent en confiance sur Bernard, ai-
je rajouté, déclenchant sur le visage de mon pote un
sourire terrible. Quant au minet, imperturbable dans sa
sieste imbécile, il ne se doutait de rien.

— Et qu'est-ce que tu lui donnes à bouff... à manger, à notre ami ? s'est inquiété Bernard.

— Des Friskies au poulet, rien qu'au poulet, les
autres il les digère pas. Les croquettes au thon, c'est
pas la peine !

Karen a continué à répondre à Bernard en allant
chercher quelque chose dans sa cuisine :

— Sinon, chez le boucher, je prends à mon chachat
des escalopes de dinde parce que ça fait très plaisir à
monsieur, hein, il est très gourmand, ou des tranches

de jambon… Il adore le bayonne ! C'est que c'est un chat difficile.

Le cri qui a suivi n'était pas un miaulement. On aurait plutôt dit un hurlement. Comme une fillette qu'on ébouillante. Dans ce qu'elle avait d'inhumain, cette stridence avait quelque chose d'humain. Ce fut pétrifiant. De toute ma vie, je crois bien que jamais je n'oublierai ce son inédit. Si je ne l'avais pas entendu, jamais je n'aurais pu croire une seule seconde qu'un tel rugissement soit extirpable d'un être vivant, qu'il s'agisse d'un cochon d'Inde, d'une écolière nippone, d'une chauve-souris ou d'un nageur de combat. Karen, livide, a accouru :

— Mais qu'est-ce qui se passe ?

— Je sais pas, a répondu Nanard.

— Où est Luci ?

— Heu… Là-bas, a répondu Bernard, désignant un endroit flou, mais assez éloigné du canapé sur lequel il était assis. Il a dû voir une souris ! Tu sais, c'est vif un chat !

Lucifer, planqué sous un fauteuil, traumatisé comme un rescapé de crash aérien, fixait Bernard avec des yeux de grand brûlé. Il était tétanisé pour le restant de ses jours. Toute l'injustice du monde, l'intégrale des trahisons de toute l'histoire de l'humanité défilaient dans son regard épouvanté.

— C'est lui ! J'ai tout vu ! s'est soudain écriée, pointant Bernard du doigt, une vieille femme déboulée de nulle part.

C'était la maman de Karen qui, ayant passé la nuit chez sa fille, était sortie de sa chambre juste à ce moment-là.

— Qui c'est la fée Carabosse, là ? s'est enquis Nanard.

— C'est ma mère, espèce de taré ! Malade ! pleurait Karen en tentant de consoler son Lucifer hagard qui, même à sa maîtresse, montrait les griffes.

— Mais Karen je te jure…

— Faut t'faire soigner ! T'es un fou dangereux !

— Demande à Couscous, je…

— Mais vous êtes tous les deux des dingues ! Des névropathes ! Allez dehors, foutez le camp ! J'veux plus jamais entendre parler de vous !

— Quoi ? De quoi ? a hurlé Nanard à en faire s'affaisser l'immeuble. Ce vieux machin m'accuse et toi tu es dans le « je crois des vioques » ? ! ? Tu vois où, qu'on croit ce que dit un vioque ? C'est pas une mère, ça ! On peut pas être mis au monde par ça ! Comment tu veux donner du « maman » à ça, toi ?

— Stop Bernard ! Ça suffit ! Tu dégages, pauv' con !

Là, Nanard s'est mis à parler à la manière de Bourvil imité par Patrick Sébastien, en sautillant comme un abruti et en louchant un peu.

— Ah ben forcément, hein, ah ben oui, hein, tagada hein… À dada !… À dada !… C'est la tagadatactique du gendarmeuuu…

Puis reprenant son intonation normale :

— Mais meeeerde ! C'est ta vioque, je te dis ! Elle a fait peur à Lucifer. Pas étonnant : vu sa tronche, elle foutrait les jetons au vrai, de Lucifer ! C'est quand elle a fait son irruption que notre ami la bête a fait son sursaut.

— Bernard, tu sors ou j'appelle la police !

— Et puis t'as choufé la gueule de con du chat ?

C'est le pacha ici ma parole ! C'est Dieu ! Du bayonne au chat ! Moi le bayonne j'y ai eu accès à trente piges au bayonne ! Je bayonnais pas avant. C'était le sauciflard ED ! Leader Price ! Le chocolat noir qui te colmatait l'intestin et te laissait des traces de pneu de chez Michelin ! Que même au pressing ça bloquait la machine ! Connasse à chat, va ! Porte plainte si tu veux ! Seulement je te préviens : ça existe pas, les coups et blessures pour chat ! Pour angora !

Et là, comme un malade mental, Nanard a commencé à poursuivre le chat dans tout l'appartement en hurlant, comme s'il s'était agi d'un cri de guerre : « Angora ! », ce à quoi il ajoutait parfois « bayonne » et « Je suis un chat difficile ». Lucifer a pissé partout en slalomant, hystérique d'effroi, entre les meubles.

— ANGOOORRRRAAAAA ! ANGOOORRRRAAAAAA !

— Maman appelle la police !

— RAAAAAAAH ! DIIIFFIIICIIIIILE ! BAAAYYYYOOON-NNNNNE !

— Au secours !

— ANNNGGGOOORRRRRAAAAAA ! CHUIS UN CHAAAAAT DIIIIIFFICIIIIILE, MOOOOAAAAAAA ! ! !

— Au fou !

— BAAAAYYYYYOOOOONNNNNE !

Dimanches d'août

Léon fait sa toilette. La chaleur l'écrase. Il est agacé par les mouches. C'est un chat birman très élégant. C'est lui que tu peux admirer sur la pochette de l'al-

bum *Magnolias For Ever* [1] ainsi que sur celle du 45 tours
Pourquoi pleurer sur un succès d'été [2]. Il vit au Moulin
avec sa sœur Lola. Il sent bien que c'est dimanche.
Claude est là. L'air contrarié. Les dimanches d'août
sont parmi les pires choses que puisse supporter un être
humain. Ils sont propices aux suicides. Ou aux chefs-
d'œuvre. Lorsque les hommes ont des envies d'en finir,
ils changent parfois d'avis au dernier moment et montent dans leur chambre pour écrire un début de roman,
une amorce de chanson.

Claude déprime au bord de sa piscine. France Gall
l'a quitté [3]. Il aimerait écrire quelque chose d'universel
et d'éternel qui puisse la faire changer d'avis. Les mélodies qui durent sont l'œuvre des femmes qui nous ont
quittés. L'étonnant, avec Claude, c'est que peu d'expressions artistiques sont, comme la sienne, liées à la
vie intime de leur auteur, à sa réalité quotidienne. Si tu
écoutes toutes les chansons de Claude les unes à la
suite des autres, tu auras l'histoire de sa vie. Cite-moi
un seul (un seul !) chanteur populaire qui se soit raconté
comme lui, qui ait rendu compte comme lui de ses
amours, de ses colères, de ses haines, de ses caprices,
de ses ruptures, de ses angoisses. Le génie est insépa-
rable de l'expression de son humeur. Claude est tout
entier contenu dans ses chansons, plus vivant que dans
les milliers de photos prises sur le vif, plus vrai que
dans toutes les biographies qui lui sont consacrées. Ses

---

1. 33 t Flèche/Carrère 67 215 (décembre 1977).
2. 45 t Flèche 6061 857 (décembre 1975).
3. Pour se moquer gentiment, du temps qu'il était avec elle, les
amis de Claude le surnommaient « le Galliléen ».

chansons forment son journal intime, sa vie privée, la réalité quotidienne d'un dieu de la variété qui ignore le repos et se complaît dans la démesure, s'ébroue dans l'excès, passe sans transition de la puérilité au sublime et de la banalité à la grandeur.

Au bord de sa piscine, Claude hésite entre deux titres pour la chanson que son désespoir est en train de couver : *Reste* ou *Reviens*. Le titre *Reviens* lui fait peur. C'est la preuve que France est bel et bien partie, que son retour ne coule pas de source. *Reste* est plus optimiste : cela signifie que le couple est en crise, que le départ n'est qu'une menace, que tout peut s'arranger. Claude décide de se mentir à lui-même et opte pour *Reste*. Les femmes de la vie de Claude ne restent jamais dans la vie de Claude. Elles ne comprennent pas que le génie ne se gère pas comme le reste. Elles ne savent pas que les colères sont la griffe de la souffrance. Ce n'était pas sur scène que Nanard ressemblait le plus à Claude, mais dans cette souffrance quotidienne, dans la peur de l'abandon, la jalousie maladive, l'angoisse, les colères, la possessivité en amour et la peur de mourir. C'est en quoi il était le plus grand de tous les Claudes François vivants.

Claude a été plus malheureux que n'importe qui sur cette terre. C'est pourquoi, grâce à lui, la variété est devenue une branche de la métaphysique. Les paillettes, les tenues blanches, les shows Maritie et Gilbert Carpentier sont peut-être parmi les choses les plus tristes du monde. Les sunlights n'illuminent que de la solitude et les sombres destins de ceux qui chantent l'amour parce qu'ils savent qu'il est un cas particulier de la mort. C'est par la chanson que Claude va se venger de ce mois d'août 1967.

Jacques Revaux a sonné à sa porte. Il est venu avec sa guitare. Claude lui demande de se taire et de jouer. Revaux connaît les désespérés : son métier est d'accorder son désespoir au leur. Il exécute *For Me*, composé en février dans sa propriété genevoise.

À la SACEM, ces quelques notes qui ont sauvé la vie de Claude sont répertoriées sous le numéro 300. C'est un air un peu facile, presque niais. Personne de normalement constitué ne peut sérieusement s'y intéresser. Claude, lui, devine immédiatement le parti qu'il va pouvoir en tirer. La mélancolie qui s'échappe de cette guimauve contient toutes les cicatrices des hommes quittés. Il change un tout petit peu le refrain. Il retouche imperceptiblement les accords. Il pense très fort à France Gall. Il cherche un titre pour ce qui est devenu en huit minutes au bord d'une piscine très bleue la plus grande chanson d'amour de tous les temps. Il se dit qu'il vient encore une fois de se faire quitter, que cela devient une *habitude*. C'est ça, les femmes s'éloignent de lui, *comme d'habitude*. Le titre est trouvé. La tristesse est la bonne. Les paroles viendront tranquillement raconter quelque chose d'irréversible. Les jours heureux défilent dans sa tête. Ils racontent ses nuits romantiques avec France dans le Moulin de Dannemois. France Gall qui quittera aussi, quelques années plus tard, Julien Clerc. Julien sera au bord du suicide à cause d'elle. Décidément, France Gall est spécialisée là-dedans. Mais la souffrance de Julien n'engendrera pas de chef-d'œuvre aussi marquant que *Comme d'habitude*.

Eau noire

Brume (on roule dans la). Orléans. Résidence Saint-Laurent. C'est là qu'habite Peggy. La Loire se déroule avec une lenteur précipitée. Elle est chargée de substance. Bernard est habillé showbiz. Anticoupe (un peu trop à la Sardou, je trouve, mais je m'abstiens de le lui dire), lunettes de soleil modèle Porsche, gros médaillon à l'effigie de Claude monté sur une chaîne à maillons triangulaires (le tout plaqué or), une chemise vert pomme cintrée avec col pelle-à-tarte recouvrant jusqu'aux deux tiers de l'épaule celui de son blouson en skaï blanc estampillé acheté aux enchères à Dannemois l'été dernier, sa fameuse ceinture en crocodile à grosse boucle (portée par Claude le dimanche 4 avril 76[1] à Port-au-Prince, en Haïti) que Bernard n'avait jamais mise que sur scène, un pantalon à pattes d'eph avec des étoiles dorées et des pompons roses cousus dessus porté par Michel Fugain pour un spécial « Numéro Un » en 72 et négocié à prix d'or chez France Costumes à Asnières, chaussettes extra-fines en nylon orange fluo pour aller avec la chemise, et bottines vernies blanches à fermeture Éclair (la semelle et le talon sont en bois naturel). Bernard s'est parfumé avec Eau noire, le parfum lancé par Claude en octobre 1976.

On a pris l'ascenseur : Peggy habite au huitième étage. Durant la montée, Nanard m'a passé la main dans les cheveux. Mon psoriasis, baromètre de mon angoisse, était en train de gagner du terrain.

---

1. 5 marteau 37.

— Oula Couscous ! Tu champignes du caillou, man. C'est drôlement crade ! C'est mauve et rose ! J'aimerais pas t'habiter sous le chapeau. Tu verses des trucs pour soigner cette daube ?

— J'ai un traitement…

— Ah ouais ? Parce que ce machin-là a vraiment des airs de «j'y suis j'y reste». Planque-moi ça sous des mèches avant d'arriver chez la pitchoune, tu seras gentil ! C'est pas le moment de l'effrayer avec ton amanite.

J'ai sonné. Bruits étouffés. Devinant que Peggy était en train de nous regarder par l'œilleton, Nanard a commencé à exécuter quelques mimiques chorégraphiques issues du répertoire claudien.

— Peggy ? Ouvre ! C'est nous, Bernard et Couscous, tes amis de toujours…

D'un coup, la porte s'est ouverte, laissant dépasser le visage de Peggy.

— Il n'y a plus de Peggy, okay ? Mon prénom c'est Carole, et je vous ai dit il y a cinq ans que je ne voulais plus jamais entendre parler de vous !

J'ai tenté de mettre mon pied dans l'entrebâillement de la porte.

— Toi Couscous si t'insistes, j'appelle les flics… (c'est une manie décidément chez les ex-Bernadettes).

— Mais t'es bête ou quoi ? On a une super-nouvelle pour toi ! a plaidé Nanard. Ouvre, bastapute !

— On reste juste cinq minutes ! ai-je précisé. On a un truc hyper-important à te dire.

— C'est non.

Une croix sur le showbiz

On s'est installés dans la cuisine.

— Recommencer à faire la Bernadette ? C'est ça votre bonne nouvelle ? Vous vous foutez de ma gueule ?

— T'as fait une croix sur le showbiz ou quoi ? a demandé Bernard.

— Excusez-moi, les mecs, mais si se trémousser comme un jambon épileptique devant des clubs du troisième âge dans les salles des fêtes de la Creuse, c'est du showbiz, alors oui, j'ai fait une croix dessus.

— Mais attends, Peggy...

— *Carole !* Peggy c'est du passé. C'est du cauchemar.

— Un mois, c'est tout... Juste le temps de préparer « C'est mon choix », sur France 3, avec Évelyne Thomas, pitchounette, ÉVELYNE THOMAS, tu te rends compte ! C'est la chance de notre vie. Et puis, pense au bon vieux temps !

— Tes crises de nerfs de superstar, tu crois que ça rend nostalgique ?

— Là, Carole, t'es cruelle. Y a quand même eu de grands moments ! Le concert à Monsieur Meuble en 92, c'était le top... Et puis la soirée des Catherinettes sur le parking de Bricorama, à Garches, en 95 ! Et puis le live à la Foire aux asperges de Tigy !

— Tu parles !

— Quoi, « tu parles » ?... On avait quand même fait la première partie de Marcel Amont, je te signale...

— Il pleuvait à torrents et on avait dormi à cinq dans ta 4L pourrie sur le parking de Flunch.

— Heeuuu l'aut', hé ! N'importe quoi. N'iiimmp-
pooorte quoi ! T'entends ça, Couscous ? Elle confond
avec la Fête de la Grosse Boule de Fourchambault...
Tu sais, la fois où on avait obtenu le podium Paul
Ricard qui avait servi à François Feldman !

— Oui, ben merci, a continué Peggy, c'est la fois
où j'ai pas arrêté de me faire draguer par Gotainer.

— Ben quoi ? C'est pas permis à tout le monde
de plaire à Richard, j'te signale. Il est *très* exigeant,
Richard. C'est pas Jean-Luc Lahaye ! Allez, reviens,
quoi, on a besoin de toi pour repartir à l'aventure. En
hommage à Claude !

— Oui il a raison Bernard, c'est pour Claude qu'on
fait tout ça au fond... En sa mémoire.

— Oui Couscous, mais Claude, c'était quelqu'un :
ton Nanard, c'est personne.

— Attends, je sais ce qui va te faire changer d'avis,
a lancé Bernard.

Il s'est levé, a mis un CD dans la chaîne hi-fi de
Peggy (une compilation de Claude célébrant les vingt
ans de sa mort) et a commencé à se trémousser comme
un fou, en play-back, sur *Magnolias For Ever*. Peggy
s'est levée et a coupé la musique.

— T'es dure, là, Carole... ai-je souligné.

— Laisse, Couscous, a répliqué Bernard. Elle a
jamais trop aimé *Magnolias*...

Alors Bernard a mis *Alexandrie, Alexandra* et a
recommencé à danser comme un dingue dans la petite
cuisine, en play-black sur Claude.

— Arrête ! a hurlé Peggy.

— Bon, laisse, Couscous, on s'en va... Excuse-
nous, ma chérie....

Silence embarrassé de Peggy. Elle *savait* qu'elle était allée trop loin. La magie des fragrances d'Eau noire avait opéré.

— Bon… Je… Allez, je vous fais un café ?

— Non, c'est gentil, pitchounette, mais on va pas te harceler plus longtemps. Relis l'interview que Claude a donnée à Paul-André Echard dans le *Podium* hors série spécial été 76 : «Faire de la scène exige un don total de soi. Si vous vous forcez, vous êtes mort.»

— Moi je prendrais bien un café, ai-je insisté.

On s'est rassis, Bernard et moi. Le café de Peggy était très bon. Elle nous a resservis deux fois.

— Ce qui serait bien, c'est de se faire inviter, dimanche prochain, à l'anniversaire de Johnny Rock, a dit Bernard.

— Le sosie de Johnny Hallyday ? a demandé Peggy.

— Ouais, j'ai répondu. Tu sais, on l'avait rencontré une fois, à Mammouth, pour la dédicace Dick Rivers.

— Je sais bien qu'au fond vous n'êtes pas méchants, a dit Peggy. Mais c'était vraiment trop dur…

— Tu vois Pegg… Tu vois Carole, a repris Bernard, j'ai eu la révélation que ça irait mieux en croisant Jean-Pierre Pernaut dans la rue l'autre jour. Je me suis dit que c'était un signe du destin que deux vedettes se croisent. Moi j'crois au destin.

— Il faut que je réfléchisse.

Le tour était joué : personne ne peut résister à l'appel de la scène. On a entendu un bruit de clefs dans la serrure.

Monmec

— Je suis là, mon chéri.

À la grande époque, Peggy était célibataire.

— Excusez-moi, c'est Frank.

— Frank ?

— Mon mec.

Elle avait un *mec*. Il y aurait tout un livre à écrire sur le mot *mec*. Les femmes passent leur vie à avoir un *mec*. Pas un petit copain, pas un mari, pas un amant, pas un fiancé, pas un amoureux, non, un *mec*. Rien que la sonorité du mot me donne de l'urticaire. Accolé au pronom possessif *mon*, cela sonne comme un terme générique *monmec*, comme le nom d'un type universel qui passerait sa vie à se coller à toutes les filles avec qui on rêverait de sortir. Monmec est partout. Partout sur la terre. Il n'a pas vraiment de visage. Mais il est là. Son ombre plane à chaque instant dès que tu abordes une fille qui te plaît. Monmec n'a pas d'âge, ou plutôt il les a tous. Il est jeune avec les vieilles, vieux avec les jeunes. Il est agressif avec les doux, cool avec les agressifs, calme avec les excités, surexcité avec les calmes, méchant avec les gentils, gentil avec les méchants, et pas jaloux du tout avec les très jaloux. Monmec est très fort. Quand Monmec aperçoit un fou furieux (suis mon regard), il n'y a soudain pas plus équilibré que Monmec. Le boulot de Monmec, c'est de faire la différence, alors il la fait. On ne peut jamais lui reprocher, à l'instant *t*, tout ce qu'on peut reprocher à n'importe qui d'autre sur terre au même instant *t*. Monmec est la référence permanente et absolue.

Sa profession est *rassureur*. Il rassure toutes les filles à qui tu fais peur parce que tu as trop d'ambition ou une tête de névropathe. J'ai remarqué que souvent, dans leur bouche embrassée consciencieusement par Monmec, elles utilisent le mot *névropathe* pour désigner quelqu'un qui a beaucoup d'ambition. Ce n'est pas grave : quand elles ont peur, elles courent se cacher sous la couette où les attend Monmec. Car Monmec est souvent dans la chambre. Mais comme il est partout à la fois (et tout le temps), on le trouve également dans les voitures, chez les gens, sur une chaise, dans un musée, au cinéma, sur la plage, sur les pistes à la montagne, sous la douche, au bureau, là-bas tout au fond, aux toilettes, derrière la vitre, sur la banquette, dans le métro et là, avec Nanard, on le trouve dans la cuisine de Peggy.

— C'est pas vrai... Je t'ai dit que je voulais plus jamais te voir traîner avec ces minables !

« Ces minables », c'étaient Bernard et moi. Frank Monmec avait un look insupportable. Il arborait une mèche. Sa Lacoste était rose. On la devinait sous un blouson d'aviateur. Jean 501. Ceinture western. Mocassins bleu marine et chaussettes de tennis. Un vrai minet se la jouant gros dur.

— Allez hop, dehors les gars. Je suis désolé mais Carole ne peut pas vous recevoir, là. Merci.

— Qui est ce singe ? a posément demandé Bernard.

Monmec a plongé sur Bernard. Puis un hurlement est sorti de lui. Bernard lui avait planté ses ongles dans les yeux en lui mordant l'oreille jusqu'au sang. Nous sommes sortis précipitamment. Carole-Peggy hurlait. Elle disait qu'elle porterait plainte, que nous étions deux malades et que nous allions le payer très cher. Bernard a commencé à entonner, en guise de réponse, le *wowoho wohoho* de *Je vais à Rio*. Puis on a quitté les lieux.

JAPA

Ensuite, on est allés relancer Martine, une des Bernadettes préférées de Nanard à l'époque, mais Martine a des polypes à la gorge. Les médecins lui ont dit qu'elle était condamnée. On a compris que c'était la dernière fois qu'on la voyait vivante. Quant aux autres ex-Bernadettes, elles ne voulaient plus entendre parler de nous.

— C'est quand même des sacrées JAPA !

JAPA, en langue nanardesque, ça signifie J'Ai Pas d'Ambition. Il existe chez la plupart des individus une complaisance évidente à rester médiocre. Ils viennent sur terre, bronzent, se reproduisent (la plupart du temps dans le noir), se sustentent, dorment. Crois-tu qu'ils se lèveraient le matin pour créer un peu, laisser ne serait-ce qu'une minuscule trace à la surface du globe ? Non. Ils consomment, ils digèrent. Ils draguent. Ils s'ennuient énormément. Ils font du sport. Ils courent sous la pluie, glissent sur les pistes enneigées, mais c'est dans le seul et unique but de courir, dans le seul et unique but de glisser. Ceux qui ne font pas de sport prennent du poids. Ils sont gênés pour se déplacer. Ils marchent en canard.

— Demain, on commence la phase de recrutement, Couscous.

Avec seulement deux Bernadettes, on serait la risée de tous les autres Cloclos, notamment des « caïds » Claude Flavien, Chris Damour et Luc François. Notre réputation est en jeu. Il va falloir reprendre tout à zéro, avec des nouvelles qui ne connaissent rien à Claude.

— Couscous, tu t'occupes de passer les annonces.

J'en ai passé un peu partout, notamment dans *La République du Centre*, *La Nouvelle République*, *Orléans 2000*, *Publival*, *Le 45* et *Les Nouvelles d'Orléans*.

URGENT
CLAUDE FRANÇOIS PROFESSIONNEL
CHERCHE
DANSEUSES EXPÉRIMENTÉES ET MOTIVÉES
EN VUE DE GALAS, SOIRÉES DANSANTES, ANIMATIONS
COMMERCIALES
PRESTATION TÉLÉ NATIONALE À LA CLEF
Tel : 06 62 37 61 60

X

Belles ! Belles ! Belles !

> Claude a donné un sens à ma vie :
> faut bien que je donne une nouvelle
> direction à la sienne.
>
> BERNARD FRÉDÉRIC.

Le gymnase municipal de Chaingy

Les auditions ont lieu dans le gymnase municipal de
Chaingy. On s'est installés près des espaliers. Le filet
de tennis n'a pas été retiré. Les murs sont délavés. La
salle n'est pas chauffée. Une ampoule pendouille au
plafond. Faux contacts : elle grésille, clignote. Un problème d'applique. J'ai installé un bureau d'écolier derrière lequel Bernard reçoit les candidates. Je reste
debout, près des vestiaires, chargé d'appeler les filles à
tour de rôle et de les introduire auprès de celui qui leur
donnera peut-être la chance de leur vie.

La première candidate a 18 ans : grande gigue qui ne
sait pas quoi faire de ses bras. Je lui fais signe de me
suivre. Elle porte des chaussures de la NASA. Elles
sont trois déjà à attendre sur les petits bancs en bois du

vestiaire des filles, dont une blonde avec une robe vert pomme et un décolleté. Voyant un distributeur, la blonde vert pomme avec le décolleté me demande si le café est offert. C'est alors qu'on entend retentir, résonnant entre les armatures métalliques du gymnase, un « non » tonitruant : c'est Bernard, qui n'entend pas jouer les sponsors.

Brigitte

Bernard dévisage sa première Bernadette potentielle.

— Ton nom.

— Brigitte.

— Brigitte quoi ?

— Leclerc.

— Tu répètes l'ensemble.

— Brigitte Leclerc.

— « Mon nom est Brigitte Leclerc. »

— Pardon…

— Allez, on se dépêche, là, on perd du temps.

— Heu… Mon nom est Brigitte Leclerc.

— Tu sais ce qui t'amène, n'est-ce pas ?

— Oui…

— T'es bizarre, niveau corps… C'est tes guibolles qui sont bizarres. On voit plus quand ça s'arrête… Alors que le reste c'est tout ratatiné comme un nain. On dirait Mimie Mathy avec des échasses. Couscous !

— Oui Bernard ?

— T'en penses quoi ? Tu trouves pas qu'elle fait un peu boule de pétanque montée sur des pattes de moustique ?

Je suis horriblement gêné que Nanard fasse de tels commentaires devant la fille que je tente, par une série de regards complices, de rassurer.

— Ben… Heu…

— Bon allez, sguètche de là Couscous, tu m'agaces ! Si c'est pour me venir en secours avec des « heu » et des « ben » effectivement t'es mieux là-bas près des chiottes ! Alors retourne dans tes cagouinsses et fais patienter le bétail ! Bon… Alors, ma p'tite cocotte ?… Qu'est-ce qu'on va faire de toi ? T'aimerais que je te prenne avec nous ?

— Ce sera payé combien ?

— Je te demande pardon ?

— Ce sera payé combien ?

— Suivante !

Corinne

Deuxième candidate. Corinne. Brune. Grande bouche. Porte un tee-shirt des Sex Pistols et une ceinture avec une boucle strass. Tatouage noir au henné : petit dragon (épaule gauche). Jean délavé. Scientifiquement moucheté de taches de peinture.

— J'aime pas trop qu'on me prenne pour un punk. C'est d'accord ? a commencé Bernard.

— Oui.

— « Oui Bernard » ! Bordel ! Je vais pas répéter ça toute la journée ! Ici « oui » ça veut rien dire si y a pas la locution « Bernard » accrochée derrière. C'est comme « Stone et Charden » : ça te viendrait jamais dans l'idée

de dire « Stone » tout court ? Ben c'est pareil avec
« oui ». Alors faut dire « oui Bernard ».

— Oui Bernard.

— Alors comme ça tu es née en 72 ?

— Oui Bernard.

— Cite-moi trois grands succès de Claude de 1972.

— Je sais pas.

— « Bernard ».

— Je sais pas Bernard.

— Dommage, parce que tu es très mignonne, très
« tu me plais bien ». Tu veux que je t'aide encore ?

— Je veux bien…

— *Y a le… Le p…*

— …

— Bon, qu'est-ce qui peut bien chanter et qui commence par un *p* ? *Le prr…*

— Le prince ?

— J't'en foutrais, moi, du prince ! Greluche ! Pourquoi pas des anges avec des apocalypses et des pluies
de métal ? Tu te crois chez Capdevielle ? Allez j't'aide
encore : pense à une saison…

— L'automne ?

— Tu te fous de moi, là ! Ça commence par « prr… »
l'automne ?

— Le printemps !

— Ah ben quand même ! Bon okay, alors qu'est-ce
qu'il fait le printemps, qu'est-ce que ça peut bien faire
un printemps ? Ça bouffe des frites ? Ça regarde « Loft
Story » ? Ça va en boîte dans des dancings, le printemps ? Moi j'm'en fous j'ai tout mon temps. Tu sorti-
ras pas d'ici tant que tu m'auras pas dit ce que ça fait,
un printemps.

Je la regarde de dos tandis qu'elle fait face à Bernard. Ses épaules sont bien dessinées. Elle a un peu des grosses fesses, mais c'est le cas chez presque toutes les filles. Elle porte un body.

— En attendant que le génie te tombe droit dans la cervelle, tu vas m'effectuer quelques pas de danse sur *Je vais à Rio*. Couscous, la 3 du disque 1 !

J'allume le mini-lecteur de CD. Corinne bouge plus qu'elle ne danse. On devine la fille qui a tout appris en fréquentant les boîtes de nuit. Bernard claque des doigts pour marquer le rythme.

— Stop, Couscous, tu éteins ! Je crois que nos chemins se divergent là, gamine. Tu vas pouvoir continuer le punk. C'est le printemps qui punke ! Couscous, tu lui effaces ce qu'elle a sur son Walkman et tu lui fais une cassette en boucle du *Printemps qui chante* sur les deux faces ! Pour sa culture générale !

Magalie

Troisième candidate : la vert pomme blonde à décolleté. J'ai tout de suite vu la fille qui manquait d'affection. Elle sait qu'elle est jolie. Il y a chez elle une espèce d'arrogance qu'on trouve d'habitude chez les petites filles.

— Ton nom, cocotte.

— Magalie.

— « Magalie, Bernard ».

— Non : Magalie Trinquet.

— C'est pas ce que je veux dire : je veux que

t'omettes jamais «Bernard» après tes phrases. Ton âge?

— 22.

— «22 ans, Bernard»! «22» ça veut rien dire! 22 quoi? 22 v'là les flics? 22 rue des Pompes à merde? 22 feuilles de laitue? 22 chansons inédites d'Hervé Cristiani?

— 22 ans, Bernard.

— Bon! Ici on finit toujours ses phrases. T'es pas Gainsbarre ici! On termine pas les phrases avec des prouts. Moi je t'appelle pas «Maga», ni «Mag»...

Les reproches de Nanard ont glissé sur Magalie. Bernard m'a demandé de mettre *Alexandrie, Alexandra*. Il a frappé dans ses mains. Magalie s'est mise à danser.

— Bouge! Mieux que ça! Avec les tripes! Plus smooth!

Magalie se démène. Ses seins sont deux énormes pamplemousses dans un filet à provisions. Nanard se trémousse sur sa chaise.

— Bordel, t'as déjà vu une Clodette dans ta vie?

— J'étais pas née.

— «Bernard»!

— J'étais-pas-née-Bernard.

— Encore une fois.

— J'étais-pas-née-Bernard.

— Tu crois que j'étais né du temps de Jésus? Pourtant je sais ce qu'il a fait! Passons. T'as un chat chez toi, Magalie?

— Je suis allergique aux chats.

— Engagée!

Nathalie

La candidate que j'appelle à présent (Nathalie) a de gros jambons en guise de cuisses et des problèmes de peau. Bernard est intransigeant sur la qualité de peau de ses danseuses.

— Ton nom.

— Non mais dites donc : vous tutoyez tout le temps les gens sans les connaître, vous ?

— Parce que tu crois que quand tu vas te dandiner du derche en string à paillettes avec tes mini-sous-tifs fluo, y en a beaucoup qui vont vouvoyer Madame ?

Alors Bernard, le plus calmement du monde :

— Tu te casses, s'il te plaît ?

Delphine

Candidate suivante. Jolie petite blonde aux yeux clairs à l'air délurée. Elle s'appelle Delphine. Robe fendue. Chemise échancrée. Laisse deviner son soutien-gorge noir en dentelle. L'épreuve de danse s'est très bien déroulée. Vraiment trop bandante (j'ai vu Bernard baver) : engagée.

Valérie

Dernière candidate.

— Décline-moi ton identité, ma côtelette…

— Je m'appelle Val.

— Tu quoi ?

— Je m'appelle Val.

— C'est ça : Val. En hommage à Jean Valton des « Jeux de 20 heures », peut-être ? Et moi je m'appelle « Ber ». Et Cloclo il s'appelait « Clo ». Bon allez cocotte, tu me répètes ton prénom dans son intégral parce que là, tu vois, j'ai autre chose à faire.

— Valérie.

Bernard la regarde danser sur *Cette année-là* en prenant son repas – je suis allé lui chercher un cornet de frites au Tir au but, le seul bar de Chaingy ouvert à cette heure.

— Stop ! Valérie ! Faut que je parle à mon road manager, là : ça a coûté combien, Couscous, les frites ?

— 2,59 euros.

— QUOI ? Ça c'est tout Chaingy, ça : ils ont une star sous la main et regarde un peu comment qu'ils la traitent... Sans geste commercial, sans égards ni remises. Sans ristourne ! Compte le nombre de frites, Couscous ! À la frite près ! Faut évaluer la gravité de l'arnaque. Mais avant de compter comme un maniaque, cours donc me chercher le paquet de Pépitos qu'est dans la bagnole !

— Tu peux pas faire ça, Bernard, c'est les Pépitos de Mouss pour l'école demain...

— Tu vas aux Pépitos ! J'ai l'estomac dans la boots.

Je suis allé chercher le paquet de Pépitos, que Bernard a dévorés pendant que Valérie dansait. Il ne l'a même pas regardée. Après *Cette année-là*, elle avait embrayé sur *Écoute ma chanson*. Silence de mort. Tout à coup, la bouche pleine de Pépitos, Nanard balance à Valérie, toujours sans lui adresser un seul regard :

— Bon, Val de Loire, là, c'était complètement nul, tu peux y aller.

La candidate le fixe, écœurée, et s'en va sans mot dire. Résultat des courses : les deux Bernadettes engagées (en plus de Maïwenn et Melinda) : Delphine et Magalie. Deux blondes. Deux filles sexy. Magalie est plus molle que Delphine, qui a plus de chien. Elles ne sont pas au top du top, mais ça devrait faire l'affaire. Elles sont motivées.

— Bon alors, Couscous, tu frites à combien ? me demande Bernard, le pourtour de la bouche plein de miettes de Pépitos. Soye précis. On n'est pas chez SOFRES ici. Bon... Magalie ! Delphine ! Venez là mes abeillettes ! On va faire « je me présente ». Le gros, là, qui fait Polytechnique dans mon plat du jour, c'est Couscous. C'est le road manager. Il m'obéit. Les jours qui viennent, nous allons commencer le training et ce sera dur. J'exige le meilleur de vous-mêmes ! J'ai l'air très « je suis cool », mais je peux être très « je suis hard ». Ici, c'est *mission perfection*. Avec vous y aura deux autres qui s'appellent Maïwenn, et Melinda, qu'il faudra respecter parce que c'est une ancienne Bernadette. Pour les questions, on verra demain. Vous donnez vos numéros de portable et de chez vous à Couscous et vous allez dormir maintenant ! Au quatrième top, une nouvelle vie commence pour vous : top, top, top, *top* !

XI

Et je cours, je cours

> Un jour, j'ai failli rencontrer Claude.
> Vous n'imaginez pas tout ce qu'il a
> failli me dire.
>
> BERNARD FRÉDÉRIC.

Dénombrement fritesque

Les filles ont quitté le gymnase. Il faisait nuit noire. Bernard est venu regarder où j'en étais en comptage de frites. Il m'a semblé rempli de bonheur – un bonheur auquel, lui et moi, on n'avait pas été habitués depuis longtemps. Quelle différence entre il y a un mois et l'instant présent ! On a envoyé une lettre à M. Leroy, notre chef, pour lui dire qu'on arrêtait la plonge à l'Arche. Bernard baignait dans des pensées délicieuses. On l'aurait dit attendri par quelque chose. Dans nos têtes se produisait, de concert, un début de paradis.

— Dis-moi : est-ce que tu crois que ma mère était une marie-couche-toi-là ? Sincèrement.

J'ai été surpris par la violence de cette question.

D'abord, parce que Bernard ne parlait jamais de ces parents indignes qui l'avaient abandonné bébé.

— Qui c'est ma mère ? Hein Couscous ?

— Vingt-huit…

— Tu crois que j'ai des frères et sœurs ?

— Vingt-neuf, trente…

— De toute façon, je préfère Claude à tous les parents de la terre…

— Trente et un, trente-deux…

— C'est mes parents, Claude.

— Trente-trois, trente-quatre…

— Ma mère n'est pas une mère, c'est une vulgaire femme comme les autres.

— Trente-cinq, trente-six…

— Si jamais elle revient, ou que je la croise par hasard, je lui dirai pas «bonjour maman» mais : «que me veux-tu, femme ?».

— Trente-sept, trente-huit… Trente-huit frites, Bernard !

— D'accord. Tiens, refile-moi ta Youlette Placard, merci, alors… 2,59 que je divise par 38… La vache, ça fait 6,82 centimes d'euro la frite ! Tu te rends compte, Couscous ? Va falloir faire dans «nous nous vengeons». On peut pas laisser passer ça.

On a traversé la rue qui sépare le gymnase du Tir au but. On a marché de manière parallèle avec Nanard sur le passage piétons, comme sur la pochette d'*Abbey Road* des Beatles. C'est à Abbey Road que se trouvent les studios d'enregistrement d'EMI. Claude y a fait la connaissance de Paul McCartney[1] en février 77 lors

_____

1. Claude a rencontré comme ça quantité de figures mythiques, comme Marlène Dietrich ou encore Tintin (en décembre 1964, pour

de l'enregistrement de son album anglais. Chose inouïe : il y chante *My Way*, l'adaptation anglaise de *Comme d'habitude*, sa propre chanson. On trouve aussi des bijoux comme *So Near And Yet So Far* ou encore *Go Where The Sun Is Brighter*. Son disque «londonien» n'a pas suscité d'émeutes outre-Manche. Mais ça n'a pas non plus été le méga-bide : en 78, Claude s'est produit au Royal Albert Hall.

HEAR
CLAUDE FRANÇOIS
IN CONCERT AT THE ROYAL ALBERT HALL ON JANUARY 16 AND YOU'LL FEEL YOURSELF GO WEAK AT THE KNEES

La vengeance de Nanard a été simple : avec un canif il a d'abord fait de la tenture du bistrot une loque géante. Ensuite, il a tagué ceci sur le trottoir, au pistolet à peinture, devant l'établissement :

ICI UNE FRITE COÛTE 6,82 CENTIMES D'EURO. UNE FRITE !

Puis il a ramassé sur la place du bourg une des énormes pierres qui retiennent la bâche des autos tamponneuses. Il l'a balancée dans la vitre. On a démarré en trombe. Cet événement remplira les conversations de Chaingy pour les quinze prochaines années.

«Télé-Dimanche») ou encore les Bee Gees, en novembre 1967, pendant l'enregistrement de «Tilt Magazine», une émission présentée par Michel Drucker.

— Ma vengeance est pas finie, mon gros Couscous.
On va aller visiter la cave du patron. Il paraît que c'est
La traversée de Paris, ses réserves ! Que c'est de
Funès. Qu'il est très « j'aurais fait du marché noir »
dans les forties.

La cave du patron

> Souvent, quand je suis invité, ou que
> je m'invite – car le plus souvent je
> m'invite –, je mange alors que j'ai
> plus faim : c'est que je me dis que
> c'est toujours ça de pris.
>
> BERNARD FRÉDÉRIC.

Une fois dans la cave, dans laquelle on avait pénétré
assez difficilement mais ceci importe peu, Bernard
s'était juré de (je cite) « rectifier le préjudice ». Il y en
avait là-dedans pour cinq ans d'orgies : saucissons
régionaux, mortadelles exotiques, boudins séchés, jambons géants pendant aux poutres, foies gras des Landes
et du Périgord.

— Ça c'est du saloir ! reconnut Bernard.

Rayon boissons, des milliers de bouteilles du meilleur
cru étaient minutieusement couchées dans des casiers
étiquetés : château-yquem, château-cheval-blanc, châ-
teau-lafite-rothschild, château-haut-brion, château-latour,
romanée-la-tâche, romanée-conti, côte-rôtie-la-turque.

— Il cache bien son jeu ce salaud-là. Il te sert du
débouche-chiottes à longueur de repas, pendant que tous

ces trésors reposent au frais. Il va nous payer ça.
Comme je suis heureux !

Son visage resplendissait, tel le soleil dans tout son éclat

La seule cave de France qui n'aurait pas eu à rougir
de la comparaison était celle de Claude François, au
Moulin, une des plus belles de France, toujours fermée
à double tour. Elle contenait 11 000 bouteilles. Claude
seul était habilité à y pénétrer. Il ne buvait pas (juste un
doigt de whisky avant d'entrer en scène pour évacuer
le trac) mais servait à ses amis du château-rothschild,
du pétrus, les meilleurs millésimes de margaux ou les
cognacs les plus fins. Bernard ouvrit, puis goûta, un
château-léoville-las-cases 1959.

— Il a du slip !
— T'es malade, Nanard…
— Tu crois quand même pas que je suis descendu là
pour me rincer à la Vittel ? Goûte ça, nom d'un Sardou !
Puis Nanard se confectionna des sandwiches
maousses, style Poilâne au caviar, en continuant de
s'asperger le gosier des meilleurs vins du monde. Il ne
s'inquiétait pas de la possible irruption du patron du
Tir au but.

— Je suis pas serein, Nanard.
— Pose donc un cul ! Tu nous fatigues à rester
debout. Regarde, moi : je lampe non-stop ! Si j'étais
dix je suis pas sûr que je consommerais davantage.
Allez, have a drink ! C'est ma tournée.
— Bernard, j'entends des pas dans l'escalier.
— Cool, ce jambon.
— Moi je me tire !

— Mais quoi ? C'est la capitale du gratos, ici !

La porte grinça. On venait de se faire choper par un des sbires du patron, serveur au bistrot, un baraqué au regard de fou style videur de boîte. Il aperçut Nanard perdu dans la dégustation d'un pétrus.

— Cuvée 75 ! L'année de *Toi et moi contre le monde entier* ! Ça peut pas être mauvais pour la santé !

— Qu'est-ce que vous foutez là ?

— On cherchait la fraîcheur ! répondit Nanard. Et pis c'est sûrement pour les gens qu'ont déjà dîné, vos frites à 6,82 centimes d'euro la frite ! Alors on se faisait un after plus consistant.

— Lâche ça !

— Non ! rétorqua Nanard en jouant de la langue dans une boîte Comtesse du Barry. Le confit d'oie est trop top. T'es tenté ?

La brute s'approcha de Bernard qui avait prévu le coup et lui envoya un jet de bombe lacrymogène dans les yeux.

— Tiens ! Bienvenue chez les sosies de Gilbert Montagné !

Le serveur poussa un hurlement de bestiau, chancela, se cogna à deux trois mortadelles, mais reprit son équilibre et, à tâtons, empoigna Nanard par l'encolure. Avec un lourd saucisson d'âne Bernard lui assena un coup si violent qu'il lui ébranla tous les os. Il étendit le malheureux au sol et lui cala la nuque contre un jambon de Bayonne de la taille d'un rhinocéros. Il lui glissa un château-margaux 1962 dans la main gauche et dans la main droite la bouteille de pétrus 1975 qu'il n'avait pas eu le temps de finir. Il en aspergea la veste et la chemise du serveur. Bernard se mit alors à arpenter les escaliers à toute vitesse. Croisant le patron, il eut le temps de lui glisser avant de quitter les lieux :

— Surveille tes sous-sols, mon capitaine ! Tes valets de chambre s'y peaufinent au grand cru.

Puis il a éclaté d'un rire gras.

En short

L'entraînement a commencé ce matin. Les feuilles des arbres étaient recouvertes d'une pellicule de gel. Il y a sur la terre des petits matins très froids. Je les connais bien : il y avait les mêmes à l'armée. On courait dès l'aube dans la brume bleu méthane. En sueur dans l'air glacial. Avec un goût de fer dans la bouche. Nos quatre Bernadettes étaient à l'heure, en short.

— Bon écoutez, les filles, a commencé Bernard, ce que je veux, c'est qu'on réussisse ensemble. Je veux du très très grand together. Pourquoi c'était le plus grand, Claude ? Parce que tous les matins il allait faire son footing pendant que Mort Shuman et Joe Dassin avaient encore leur tronche de cake sous le traversin. Quand vous courez, les louloutes, pensez à une seule et unique chose si vous êtes à deux doigts de craquer : France 3 ! Magnolias ?

— For ever !

— Magnolias ?

— For ever !

Ils ont démarré en petites foulées. Je les suivais à mobylette.

— France 3 !... France 3 !... France 3 !...

Ils se sont éloignés. Je les ai suivis. Au bout de

quelques secondes, Delphine s'est plainte d'un point
de côté.

— *Qui*, je dis bien : *qui* a un point de côté ?

— C'est moi, Bernard... a répondu naïvement
Delphine.

— Je ne *supporte pas* les points de côté. Je ne su-
ppo-rte pas. Est-ce que c'est bien très clair, toutes ?
Les entorses, je passe, les chutes, tout ça, les infarctus,
d'accord : mais les points de côté, c'est bon pour Sar-
douland. Nous sommes d'accord ?

Une fois que ç'a été d'accord pour tout le monde,
tout le monde est reparti – avec ou sans point de côté,
mais dans un silence craintif, régulier, appliqué, infini.
Nous sommes passés par Patay, et puis on a rejoint La
Chapelle-Saint-Mesmin.

— T'es encore là, toi ? m'a lancé Bernard.

— Comment ça ?

— La ferme Couscous, je te cause pas ! C'est à
Pousse-Moussu que je m'adresse.

— À qui ?

— Au lichen qu'est dans tes cheveux. Dis donc : tes
lotions, t'es sûr qu'elles fonctionnent ? Que c'est pas
à base de pisse de moineau que tu te frictionnes la
caillasse ? Bon ! Allez, les filles ! Plus nerveux ! Ah
c'est sûr que c'était moins crevant chez Sevran, hein
Melinda ? Et toi, Magalie ! C'est pas un stage de marche
à pied ! Inspirez, soufflez ! Delphine, remue ta fram-
boise ! Je pourrais préparer Rémy Bricka[1] au cham-
pionnat de France de saut à la perche avec tout son

---

1. Homme-orchestre qui fut disque d'or en 1977 avec *La vie en
couleurs*.

attirail, si je voulais. Alors c'est pas dix kilos de cellulite qui vont me faire peur !

Le portable de Magalie a sonné. Bernard lui a arraché l'appareil des mains puis, prenant son élan, l'a
lancé dans un champ de betteraves. Les filles, après
huit kilomètres, se sont assises par terre, une jambe
tendue vers l'avant, l'autre repliée vers l'arrière.

Après le footing, la piscine. À Dannemois, Claude
pratiquait régulièrement la natation. Il avait conservé
de ses années égyptiennes une prédilection pour les
longueurs de bassin. Claude avait passé les seize premières années de sa vie en maillot de bain, sous le
soleil d'Ismaïlia, au mépris des risques ultérieurs de
mélanome. Il aimait traverser les deux cents mètres du
canal de Suez à la nage, brasse jusqu'en Asie et retour
vers l'Afrique en dos crawlé. Nous sommes allés à la
piscine municipale de La Chapelle-Saint-Mesmin. Il n'y
a personne à cette époque de l'année. Deux vieillards
pataugeaient quand nous sommes arrivés. Je ne suis
pas allé dans l'eau. J'ai déjà un psoriasis, je n'ai pas
envie d'attraper une mycose. Les Bernadettes se sont
plutôt bien débrouillées. Seule Magalie a semblé avoir
de réelles difficultés. Bernard, agenouillé sur le bord
du bassin, n'a pas cessé de lui hurler dessus.

— C'est toi qui joues dans *Sauvez Willy 2* ou quoi ?
Allez bouge, maman orque ! Bouge !

De retour au gymnase (les filles étaient exsangues),
Bernard a tendu une cassette vidéo à Delphine, à Maïwenn et une autre à Magalie.

— C'est un concert filmé d'il y a quelques années,
à Issoudun. À travailler à la maison ce soir. Les chorégraphies ça se travaille toute la journée ! Faut que vous

rattrapiez le retard que vous avez sur Melinda le plus vite possible.

Descente chez Delphine

22 h 37. Irruption chez Delphine. Sans prévenir. Bernard a sonné. Delphine est venue nous ouvrir. Elle portait un survêtement et était essoufflée. Elle a semblé surprise de notre visite.

— Qu'est-ce que vous faites là ?

Nanard, en imper, se tenait dans l'embrasure de la porte. Je reconnais qu'il avait une tête qui faisait un peu peur. Il a plissé les yeux comme David Carradine dans « Kung-Fu ». Il semblait absent du monde. Quel mec, quand même. C'est grâce à des types comme ça que la race des Cloclos n'est pas morte. La lignée des Claudes François, c'est comme la flamme du Soldat inconnu, ça ne doit jamais s'éteindre. Cloclo est mort, vive Cloclo.

Delphine avait déplacé tous les fauteuils de son salon pour mieux s'entraîner devant Issoudun 93. Sur cette cassette, on avait fait un petit montage vidéo : à la huitième minute, en plein milieu de *Belles ! Belles ! Belles !*, Bernard apparaît soudain à l'écran, en gros plan. Face caméra, il délivre aux Bernadettes censées s'entraîner en regardant la cassette le message suivant : « Salut ma belle ! Si au moment de ce message, tu appelles pas Nanard, t'es virée. Alors appelle-moi *tout de suite* Nanard sur son portable : 06 62 37 61 60. Over. » Après quoi le concert reprend son cours normal. Là, normalement, la Bernadette panique et se rue sur son téléphone. Le problème est que, à 10 heures du soir, notre chère Delphine n'avait toujours pas appelé Bernard, ce qui trahissait une oisiveté que l'allure inquiétante de Nanard dans l'embrasure tendait à souligner.

— T'habites ici ?

— Heu oui. Oui Bernard.

— Eh ben ! Faut apporter sa gaieté.

— …

— Ça sent la crotte chez toi.

— Je préparais à dîner…

— T'as rien foutu ce soir.

— Si, je te jure Bernard, j'ai travaillé !

— T'as pas appelé.

— Je te jure, Bernard, je suis tombée sur ta boîte vocale et j'ai même laissé un message.

Bernard l'a dévisagée avec des menaces dans le regard. Il ne pourrait pas se contrôler en cas de mensonge. D'un geste vif, il a sorti de sa poche d'imper son Sagem B510 Bouygues. A écouté ses messages dans un silence de mort. Delphine était terrorisée.

— T'as de la chance. Au temps pour moi !

— Tu vois ?

— Oui, mais qui nous dit que tu regardais pas la cassette affalée comme un flan sur ton canapé en t'enfilant des Bounty ?

— Non, Nanard, j'ai dit. Tu vois bien qu'elle a déblayé tous les meubles…

— Tu viens de rentrer chez les pros par la grande porte, Delphine. Tu mériterais qu'on te fasse la bise ! Je suis très dans la fierté, là. Je prierai Claude pour toi.

— Je vous sers quelque chose ?

— Ah ça c'est gentil mais on doit aller rendre une

petite visite à Magalie, là, voir si elle joue pas les révol-
tés du *Bounty*. Et je te déconseille de la prévenir pendant qu'on est sur la route. On vérifiera sur ta facture
détaillée France Télécom que t'as pas vendu la mèche…
Parce que je veux bien être « je suis gentil », mais faut
pas chercher à m'enclauder !

L'intransigeance de Sacha Distel

Sacha Distel a toujours été intransigeant sur le choix
d'une salle. Claude était plus conciliant. Peu lui impor-
tait le lieu : son obsession, c'était l'ambiance. Ce qui
émanait de la foule. Le public, rien que le public. Il
aurait pu se produire dans un garage, sur une plage,
dans une cave ou un grenier du moment que ça *groove*.
Claude était l'homme du *groove*.

Ce soir, nous sommes allés chercher l'endroit idéal
pour le concert idéal. Bernard, lorsqu'il s'agit d'élire
un lieu de spectacle, relève à la fois de Sacha Distel et
de Claude François. On a visité la gare désaffectée de
Châteaudun. Bernard était sceptique. Et la manière indé-
licate dont le préposé de la mairie a terminé l'entrevue,
en nous demandant une avance de 1 550 euros pour cet
endroit sinistre, lui a déplu. Bernard a fixé longuement
le grand cube de béton années 50. Puis il a insulté le
type et on est rentrés sur Chaingy.

Avant le virage qui quitte la nationale pour aller
droit vers la place du Bourg, il y a une boîte, le 007, et
une pizzeria, la Pizzeria Renato. On ne peut pas jouer
dans la boîte : elle a fermé en août dernier. Le proprié-
taire y a mis le feu pour toucher la prime d'assurance.

En revanche, Bernard a pensé que la Pizzeria Renato, c'était peut-être une bonne idée. On s'est garés sur le parking. Il était désert. Bernard a demandé à voir le patron. On lui a expliqué notre affaire. Il a eu l'air assez flatté qu'on lui propose notre spectacle – sa fille adore Claude François. Il nous a demandé si on voulait boire quelque chose. Bernard a repris trois fois de la bière gratuite. Nous sommes convenus d'une date. On y est retournés une semaine plus tard. Catastrophe : à quelques jours du spectacle, aucun des aménagements que nous avait garantis le gérant n'avait été effectué.

— Mais tu nous avais promis une *scène* ! a hurlé Bernard.

— Vous avez tout le restaurant : je sais pas ce qu'il vous faut ! s'est défendu le gérant.

— Shut up, têtard ! On n'est pas venus guincher entre une table de deux et une table de quatre : on est venus faire un show. Tu demanderais, toi, à Elton John de chanter au milieu de la salle à manger ?

— Mais il l'a fait ! Enfin, je veux dire : son sosie, bien sûr… Bon : ce qu'on peut faire, c'est monter une sorte de scène en couplant deux tables en bout de salle.

— Houais, et les danseuses, on les fout où ?

— Ben les danseuses, y aura pas la place.

— Écoute-moi bien, mouche à caca : mon groupe, il s'appelle « Bernard Frédéric *et* ses Bernadettes ». Pas « Bernard Frédéric *sans* ses Bernadettes ». Johnny il a pas fait le Stade de France sans feux d'artifice, Bernard Frédéric il fait pas la Pizzeria Renato sans danseuses !

XII

Tout éclate, tout explose

> Il y a les grands Cloclos et les gentils garçons. Je suis un grand Cloclo.
>
> BERNARD FRÉDÉRIC.

Karaoké

De toute façon, ne pas faire ce concert à la Pizzeria Renato était mieux pour notre standing. On a fini par trouver un endroit très bien, dans la ZUP de Saint-Jean-de-la-Ruelle, au bord de l'A 10. La ZUP est une vraie petite ville. À l'entrée se trouve une station de lavage Éléphant Bleu. Les gros rouleaux bleus en peluche, trempés de savon, roulent sur les vitres. Quand Bernard est triste, il se fait un Éléphant Bleu. En face est situé le Back Voice, la salle de karaoké. Chacun a ainsi la possibilité, le samedi, pendant trois minutes, de devenir une star. Être célèbre dans la ZUP qui jouxte le Auchan de Saint-Jean-de-la-Ruelle, c'est mieux que de ne pas être célèbre du tout. Bernard et moi, on s'entraîne à la maison sur des vidéos karaoké de Claude. On chante *Comme d'habitude* sur des images de Claude en train de jardiner au Moulin ou de caresser un chien, de jouer avec ses enfants. Plusieurs options sont possibles : la formule classique, c'est-à-dire juste la bande-son, la formule pour débutants, avec aide vocale, et le « duo avec Cloclo », où un filet de voix permet de chanter aux côtés de Claude.

Le Back Voice est ouvert à tous, à partir de 19 heures, toute la semaine sauf le lundi. Les samedis soir, c'est plein à craquer. Il y a des filles. Le Back Voice attire les jeunes et les moins jeunes de Montargis à Saran en passant par Dry. Le dimanche sont organisés des après-midi rétro. On ne chante plus alors sur les paroles de Mylène Farmer, de Garou ou des Spice Girls, mais sur les standards de Tino Rossi, d'Édith Piaf et de Serge Reggiani.

Vers minuit, le samedi soir, il y a le concours du meilleur karaokeur, titre que le lauréat garde une semaine et qu'il doit remettre en jeu le samedi suivant. Samedi soir type d'un zupiste : 19 heures, nettoyage de la Volvo à l'Éléphant Bleu. 19 h 30 : location de deux Stallone et d'un porno au distributeur de vidéos. 20 heures : dîner au restaurant de la ZUP, Horizon 4, ou au fameux Buffalo Grill, dont Bernard apprécie tant la formule viande à volonté à 13,60 euros. Le supplément frites est plus cher qu'à l'Horizon 4, mais les frites y sont plus croustillantes. 22 heures : on se cocotte une dernière fois dans la Volvo. Les filles réajustent leur maquillage.

Lui, là, dans la Fiat Croma, c'est Thomas Dilan, un zupiste de la première heure. Il est en train de se racler la gorge pour vérifier sa voix. Il s'est fait humilier la semaine dernière sur *So Far Away From L.A.* de Nicolas Peyrac : pas grave, il a révisé l'intégrale de Johnny à fond et *Petite Marie* de Francis Cabrel. Il faudrait que ça tombe, ce soir, *Petite Marie*. Ce serait un triomphe. Les filles se pâmeraient. Dilan a le trac. Ça fait trois samedis de suite que Cabrel n'est pas sorti. Statistiquement, ce soir devrait être le bon. Pendant des heures, dans sa salle de bains, Dilan a bossé l'accent du Sud-Ouest spécialement. Il a eu du mal au début pour prononcer *rauze* au lieu de *rose*, dans ce célèbre passage où Cabrel évoque des «millions de roses». Sylvie, sa concubine, lui a également fait travailler les rudiments de l'accent nasillard de Michel Jonasz. Les standards de Jonasz tombent souvent ces temps-ci, notamment *La boîte de jazz*. Chanter Jonasz exige un entraînement quotidien. Le *naze* de la phrase «un peu parti, un peu *naze*» de *La boîte de jazz* résume à lui seul l'extrême difficulté de l'exercice.

Le petit gros, là, avec une moustache à la Douglas Fairbanks, c'est Olivier Novalès, autre zupiste historique. Ce soir, il ne se laissera pas démonter. Dilan et Novalès sont les favoris avec Serge Diebolt, Marc Ropert et un cramé de la tête qui se fait appeler le «Ch'ti» et que certains prétendent proche des frères Pichoff. Tout ce petit monde se tire la bourre depuis des années. Il y a trois semaines, c'est Olivier Novalès qui l'a emporté grâce à un tube complètement oublié d'Hervé Vilard, *Ma maison qui monte jusqu'au ciel* (1967), qu'il avait préparé comme on prépare l'agrégation de chimie. Novalès est connu pour prendre des notes sur ses concurrents pendant leur prestation dans son «carnéoké» (carnet spécial karaoké). Une fois par mois, le Back Voice attribue le trophée du super-champion. Ce titre peut te faire connaître dans toute la région Centre. Son détenteur actuel est un éleveur de pigeons de Fay-aux-Loges, Florent Steck.

Le patron du Back Voice s'appelle Jimmy Jim Bob (son vrai nom est Jean-Pierre Godbillon, mais tu te fais découper en morceaux si tu l'appelles Jean-Pierre). En 1971, il est parti avec son bébé de deux mois, né d'un premier mariage avec une Catherine Germier, et s'est caché près de Vierzon. Sa seule passion dans la vie est de préparer les concours de karaoké de son établissement. Sa femme Jackie et lui fabriquent, grâce à une caméra vidéo numérique et à un logiciel spécial qui leur sert de table de montage, des clips karaoké, réalisés à partir de leur collection de vieux disques. Sur ces clips, on voit essentiellement la grosse Jackie et son chien Pastille sur les bords de Loire à Saint-Jean-de-la-Ruelle ou encore sur la promenade des Mauves de Meung-sur-Loire. Pour *Qui est donc ce grand corbeau noir ?* de Ringo, Jimmy avait fait un effort : Jackie et lui étaient allés tourner de nuit, en pleine forêt d'Orléans. En revanche, pour *Il jouait du piano debout* de France Gall, on voit pendant quatre minutes Pastille qui remue la queue sur fond d'autoroute, avec les néons de l'hôtel B n'Bs derrière, et le parking du Courte Paille. Sur *Les corons* de Pierre Bachelet, tu as la grosse Jackie hilare, en short, bouffie de cellulite, surveillant les merguez du barbecue familial avec en décor les tours du péage. En dessous, les paroles de Pierre Bachelet défilent. Si tu n'es pas regardant sur l'orthographe et que tu aimes les ambiances d'autoroute, ça fonctionne.

Le superchampionnat

Ce soir, Florent Steck remet son titre en jeu. À l'entrée, c'est l'émeute. Les candidats se préparent. Ils
n'ont pas réussi à connaître à l'avance le programme
des festivités. Jimmy ne laisse jamais rien filtrer. Cette
nuit, on devine à sa tête qu'il est fier de ce qu'il a
concocté. Il arrive que des mythomanes lancent des
rumeurs. Certains avancent que Jimmy *aurait* laissé
entendre qu'« il y a eu deux trois trucs intéressants au
"Top 50" en 1989 », qu'on « ne *perdrait* pas son temps
en allant jeter un coup d'œil à la carrière de Richard
Anthony », ou encore qu'il y avait, « pour qui voulait
bien s'y pencher », des choses « assez étonnantes musi-
calement » du côté de chez Karen Chéryl. Il suffit que
Jimmy lance comme ça, à quelqu'un, autour d'un verre :
« Tu sais, Jackie Quartz, elle n'a pas fait seulement
Juste une mise au point » et c'est le branle-bas de combat chez les zupistes, l'émeute à la Fnac devant le bac
(sans doute désespérément vide) de Jackie Quartz. C'est
comme à la Bourse : une information, même insi-
gnifiante, peut créer un mouvement de panique. Les
vendeurs de la Fnac se retrouvent soudain avec des
commandes en masse des œuvres de Jackie Quartz (ce
qui n'était pas arrivé depuis novembre 83), juste parce
que Jimmy du Back Voice de Saint-Jean-de-la-Ruelle,
à deux pas de la bretelle autoroutière Blois-Paris, a dû
par mégarde mettre un vieux 45 tours sur la face B et
qu'il s'est aperçu que Quartz avait aussi chanté *Le bel
hiver*. Ils sont nombreux également à être obsession-
nellement à l'écoute de ce que Jimmy est susceptible

de pouvoir entonner ou siffloter, comme ça, sans s'en rendre compte (on a toujours un air qui nous trotte dans la tête), comme autant de pistes pour le super-championnat.

L'ambiance est au plus *hot*. Les outsiders de Florent Steck sont crispés : Olivier Novalès, Thomas Dilan, Serge Diebolt, Marc Ropert et le « Ch'ti ». Près des toilettes, avec Bernard, on aperçoit Dilan en train de s'entraîner. Il a l'air de flipper.

— Ça va Thomas ?

— Salut les mecs… Ouais, ça va… Normalement ce soir, c'est mon soir… Je sais tout mon Jonasz sur le bout des doigts. Je me suis fait offrir le coffret par Sylvie pour mes 47 ans. Ce qui est dur, chez Michel, c'est la prononciation… Mais tu sais Couscous, j'ai pigé pour le *naze* de *La boîte de jazz*, ça y est, j'ai fini par choper le truc. En fait il faut prononcer *nahinsse* et ça marche au poil. « *Un peu parti, un peu* nahinsse »… Pareil pour *jazz* : « *Je m'dirige vers la boîte de* jahinsse »… Je sais pas si les autres se sont préparés comme moi. Je redoute toujours le « Ch'ti » sur Enrico Macias. Comme il est d'origine pied-noir, je pourrai jamais rien faire contre lui au niveau de l'accent. Sinon, Ropert est toujours le spécialiste avec un grand *s* d'Indochine et de Julien Clerc. Pour les chansons américaines, et plus particulièrement tout ce qui est disco, des Bee Gees à Donna Summer, Diebolt peut faire peur. C'est normal, il a eu des correspondants anglais quand il était ado…

C'est l'heure. Jimmy l'annonce au micro : le super-championnat est lancé. Il appelle Steck qui, vêtu d'un costume en velours beige à grosses côtes, monte sur la scène. Il porte une cravate en forme de lacet de godasses comme les banquiers dans *Lucky Luke*. Tonnerre d'applaudissements. Les filles n'ont d'yeux que pour lui. Jalousies, aigreurs, rancunes. Jimmy tient dans sa main la télécommande du magnétoscope. Personne au monde ne sait ce qui va en sortir. Chacun des participants a demandé à des amis, des parents, de venir l'encourager, si bien que la salle se divise en supporters de Ropert, de Dilan, de Diebolt et de Novalès. Seul le « Ch'ti » n'a convié personne, parce que nul ne lui a jamais connu ni famille, ni femme, ni amis. Avant que Barbelivien ne lui compose un album, il faudra qu'il commande une autre tronche pour Noël. Parce que sa tête, sur une pochette de disque, ne paraît pas a priori quelque chose qui soit du domaine de l'envisageable. À moins qu'il se reconvertisse dans le death metal, ce qui somme toute reste une porte de sortie parfaitement honorable.

Florent Steck se fend d'un petit discours empreint d'humilité. Puis rend le micro à Jimmy. Le premier à passer est Novalès. Silence. Jimmy va appuyer sur la télécommande. Novalès devient blanc. Il lève les yeux, les plante dans ceux de sa petite amie qui est dans la salle, une blondasse très vulgaire aux seins refaits ratés. Le public se tait. Novalès sait qu'il joue gros, qu'il peut se griller jusqu'à Pithiviers pour un dérapage en plein *Ville de lumière* de Gold, un accroc sur *Qui c'est celui-là* de Pierre Vassiliu ou une approximation sur *L'Aziza* de Balavoine. L'index de Jimmy presse le bouton : mise à feu. C'est *Dis-lui*, de Mike Brant, qui tombe.

Novalès a fait l'impasse totale sur Mike Brant. Ce

qui, à ce niveau-là de la compétition, s'apparente à du suicide. Mike Brant est un classique des karaokés. C'est vrai aussi que ça devait bien faire trois fois qu'il n'était pas sorti. C'est ça qui est dur, au Back Voice : si un artiste n'est pas tombé depuis des années, on a tendance à penser qu'il ne tombera jamais plus. Et s'il tombe régulièrement, on se dit qu'il est trop sorti et qu'on est tranquille avec lui pour un moment. C'est compter sans la perversité de Jimmy, qui a intégré toutes ces données. Aucune statistique n'est valable au Back Voice, et ceux qui, à l'instar de Novalès avec son carnéoké, prennent des notes, font des courbes, des calculs de probabilités, en sont pour leurs frais. La meilleure solution reste d'être comme Florent, de tout savoir sur tout, de connaître près de cinquante années de hit-parade sur le bout des doigts.

Les adversaires de Novalès sont aux anges. D'abord parce que c'en est fini pour lui. Ensuite, parce qu'ils sont soulagés de n'être pas tombés sur *Dis-lui*. Cela dit, ce ne sont pas forcément les chansons les plus rares qui sont les plus casse-gueule : il y a certains standards que les candidats croient maîtriser à fond et dont ils s'aperçoivent, en route, qu'ils ne les dominent pas. Dans ces cas-là, c'est vraiment la honte. Cafouiller sur *Mao et moa* de Nino Ferrer, on te le pardonnera toujours. Mais une seule hésitation sur *L'été indien* de Dassin, et tu es calciné pour un moment. Un zupiste s'est suicidé en avalant des barbituriques, en avril 97. Il s'appelait Gaël Legendre (dit : « The Gender »). Il était carrossier et travaillait au garage Gomez, à deux pas de la ZUP. Il a cru pouvoir relâcher son attention (face à Florent Steck, en plus) pendant *J'ai dix ans* d'Alain Souchon. Une catastrophe : il a laissé passer une mesure et s'est retrouvé très vite dans une position qui n'était plus tenable. Hué par la salle, il a lancé son micro, est sorti sur le parking, est monté dans sa Golf GTI. Il a démarré en trombe.

Jamais en civil

Quand Nanard et moi avons commandé notre troisième demi, une esthéticienne aux moustaches oxygénées massacrait *Je t'aime* de Lara Fabian, qui est déjà à la base un petit massacre. Puis un jeune cadre portant une cravate à motifs de golfeurs et une chemise rose bonbon a à son tour pulvérisé les oreilles du peuple avec le très énervant *Bleu des regrets* de Gérard Lenorman (1986), reprise de *Take My Breath Away*, la B.O. de *Top Gun*, avec ses insupportables «Tontiiiiin!… Ton-tiiiiiiin!» C'est alors qu'ont retenti les premières notes de *Comme d'habitude*.

— Vas-y, Bernard !

— T'es con de la bite ou quoi ? Jamais sans mon costume. Jamais en civil !

Soudain, un jeune blanc-bec de 20 ans s'est levé sous les applaudissements, encouragé par une rousse aux gros seins qui semblait être sa petite amie. Jimmy l'a félicité au micro :

— Nous accueillons Dietrich ! Il vient de Düsseldorf ! Bravo Dietrich et bienvenue à nos amis d'outre-Rhin ! Et vive la bière blanche !

— Ouais, ouais : ben j'attends de voir, moi. Passque faut avoir un peu souffert, dans la life, pour chanter

correctement *Comme d'habitude*, a maugréé Nanard.
Ce marron-du-slip a pas intérêt à me massacrer le chef-
d'œuvre de Claude, sinon ça va chier des Sardous.

— Mais putain, Nanard, j'ai hurlé, fais quelque
chose ! Tu vas quand même pas te laisser bouffer la
laine sur le dos par un Chleuh, non ?

Bernard avait les yeux fixés vers un nulle part de
paillettes et d'Olympia, de tee-shirts qui volent et de
groupies en feu. Il a entrevu le paradis. C'était quelque
chose de bleu, avec des larsens. Bernard n'était plus
qu'une illumination, un poème, un destin. Il a regardé
en l'air, vers un plafond craquelé qui servait de ciel à
son courage. Il s'est inventé une religion à toute vitesse.
Il y a greffé une foi improvisée à la va-vite. S'est
arrangé pour prier de façon brouillonne dans sa tête
remplie de vertiges et de peur. Son pouls battait un
rythme disco. Il était debout mais je savais que dans
son cœur il était à genoux. Il était figé dans une pose
Grévin, mais tout son sang gesticulait déjà sur scène.
Une part de lui-même serrait déjà le micro, une sueur
parallèle à sa vraie sueur suait déjà devant un public
transi, joyeux, conquis, abasourdi.

Je l'ai vu penser très fort à Claude. Adresser des
promesses silencieuses à Claude, signer des contrats
du bout des lèvres avec la postérité. Il y avait le devoir,
tout au bout de l'émotion, le devoir qui l'appelait, le
prenait par la main, lui donnait des claques, le poussait
vers la scène en le traitant de mauviette. Les molécules
de l'air voulaient danser le mashed-potatoes, elles
réclamaient un truc. Ondes, chocs, électricité. Bernard
achevait sa biographie sous son crâne. Des gouttes ont

commencé de perler sur son front. J'avais peur qu'il soit trop tard, qu'un imposteur se précipite sur scène et lui vole sa chanson, la chanson de Claude dont Bernard était ici le seul dépositaire, l'unique héritier, le dédicataire spirituel par-delà les siècles. On était, lui et moi, surtout lui, enferrés dans un de ces moments de la vie dont on ne peut sortir que par l'exception, le miracle ou la magie. Le contraire aurait été la mort. Tout était en train de se jouer à la milliseconde. C'était une question d'infiniment petit.

J'ai regardé mes pieds. Quand j'ai relevé la tête, mon héros était au milieu des cris, des bras tendus, des applaudissements, des hourras et des sifflets (il y a toujours des types qui huent tout, tout le temps, ça fait partie de l'être humain).

— Stop ! a gueulé Nanard. ARRÊTEZ LA MUSIQUE ! Je propose un duo ! Un duel ! Que ce serait le meilleur dans Claude qui gagne !

Jimmy était aux anges. Steck et consorts, un peu inquiets. Le public, en délire. Œillade prétentieuse du candidat allemand à sa copine aux grosses loches et à ses copains sur le thème : je ne vais faire qu'une bouchée de ce ringard. Jimmy a demandé à ce qu'on recale la vidéo au début.

Le duel

Nanard et Dietrich debout. Face à l'écran. Prêts à lire les paroles quand elles défileront. Tout partout n'est que trac. La salle n'est qu'une pulsation unanime qui ne respire que par la peur, n'existe qu'à travers le suspense. *Comme d'habitude* est sur les starting-blocks. Les lèvres sont pleines de faux départs. C'est le 400 mètres haies de la variété. Les Allemands nous ont fait la guerre plusieurs fois. Cette fois encore, il faudrait se battre. Entrer dans la Résistance. Sauver la flamme. Libérer Cloclo de tous ceux qui voudraient s'en emparer comme ça. Bernard commence à chanter. Comme Claude. C'est la perfection. Il chante un couplet. Et hop, Dietrich prend la relève. On croise les fers. Il y a du Alexandre Dumas et du Roland-Garros là-dedans. On alterne jusqu'au refrain. Au refrain, Bernard et Dietrich chantent en même temps.

La superposition des deux voix ne laisse aucune chance à Dietrich, qui, face à la voix surpuissante du meilleur Claude François français, devient le choriste de Bernard. Pour les dernières notes, au paroxysme de la chanson, on n'entend plus Dietrich. Mon Nanard n'était plus sur la terre des hommes, mais dans un ailleurs fait de nuages et de visages successifs de Claude, emmêlés dans une brume spéciale que seuls connaissent ceux qui ont voué leur vie à la sienne. Je décris maintenant une manière de messe. Je fais dans l'allégorie. Je sens pour la première fois que l'immortalité n'est pas située dans l'éternité, cette abstraction pour philosophes et curés, mais dans certains instants, très brefs, que la vie sait offrir à qui sait la cueillir en se mettant en danger. L'immortalité n'est pas quelque chose qui a à voir avec la durée. C'est une densité, une intensité, une profondeur inédite dans l'émotion. On voit bien que Dietrich se donne à fond, mais on ne l'entend plus *du tout*. Le très long chorus final achève l'Allemand, qui au moment où il voit qu'il va être complètement ridiculisé, se jette sur Bernard. À terre tous les deux, ils s'empoignent. Coups et blessures au Back Voice. Bernard Frédéric superchampion d'honneur.

XIII

Hip hip hip hurrah

> Quand je croise un autre Claude
> François, je peux pas m'empêcher
> de penser que c'est surtout moi qu'il
> imite.
>
> BERNARD FRÉDÉRIC.

Gérard Blanchard, Philippe Timsit et les autres

La prestation de Bernard a fait du bruit dans la région. Johnny au Stade de France, à côté, c'était un Playmobil dans un évier. Le surlendemain, coup de théâtre : notre dossier a été retenu pour la Foire aux arbres de Sandillon, en première partie de Philippe Lavil. Hurlements de joie. Au départ, la tête d'affiche devait être Jean-Luc Lahaye mais il a annulé au dernier moment. Heureusement pour nous, parce que toutes les premières parties de sa tournée étant assurées par Lova Moor, nous serions passés à la trappe.

Philippe Lavil compte parmi les chanteurs importants de la fin du XXe siècle. *Il tape sur des bambous* est une œuvre immense. En 1969, Philippe avait fait

un malheur avec un tube intitulé *Avec les filles je ne
sais pas*. À la suite de ce méga-succès, il était parti en
vrille et avait planté sa carrière. Barbelivien lui sauva
la vie en lui composant *Les bambous* : 1 million
800 000 exemplaires vendus. Les deux 45 tours sortis
dans la foulée, *Elle préfère l'amour en mer* et *Faire
danser les Antilles* avaient cartonné, eux aussi. Or, percer en 1982, ce n'était pas rien. Il y avait alors des
concurrents redoutables, comme *Chacun fait ce qui lui
plaît* de Chagrin d'amour, *Les corons* de Pierre Bachelet, *Le coup de folie* de Thierry Pastor (qui a quand
même été pianiste de Roland Magdane), *Rock Ama-
dour* de Gérard Blanchard, *Tout pour la musique* de
France Gall, *Le sampa* de Gotainer, et surtout *Henri
Porte des Lilas*, de Philippe Timsit. On ne sait pas ce
qu'est devenu Philippe Timsit.

> *Souviens-toi de moi*
> *J'étais le bassiste des Toreros*
> *J't'accompagnais au Golf Drouot*
> *Souviens-toi de moi*
> *J'étais sur scène à côté d'toi*
> *J'faisais « Yeah yeah... Wouap dou wouap »*
> *Henri... Henri...*
> *Porte des Lilas*

Parfois, avec Bernard, à la plonge de l'Arche, on
s'amuse à les lister, les oubliés du showbiz [voir Annexe 7,
p. 414 : « Que sont-ils devenus ? »].

Tiens, te souviens-tu par exemple de Marc Hamilton ? Il a pourtant crevé tous les plafonds en 1970 avec
Comme j'ai toujours envie d'aimer. Et Gilles Marchal,

tu te souviens de Gilles Marchal ? Pourtant il y avait des émeutes devant les magasins de disques quand est sorti *Comme un étranger dans la ville*, adaptation française de *Everybody's Talkin'*, la chanson du film *Macadam Cow-Boy*. Pour le seul premier semestre 1970, Gilles Marchal enchaîna près de cent galas coup sur coup. Il avait appris à jouer de la guitare, sans conviction, au service militaire. Il a reconnu plus tard, répondant aux questions d'un journaliste de *Salut les copains*, qu'il n'était pas vraiment prédestiné à une carrière artistique.

En 1975, il y avait un « groupe » formé par deux Latinos belges : Two Men Sound. Je suis sûr à mille pour cent que ça ne te dit rien. Pourtant, c'étaient eux qui interprétaient *Charlie Brown*, chanson écrite par le Brésilien Benito di Paula. Et le mec de *Feelings*, Morris Albert ? Loulou Gasté lui avait intenté un procès pour plagiat. Quand tu cherchais Loulou, tu le trouvais. Et les Poppys ? Que sont devenus les Poppys ? Hein ? Et Charlotte Julian, qui chantait en 1973 *Allez hop ! Tout le monde à la campagne.* Charlotte aurait pu avoir un vrai destin, faire une carrière à la Véronique Sanson. Mais non. On ne sait pas où elle est, là, en ce moment, ni ce qu'elle fait. On ne sait plus rien de Charlotte Julian. Elle est peut-être morte. Ou bien grand-mère, à Nogent. Cachée, à vieillir, derrière des briques. Il y a sur la planète Terre un nombre infini d'êtres humains qui vivent derrière de la brique rouge, ou blanche, ou beige. Ce sont des gens à l'abri. Ils sont isolés du froid, du vent. Ils aiment l'anonymat. Ils restent chez eux. Ils ne font de mal à personne et personne ne songe à leur en faire. Charlotte Julian était une fan de Minnie, la femme de Mickey. Elle travaille peut-être à Disneyland-Paris, cachée dans le costume de son personnage fétiche. Quant à Pierre Groscolas, son plus gros succès s'intitulait *Lady Day*. Pierre avait connu un début de célébrité en 1971 avec *Fille du vent*, chef-d'œuvre dont il y eut par la suite quatre-vingt-quatre adaptations dans le monde entier, et pas moins d'une trentaine au Brésil, pays qui fascinait Claude et qui me fascine. Même Tom Jones l'a reprise. Il faudrait ériger une stèle en hommage à tous ces rois, parfois ces dieux, du hit-parade qui, juste le temps d'un jerk, d'un slow, d'un twist, d'un rock, d'un rap, ont côtoyé, et même souvent devancé Claude, Johnny, Sardou ou Sylvie Vartan, mais aussi les Beatles ou Led Zeppelin.

Le Chevreuil

Pour fêter notre sélection à la Foire aux arbres de Sandillon en première partie de Philippe Lavil, Bernard nous a tous invités au restaurant. Je n'en suis pas revenu : le plus gros radin de tous les temps s'apprêtait à payer l'addition pour quatre danseuses, sa femme et moi. Sans compter le prix de la baby-sitter pour Mouss. D'autant que Maïwenn et Véro ont obtenu de lui (une première mondiale) qu'il ne nous emmène pas dans un restaurant à volonté. Bernard avait réservé une table au Chevreuil, situé sur la route de Jargeau. C'est un endroit réputé, très fréquenté par les chasseurs et les amoureux de la Sologne. La cuisine y est très bonne si on aime le goût un peu fort du gibier. Tout s'est très bien déroulé, même si Bernard a fait deux ou trois allusions au fait qu'« au niveau des tarifs, y s'emmerdent quand même pas, ces salauds-là : la forêt est à tout le monde, basta-couette ! » Au moment du fromage, il s'est levé :

— Bon, esscusez-moi, là, tous, mais je lève l'ancre cinq minutes : j'ai comme une heure de pointe au côlon.

Il s'est adressé au garçon :

— Dis-moi Hector, c'est où les aisements, ici ?

— Les toilettes ? Au fond à gauche, monsieur…

Bernard est entré dans les toilettes : elles étaient à la turque. Ne supportant pas ça, il est retourné en salle voir le garçon.

— Vous n'avez pas trouvé, monsieur ?

— Si, mais le concept m'emballe pas. T'aurais pas moins baroque ?

— Pardon ?

— Quand il s'agit de poser une pêche, l'exotique, ça me bloque. T'aurais pas des cagouinsses qui rassurent, quelque chose de plus convivial ?

— Comment ça ?

— On n'est pas à Istanbul ici, camarade : je voudrais un WC normal où je pourrais poser ma chimie sans stresser.

— Ah mais y a pas, monsieur…

— Quoi ? « Monsieur » toi-même ! Moi je commets rien dans ta Turquie, c'est tout.

— Je suis vraiment désolé, je ne peux rien faire pour vous.

— Y a pas des feuillets VIP, dans ton boui-boui ?

Un chef de table est arrivé.

— Bonsoir monsieur, puis-je vous aider ?

— C'est les commodités : elles sont pas formidables. Y a un côté esplanade qui fait peur à ma dignité. Je sais pas si c'est le vertige ou le trac, mais je connais ma selle : elle osera jamais faire le voyage.

— Je comprends fort bien, mon cher monsieur, et je vais vous faire un aveu : je suis comme vous. Mais, hélas, je ne peux pas faire grand-chose…

— Et ton patron ? Y se soulage où donc lui ?

— Aaah ça ! C'est son affaire, monsieur.

— J'ai compris : pendant que le pékin est tout crispé sur son estron, le big boss lui c'est gothique et moquette. C'est très « deux poids deux mesures », cette affaire. En vraie démocratie, tout le monde s'affaire au même trou. Y a pas de raison que je soye accroupi tout plein de crampes à lorgner un cake qui menace de m'éclabousser le derche pendant que ton dirlo se peaufine à Bach et Mozart dans du cosy avec des jets laser qui le nettoyent à grande eau !

— Je sais bien, monsieur, mais…

— Tu sais rien ! Je sais, moi, que je vais vivre l'impossible dans ton truc à babouches ! Surtout que j'ai eu des prédécesseurs en détresse, là-dedans : je connais pas les auteurs, mais les œuvres sont cocasses. C'est rempli d'artistes, la Turquie ! Mais bon, si y a que ça comme réceptacle, j'insiste pas.

— Je suis franchement désolé, monsieur. Je vous souhaite une bonne fin de repas.

Bernard s'est éloigné. Il a marmonné : « Attends cowboy, je vais te montrer un "je me venge" de chez Nanard, moi. Je vais m'amuser à Picasso dans tes turques : tu vas voir le document ! Quand t'auras découvert la toile, tu pourras plus mourir idiot ! » Et il s'est enfermé dans les toilettes…

Une fois son méfait accompli, Nanard s'est retourné

sur le spectacle qu'il allait laisser en héritage infâme à ses successeurs en ce lieu :

— Fabuleux ! C'est exactement ce que je voulais. À la virgule près !

Quand il a regagné notre table, j'ai tout de suite vu le petit sourire sur son visage : celui d'un enfant qui vient de faire une bêtise dont il est fier et content.

— T'as déjà visité la Turquie, Couscous ?

— Non pourquoi ?

— Ben c'est le moment ou jamais.

Bernard m'a raconté la scène que je viens de te raconter (sinon, comment aurais-je pu te la raconter à mon tour ? Réfléchis !).

— Je prends le pari, mon gros Couscous : le gars qui tombe nez à nez avec ça, il appelle la police. Va voir !

— Non mais...

— Va voir je te dis ! Ça va pas te mordre !

Peut-être pas mordre, mais ça m'a quand même sauté à la gorge. Ce que j'ai vu ne peut pas être retranscrit par des mots. En voyant ça, j'ai compris qu'il y avait des choses qui peuvent être filmées, photographiées, peintes à la rigueur (à la rigueur) mais pas décrites, même par le plus grand écrivain de tous les temps. Près de vomir, je suis retourné m'asseoir.

— Alors, tes premières impressions ?

— C'est pas humain.

— Ah ! Faut ce qu'y faut, hein ! Mais disons que j'ai pas œuvré dans le pointillé. C'est pas haute couture : j'avoue !

— C'est du travail de névropathe, ça, Nanard.

— Mais de quoi vous parlez, là, les deux ? a demandé Melinda.

— De la vie d'artiste ! a rétorqué Nanard. Ah Couscous ! Ça me fait plaisir que tu reconnaisses mon talent.

— À ce niveau-là, c'est de la peinture en bâtiment.

— Ah non ! C'est artisanal ! C'est du fait main ! Hé, tu imagines qu'il y a un salarié qui va devoir aller jouer avec sa pelle et son seau là-dedans pour tout rendre clean ? C'est fascinant ! Il faudrait un homme-chiottes pour arriver à bout de la chose, un homme-chiottes comme Rémy Bricka était homme-orchestre : huit balais, trois ventouses, vingt-sept éponges, jets d'eau, arrosoirs à Javel, lance-flammes…

— C'est sûr que ça va être dur pour lui de se familiariser avec un truc pareil.

— Vous voudrez pas voir le Bosphore, mes abeillettes ? La Mosquée Bleue ? Sainte-Sophie ? Le pont qui relie l'Europe à l'Asie ?

— Mais c'est en Turquie, ça, Bernard… a dit Delphine, intriguée.

— Ouais, mais je connais une version taguée. Qui est moins lointaine ! Avec ma formule, non seulement t'économises le billet, mais en plus tu t'en souviens toute ta vie.

Soudain, à une table voisine, un type s'est levé – style vieux beau. Il dînait avec sa femme.

— Couscous, regarde ! Ma première victime. Comme c'est émouvant.

— Le pauvre… Ceci dit : je te signale qu'historiquement, la première victime de ton attentat c'est quand même moi !

— Mais non, toi t'étais en spectateur… T'étais averti ! T'étais attendu ! T'étais VIP !

— Même prévenu, ça surprend !

— Exact ! Le 11 septembre à côté c'était un entartage de Noël Godin… Tiens mais lui, regarde, il est tout naïf, tout content, regarde sa tête, il est dans le « tout va bien », là… J'espère qu'il aime les arabesques, l'Orient, tout ça !

Au bout de quelques minutes, la tête du vieux beau, qui entre-temps était revenu s'asseoir en face de sa femme, avait changé. Il avait l'air choqué. On le voyait qui parlait tout bas à son épouse, levant les sourcils. Sa description avait l'air succincte, sa femme faisait des signes de la tête qui semblaient vouloir dire : « avec ce qu'on paye, c'est scandaleux ». Le couple ne parlait visiblement que de *ça*. Le type faisait des gestes descriptifs avec les mains tout en affichant un air dégoûté – pour lui, le repas semblait terminé. À une autre table, un second candidat au soulèvement de cœur s'est levé. C'était un gros qui avait tout du chasseur, visage rude et couperosé, double menton. On l'aurait cru dessiné par Bellus – qui se souvient de Bellus ?

— Et de deux !

— La vache, c'est l'hécatombe !

— Sinon ça va, les filles ? C'est bon ?

Au moment même où les filles allaient répondre, le Bellus est revenu en salle, scandalisé, et s'est mis à beugler comme un veau (dans les gogues, ce n'était plus vraiment du Bellus, mais plutôt du Vuillemin) :

— Qui c'est qu'a laissé de la monnaie sur le comptoir ?

Grand silence dans la salle.

— Garçon !

— Monsieur ?

— Appelez-moi votre supérieur ! C'est grave.

Le chef de salle a accouru, inquiet.

— Oui monsieur, qu'est-ce qui se passe ?

— Y a un salopard qu'a laissé de la monnaie sur le comptoir ! Et c'est pas tout : il a joué les peintres !

— Comment ça ?

— Ben aux toilettes ! C'est ignoble !

— Je confirme, a interrompu le vieux beau en se levant, j'en sors moi-même et...

— Y a un détraqué dans le restaurant. Faut le trouver !

Nanard était plié en deux à notre table. Hélas pour lui, le gros chasseur s'en est aperçu :

— C'est lui ! a-t-il lancé en désignant Bernard.

— Le monsieur là-bas avec les demoiselles ? a demandé le chef de salle.

— Oui ! a répondu le chasseur. Il s'est marré comme un bossu en nous regardant. C'est lui j'vous dis qu'a repeint les chiottes du sol au plafond ! Salope, va !

Bernard, d'un bond, a sauté de sa chaise et s'est approché du trio chasseur bellusien + vieux beau + chef de salle :

— Qui qui m'a traité de fou ? s'est aussitôt enquis Nanard.

Pendant ce temps un attroupement s'était formé dans les toilettes autour du forfait. Les témoins du spectacle n'en croyaient pas leurs yeux. Certains riaient nerveusement, d'autres se concentraient pour ne pas tressaillir, d'autres en avaient les larmes aux yeux, prenaient des photos pour témoigner plus tard. Mais la plupart se pressaient d'aller demander l'addition pour quitter les lieux avec, jusqu'à la fin de leurs jours, gravée à jamais dans le cervelet cette image qui, tôt ou tard, dans certaines circonstances de la vie, ne manquerait pas de se rappeler à leur bon souvenir.

— Il faut appeler la police... a lancé le vieux beau. C'est vot' femme là-bas ? Elle sait ce que vous venez de faire ?

Véro et les filles m'ont demandé ce que c'était encore que cette histoire. Véro a semblé en avoir ras le bol de constater, une fois de plus, que Nanard + sortie = scandale.

— Attends attends attends, là, gars : t'es chasseur, n'est-ce pas ? a demandé Nanard au gros.

— Oui pourquoi ?

— Quand tu tires ta perdrix, y aurait pas des coups où tu te loupes ?

— Si, oui ça arrive, oui... Mais qu'est-ce que ça peut vous foutre ?

— Les chiottes c'est pareil : des fois on vise dans le mille, et des fois pas.

— Mais c'est pas viser, là, votre épandage ! C'est Hiroshima !

— Sauf que c'est pas moi.

— Comment ça ?

— C'est pas moi qui ai embenladenisé les gogues : je ne suis pas allé aux toilettes. Vous pouvez demander à monsieur le chef, là : j'ai même fait un barouf de dingue passque jouer les accroupis dans un bain turc, je suis pas du style.

— C'est vrai, a répondu le chef de salle. Monsieur m'a dit qu'il était très gêné du fait de la configuration de nos toilettes...

— Exact : la « configuration », comme tu dis, m'a
fait rebrousser mon chemin. Et à l'époque la fresque
avait pas encore été réalisée. Y avait du loupage, c'est
vrai, y avait de l'à-peu-près, mais ça semblait vivable.
De la peinture sur bois, si tu préfères, mais pas d'art
contemporain.

— Ben merde ! Qui c'est alors ? On peut pas laisser
passer ça ! En cinquante-sept ans que je suis sur terre,
j'ai jamais vu ça ! Jamais !

— En tout cas, a annoncé Bernard au responsable,
vous m'avez mis dans une situation de scandale. J'attends réparation : y a outrage devant ma femme. Et mes
danseuses ! Et mon road manager ! C'est très grave !
Toi qu'as l'autorité, faut que tu répares. Je vais payer
350 euros d'addition alors que j'ai subi plein de calom-
nies ? Do you rigole ?

— Ça monsieur, je ne sais pas...

— Moi je sais : c'est ça ou la révolte ! Je suis venu
faire la fête ici pour ma carrière de Claude François qui
repart sur les chapeaux de roue, avec gala sur gala, c'est
pas pour souffrir d'être humilié passqu'une bombe à
chiasse a explosé dans ton salon oriental !

— Oui, je sais monsieur, je sais bien...

— Désolé, hein... a fini par lâcher le chasseur.
Comme je vous avais vu vous tordre de rire, j'avais
pensé que...

— Oui, mais on m'avait pas prévenu que le « je
ris » était dans « l'interdiction de », ici...

— Excusez-nous, a dit à son tour le vieux beau.

— Je m'en fends, de vos « je m'esscuse », les gars.
Je prends un avocat ! Y a injure et préjudice : imagine
que mes danseuses me respectent plus jamais never

après cette Affaire Dreyfus ? C'est trop tard. J'exige qu'on me répare !

— On va voir avec mon patron, monsieur, si vous voulez bien me suivre.

— Oula t'inquiète pas pour ça, va ! Je suis ton faon. Toi t'es la mère et moi j'suis Bambi : je te quitte pas des yeux.

Bernard et le chef de salle ont été reçus par le patron.

— Bonsoir, monsieur. Monsieur ?

— Frédéric. Bernard Frédéric.

— C'est cela ! Bonsoir, monsieur Frédéric. Alors, que se passe-t-il ?

Bernard a raconté l'aventure sur le ton de l'indignation. Il a de nouveau exposé sa thèse, selon laquelle une accusation de ce type en public, qui plus est devant sa troupe, portait atteinte à sa dignité, à sa crédibilité et par conséquent à son image de marque.

— Je suis pas l'auteur, moi. J'ai même pas vu sa tête, à l'œuvre d'art. Même si j'ai remarqué que ceux qui sortaient du gogue avaient l'air dépaysés. Moi, ta cahute avec vue sur minarets, c'est pas trop ma crémerie. Je l'ai dit à ton homme de main, là : je psychote avec les plans Mille et Une Nuits. Ça vient pas ! Alors j'ai préféré gentiment aller me rasseoir en me disant « Tiens bon, Nanard ! Tu te lâcheras à la maison ! » et là ton domestique et des furieux ont trouvé commode de m'accuser ! Je te préviens : c'est l'avocat. Sans compter qu'à chaque concert de Bernard Frédéric et ses Bernadettes, je fais une pub pas flatteuse pour ta cuisine ! Je te deschalande !

— Vous attendez quoi de moi, monsieur ?

— Tu dissous l'addition.

Le patron a réfléchi quelques secondes.

— Jean-Christophe? L'addition de la 7, c'est pour la maison.

— Bien monsieur.

— Thank you, toi, t'es un vrai boss.

Le patron a semblé très énervé de devoir payer de sa poche le dîner de sept personnes. Bernard est revenu à notre table en vainqueur.

— Mais t'étais où encore, là, Bernard? a demandé Véro.

— Je parlais avec le patron, c'est un ami. Il adore Claude François.

— C'était quoi, là, l'embrouille, tout à l'heure?

— Bon, les filles, vous reprenez quelque chose? Lâchez-vous, hein! Carte blanche! Toi aussi, mon gros Couscous, toi aussi. N'oubliez pas que vous êtes tous mes invités! Quelqu'un reprend un dessert?

XIV

Le·magicien

> « Génie ». C'est un mot. Ça veut dire
> quoi exactement ? Si un show car-
> tonne, je suis un génie, sinon je n'en
> suis pas un.
>
> BERNARD FRÉDÉRIC.

Rock Daniel

Foire aux arbres. De Sandillon. Concentration maxi-
male. L'emplacement des micros ? Vérifié. L'éclairage ?
Le son ? Réglés. La bande-orchestre ? Calée. Le répertoire ? Maîtrisé. Loge. Table de maquillage de Nanard :
laques, fards, ampoules, huile de myrrhe, baume,
onguents, déodorants, collyres, parfums, huiles, peignes,
inhalateurs. Melinda masse les épaules de Bernard. Sa
perruque peroxydée ? Soyeuse. Ses yeux ? Maquillés.
Ses cils ? Recourbés. Son visage ? Rasé à la perfection. Doigt de whisky. Vitamines C. Je lui apporte son
écharpe fétiche, à l'effigie de Claude. Un genou à terre,
il la baise. Se relève. Claque des doigts. Je lui propose
différents costumes :

— Le rose à pompons ? T'es sûr ?

— C'est la tenue que Claude portait au Royal Albert Hall, à Londres, le 3 janvier 78[1].

— Ah bon ? Alors c'est parfait. Passe-moi ma chemise...

C'est la mère de Delphine, couturière en retraite, qui a eu la gentillesse de confectionner toutes les chemises de scène de Bernard. À sa demande, elles sont conçues façon body, pour éviter qu'elles ne sortent du pantalon dans l'agitation pendant le spectacle.

On entend déjà le public qui hurle. Faire attendre le public est un art. Il faut que ce soit long, sans jamais dépasser la minute de trop. À l'instinct, Bernard sent l'instant précis où les fans risquent de basculer de l'impatience à la furie. Maïwenn, Melinda, Delphine et Magalie sont sur le pied de guerre. Prêtes à se jeter sur la scène et à tout donner. Elles suivent Nanard jusqu'au podium. Il ne s'appelle d'ailleurs plus Nanard du tout. C'est Bernard Frédéric qui apparaîtra bientôt dans un halo de lumière. J'ai eu un flash, là, en les regardant tous les cinq, de dos, s'avançant vers leur destin. J'aurais juré que c'était bien Claude, le vrai Claude François qui était là, parmi les vraies Clodettes, ressuscité, et même j'avais l'impression que sa mort n'avait jamais eu lieu, que tout ça avait été un mauvais rêve. Une voix qui résonne m'arrache à cette pensée stérile. C'est celle de l'animateur de la soirée.

— C'était Rock Daniel : sous vos applaudissements, messieurs dames ! ROCK... DANIEEEEL !

— Dis bien aux Cloclos qu'on va pas les rater à

---

1. 6 alexandra 38.

« C'est mon choix » ! a lancé Rock en croisant Bernard dans les coulisses.

Programmé avant notre show à la dernière minute, Rock Daniel a toujours été insupportable. Il ne se sent plus pisser dans Presley. C'est un sosie d'Elvis plus royaliste que le King. Même Elvis, le vrai, n'a pas osé être aussi Elvis que ça. Même Elvis, le vrai, ne savait pas qu'il était possible d'être Elvis à ce point-là. C'est que ce sont des heures et des heures de préparation pour la banane, il faut se lever à quatre heures et demie du matin pour qu'elle tienne comme ça. Il y a là-dessous un budget gomina vertigineux. Rock n'est pas nouveau dans le circuit : il a commencé en même temps que nous, il y a dix ans. Sauf que lui n'a jamais raccroché. Rock Daniel, c'est les bottines pointues au saut du lit, le beurre de cacahuètes au petit déjeuner, le pyjama en cuir et les mouvements de hanches devant la glace sur *Mary In The Morning* à fond les manettes. Dans son HLM, c'est Graceland.

Les Elvis ont plus de chance que les Claudes François : ils ont un magasin à Paris où ils peuvent se fournir, Elvis My Happines (EMH), dans le IIe arrondissement, rue Notre-Dame-des-Victoires. Blousons, pantalons de skaï, faux favoris, disques pirates, modèles réduits de choppers, affiches de concert, moule-bites à franges de cow-boys, chemises hawaïennes bleu outremer ou orange mob : ils trouvent tout ce qu'il leur faut là-bas, tandis qu'en dehors de la modeste boutique du Moulin, à Dannemois, il n'existe aucune CMB (Claude Mon Bonheur). Remarque, à la limite, tant mieux : comme ça, ce sont les plus motivés qui s'en tirent, on ne nous mâche pas le travail. Les gens s'imaginent toujours

que c'est facile d'être sosie, qu'il suffit de se glisser
dans la vie d'un autre et de continuer d'exister tranquillement, en pilotage automatique. C'est faux. Car
entre un autre et soi-même, il y a toujours soi-même
qui vient gêner, et se débarrasser de soi est possible
dans le suicide, pas dans l'imitation. D'ailleurs, l'idée
est moins de ressembler à un modèle que de penser
que tous les êtres humains sont regroupables par catégories. Dans la catégorie des Cloclos, il y en a un,
Claude François, qui, par accident, a été plus médiatisé
que les autres, qui a été plus loin que les autres, mais
c'est tout – et c'est la même chose chez les Elvis, les
Sardous, les Johnnys. Ils ne sont pas les « vrais » et
nous les « faux », présenter les choses comme ça (même
s'il m'arrive de le faire pour aller plus vite dans la
conversation) est trop réducteur. Ceux qu'on appelle
les « vrais » sont des types qui ont eu plus de chance
que leurs collègues de la même famille génétique. Ne
crois pas non plus que « ressembler à » est une béné-
diction : il faut parfois un certain temps pour accepter
d'être quelqu'un d'autre en même temps que soi. J'ai
connu comme ça un Sardou qui, malgré sa ressemblance avec Michel, avait voulu faire carrière parallèlement au « vrai » en chantant des chansons anarchistes
de gauche (c'était sa pente naturelle au départ). Il s'appelait Gérard Leblanchet. Eh bien, à force de se prendre
bide sur bide, Leblanchet a fini par renoncer à vouloir
faire de l'ombre à Michel Sardou, il est devenu sosie et
a fini par chanter des trucs engagés à droite.

À propos de génétique et de sosies, certains illumi-
nés ont planifié, pour les années qui viennent, la fabri-

cation du sosie parfait de Claude François à partir de
l'ADN de Claude.

Le Mouvement Magnolien International

Les Magnoliens pensent que les Claudes François
peuvent être reproduits à l'identique comme de simples
magnolias. Ils entendent passer de l'ère des sosies à
celle des clones ou « cloclones ». Classé parmi les sectes
dans le rapport parlementaire « Les sectes en France[1] »,
le Mouvement Magnolien International promet la naissance du premier clone de Claude François avant 2012.
Il compterait entre deux et trois mille fidèles à travers
le monde.

Son fondateur s'appelle Henri-Francis Salzmann, né
le 2 octobre 1939[2] à Vichy mais « conçu le 1er février
1939[3] » (jour de la naissance de Claude François). À
42 ans, en 1981, tandis qu'il est au faîte d'une carrière
de représentant de commerce, c'est la révélation claudienne au carrefour d'une autoroute à proximité de
Vierzon : « Soudain, dans la nuit, j'aperçus une lumière
verte qui clignotait, puis une sorte d'hélicoptère qui
descendait dans ma direction (…). Un ovni ! J'ai toujours cru à leur existence mais jamais, dans mes rêves
les plus fous, je n'aurais cru un jour en voir un de mes
propres yeux. Il devait faire dans les douze mètres de

---

1. Rapport n° 2 468, 127 p., voté le 20 décembre 1995, reposant
sur une enquête des Renseignements Généraux.
2. 11 magnolias 01.
3. 1er marteau 01.

diamètre et les quatre mètres de hauteur, bombé au-
dessous et sphérique au-dessus (…). Deux bottines,
modèle de chez Anello en Nubuck huilé (avec renforcement du bout et du talon), apparurent, puis un pantalon de scène orange à franges : c'était Claude François
en personne. Je l'ai immédiatement identifié, malgré
ses cheveux qui lui tombaient au bas des reins et sa
barbe touffue qui lui donnait des airs de Vercingétorix.
Sa tête était nimbée d'un halo de lumière. C'est alors
que suivirent une douzaine d'autres Claudes François
strictement identiques au premier. » (*Ma vérité d'abord*,
pp. 12-13.)

Ainsi naquit l'aventure du Mouvement Magnolien.
Henri-Francis Salzmann devint le prophète des « Clodim », les « Claudes François venus du ciel ». Dans *Ma
vérité d'abord*, Salzmann retranscrit ses premières
conversations avec les Clodim, nous permettant ainsi
de mieux les connaître. On apprend que ces Claudes
François parfaitement standardisés habitent une planète entièrement peuplés de cloclones et de Clodettes
également formatées sur les originales et mènent une
existence idyllique au milieu des chansons de Claude
François diffusées en boucle.

Les Magnoliens prônent la « claudiocratie », c'est-à-
dire le gouvernement sur terre des cloclones. « Il faut
que votre monde, écrit encore Salzmann dans son
ouvrage, revalorise les Claudes François parfaits et
leur permette de diriger la terre. (…) Pour cela, il faut
d'abord nettoyer la surface terrestre de tous ces sosies
approximatifs qui polluent, souillent, ternissent l'image
de Claude François. » L'une des prouesses techniques
promises par les Magnoliens consiste à pouvoir vivre

des centaines d'années, voire éternellement, dans la peau de Claude François. Pour parvenir à ce but ultime, fondement de toute leur philosophie, ils cherchent à mettre au point un processus de « re-création » qui permettrait le transfert de la personnalité de Claude François dans un corps neuf, au moment de la mort. Le premier pas vers cette re-création serait donc le cloclonage, qui permettrait le « transfert » du patrimoine génétique de Claude François.

— Ah ouais non, « La Cérémonie des Sosies », ça va être chaud pour les Cloclos cette année ! a insisté Rock Daniel.

— Dis donc, t'as grossi, toi ! lui a rétorqué Nanard.

— Mais non, t'as rien compris ! Je fais Elvis 75 en ce moment !

— Ouais, ben fais attention de pas faire Elvis 77[1].

Mais la vie est ailleurs. Le grand moment est là. Tout notre travail avait convergé vers cette seconde précise, où notre avenir se jouait. Je fixais Bernard. Dans trois secondes, il serait sur scène. Par la pensée, j'essayais de me remettre à la plonge, il y a encore quelques mois, incapable alors de m'imaginer ce que nous étions en train de vivre en cet instant. C'était du passé, mais ce passé-là, je l'aimais bien maintenant qu'il était contaminé par ce que je savais du présent.

---

1. Elvis Presley est mort en 1977.

Vertiges

C'est sûr. C'est lui. Ils croient à un miracle. Ils n'ont
pas rêvé, non. Ils sont éberlués. Éblouis. Transpercés
de bonheur. Parce qu'ils pourront dire qu'ils l'ont vu.
Qu'il aura tout donné pour eux. C'est Claude qui se
montre, comme autrefois. Claude qu'on peut appeler,
applaudir, toucher. C'est comme si c'était lui. C'est
presque lui. Ça pourrait être lui. On va dire que c'est lui.
C'est le même et il est différent. Ce n'est pas Claude ?
C'est quand même Cloclo. Des mères de famille se
débattent pour atteindre les premiers rangs dans l'espoir d'effleurer une bottine de Bernard. Des dizaines
de mains surgies de l'ombre s'agrippent à son pantalon
qui le mordent comme des gueules, ces mains sont des
serpents, des iguanes, elles sont pleines de force et de
glu, elles montent le long des cuisses de Bernard et
cherchent à le happer. Mouvements de bassin. Extase.
Combien sont-ils à hurler dans la salle ? Les cœurs se
soulèvent. Ils ne battent pas comme d'habitude. L'ambiance est à l'infarctus. Le mot suspense a été inventé,
conçu, bâti de toutes pièces pour cette seconde-là. Bernard était en sueur : la sueur avait sans doute été inventée ce soir-là, la vraie sueur, la sueur la plus proche de
la définition exacte de la sueur. Une sueur chargée de
toutes les sueurs de l'Histoire de l'Humanité. Une sueur
chargée de toutes les peurs des hommes, de toutes les
tragédies et de tous les combats depuis l'*Iliade*, une
sueur-raccourci de l'épopée du monde et rassemblant
en elle des milliards de traces et de labeurs, d'efforts,
de journées passées à trimer dans le désert au plus pro-

fond des siècles. Dans la sueur de Bernard coulaient la sueur des bâtisseurs de cathédrales, la sueur d'Alexandre le Grand sur Bucéphale, la sueur de Danton sur l'échafaud, celle de Napoléon à Arcole, la sueur de Jaurès arpentant les foules dans la chaleur de l'été 14, et la sueur arabe de Lawrence, les sueurs de Chine et les sueurs du Grand Nord, toutes les sueurs que l'être humain avait été capable de produire depuis qu'il errait à la surface de la planète. C'était une sueur historique et sans doute, quelque part dans les glandes sudoripares de Bernard, il y avait des morceaux de Claude en nage, un peu de la sueur que Claude avait suée le samedi 18 juillet 1964[1] au Grand Casino des Sablesd'Olonne, de la sueur mythique du concert de la salle Vallier à Marseille en 70, de la sueur swinguante et trépidante de Gourdon (dimanche 18 août 1974[2]), de la sueur de géant, de la sueur de génie, et même de la sueur géniale, car c'était comme du sang qui coulait sur les tempes de Bernard, et ses mains moites saignaient comme du sang de Christ, du sang de Claude. Toutes les sueurs de Claude se jetaient là, comme des affluents, dans la mer de sueur de Bernard. C'était une cascade, c'était le Niagara des sueurs. C'était magnifique. Et il y avait quelques gouttes de sueur de ces nuits que Claude avait passées en compagnie de femmes définitives, vieillies aujourd'hui, mais dont les fantômes visitaient Bernard tant et si bien que dans les nouvelles trépidations de son pouls, il reconnut la force de l'amour.

---

1. 19 magnolias 25.
2. 19 flèche 35.

Fans d'hier et d'aujourd'hui reprennent en chœur le refrain de *Il faut être deux*, *Le lundi au soleil*, *La plus belle chose du monde* ou *Belinda*. Regarde ces gens en transe qui crient « Claude avec nous ! ». Ils sont venus trouver le bonheur. Ceux qui applaudissent, arrachent leur tee-shirt, pleurent, sont venus retrouver Claude François dans Bernard Frédéric. Chacun a son Cloclo. Ils cherchent du soutien, ils demandent de l'espoir. La vie les a humiliés, frappés au cœur, mais voici que l'heure de la revanche sonne devant le podium Paul Ricard où dansent Delphine, Maïwenn, Melinda et Magalie. En le voyant, j'ai compris ce jour-là que Bernard était Cloclo de toute éternité, qu'il n'avait pas été fait Cloclo mais que, Cloclo, il s'était fait homme. Claude avait accepté, à travers Bernard, de nous revisiter : la route est difficile vers le sommet, mais une fois la cime atteinte, le bonheur nous attend. L'histoire de Bernard Frédéric est l'histoire d'un chemin de croix.

Un type du premier rang a balancé un chou de Bruxelles en visant Bernard. Celui-ci l'a pointé du doigt, a dévalé la scène et a menacé de lui en coller une. Commencer dans des conditions aussi difficiles aurait découragé la plupart d'entre nous – pas Nanard. Le type n'a pas arrêté pendant toute la durée du show. Il a traité Bernard de « merde », de « raté » et de « type à perruque ». Il n'était pas le seul à essayer de tout foutre en l'air. Ils étaient toute une bande. Des jeunes cons qui pensaient que Bernard était là pour pasticher Claude, quand il ne faisait que lui rendre le plus émouvant des hommages.

— Perruque !

— Imposteur !

— Doublure !

— Pédale !

— Clodette !

Ces abrutis n'ont pas réussi à me gâcher le concert (qui, en toute objectivité, a été un triomphe). Bernard n'a pas cillé. Il a continué le show sur les chapeaux de roue.

Heureux serez-vous si l'on vous insulte,
si l'on vous persécute
et si l'on dit faussement toute sorte de
mal contre vous, à cause de moi.

À la fin du show, des tas de filles se sont précipitées sur Bernard pour lui faire signer des autographes. Il a jeté sa cravate dans la salle : bagarre. Plein de mains s'en sont emparées. Aucune n'a voulu lâcher prise. Les groupies criaient : « Claude ! Claude ! » et Bernard rectifiait : « Non, moi, c'est Bernard ! » Et les filles reprenaient : « Claude ! Claude ! » Soudain, sous les cris hallucinés, Nanard est revenu sur la scène qu'il venait de quitter. Il a dû faire vingt-six ou vingt-sept fois ses adieux : les organisateurs n'en pouvaient plus. Puis il a pris son élan et a fait un saut de l'ange dans la foule qui formait comme une mer avec son ressac. Enfin, se redressant, soutenu par ceux qui l'aimaient, l'acclamaient et à travers lui aimaient, acclamaient Claude, il a marché sur cette foule, planté comme le mât d'une goélette sur la houle. En équilibre instable, il a arpenté la salle cahin-caha, parfois disparaissant, englouti par l'océan humain dont les vagues se refermaient sur lui, pour réapparaître plus haut, plus loin, porté par le caprice du flot. De mémoire de sosie, jamais on n'avait vu ça.

En le voyant marcher sur la mer,
Les disciples furent bouleversés.

Un gorille a tenté de le choper, mais n'a réussi qu'à lui arracher un morceau de chemise.

— Toi mon pote, c'est terminé! C'est la dernière fois! T'es grillé! lui a lancé un des organisateurs.

D'autant que l'imprésario de Philippe Lavil, furax, menaçait de rentrer sur Paris avec sa star. Bernard s'en foutait. Il était en transe.

— Public! Je t'aime!…

Quant à ces connards de journalistes, je sais à présent quel est leur métier : déformer la réalité [voir Annexe 8, p. 416 : «Un exemple de désinformation»].

Debriefing

Stress intégral dans les coulisses. Moment terrible : le debriefing. Nous sommes tous un peu énervés parce qu'il paraît que Philippe Lavil est allé bouffer pendant notre prestation. Sympa. Bernard a dit qu'il lui garderait un chien de sa chienne. Nous l'entendons d'ailleurs qui entre en scène. On ne l'aura qu'entraperçu. Bernard, enfermé dans sa loge, remplit les grilles d'évaluation. Il est encore en costume de scène, en sueur, et tapote sur une calculatrice.

— … fois 2, divisé par 6, 160… D'accord… Bon,

mes cocottes, je vais vous donner vos moyennes. Delphine !

— Présente.

— C'est mieux, y a du progrès, t'as bien écouté ce que je t'ai dit à l'entraînement mais au niveau du bassin c'est pas ça du tout. Je veux des courbes moi, du smooth, que ce soye mélodieux : pas des gesticulations de boîtes de raviolis… Hein ? 12/20 !

On lit sur le visage de Delphine une terrible déception.

— Magalie…

— Présente.

— Alors toi ça va pas du tout, hein, là j't'ai mis 5. J'comprends pas… À l'entraînement tu es très « je bouge bien » sur *Magnolias* et puis là : miquet mousse ! Plus rien… Pis tu m'as aussi très saccagé *Le lundi au soleil*… C'est sérieux, là, les filles : on n'est pas chez Sardou en train de se balancer sur *Être une femme*… Delphine, au lieu de regarder les mouches, là, rappelle-nous ce que c'était, *Être une femme*…

Moue de Delphine. Elle en est incapable. Bernard prend l'air du prof dépité parce qu'un élève n'a jamais entendu parler de *L'Étranger* de Camus.

— Magalie ?

Moue d'ignorance de Magalie.

— C'est dingue, ça ! Bastapute !

Bernard commence alors à se déchaîner, façon plagiat, sur *Être une femme*.

— Melinda !

— Présente.

— Rien à dire, ces cinq années ont rien enlevé à ton talent, t'es vraiment restée une très great danseuse : 18 ! On aurait dit une Clodette !

À l'écoute du résultat de Melinda, Delphine soupire.

— Quoi «pff!»? Quoi? De quoi? hurle Bernard.
T'es pas jouasse, tête de morue? À ta place, je garde-
rais mon souffle pour la scène! T'avais 12, j't'enlève
2 points pour la discipline... La prochaine fois, c'est la
porte... Okay? Coloquinte, va! Clématite!

À ce moment précis, quelqu'un frappe à la porte.

— Kissé? grogne Nanard.

La tête d'une jeune femme d'une vingtaine d'années
apparaît.

— Oui bonjour, je suis Hélène Moreau, journaliste
à *La République du Centre* : ça serait possible d'avoir
une petite interview?

L'interview accordée à La République du Centre

— Bernard Frédéric bonjour...

— Bon, on fait l'interview, bichette, mais avant,
trois mises au point, parce que j'aime pas trop qu'on
me prenne pour un chinois! Primo, je suis pas homossessuel, hein, j'ai pas un cancer du slip[1], comme Klaus
Nomi! Je rockhudsonne pas. Je thierryleluronne pas!
Deuzio : je suis pas radin. Troizio : je fais pas dans le
«je prends de la coke». Maintenant allons-y.

— Ce n'est pas trop dur d'être étouffé par un modèle?

— Quoi? Mais je ne copie aucun autre sosie de
Claude! Attention! En fait, je suis mon meilleur modèle
parce que je connais mes erreurs, mes qualités, mes
victoires, mes défaites. Mon road manager, Couscous,

---

1. Sida en langage nanardesque.

il a été plusieurs gens, lui : Cloclo, d'abord, et ensuite C. Jérôme : moi pas. Je suis resté tout le temps moi-même en restant toujours Claude. Si je passe mon temps à prendre un autre modèle comme modèle, comment veux-tu que ce modèle puisse modeler dans la bonne ligne ?

— Vous aimeriez quand même avoir la célébrité de Claude François ?

— Il est hors de question en effet que je reste un Claude François anonyme.

— Pourquoi ne pas vouloir être célèbre « autrement » ?

— Écoute, y avait là une notoriété toute faite, hein, la notoriété de Claude. Comme elle était libre depuis sa mort, je me suis dit qu'il valait mieux reprendre une notoriété qu'avait déjà servi, qu'était rodée, qu'avait fait ses preuves, plutôt qu'une notoriété hasardeuse. C'est dur d'en créer une nouvelle, de notoriété. C'est hyper-balèze ! Alors j'ai choisi ça, une notoriété de Claude François. C'est-à-dire pas une notoriété faite d'anonymat, hein, comme dans « Loft Story », « Koh Lanta » ou « Star Academy » et pas non plus une notoriété faite de notoriété. Mais une notoriété intermédiaire, qui serait située entre la célébrité et l'anonymat.

— À l'heure où tout le monde est célèbre, à commencer par ceux qui ne le sont pas, que vaut-il mieux : être le sosie inconnu d'une célébrité ou être une célébrité inconnue ?

— Écoute, biquette : tu préfères être David du « Loft », que tout le monde a oublié depuis longtemps, ou Claude François ? Vaut mieux être un Claude François. Un Claude François parmi d'autres, peut-être,

mais Claude François quand même. Et puis c'est normal que la télé, tout ça, la société, veuillent un peu
changer les trucs. Belmondo, Delon, Michael Jackson
fascinent moins que leurs sosies, qui sont plus tou-
chants et plus « vrais » que les originaux. Et puis on a
moins l'habitude de les voir ! Ça change ! Il faut changer de Delon, de Belmondo, de Jackson de temps en
temps. Pour pas lasser le public. Ce public qui même
dans Delon veut se reconnaître. Le gars derrière sa télé
en province, il a le droit d'être Delon ! C'est ça la
démocratie. David du « Loft », ça lui suffit plus, bastapute ! Le public veut monter en grade.

— Certains prétendent toutefois que vous n'avez
pas de talent propre en tant qu'artiste. Que leur répon-
dez-vous ?

— C'est des cacas ! Des mulets ! Faut pas écouter
toutes les coloquintes qu'on dit sur moi. Ce que je
vous reproche, à vous les médias, c'est que vous savez
plus vendre du rêve. Or j'aimerais que ton article,
cocotte, fasse rêver tes lecteurs. Avec un parcours
comme le mien, y a de quoi !... De l'orphelinat aux
lumières des projecteurs, des dortoirs tristes aux salles
ras la gueule. Un jour, j'écrirai un livre. Il s'appellera
L'Absolu. Ce sera une sorte d'autobiographie. Je racon-
terai dedans tout ce que j'ai vu, vécu et conclu.

— On dit aussi parfois de vous que vous êtes
prétentieux.

— C'est archifaux. J'ai pas le temps d'être prétentieux.

— Si vous pouviez rencontrer Claude François
aujourd'hui, que pensez-vous qu'il vous dirait ?

— Claude aurait aujourd'hui plus de 60 ans. Moi je

n'ai pas encore dépassé 39 balais, l'âge auquel il nous a quittés. J'ai 36 balais et tout le monde dit que je les fais pas, alors il me dirait sûrement : « Grâce à toi, je suis resté jeune et beau aux yeux du public. » Et il ajouterait : « Merci Bernard. » Car Claude était tout sauf un ingrat. Tel que je le connais, il m'aurait certainement donné la couv' de *Podium*, avec ce titre : « Nanard, le fils spirituel de Cloclo » ou encore : « Bernard Frédéric, le fils a surpassé le père » ou « Bernard Frédéric, l'ange blond des merveilles » ! « L'ange scintillant des spotlights » !

— Est-il possible de mener une vie de couple équilibrée lorsqu'on est perpétuellement entouré de danseuses très dévêtues, comme vos Clodettes ?

— Comment ça mes Clodettes ? Ah, mais c'est pas mes Clodettes ! Ce sont mes Bernadettes ! Un peu de rigueur professionnelle, por favor ! Et puis faut qu'on mette les choses au clair tout de suite. La règle d'or, c'est le respect de la private life... Demande à Johnny ou à Sardou, ils te diront la même chose. On est tous les mêmes. Je crois que le cas de Bernard Frédéric, en ce sens, n'a rien d'exceptionnel. Demande à Johnny, j'te dis, tu verras... Il te dira que le principe number one à observer quand tu approches des gens comme nous, c'est le respect de la private life !... Note tout ça, là, c'est hyper-important.

— Vous le connaissez bien, Johnny ?

— Johnny ? Heu... Oui enfin... Là on est un peu brouillés, pour une histoire de femmes, je t'essplique-rai... J'lui ai dit : « Johnny, là, t'es pas fair-play ! » Tu as noté ce que je t'ai dit, sur le respect ? Marque aussi que ce qui compte c'est *l'amour* du public. C'est ça qui caractérise d'office *qui* est star et *qui* ne l'est pas.

— On raconte que, comme votre maître Claude François, vous seriez parfois assez difficile à vivre…

— Tu sais, ma caille, t'as de la chance, passqu'avec Sardou, là, tu aurais déjà pris un coup de poing dans la gueule.

— Michel Sardou, justement, qu'est-ce que vous en pensez ?

— Question suivante.

— Cabrel ?

— J'aime pas les mecs qui chantent avec l'accent.

— Gainsbourg ?

— Un alcoolo à l'envers : il boit ses propres paroles mais c'est les autres que ça soûle.

— Brassens ?

— Une casserole greffée sur une guitare désaccordée. Il ne connaît que trois accords et c'est justement les trois accords que j'aime pas.

— Lara Fabian ?

— J'aime pas les Fioritures.

— Garou ?

— On lui a fait jouer Quasimodo alors qu'il chante comme la chèvre d'Esmeralda.

— Jacques Dutronc ?

— Ses cigares sentent la merde, ses chats la pisse.

— Françoise Hardy.

— Une femme très bien qui a le nez bouché.

— Obispo ?

— Je comprends pas pourquoi il a coupé son nom : Obispolnareff c'était très joli.

— Bruel ?

— C'est pas ses chats, lui, qui sentent la pisse. C'est ses groupies. Décidément, tout ce qui sent le pipi est attiré par ce qui sent le caca, bastapute !

— Daho ?

— Quoi Daho ?

— Étienne Daho.

— Toi-même !

— Hélène Segara ?

— Segarave.

— Florent Pagny ?

— La Vache qui Rit pour le look, la Pie qui Chante pour le talent.

— Vous n'aimez rien ?

— C'est pas fini ! Ce que je supporte pas du tout du tout, c'est ces groupes formés par des ados de 43 ans en tricots de peau et gros écrase-merde et tatouages bretons : la Tordue, Louise Attaque, Les Têtes Raides, Yann Tiersen, tout ça, le branchouillage accordéon. Brassens en live chez l'abbé Pierre. Ce qu'est feu de camp. Bière tiède ! Roulottes, marrons chauds et vive-la-tolérance au camping. C'est très époque, ces gars-là. Avec leur marketing mal rasé, très « j'ai pas le sou pour manger ». Ces petits martyrs cradingues poussent partout. Des troubadours au caleçon flou. Pieds nus dans les sabots. Avec des foulards comme Renaud ! C'est des pouètes. Sous la pluie, ils font des pouésies. J'aime pas ces chinois-là. Des snobs à cul !

— Un dernier mot, peut-être ?

— Pour résumer, je dirais que Claude François est un métier comme un autre. Mais que peu l'exercent consciencieusement. Moi, je consacre 98 % de mon

énergie à mon métier quand les autres Cloclos y consa-
crent 2 %. C'est ça qui fait la différence.

— Bonne chance, Bernard Frédéric.

— Ah ! Ça vibre dans ma poche... Je vous laisse :
je crois que c'est Daniel Guichard.

XV

Donne un peu de rêve

> Claude avait ses groupies. Moi, j'ai
> les miennes, plus celles de Claude.
>
> BERNARD FRÉDÉRIC.

Galas préparatoires

La Foire aux arbres de Sandillon a opéré comme un appel d'air : les propositions de galas se sont multipliées. À tel point qu'on a dû en refuser certaines. C'était génial pour se roder : on allait pouvoir appréhender « C'est mon choix » avec plus de sérénité. En quinze jours, on a enchaîné Gueudreville, Boiscommun, Trogny (un triomphe), Jouy-le-Potier, Huisseau-sur-Mauves (parc de Montpipeau), Villorceau, Mardié, Saint-Denis-de-l'Hôtel, Traînou (gala EDF-GDF), Bazoches-les-Hautes, Tillay-le-Peneux (soirée du comité d'entreprise de Calberson), Boigny-sur-Bionne. À Boiscommun, une vraie communion sexuelle a parcouru la salle. Le contact avec le public a été instantané. Une grand-mère s'est même évanouie.

À sa vue, je tombai comme mort à ses pieds.

À Trogny, des groupies ont sauté sur la scène. Elles se sont précipitées sur Nanard. Elles l'ont embrassé. Elles l'ont étreint. Elles l'étouffaient presque, l'empêchant de poursuivre *Il fait beau, il fait bon*. Alors la salle Léo-Lagrange s'est mise à hurler. Le service d'ordre a dû emmener les filles et les faire redescendre de la scène.

On a aussi joué à Intville-le-Guétard dans le cadre du Cirque Zigoli, une magnifique soirée après laquelle notre équipe a sympathisé avec Renata, qui faisait un spectacle de serpents, et les Roberto's, des acrobates sur monocycles. En l'espace de quelques jours, on a eu toute la presse [voir Annexe 9, p. 417 : «Dossier de presse»].

Boulay-les-Barres

On a terminé par Boulay-les-Barres. Comme c'était notre dernier gala au sens strict (je ne compte pas les animations en centre commercial ni les anniversaires) avant «C'est mon choix», Bernard avait décidé de s'inspirer du concert d'adieu de Claude du 12 janvier 1974[1], au Forest National à Bruxelles[2]. Nanard avait donc prévu de livrer le même tour de chant que Claude, la seule différence étant que la première partie ne serait

_____

1. 4 olympia 34.
2. Ce concert fut effectivement annoncé par Claude comme son ultime prestation publique. En réalité, la scène lui manquant très vite, Claude sera de retour (et au top !) quelques mois plus tard.

pas assurée par Alain Chamfort, mais par le sympathique groupe folklorique solognot Val Système.

— Tu vas voir, Couscous, ce soir ça va péter la calamine ! Zou mes abeillettes, on est « Claude au Forest 74 », là ! C'est pas un truc d'homossessuel, le Forest 74 ! Couscous, un mouchoir !

Bernard se souvenait avoir lu dans *Podium* qu'avant de monter sur scène, ce fameux soir du 12 janvier 1974, Claude avait mordu nerveusement dans un mouchoir à cause du trac.

— Faut absolument que j'aye le trac, bastapute ! Le même que Claude ! J'ai peur de pas l'avoir… avait gémi Nanard.

Ce qui me faisait un peu peur, personnellement, c'est que, ce soir-là, Claude, littéralement magnétisé par dix mille personnes en délire, avait pris son élan en courant à travers la scène et avait effectué un saut de l'ange dans la fosse. Je frémissais à l'idée que Bernard se souvienne de cette anecdote et qu'il fasse de même, car contrairement à la salle bruxelloise, la salle des fêtes de la mairie de Boulay-les-Barres était, elle, pratiquement vide. Mais comment Nanard aurait-il oublié le plongeon de Claude s'il s'était souvenu d'un détail aussi insignifiant que le mouchoir mordu ? Il m'avait déjà fait un coup similaire, le 27 mars 1995[1], à Vitry-aux-Loges.

Ce jour-là, Bernard s'était mis en tête d'égaler son idole dans le registre de l'accident.

— Ce soir, mon Couscous, je vais me péter des

---

1. 5 flèche 55.

côtes ! Au moins trois ! Comme Claude à Abbeville en
février 65 !

— Mais enfin, Nanard, t'es dingue. On t'en demande
pas tant…

— Pauvre slip ! Apprends que le peintre qui veut
devenir célèbre imite à fond les tableaux des très très
grands. Je me fous d'être perçu comme je suis : il faut
que je soye perçu comme ce que je *dois être* ! Claude
est mon guide ! Mon étoile. Mon soleil ! Tout Claude
François digne de ce nom a le devoir de l'imiter jusqu'au bout. Ah c'est sûr que c'est plus facile de l'imiter quand il prend un bain de foule ou qu'il signe des
autographes que quand il fait un coma ou se casse des
côtes ou se fracasse le nez ! Mais puisque la scène de
ce soir est un peu vermoulue comme celle d'Abbeville
en 65, faut que je saisisse l'occasion qui s'offre à moi !

— Mais enfin, Nanard…

— Et puis tiens, j'en profiterai peut-être pour faire
une petite syncope à l'issue ! Comme à Vallier en 70 !
Je serai un mélange de Claude en 65 et de Claude en
70 ! Un best-of ! Une compilation !

— Sauf que Claude il aurait pas souhaité se faire
mal volontairement… S'il avait eu le choix, il…

— Tout est là ! C'est justement ce qui donne son
prix à cette affaire !

— Mais tu deviens fou, là, Nanard ! Complètement
fou !

— Mon mérite à moi c'est de devenir fou sans
motif, justement ! Donnant à penser à mon public, et à
Claude qui me regarde, que si je fais ça à froid, qu'est-
ce que je ferais pas à chaud ! Allez, perds donc pas de
temps avec tes conseils ! Je renoncerai pas à une imita-

tion si rare… Si heureuse ! Si nouvelle ! Fou je suis et serai jusqu'à ce que je soye dans la totale perfection de mon Claude !

Le soir, pendant le concert, Bernard a sauté, trépigné, bondi, comme jamais je ne l'avais vu faire auparavant. On aurait dit qu'il avait le diable au corps, un diable qui lui aurait fait exécuter au millimètre près les mêmes bonds que Claude. Gesticulations et onomatopées étaient les mêmes que les gesticulations et onomatopées originales de 1965. Soudain, il a reproduit un saut de cabri analogue à celui de Claude à Abbeville vingt-neuf ans plus tôt, en visant scientifiquement, pour sa réception, trois planches vermoulues près du trou du souffleur, qu'il avait repérées avant d'entrer en scène et qui ont immédiatement cédé sous son poids. Bernard a été englouti sous le plateau. Hurlant de douleur (les mêmes hurlements que Claude pour la même douleur que Claude) il a été transporté à la clinique Sainte-Catherine d'Orléans et hospitalisé. Bilan : deux côtes cassées. Un peu moins bien que Claude qui lui était parvenu à s'en casser trois.

— Ah, Couscous ! C'est un des plus beaux jours de ma vie de Claude François !

J'ai retrouvé, dans un classeur où je conserve méticuleusement toute la presse publiée sur Nanard, un papier où Virginie Bréhier, de *La Gazette de l'Orléanais*, avait immortalisé l'événement [voir Annexe 10, p. 421 : « Un article de Virginie Bréhier »].

Boulay-les-Barres, suite

Mais revenons à Boulay-les-Barres : quand Bernard et les quatre Bernadettes ont fait leur entrée sur scène, Bernard était comme hypnotisé.

ses yeux étaient comme une flamme ardente

Les filles ont eu du mal à suivre le tempo que leur a imposé ce soir-là leur leader, sans cesse en avance sur le rythme de la bande-orchestre préenregistrée. Cela faisait un décalage étrange qui laissa le public perplexe, lui qui était déjà bien clairsemé, ce dont Bernard n'a pas semblé se rendre compte (était-ce l'effet de son état nerveux ou l'effet des spots qui l'aveuglaient ?). Il a arraché sa chemise et l'a lancée en direction du plafond après l'avoir fait tournoyer dans les airs à la manière d'un lasso. Puis il a effectué un bond prodigieux dans la fosse et, au lieu de rebondir sur la masse caoutchouteuse de mille mains remplies d'amour, il s'est fracassé le crâne contre le carrelage blanc et froid. Le contact avec la réalité a été brutal. Il y a pourtant un dieu pour les sosies (le sosie de Dieu ?) : Bernard ne s'est rien fracturé. On est rentrés assez tard. Bernard a eu une petite anicroche avec Véro – rien de grave, mais je savais bien que, tôt ou tard, ma sœur recommencerait à nous faire chier.

— T'es là, pupuce ?...
— Mouss avait poterie ce soir.
— Ben quoi ?
— Tu lui avais promis d'aller le chercher.

— Poterie de quoi ?

— Je suis trop conne, j'ai voulu vous faire confiance, j'ai voulu arrêter de jouer les mégères et de vous brider, mais je savais bien qu'on pouvait pas vous faire confiance. Méfie-toi Bernard, méfie-toi bien : cette fois si je me tire je reviendrai pas.

— J'ai un cadeau pour le petit… a dit Bernard.

Mouss est accouru vers sa mère avec son cadeau : une panoplie de Cloclo pour enfant. Il était enchanté.

— Maman ! Maman, regarde, je vais être chanteur comme papa !

Air désolé de Véro. Bernard a soulevé Mouss et l'a fait sauter dans ses bras.

— Ouais ! Tu vas être une star, Mouss ! Internationale !

Monsieur Meuble

Notre chère vieille camionnette. Pluie battante. C'est moi qui conduis. Mon psoriasis s'est tellement aggravé qu'il est presque devenu un membre de la troupe. Bernard est vêtu en Claude. Emperruqué. Costume de scène ouvert sur le torse. Les Bernadettes sont assises à l'arrière, un peu serrées.

Centre commercial Cora Villevoques
Zone industrielle de la Champenière
(prendre direction Champy après la bretelle)

BERNARD FRÉDÉRIC

et ses BERNADETTES™

mettent le feu à

MONSIEUR MEUBLE

Dimanche 24 février 2002 à partir de 15 h
ENTRÉE LIBRE

La foule. Un monde incroyable. Je me suis quand même demandé si les gens étaient venus pour nous voir ou pour acheter des meubles. À la Foire aux arbres de Sandillon, j'avais bien vu que quelques-uns n'avaient fait le déplacement que pour acheter des thuyas ou des pousses de striglias, mais ça ne m'avait pas fait le même effet. Qu'importe : la foule quand même. On arrive. Parking. Je me gare. Je sors. J'ouvre la porte arrière. Les filles descendent une à une en tenue de scène. Les

clients qui les voient arriver restent bouche bée. Je joue
les gardes du corps.

— S'il vous plaît ! Laissez passer !

Dans les loges (les bureaux du magasin), nous retrou-
vons un cameraman de France 3. Il est accompagné
d'un jeune journaliste avec la raie sur le côté. À cet
instant, Véro entre avec Mouss déguisé en fille. Depuis
le départ, elle était opposée à ce projet casse-gueule du
Téléphone pleure avec son fils. Mais, à la grande joie
de Bernard, le gosse a supplié sa mère d'accepter.

MOUSS : « Dis, tu lui as fait quelque chose à maman/
Elle me fait toujours des grands signes/Elle me dit toujours tout bas :/ Fais croire que je ne suis pas là. »

BERNARD : « Raconte-moi comment est ta maison/
Apprends-tu bien chaque soir tes leçons ? »

MOUSS : « Oh oui ! mais comme maman travaille/
C'est la voisine qui m'emmène à l'école/Il n'y a qu'une
signature sur mon carnet/Les autres ont celle de leur
papa, pas moi. »

BERNARD : « Oooooh dis-lui que j'ai mal/Si mal depuis
six ans/Et c'est ton âge, mon enfant. »

Soudain, devant un parterre de curieux intrigués par
ce duo entre un adulte déguisé en Claude François et
un petit garçon déguisé en petite fille, c'est le trou :
plus rien ne sort de la bouche de Mouss. Bernard est
violet. La syncope le guette. Il souffle son texte à l'enfant. Rien n'y fait. Mouss reste muet, statufié sur la
scène. Véro est inquiète. En grand professionnel, Bernard enchaîne :

— Mesdames, messieurs, je vous demande d'applaudir la heu… petite Moussaka !

Applaudissements tièdes. Mouss est traumatisé. Véro

Podium

est déjà sur la scène, qui le prend dans ses bras et lance un regard noir à Bernard. Celui-ci, en totale harmonie avec ses Bernadettes, enchaîne aussitôt sur *Le vagabond*. Bernard et les filles ont été étonnants sur *Mais quand le matin*, *Si j'avais un marteau* et *Sacrée chanson*. À l'entracte, ç'a été moins drôle, dans les loges. Mouss n'arrêtait pas de pleurer, Véro ne parvenait pas à le calmer.

— Eh ouais, mon copain ! Eh ouais ! Tu peux chialer, va ! a hurlé Nanard.

— Mais c'est qu'un gosse, bordel ! a rétorqué Véro.

— Il a pas respecté le public, nom d'un Sardou ! J'te préviens mon copain, si tu recommences : je frappe ta maman ! Tu loupes ton play-back, moi ta mère je lui loupe pas son cocard.

— Mais c'est pas possible, a hurlé Véro, tu veux le rendre cinglé ce gosse !

— Mais j'étais dans la joke, là, pupuce. Tu penses bien que je vais pas te frapper, enfin ! C'était de l'ellipse. Mais l'idée directrice c'est ça : faire en sorte qu'y recommence plus never again. Je lui demande pas de faire dans le « je suis Frédérique Barkoff » mais quand même ! Y a un little minimum à total respecter !

XVI

Un nuage dans le soleil

> Je ne suis pas dans l'ombre de
> Claude : personne ne peut être dans
> l'ombre de la lumière.
>
> BERNARD FRÉDÉRIC.

Chantage du C.L.O.C.L.O.S.

Ce matin, on a reçu une lettre d'Évelyne Thomas
qui nous a ébranlés. Le C.L.O.C.L.O.S. a menacé Évelyne de n'envoyer aucun sosie officiel si «C'est mon
choix» laissait concourir les Claudes François non
affiliés à cet organisme. Bernard est entré dans une
colère noire. Ça fait quinze ans que le C.L.O.C.L.O.S.
nous pourrit la vie. On a appelé la production et Évelyne a eu la gentillesse de nous prendre personnellement au téléphone. Elle nous a dit qu'elle était attristée
par cette situation mais qu'hélas, elle ne pouvait rien
faire contre ce chantage de dernière minute car l'émission était déjà programmée. Elle a confirmé à Bernard
qu'elle appréciait énormément notre travail. L'émission étant annoncée pour le 1er mai, elle lui a conseillé

de passer l'examen de sosie officiel de Claude François, le 11 mars prochain au Moulin de Dannemois. En
cas de succès, Bernard aurait alors le droit de concourir. On a expliqué à Évelyne que Bernard était dans le
collimateur des instances officielles claudiennes depuis
des années et qu'il avait de ce fait peu de chances
d'être reçu. Elle nous a répondu qu'il était impensable
qu'un Claude François du niveau de Bernard n'obtienne
pas le diplôme, puis nous a souhaité bonne chance.
Quand elle a raccroché, il nous restait à peine quinze
jours pour réviser.

On a réuni Delphine, Magalie, Maïwenn et Melinda
pour leur expliquer la situation. Comme je l'ai déjà dit,
l'examen de Claude François officiel est constitué de
deux parties : l'écrit et, en cas d'admissibilité, l'oral,
lui-même composé d'une partie théorique, d'un entretien de motivation avec le jury et d'une chorégraphie
avec danseuses. On a dit aux Bernadettes (pour les
rassurer et nous avec) que ça n'était qu'une formalité.
Quant à Véro, elle a demandé à ce qu'on la laisse tranquille. Celle-ci n'ayant pas voulu nous laisser la voiture,
Maïwenn a eu la gentillesse de nous conduire pied au
plancher à Dannemois chercher le dossier d'inscription.

Les candidats ont le choix entre trois options : générale, disco et yé-yé. Les deux dernières sont très pointues et sont réservées aux sosies ultra-spécialisés ou à
ceux qui font parallèlement de la recherche (il existe à
Dannemois des bourses de recherche). Il arrive parfois
que des étudiants en claudisme effectuent, à la fin de
leurs études, des stages d'été comme Claude François
disco ou Claude François yé-yé. Mais devant les difficultés techniques qu'ils doivent affronter, la plupart

des stagiaires optent, au moment du diplôme, pour des carrières de Claude François général. C'est, de nos jours, la voie qui offre les plus grandes perspectives de carrière. Je connais un sosie, François Jean-Claude, qui après un CDD de six mois en Claude François disco, est parti vivre à Portland, aux États-Unis, où il prépare actuellement une biographie des Bee Gees.

Contre toute attente, la responsable des études qui nous a reçus a été très aimable. Elle a accueilli comme une excellente nouvelle qu'un sosie free-lance souhaite exercer son activité dans un cadre légal. Elle nous a expliqué qu'au vu du nombre de candidats, et étant donné le passif de Bernard vis-à-vis du C.L.O.C.L.O.S., la manière la plus sûre pour lui de réussir l'examen serait d'opter pour la prépa. Une prépa intégrée intensive de quinze jours, et qui lui permettrait une remise à niveau théorique. Car si, au plan pratique, Bernard n'avait rien à envier à quelque autre Cloclo, il est vrai que ses lacunes en histoire claudienne, en musicologie et en commentaire de texte étaient grandes. Le problème était qu'il faudrait évidemment rester sur le campus et, hélas, je ne voyais pas Bernard enfermé avec une bande de polars à travailler toute la journée, encadré par des profs, à avoir des interros du matin au soir, des *a cappella* surprises, des colles de musicologie, des marches de nuit, des études de chorégraphie par groupes, des exposés sur «Claude François : variété dans la variété» ou «Trans-goa et néo-claudisme : pour une approche techno des standards claudiens». Le tout nimbé d'humiliations, de stress, d'interminables séances de correction, de polycopiés à apprendre par cœur.

— C'est combien la prépa Cloclo? a demandé Nanard.

— 1 932,75 euros.

— Plaît-il, petite madame? Tu fais dans le «je joke» ou quoi?

La radinerie de Nanard a clos le débat. On n'avait pas non plus les moyens de s'offrir des cours particuliers. Par contre, on a acheté les Annales des années précédentes, avec les sujets corrigés. Dans la voiture, j'ai ouvert une page au hasard et ça ne m'a pas rassuré [voir Annexe 11, p. 424 : «Exemple d'Annales corrigées de l'examen de Claude François officiel»].

Je n'ai pas jugé utile d'effrayer inutilement Nanard avec ça. Les Annales, j'ai alors décidé de les garder avec moi, et de devenir le préparateur en chef de mon vieil ami pour l'examen de passage de «Cloclofficiel» – comme on dit dans notre jargon.

Révisions

On a continué à bosser les chorégraphies tout en faisant des animations en supermarché, des anniversaires. Et dès que Bernard avait cinq minutes, j'en profitais pour lui faire réviser la théorie. Contre son gré le plus souvent, car être obligé de passer officiel après toutes ces années de lutte contre les institutions claudiennes le rendait malade. Il a fallu l'appui des filles pour le persuader, avec force arguments, qu'il serait suicidaire de faire la forte tête plus longtemps.

— Allez Nanard, un effort! Mort de son père?

— Je m'en claque le boudin! J'arrête tout. Me faire

lever à poltron-jaquette pour apprendre des dates, c'est un truc pas humain. On prend les gens pour des clématites ou quoi ?

— Mort de son père, Bernard !

— Ça va, ça va ! 9 mars 1961[1].

— 19[2] ! Pas 9… Avril 72 ?

— Inculpation pour fraude fiscale ?

— Non, ça c'est avril 73.

— Création de *Podium* !

— Exact. Son plat préféré ?

— Les écrevisses à la nage.

— De chez qui ?

— Monluc ?

— …

— Le Duc !

— Janet le trompe : quand et avec qui ?

— Ça c'est fastoche ! En 67 ! Avec Bécaud.

Puis, s'emportant :

— Enculé de Bécaud !

— Écoute, Nanard : y a encore du boulot, mais c'est pas mal. Le plus dur, c'est de franchir la barrière de l'écrit. Parce qu'à l'oral, tu vas atomiser tout le monde sur la chorégraphie.

On était dans la voiture quand j'ai dit ça. Soudain, après un sursaut de Bernard pour se motiver en hurlant : « Je vais les niquer, ces cacas ! », le siège a cédé. Bernard, qui conduisait, s'est retrouvé en dessous du volant. J'ai pris les commandes en catastrophe et, après

---

1. 10 flèche 22.
2. 20 flèche 22.

un zigzag, j'ai réussi à éviter le pire. On s'est regardés, ayant la même idée :

— 19 mai 70[1], autoroute A 7, kilomètre 182 ! Fracture du nez ! Un mois d'hôpital !

On s'est tapé dans la main.

— On est au top ! On est au top !

Le 19 mai 1970, c'est par un miracle que Claude avait échappé à la mort. «Celui qui ne croit pas aux miracles n'est pas réaliste», aimait-il à répéter. Le fameux «kilomètre 182» (183 selon certains exégètes) fait partie d'une longue série de miracles dans sa vie. Sur l'autoroute A 7 près de Bédarrides, au sud d'Orange, Claude est au volant de son dernier bolide. Il écoute *Elvis à Las Vegas* à s'en faire exploser les tympans sur une cassette huit pistes. Dans le pare-brise, huit haut-parleurs hurlent. Claude n'est plus qu'une flèche de son. Il fuse. Tout Las Vegas est dans la voiture. Il n'aime pas conduire : il laisse Elvis conduire à sa place.

— T'as vu la guitare ! Comment il fait ça, le bassiste ?

Claude a senti ses os craquer. Il a le goût du sang dans la bouche. Au kilomètre 182 un pneu a éclaté. Claude ne s'est même pas vu traverser les quatre voies d'autoroute. Dans le «Sacha Show» du 24 juin, la France entière le découvre avec son «nouveau nez» – jeu de mots qui fera la joie de toutes les gazettes. Car le miracle a eu lieu : là où il aurait dû y laisser sa peau, Claude s'en est sorti avec une fracture du nez. Dans le *Bulletin des Amis de Claude François* nᵒ 127 de la 32ᵉ série (juin 1993[2]), il y a un article de fond très inté-

---

1. 4 disco 31.
2. pp. 123-129.

ressant sur cet épisode dramatique. Il s'intitule « Variété française et accidents de la route : fatalité, tradition et miracle ». L'auteur, Michel Gramu-Wiplosz, y étudie notamment les cas de Serge Lama, de Johnny, d'Herbert Léonard, d'Isabelle Aubret, de Danyel Gérard et de Sacha Distel. Je t'y renvoie, lecteur. Gramu-Wiplosz fait remonter cette tradition à Eddy Cochran. Il y voit là encore une influence des rockers américains sur les yé-yé français – thèse reprise par Idalina Denut, Éric Zamfirescu et Stéphane Madeira dans le numéro de septembre 2001 du *Bulletin d'Études Claudiennes* [1].

Il y a eu quatre grandes années noires dans la vie de Claude : 1970, 1973, 1975 et 1977, durant lesquelles une puissance venue des ténèbres voulait l'emporter [voir Annexe 12, p. 428 : « Le Miraculé : quatre années noires de Claude François »].

---

1. pp. 73-78.

XVII

Savoir ne rien savoir

> Je me sens aujourd'hui trop bien
> dans ma peau pour avoir envie de
> ressembler à quelqu'un d'autre que
> Claude.
>
> BERNARD FRÉDÉRIC.

Les épreuves écrites

Avant d'être reconnu apte à bouger son corps sur
une scène en costume à paillettes et lamé blanc cousu
d'étoiles argentées avec le label «Cloclo», il fallait
d'abord avoir fait preuve d'esprit de compétition, de
maîtrise de soi, de culture générale, de capacités d'analyse et d'un solide bagage musicologique que Bernard
n'avait eu ni le temps ni le goût d'acquérir. Soyons
franc : Bernard n'était pas prêt pour l'examen de Claude
François officiel. C'est Melinda qui, la première, a eu
l'idée que ce soit moi qui aille passer les épreuves à sa
place. En tant qu'ex-sosie de Claude François, je pouvais bien passer pour un sosie de Bernard Frédéric.
Nanard a dit que Melinda avait du génie. Ça lui per-

mettrait de franchir la barrière des écrits et de se transcender à l'oral. En trois jours, m'isolant, j'avais travaillé à fond les Annales des années précédentes. En
surfant sur le web, je m'étais également aperçu que les
sujets de dissertation des cinq dernières années étaient
calqués sur les épreuves écrites de l'examen officiel
d'Elvis Presley tombées à Graceland.

Les écrits se sont déroulés sur trois jours, au Moulin, du 11 au 13 mars. La première matinée était réser-
vée à la dissertation, la seconde au Q.C.M. et à la
musicologie, et la troisième, à l'épreuve d'histoire. La
salle d'examen, aménagée dans l'aile principale, rappelait celle du bac. Chaque table était séparée de la
table voisine par une distance réglementaire d'environ
un mètre, des pastilles étaient collées à nos emplace-
ments respectifs sur lesquelles étaient inscrits les nom,
prénoms, numéro d'inscription et nationalité des candidats. Une soixantaine de Claudes François s'apprê-
taient à plancher.

Les notes de l'écrit ne seraient communiquées qu'à
l'issue de l'oral. Quand on a vérifié mon identité, j'ai
tendu le passeport de Bernard. Sur la photo, ce dernier
était habillé en Claude. Comme moi le jour des épreuves.
Notre subterfuge est passé comme une lettre à la poste.
Je n'étais d'ailleurs pas le seul habillé en Claude François. Les Cloclos en civil étaient minoritaires.

L'ambiance, dans les minutes qui ont précédé la
composition, était à la nervosité. En s'installant, chaque
sosie de Claude François a déballé ses affaires (son
Mars et sa petite bouteille d'Évian). On s'est espionnés
un peu les uns les autres. Chacun tentait de déceler,
dans la manie du voisin, un signe qui aurait pu trahir

son niveau et, par conséquent, ses chances de succès. Il y avait des Claudes François scolaires, d'autres qui avaient l'air au contraire très cool. J'ai été surpris par le côté négligé de la tenue de scène de quelques-uns : bottines usées, costumes reprisés (bonjour l'image de Claude que ça véhicule). Claude François ça ne nourrit pas son homme en free-lance. C'est pourquoi tant de Claudes passent l'examen. Dix pour cent seulement des candidats seraient retenus.

J'ai opéré, au jeté, une première sélection intuitive en scrutant les visages de mes adversaires. Hélas, les règles des concours ont toujours eu cette particularité bizarre de contredire les pronostics. J'ai préféré ne pas me soucier de mes voisins. Les surveillants étaient vêtus en Claude. Ce seraient donc un Cloclo Olympia 64, un Cloclo période *Belinda*, un Cloclo Las Vegas 65, un Cloclo Patinoire municipale de Genève juin 75 et un Cloclo été 62 qui nous surveilleraient pendant toute la durée des épreuves. C'était à eux qu'il faudrait demander de nouvelles feuilles de brouillon ou l'autorisation d'aller aux toilettes. Avant de distribuer les sujets, le Cloclo Olympia 64 nous a avertis que « tout candidat surpris en train de frauder, que ce soit en parlant, en communiquant par gestes ou en utilisant des documents non autorisés, serait exclu sur-le-champ avec impossibilité de postuler au statut de Claude François officiel pour le restant de ses jours ».

— C'est pas parce que vous êtes des sosies que ça vous donne le droit de copier ! Bien. Vous avez quatre heures. Je vous rappelle que personne ne pourra sortir de la salle pendant la durée de l'épreuve.

— Et si on veut aller aux toilettes ? a demandé un

Claude François roux dont la perruque blonde était beaucoup trop petite pour le tour de tête.

— Est-ce que Claude François quittait son tour de chant pour aller aux toilettes? Messieurs, à vous de jouer!

Dans un silence de mort, on a attendu que les Cloclos surveillants distribuent les sujets. Soudain a pénétré dans la salle un petit chauve à moustache, très raide, qui a tendu au Cloclo été 62 un paquet revêtu d'un plastique noir. Celui-ci l'a remercié, puis a déchiré le paquet. C'étaient les sujets.

COMITÉ LÉGAL d'OFFICIALISATION des CLONES et SOSIES

Examen national pour l'obtention du diplôme de

CLAUDE FRANÇOIS OFFICIEL

———

Session 2002

———

ÉPREUVE ÉCRITE de CULTURE GÉNÉRALE

———

Durée : 4 heures

Coefficient : Option générale : 5 ; Option yé-yé : 3 ; Option disco : 2

Le candidat traitera au choix l'un des trois sujets suivants :

I. Dissertation

Claude François : tradition dans la modernité ou modernité dans la tradition ?

II. Commentaire de texte

Vous ferez de ce texte un commentaire composé en montrant par exemple comment les auteurs, par l'évocation du printemps et de l'éveil de la nature, parviennent à une critique de la société urbaine et tentent d'ébaucher une esthétique du bonheur.

Y a le printemps qui chante

Y a le printemps qui chante
Dis, ça fait combien de temps
Que tu n'as pas vu un peuplier
Une fleur des champs ?
Si tu as quelques chagrins
Pour les oublier il y a toujours une gare, un train
Change de ciel, viens voir la terre,
Voir le soleil et les rivières

Viens à la maison y a le printemps qui chante
Viens à la maison tous les oiseaux t'attendent
Les pommiers sont en fleur
Ils berceront ton cœur
Toi qui es tout en pleurs
Ne reste pas dans la ville
Viens à la maison y a le printemps qui chante
Viens à la maison tous les oiseaux t'attendent
Près des grands étangs bleus
Et dans les chemins creux
On ira tous les deux oublier ce rêve facile

Le premier vent du matin sera ton ami
Quand tu iras t'asseoir au jardin
Et puis le temps passera et tu me diras
Tout mon passé il est loin déjà
Tu ouvriras une fenêtre
Un beau matin, tu vas renaître

Viens à la maison y a le printemps qui chante
Viens à la maison tous les oiseaux t'attendent
Les pommiers sont en fleur
Ils berceront ton cœur
Toi qui es tout en pleurs
Ne reste pas dans la ville
Viens à la maison y a le printemps qui chante
Viens à la maison tous les oiseaux t'attendent
Près des grands étangs bleus
Et dans les chemins creux
On ira tous les deux oublier ce rêve facile.

III. Explication de texte

*Dans une explication structurée de la pensée de l'auteur,
vous montrerez notamment comment celui-ci, par le biais du
référent claudien, construit, de manière plus générale, une
réflexion critique sur la notion d'individualité et ses rapports
à la notoriété.*

Il serait dommageable à la compréhension du phénomène
d'identification à Claude François de négliger les différences
existant entre ses sosies. Beaucoup de claudopsychologues
en sont arrivés à prendre les variations entre les différents
Claudes François pour des impuretés dont ils n'ont pas à se
soucier, préférant se consacrer à l'étude des groupes ou des
familles de sosies de Claude François. Leur attitude découle
de l'idée, complètement fausse, selon laquelle les variations
d'un Claude François à l'autre représentent soit des phéno-
mènes accessoires (et que l'on peut négliger si on souhaite
ne s'en tenir qu'aux seules lois générales), soit des phéno-
mènes parasites, des écarts par rapport au Claude François
original considéré comme norme absolue. (...)
Ces différences, ils veulent les neutraliser, sinon les éli-
miner, ce qui conduit à une impasse. Cette démarche est
d'ailleurs d'autant plus étrange qu'il est plus conforme à la
pensée biologique et sociologique contemporaine de voir
dans les variations un aspect essentiel de la réalité que l'on
cherche à comprendre. (...) Ce qu'il faut, bien sûr, ce n'est
pas traiter ces différences de Claude François à Claude

François comme des accidents juste bons à être pris en compte dans la pratique, mais bien comme une manifestation du réel que toute théorie générale doit intégrer.

Les plus récentes recherches en claudisme révèlent chez les sosies de Claude François des particularités individuelles qui ne correspondent ni à des niveaux hiérarchisables distincts (« X est un meilleur Claude François que Y »), ni à des écarts par rapport au Claude François originel/original, que postulaient les théories traditionnelles – comme le sujet « claudique » de Waterson, dans lequel le Claude François est doté d'un « coefficient Cloclo » appelé plaisamment « clocloefficient » –, mais bien à des variantes dont l'existence même au sein de la population des Claudes François constitue la source et la garantie de l'adaptation à des problèmes sans cesse nouveaux.

Donner le statut qu'elles requièrent aux différences constatées entre les Claudes François en activité, c'est substituer une vision populationnelle à une vision normative. La diversité claudienne n'apparaît alors plus comme une complication venant embrouiller l'appréhension des lois générales régissant le « vrai » Claude François, mais comme la condition majeure d'une dynamique d'adaptation. Cependant, les différences interindividuelles au sein de la communauté des Claudes François sont, pour une part importante, dues aux différences de milieu social et culturel. Les paroles des chansons de Claude François, sa musique, n'ont pas une valeur indépendante du contexte culturel au sein duquel elles sont reçues.

Selon nous, il n'est pas possible d'analyser les conduites d'un Claude François en faisant abstraction de ses origines sociales. On note par exemple que chez les Claudes François les plus défavorisés, l'inclination à faire évoluer la figure du Claude François originel, historique, à l'adapter aux exigences du monde moderne, est plus faible que chez les Claudes François aisés.

Extrait de : Nelson Pondard, *Claudisme, Sosisme, Mimétisme : pour un point de vue personnaliste*, Presses Universitaires de Dannemois, 1992.

J'ai pris le premier sujet. Je n'ai pas vu le temps passer. Je n'ai pas fait de brouillon. Certains candidats avaient l'air très à l'aise, d'autres semblaient sécher.

— Pff! Putain mais j'ai pas révisé, ça! C'était pas au programme! a soupiré, dépité, un Claude François assez enveloppé.

— Silence! Si vous n'êtes pas content, monsieur, il reste des places dans la section Ringo ou Patrick Juvet. *(Rires tendus et méchants des autres candidats.)* Seulement je ne suis pas certain que les débouchés soient les mêmes...

Quelques-uns embrassaient des reliques Cloclo : un badge, une écharpe, un flacon d'Eau noire. Mon voisin de devant grattait comme un fou. J'en ai aperçu un ou deux en train de truander à l'aide de diverses astuces (antisèches planquées dans la perruque, etc.). Un Claude François rachitique placé à ma droite a essayé de pomper de manière fort peu discrète sur son voisin qui semblait, lui, à peine sorti de l'adolescence.

— Monsieur s'il vous plaît! a crié le Cloclo Olympia 64.

Air faussement étonné du Claude François tout maigre.

— Oui, oui : vous! Vous sortez!

Le Cloclo Las Vegas 65 et le Cloclo Patinoire municipale de Genève juin 75 l'ont pris par le bras et l'ont accompagné vers la sortie.

— Je vous aurai tous un jour! Tous! Je suis le meilleur! Claude est en moi! a hurlé le candidat éconduit.

Puis il a commencé à chanter et danser *Y a le printemps qui chante* avant d'être violemment évacué. Sou-

dain, le Cloclo *Belinda* nous a prévenus qu'on entrait
dans le dernier quart d'heure du temps imparti.

— Il vous reste 900 secondes !

J'ai jeté sur mon devoir un dernier coup d'œil, passant un peu de Tipp-Ex ici ou là. Puis je me suis levé,
j'ai rendu ma copie, me suis dirigé vers la cafétéria où
j'avais rendez-vous avec Bernard. Dans les couloirs,
les familles des sosies attendaient dans l'impatience
la sortie des candidats. Un Claude François d'origine
maghrébine est sorti en larmes. Nanard, qui faisait les
cent pas près de la machine à café, était sur les nerfs.
Je lui ai dit de ne pas s'inquiéter, que ça avait bien
marché. Mais déjà d'autres candidats prenaient possession de la cafète. Les commentaires les plus divers
ont fusé. Certains critiquaient la difficulté des sujets.
Quelques rares polars avaient l'air au contraire plutôt
satisfaits de leur performance :

— Dans une première partie, j'ai essayé de montrer
que la modernité suppose, dans le cas de Claude François, une compréhension de la variété traditionnelle
pré-claudienne. Autrement dit : que sans la phase *Salut
les copains*, qui déstructure l'héritage des auteurs à texte
et présuppose une création ponctuelle comprise comme
singularité, il ne peut y avoir de modernité possible.

— Heu, a répondu un Claude François largué, tu as
parlé de Sylvie Vartan et de Françoise Hardy ?

— Oui, mais seulement comme support dialectique
passé/avenir, toutes deux ayant été, parallèlement au
processus de création claudien, une forme de variété
française purement spéculative : on est loin de Dutronc.
Et dans ma conclusion, je retombe sur l'intuition d'une
tradition moderne plus que d'une modernité tradition-

nelle : Claude, comme puissance absolue, réunit les deux termes d'une chanson fondamentalement populaire.

À cet instant, un Claude François très court sur pattes est arrivé, furieux. Il a retiré sa perruque et l'a envoyée valdinguer dix mètres plus loin.

— J'aurais dû faire Juvet !

Puis il s'est effondré dans les bras de sa femme. Mais allons à l'essentiel : voici à quelle sauce nous avons été mangés par la suite :

COMITÉ LÉGAL d'OFFICIALISATION des CLONES et SOSIES

Examen national pour l'obtention du diplôme de

CLAUDE FRANÇOIS OFFICIEL

———

Session 2002

———

ÉPREUVE ÉCRITE d'HISTOIRE CLAUDIENNE

———

Durée : 3 heures

Coefficient : Option générale : 3 ; Option yé-yé : 2 ; Option disco : 1

Le candidat traitera au choix l'un des trois sujets suivants :

Sujet 1

Les relations entre Claude François et Olivier Despax de juin à septembre 1962 : amitié, crises, méfiances, admiration.

Sujet 2

L'importance de la crise de Suez dans l'œuvre et la vie de Claude François.

Sujet 3

Claude François et le mariage, de Janet Woollacott à Isabelle Forêt.

COMITÉ LÉGAL d'OFFICIALISATION des CLONES et SOSIES

Examen national pour l'obtention du diplôme de

CLAUDE FRANÇOIS OFFICIEL

———

Session 2002

———

QUESTIONNAIRE À CHOIX MULTIPLE (Q.C.M.)

———

Durée : 30 minutes

Coefficient : Option générale : 4 ; Option yé-yé : 3 ; Option disco : 3

Note : plusieurs réponses sont possibles pour chaque question.

1) <u>Claude François tenait à ce que ses neveux l'appellent</u> :

    ☐ Tonton Albert   ☐ Tonton Claude
    ☐ Oncle Claude   ☐ Albert

2) <u>La couleur préférée de Claude était</u> :

    ☐ le bleu   ☐ le vert
    ☐ le rouge   ☐ le violet

3) <u>Au moment de sa mort, Claude préparait un show électronique au</u> :

    ☐ Cirque d'Hiver   ☐ Royal Albert Hall
    ☐ Palais des Sports   ☐ Bataclan

4) <u>Claude était allergique aux</u> :

    □ magnolias   □ œillets
    □ géraniums   □ rhododendrons

5) <u>Au Moulin, Claude possédait</u> :

    □ quatre cygnes blancs et   □ quatre cygnes noirs et un
        un noir   blanc
    □ trois cygnes noirs et deux   □ deux cygnes noirs et deux
        blancs   blancs

6) <u>Claude faisait souvent le même rêve : il traversait</u> :

    □ le désert à dos de chameau   □ la Manche en marchant sur
                                   l'eau
    □ le canal de Suez à la nage   □ l'Atlantique au volant d'un
                                   avion

7) <u>Claude avait fait installer dans son bureau une machine à</u> :

    □ compter les pièces jaunes   □ purifier l'air
    □ exterminer les acariens   □ contrôler l'honnêteté de ses
                                   collaborateurs

8) <u>Pour acheter un gâteau à sa femme Isabelle, alors enceinte de Coco, Claude avait bloqué la circulation pendant</u> :

    □ 30 minutes boulevard   □ une heure rue Dauphine
        Exelmans
    □ 20 minutes rue de la Paix   □ 20 minutes place de la
                                   Concorde

9) <u>Claude a signé des photos de nus sous le nom de</u> :

    □ François Dannemois   □ Claude Dumoulin
    □ Claude Flèche   □ François Dumoulin

10) Parmi les artistes en première partie de Claude, il y eut :

☐ Patrick Topaloff ☐ Nestor le Pingouin
☐ Alain Chamfort ☐ Thierry Le Luron

11) La première apparition de Claude sur scène eut lieu :

☐ au Sporting-Club de ☐ au Caramel Club à Paris
  Monte-Carlo
☐ à la Salle Léo-Lagrange ☐ au Golf-Drouot
  du Havre

12) Une seule femme résista à Claude :

☐ Helen ☐ Janet
☐ Hélène ☐ Nicole

13) Claude possédait le téléphone :

☐ dans sa voiture ☐ sur son bateau
☐ dans toutes les pièces ☐ dans toutes les pièces sauf
  sa chambre

14) Le 10 août 1977, Claude se produisit à :

☐ Oloron-Sainte-Marie ☐ Villeneuve-sur-Lot
☐ Saint-Saulge ☐ Villefranche-sur-Mer

15) Le 27 janvier 1977, Claude a confié à *Ciné-Revue* : « un artiste doit toujours avoir envie de... » :

☐ se surpasser ☐ s'étonner lui-même
☐ se transcender ☐ se donner à son public

COMITÉ LÉGAL d'OFFICIALISATION des CLONES et SOSIES

Examen national pour l'obtention du diplôme de

CLAUDE FRANÇOIS OFFICIEL

———

Session 2002

———

ÉPREUVE ÉCRITE DE MUSICOLOGIE CLAUDIENNE

———

Durée : 30 minutes

Coefficient : Option générale : 2 ; Option yé-yé : 2 ; Option disco : 2

OPTION GÉNÉRALE

Étude musicologique du *Téléphone pleure*.

OPTION YÉ-YÉ

Étude musicologique de *Belles ! Belles ! Belles !*

OPTION DISCO

Étude musicologique de *Magnolias For Ever*.

XVIII

Le temps des pleurs

> J'espère que ceux qui ne me trou-
> vent aucun talent n'en disent pas
> autant de mon génie.
>
> BERNARD FRÉDÉRIC.

La liste des admissibles

Après quelques jours de suspense durant lesquels
Nanard a été intenable et odieux avec tout le monde
– et plus particulièrement avec cette pauvre Véro – les
résultats ont fini par tomber.

**Liste des admissibles à l'examen de sosie officiel
de Claude François (par ordre de mérite) (1)
Session 2002**

YY	Claude-Jean François	GL	Roland François
DS	Jean-Claude Jean-François	DS	Francis W. Belinda
GL	Rémi Sébastien	DS	Klaus-Dietrich François
GL	Bruno Michel	GL	Claude Flèche
GL	Bernard Frédéric	YY	Sylvio Marteau
DS	Claude Alexandrie	GL	Marie-Paule Belle-Belle-Belle
YY	Charlie Claude	YY	Cloclo III
DS	John François	GL	Yves-France du Moulin
GL	Chico Shalala	GL	Khaled Kôkô

(1) Les initiales désignent l'option concernée : GL = générale ; DS = disco ;
YY = yé-yé.

J'ai été assez surpris de voir Cloclo III figurer dans cette liste. C'est un type très gentil avec lequel j'ai eu l'occasion de sympathiser entre deux épreuves. Chez lui, on est Claude François de père en fils. C'est pour faire plaisir à son père qu'il a passé l'examen. C'était la deuxième fois qu'il se présentait. Contre son gré : il maudit le jour où son père l'a obligé à enfiler une tenue de Cloclo. Son rêve à lui, c'était de reprendre la ferme de ses grands-parents. Il m'a raconté qu'à 14 ans, il était capable de traire huit vaches en une heure. Il avait toujours rêvé de bottes de foin et son père l'avait fait rêver de gloire. Il allait sur ses 39 ans, l'âge de Claude à sa mort. Il serait donc Claude François in extremis. Cloclo III (de son vrai nom Olivier Navé), son truc à lui, c'était le souffle : tout comme Claude, ça ne lui posait aucun problème de chanter et de danser en même temps. Son seul vrai problème, en fait, était que sa voix n'était pas assez nasale.

La visite médicale

Les candidats admissibles avaient l'obligation (ce qui a évidemment mis Nanard dans une rage folle) de passer, dans l'hôpital le plus proche de chez eux, une visite médicale avant les épreuves orales. Quand je lui ai expliqué que 1) Claude adorait les check-up et que 2) c'était remboursé par la Sécurité sociale, il s'est calmé.

— Bonjour tout le monde : c'est pour une visite médicale, que je concours bientôt en Claude.

— Oui, très bien monsieur, a répondu une hôtesse : vous devez prendre un numéro et attendre qu'on vous appelle.

— Quoi de quoi ?

— À la machine, là-bas, si vous voulez bien.

— Aïe : je veux moyennement bien. Je veux même relativement pas. Comment je fais ?

— Comme tout le monde, monsieur. Merci.

— Nouveau problème : je suis pas tout le monde.

On est allés s'asseoir au milieu des patients. Mais Bernard n'était pas content : il ne supporte pas d'attendre.

— Nous sommes à la très veille d'un Niroshima, mon Couscous, à cause de la notion d'attente : au cinéma t'attends, au restau t'attends... Tu attends entre deux plats dans les formules « à volonté » ! Tu attends dans des bars pour boire un drink ! À la plage, tu attends pour un bout de sable. Tu attends ton tour dans la banque. Et tu attends dans une voiture en plein bouchon. Et là, alors que tu as peut-être un cancer urgent, qu'est-ce que tu fais ? Tu attends !

— Calme-toi, Nanard.

— Prout-prout mes couilles ! J'ai le number 125 et on en est à 98 !

Bernard a interpellé un type qui lisait sagement un vieux *Paris Match*. Tous les patients ont assisté à la nouvelle attraction créée par Bernard.

— Hé, Machin !

Le type a regardé Bernard, surpris.

— Oui ?

— Quel donc numéro que t'as ?

— Le 101, monsieur.

— Ah ouais ? Et tu fais quoi ici ? T'as quoi ? Des ganglions au slip ? Hein ? T'as mal où est-ce ?

— Mais enfin, est intervenue une vieille dame outrée, monsieur n'a pas à vous répondre, c'est le secret médical !

— Toi été 36 je te parle pas ! Termine c'que t'as à vivre et fais pas chier. Alors Machin : tu viens faire quoi ici ? Te faire tâter les pendeloques ? Te faire regarder le cul ? T'es flou d'où, bordel ? Faut que je sache.

— Ça va pas, non ?

À ce moment-là, un médecin est arrivé. Comprenant que Bernard était en train de faire du scandale, il l'a convoqué dans son cabinet. Il semble que ce soit la règle (injuste) dans les hôpitaux : celui qui fout la merde passe en priorité. J'ai suivi Nanard. Le médecin m'a dit qu'on n'avait pas besoin de moi. Mais le visage de Bernard a laissé deviner un nouvel orage. Le médecin a cédé. J'admire ces gens qui doivent soigner *quand même*. Tu es un terroriste ? Tu as violé trois fillettes samedi dernier ? Au bloc opératoire, tu es opéré comme les autres. C'est magique.

— Bien. Faut pas s'énerver comme ça, monsieur… Monsieur ?

— Frédéric.

— C'est qu'il stresse, ai-je dit.

— Bon, a coupé le médecin, c'est pour un bilan médical, n'est-ce pas ? Avez-vous mal quelque part ?

— Ouais. Des fois, c'est les années disco dans mon bide. À droite, là.

— Hmm hmm.

— C'est quoi, à droite là ?

— Ça dépend, ça peut être le côlon, l'intestin grêle, l'append…

— C'est quoi ça, l'intestin Brel ?

— Eh bien, c'est le petit intestin. Est-ce que vous avez de la fièvre ?

— J'ai parfois la travoltante.

Une travoltante, en langage Nanard, est une diarrhée. Calquée sur l'expression « avoir la courante », celle-ci fait référence à la manière qu'avait John Travolta de se trémousser lors de sa période *Saturday Night Fever*.

— Vous avez maigri ?

— Oui, je suis passé en dessous du poids idéal de Claude.

— Je vous demande pardon ?

— Je suis passé en dessous de 59 kilos.

— Pour une taille de ?

— Je suis à 5 centimèt' de plus que lui. Mais attention, hein ! Suffit que je me courbe un tout petit coup, comme ça, là, et j'ai comme sa taille pareil. Je suis très « je peux être comme Claude quand je veux » quand je veux.

— Mais qui est ce Claude à la fin ?

Bernard m'a regardé : il ne comprenait même pas la question. C'est moi qui ai précisé au médecin de qui il s'agissait.

— Je vois… Et la nuit, ça vous fait mal ?

— Vous croyez que le mal ça dépend des dates, vous ? Que c'est des heures de bureau quand je déguste ? Que c'est salarié si j'ai un cancer ?

— Vous avez mal ou vous n'avez pas mal ? s'est impatienté le médecin.

— Yes ! Mais c'est des mals je sais pas où ils habi-

tent ! C'est le doigt dessus mon problème. Quand ça
voudrait localiser, je peux pas.

— Tout ça ne m'a pas l'air bien grave.

— Mais merde ! Ça vous dérange que j'aye mal ou
quoi, bastapute ? Tu voudrais que je te visite en pleine
santé ? Pour parler tarot ? Jouer e2-e4 aux échecs ? Une
défense cécilienne ?

— Très bien. Je vais vous examiner. Si vous voulez
bien vous déshabiller. Retirez tout sauf la chemise et le
slip.

Le médecin a allongé Bernard sur le dos, lui a appuyé
sur le ventre, puis s'est dirigé vers la zone soi-disant
douloureuse. Il a alors appuyé très fortement.

— Oula ! Cool, amigo. T'es pas la Gestapo !

Le médecin lui a examiné le foie, d'abord en palpant
sous les côtes à droite, puis en lui demandant de respi-
rer bien fort. Il lui a recherché des ganglions (dans
l'aine, sous les bras, dans le cou). Il a demandé à Bernard de bien vouloir baisser son slip et de mettre ses
deux poings sous les fesses pour les surélever.

— Bon, comme ça je regarderai aussi la prostate…
a dit le médecin en se parlant à lui-même.

— Mais encore ?

— Je vais vous examiner le rectum, a posément
annoncé le médecin, enfilant un doigtier et le fourrant
dans un petit pot rempli de vaseline.

— Plaît-il ?

— Eh bien je crois que c'est clair, non ?

— Oula camarade ! Je mange pas de ce pain-là,
moi ! Dis, tu crois quand même pas que la Sécu a été
inventée pour que je me fasse enculer, non ? Les plus
gros pédés de la terre ont pas réussi : c'est pas ton

doigt qui va ouvrir les festivités ! Alors stop ! Présente
ta facturette et on décampe !

— Comme vous voudrez.

Nanard s'est rhabillé. Le médecin a commencé à
rédiger quelques notes derrière son bureau très soigneusement rangé.

— C'est quoi là, sur ton bordereau, comme doigt
gnostique ?

— Rien de grave, monsieur Frédéric : colopathie
fonctionnelle, avec des spasmes du côlon et des gaz
qui sont « coincés » et qui sont responsables des dou-
leurs. Sûrement le stress. Surveillez quand même votre
alimentation : pas de graisse, plus de fibres, pas d'alcool, pas de tabac. Et essayez de vous décontracter.
Vous m'avez l'air quand même bien nerveux, hein,
mon cher monsieur… Bien, alors si vous voulez je vais
quand même vous prescrire un petit antispasmodique…

— Si c'est modique alors je veux bien ! a tenté
Nanard.

Mais sa plaisanterie n'a fait rire personne.

Les épreuves orales

Les épreuves orales se sont déroulées dans l'aile
américaine du Moulin. Cette fois, je ne pouvais pas (et
n'avais d'ailleurs aucun intérêt à) remplacer Bernard.
Les Bernadettes ont révisé les chorégraphies. Melinda,
Maïwenn, Delphine et Magalie étaient mortes de peur
mais ne l'ont pas montré : ce sont déjà de vraies pro-
fessionnelles. Nous étions convoqués à 15 heures, mais
nous sommes arrivés dès 9 heures afin d'assister, car

ceux-ci sont publics, aux oraux des autres sosies admissibles. Dans les couloirs, les allées du Moulin, ça n'arrêtait pas d'aller et de venir : danseuses en tenue, simples curieux, candidats. Le premier Claude François à l'oral duquel nous avons assisté était Claude Alexandrie. On est entrés dans la salle (jury 201) en même temps que lui. Le jury se composait de cinq personnes : le président, un Claude François looké Dakar 1968, c'est-à-dire tout vêtu de blanc avec une chemise col Mao ; un Claude François Royal Albert Hall 78 ; un Claude François octobre 72, accoutré comme sur la célèbre photo prise par Gilbert Moreau : chemise pelle-à-tarte bleu-gris ; Pat, une ancienne Clodette qui avait drôlement changé depuis la photo du studio des Acacias prise le 29 avril 1975[1]. Le dernier membre du jury était le redoutable Sacha Laugier, bête noire de plusieurs générations de candidats, membre fondateur du C.L.O.C.L.O.S. et historien du claudisme.

Le nom de Sacha Laugier, chercheur en claudisme de réputation internationale au Centre d'Études Claudiennes de Dannemois, et lui-même ancien sosie officiel de Claude François (1977-1984) sous le nom de Claude d'Arcy, est une référence. C'est, pour l'heure, dans un cercle encore restreint qu'on s'intéresse à son œuvre gigantesque. Cette somme qui compte quelque 11 500 pages et ne souffre pas l'approximation s'intitule sobrement *Claude François, 1939-1978* (elle est appelée « le Laugier » par tous les étudiants, dont c'est la bible) et se constitue pour l'instant de treize volumes (dernier tome paru : *Janet*). Tout, des faits, gestes,

---

1. 12 ness-ness 36.

paroles, concerts de Claude François y est recensé à
la manière de l'entomologiste, quand ce n'est pas du
médecin légiste. Étude détaillée des chansons, des costumes de scène, des émissions, des interviews, ainsi
qu'un index d'une impressionnante exhaustivité cou-
ronnent l'ensemble. La façon qu'avait Claude de choisir telle ou telle paire de bottines, ses horaires, ses
manies, ses habitudes, ses préférences, ses maîtresses
et ses amis : rien n'est omis dans ce *work in progress*
monstrueux. L'ordre dans lequel se succèdent les des-
criptions (précises à en donner le vertige – celle de la
séance d'essayage des bottines Hydra blanches gainées
cuir s'étale, par exemple, sur trente-deux pages) est
strictement chronologique. Mais l'index thématique
permet de se repérer dans cette somme : ainsi, si tu
consultes « grain de peau », tu seras immédiatement
renvoyé à la page 1 874 du tome 3 parce que Laugier,
écrivant un chapitre entier sur la salle de bains de
Claude François, en profite pour aborder la question
des pommades. « Ce travail, écrit l'auteur en introduction, ne saurait, par sa teneur et son caractère bien particuliers, être considéré comme définitif. Sans doute,
ma vie seule ne saurait suffire à achever cette somme
par nature inachevable. Que d'autres, alors, avec moi,
après moi mais aussi dès à présent, m'accompagnent
dans ma quête de l'absolu : voilà mon unique souci,
voilà ma dernière volonté. »

L'épreuve théorique de Claude Alexandrie

Claude Alexandrie s'est avancé vers le jury. Il portait une imitation (un peu cheap) du costume porté par Claude lors de son Noël à l'Élysée, en 1975 : lamé argent, orné de fleurs rouges brillantes autour du galon de revers et des bras.

— Vous êtes venu sans Clodettes ?

S'apercevant de sa bévue (énorme : oublier ses danseuses ! Imagine-t-on Claude oublier ses Clodettes ? Ça faisait déjà au moins 2 points de moins dans la moyenne), sans doute due au trac, le candidat s'est liquéfié sur place. Un des examinateurs est allé chercher les « Alexandrites » (de vrais boudins) dans le couloir et les a installées sur une estrade. Derrière le jury était accroché un immense portrait de Claude François (photographié chez lui, pensif, en chemise rouge, par David Hamilton en juin 1972).

— Veuillez signer la feuille d'émargement, s'il vous plaît, a demandé le président du jury. Bien, je vous rappelle qu'il y aura une partie théorique, durant laquelle nous vous interrogerons sur les questions de cours, puis une partie entretien de motivation, et enfin une partie pratique, où vous nous présenterez une chorégraphie.

— Heu… Oui…

— Asseyez-vous.

— Qui a dit « J'aurais tellement aimé faire un grand spectacle avec lui » ? a attaqué le Cloclo octobre 72.

— Heu… Laurent Voulzy ?

L'examinateur a levé les yeux au ciel, pouffant.

— Pouvez-vous nous dire comment s'appelaient les

deux maîtres d'hôtel soudanais de Claude ? a demandé Pat.

— Heu…

— À quelle date Claude a-t-il enregistré sa première chanson dans un studio londonien ? a embrayé le Dakar 68.

— L'été… Heu… De…

— Comment s'appelait le yacht de Claude ? a enchaîné le Royal Albert Hall 78.

— Le…

— Le ?

— Le *Magnolia* ?

— Écoutez, monsieur Alexandrie, notre patience a des limites.

— L'*Ismaïlia*.

— Oui, mais bon, c'est laborieux, hein, cher monsieur. Combien y avait-il de couchettes sur ce bateau ?

— Dix ?

— Neuf ! Bien, je crois que nous en resterons là : la note éliminatoire que nous allons vous mettre pour cette épreuve rend inutile l'entretien de motivation et l'épreuve de chorégraphie. Vous nous en voyez désolés.

Liquéfié et penaud, Claude Alexandrie a pris la porte en compagnie de ses Alexandrites et est allé consulter le père Blanc-François dont tu peux lire si tu en as envie un entretien paru il y a trois semaines dans le *Bulletin d'Études Claudiennes* [voir Annexe 13, p. 433 : «Entretien avec Paul-Éric Blanc-François, dit "saint Claude", aumônier du Moulin de Dannemois»].

— Candidat suivant ! a crié Octobre 72.

Il s'agissait d'une candidate : Marie-Paule Belle-Belle-Belle.

— Bonjour mademoiselle, installez-vous.

— Bonjour…

— J'espère que vous avez révisé l'Égypte…

— Ben, pas trop parce qu'en fait je…

— Désolés, mais nous n'avons pas de temps à perdre : l'année prochaine à cette même date, vous aurez sans doute plus de choses à nous dire sur ce merveilleux pays. Adieu mademoiselle : nous ne vous retiendrons pas. Mais d'après vous : qui est né là-bas ?

— Ben Claude ! Quand même…

— Eh bien vous voyez : vous partez déjà sur de bonnes bases. À l'an prochain. Et puis cet été, si vous en avez l'occasion : faites un petit circuit touristique en Égypte… On ne sait jamais.

Le voyage en Égypte

Avec Nanard, le seul voyage qu'on ait jamais fait, c'est l'Égypte. En mai 1996, on est allés en pèlerinage à Ismaïlia. Voyage gagné par Bernard lors d'un concours Cloclo organisé par *Tilt Magazine nouvelle série* en septembre 1995. En fait, il devait partir là-bas avec Véro. Mais quand elle a appris qu'il s'agissait de la ville natale de Claude, elle a préféré rester à Chaingy.

— Tu sais, Couscous, m'a un jour confié Nanard, des fois je fais un cauchemar. Y a Claude qui vient dans ma chambre et qui me dit : « Et maintenant, va, je veux t'envoyer en Égypte. »

Ismaïlia est fascinante. L'horizon de la ville est étroit.

Mais si l'on monte quelque peu et que l'on atteint le plateau ultra-venteux qui domine les maisons les plus hautes, la perspective sur les rives du canal de Suez et du lac Timsah, aux portes du désert, est splendide. Le père de Claude travaillait à la Compagnie du canal de Suez. (C'était comme ça depuis deux générations chez les François.)

— La lumière, les couleurs… Que c'était beau… Je dis toujours que c'est là-bas, au bord de la mer Rouge, que je voudrais me faire enterrer… avait confié Claude dans une de ses dernières interviews.

Lorsque Claude vivait à Ismaïlia, l'Égypte était contrôlée par les Anglais. Il y avait des soldats britanniques partout. Les Égyptiens n'en pouvaient plus. La zone du canal était stratégique. Donc surveillée. Donc occupée. Il fallait aux Égyptiens leur de Gaulle, un militaire, comme Charles : Nasser est lieutenant-colonel. Il s'empare du pouvoir. Charles avait foutu les Allemands à la porte ? Nasser fait la même chose avec tous les Européens (et, se marrant comme un mort, il annonce que le canal de Suez est nationalisé).

— Levez-vous ! dit Nasser. Sortez du milieu de mon peuple !

C'est l'émeute. La famille François est concernée au premier chef. On est en juillet 1956. Claude a 17 ans. Lui qui s'est toujours plu dans ce pays, jouant avec les gosses de toutes les nationalités, des petits Grecs, des Maltais, des Arabes, des Italiens, vit ça comme un traumatisme. Du jour au lendemain, il est devenu un étranger. Le pays entier se défoule contre l'occupant, désormais officiellement reconnu comme l'équivalent de Satan. Bain de sang. Voitures incendiées. Femmes

304 Podium

violées. Civils tués. On crache sur Claude. On lui lance
des pierres.

— On va tous mourir !

L'Égypte manquait-elle de tombeaux que Nasser ait
déclenché tant d'horreurs ? Il s'agit de sauver sa peau.
L'exode. Les François (Aimé, le père, Lucie, la mère,
leur fille Marie-José et leur fils Claude) décident d'em-
barquer pour la France. Ils abandonnent tous leurs
biens sur place. Chassés. Ils n'ont même pas eu le
temps de faire des provisions. Vite, des billets d'em-
barquement. Nuit de camping sauvage face à Pi-Hahi-
roth, entre Migdal et la mer Rouge. Toute la nuit, un
vent d'est puissant a soufflé. Paquebot. Le *Moïse*. Il
file à toute allure. Fend les flots. Trois jours jusqu'au
Havre. Claude fixe l'horizon. Larmes. Colère. « Ils
verront, je me vengerai. Alors tous les habitants de
l'Égypte entendront parler de moi. Ils verront que je
suis un king. Un seigneur. Un jour, je viendrai donner
un concert ici et je mettrai le feu. Je mettrai le feu à
toute l'Égypte. Et les bras de Nasser lui en tomberont. Il
poussera les gémissements d'un homme blessé à mort. »

Dans les rues de la haute ville
J'ai vu mon destin difficile
Je devrais pour arriver,
Serrer les poings bien des années
Lançant des pierres contre le vent,
J'ai fait des rêves de géant.
Je suis devenu fort
                              à 17 ans [1]

1. *17 ans*, 33 t Flèche 6325 684 (décembre 1975), 45 t Flèche
6061 867 (janvier 1976) et *Souvenirs 78*, *Claude François en
public* 33 t double Flèche/Carrère 67 235/6 (avril 1978).

99,99 % des touristes se rendent en Égypte pour visiter Le Caire ou Louxor. Nous, avec Nanard, ç'a été Ismaïlia et rien qu'Ismaïlia.

— Louxor, j'y fous pas un panard : ils attentent à ta vie là-bas !

— Oui, mais il paraît que du coup, les prix ont chuté… ai-je répondu, sachant que Bernard serait sensible à l'argument.

— Concentre-toi sur Ismaïlia, bastapute ! Faut profiter *à mort* !

Pour un radin de la trempe de Nanard, l'Égypte, d'un certain côté, a été un enfer : là-bas, il faut sans cesse laisser des bakchichs. Le bakchich est une institution nationale. Ce n'est pas seulement un pourboire, c'est aussi tous les billets qu'on lâche à longueur de journée pour avoir la paix.

— Eh ben ! Ça coûte la peau d'une fesse ici de pas se faire emmerder ! Tu te rends compte, Couscous, que « arrêter de faire chier le monde cinq minutes » c'est une profession ici. C'est rémunéré !

Là où Nanard était beaucoup plus à l'aise, en revanche, c'était avec le marchandage.

— C'est combien, Mamoud, là, ton truc en bronze ?

— 100.

— Piastres ?

— Oh non monsieur, t'es fou : 100 livres.

— Ce serait-y que tu te drogues, camarade ?

— J'te l'fais à 90 !

— « 90 » en égyptien, ça veut bien dire : « Je te prends pour un con », non ? Tu m'arrêtes, hein, si je me trompe.

— 85 !

— « 85 », ça veut bien dire : « Je confirme que je te prends pour un con », c'est bien ça ?

Le marchandage est une autre institution, complémentaire de son inverse, la bakchisation. *Tous* les prix se discutent – sauf (normalement, mais avec Nanard rien n'est jamais vraiment normal) dans les grands magasins, les restaurants et les hôtels.

— Dis-moi patron, c'est combien la nuit de pioncette dans ta casbah ? a demandé Nanard à la réception de l'hôtel Le Louxor.

— Bonsoir, messieurs. Chambre simple ou double ?

— Heu, attends : on n'est pas des pédés sessuels, mais on n'est pas non plus des Crésus : alors on voudrait une simple avec deux lits.

— Oui, cela s'appelle une double, monsieur. C'est 700 livres.

— Quoi ? ! ? Tu te crois à Salzbourg ?

— Ce sont nos tarifs, monsieur.

— Même si on se relaye avec mon copain et qu'on dort à tour de rôle ?

— 700 livres.

— Eh bien je vais être franc : je suis pas en possession du pactole nécessaire pour flatuler dans ta literie. Et figure-toi que ça me vexe ! Non mais ! On est pas assez pipole pour tes espaces ou quoi ? Tu sais qui je suis ? Je suis de la famille de Claude François qui est né ici en 39.

— Félicitations, monsieur.

— Bon, alors, rapport à Claude François que je suis tout comme, tu nous fais ta punaisière VIP à combien ?

— 700 livres.

— Mais meeeerde ! C'est la capitale mondiale de la ristourne, ici, alors tu vas pas nous emboiser ! Qui c'est de very important qu'est venu coucher dans tes panières de luxe ? Qui comme chien connu ? Snoopy ? Rintintin ? Gai Luron ? Pif Gadget ? Droopy ? Mabrouk ? Scoubidou ? Plouf le cocker à Claude ? Lassie ? Dingo ? Pluto ? Belle et Sébastien ? Toutou ? Pifou Poche ? Quel pipole ici, hein ? Jordy Lemoine ? Francis Lalanne ? Les mecs de Licence IV ? Caroline Loeb ? C'est le bassiste de Jean-Pierre Mader qu'a passé des nuits chez toi ? Ou est-ce que ce serait la sœur du chanteur de Kajagoogoo ? 700 livres ! Mais pour ce prix-là, t'as trente escalopes de dinde à Auchan Saint-Jean-de-la-Ruelle ! Et si on dort dehors près de ta piscine, c'est combien ?

— C'est impossible, monsieur.

— Pourquoi ? T'as peur qu'on prenne des bains gratos dans le pédiluve ou quoi ?

Du coup on a dormi à la belle étoile. À Ismaïlia, les journées sont brûlantes (mais les nuits sont froides quand on dort dehors). Le vent forme des tourbillons de poussière. Nanard n'avait pas pris de *Guide Bleu* ni de *Guide du Routard* pour visiter la ville et se repérer, mais juste une interview de Claude parue dans *Poster Magazine* en 1974.

— « *Lorsque vous partez du centre d'Ismaïlia* – donc là on y est –, *vous traverserez d'abord les quartiers bruyants…* » Viens, Couscous, on traverse les quartiers bruyants !

— On va par où maintenant, Nanard ?

— Demande au mec, là, si on est bien dans les quartiers bruyants !

— Mais…

— Mais meeeerde ! Claude dit : «*Vous traverserez d'abord les quartiers bruyants*» mais il va pas non plus nous mâcher tout le travail ! Tu es très «je suis une grosse feignasse», toi ! Demande, je te dis ! Bon !… T'es qu'une burne. Je vais demander. Pardon, mon bonhomme, dis-moi : c'est ici les quartiers bruyants ?

— …

— Ah oui, et Claude ajoute «*habités par des pauvres*»… T'es pauvre, toi ? T'es bruyant ? T'es pauvre et bruyant ? Parce qu'on cherche not' route !

— …

— Il est con, ce gars ! Hé, tu n'es pas à l'écoute, toi bonhomme.

— Mais enfin, Nanard, l'ai-je interrompu, c'est une description d'Ismaïlia du temps de l'adolescence de Claude, dans les années 50 ! Il y a cinquante ans !

— Et alors ? La géographie ça a pas la bougeotte. Ça reste, la géographie. C'est du lourd ! Du mastoc ! T'as ta pierre : elle est fixe. Tes continents : ils se dépêchent pas très. On continue, ça doit être là, ils ont l'air cradoque les gus ici, et puis c'est vrai qu'ils en font, du boucan ! «*Vous atteignez ensuite la lisière d'un petit bois de pins… Derrière s'étend le district de la Compagnie où vous trouverez* – tu vois une Compagnie, toi, Couscous, ici ? – *où vous trouverez les magnifiques villas que la Compagnie du canal mettait à disposition de ses employés…* – Je comprends rien ! Ils sont où, les employés, bastafiotte ? On a dû se planter ! C'est de ta faute, ça, encore, ma Couscoussette ! – *La ville s'arrête là…* – Mais elle s'arrête pas, la ville, là, bordel ! – … *Ensuite vous pénétrez dans le désert.*»

L'entretien de motivation de Chico Shalala

— Candidat suivant !

Chico Shalala a fait son apparition, un brin frimeur, accompagné de danseuses qu'on aurait dites échappées de Copacabana.

— Nom et prénom de scène ? a demandé Laugier tandis qu'il faisait des croix dans des cases.

— Shalala, Chico.

— Nom et prénoms civils ?

— Peloux Bertrand.

— Date et lieu de naissance ?

— 14 juin 1972[1], à Reims.

— Comment ?

— Oh ! Pardon ! 7 disco 33.

— Option générale, c'est bien ça ?

— Heu… Oui.

— Avez-vous déjà exercé à votre compte comme sosie de Claude François ?

— Oui…

— Combien de temps ? a demandé le président Dakar.

— Cinq mois… Même pas… En Champagne…

— Vous aimez les huîtres ? a enchaîné Octobre 72.

On a lu alors sur les visages des membres du jury comme une sorte de sadisme, tandis que les sosies présents dans le public semblaient pris en haleine.

— Les fruits de mer, oui, j'adore… a répondu Sha-

---

1. 7 disco 33.

lala, qui a cru bon de rajouter «surtout de chez Le Duc !»

— On ne vous parle pas des fruits de mer : mais des huîtres.

— Alors oui. Oui, j'aime les huîtres.

On sentait que l'assurance que tentait d'afficher Sha-lala par cette réponse tranchée et assurée avait quelque chose de surfait. En réalité, dans son for intérieur, c'était la panique.

— Intéressant, glissa Royal Albert Hall 78.

— Enfin, quand je dis les huîtres, c'est élargi aux moules. Et aux bulots. Aux coquillages avec du citron et…

— Pourquoi, selon vous, devrions-nous vous auto-riser à représenter et véhiculer légalement l'image de Claude François dans le monde ? Claude François, ça vous dit quelque chose ? Vous savez, c'est ce chanteur français qui avait les huîtres en horreur…

— Parce que je lui ressemble comme deux gouttes d'eau et que…

— Pardon ?

— Parce que je lui ressemble un peu… Que j'ai un petit quelque chose de lui.

— Pouvez-vous nous expliquer pourquoi vous pre-nez les membres du jury pour des imbéciles ?

— Ah non, pas du tout, je…

— Vous êtes un raté.

— Comment ?

— Vous avez parfaitement entendu ce que vous a dit mon collègue : vous êtes un raté.

— …

— Vous ne répondez rien ?

— Non… Enfin, je ne crois pas que je sois un raté… Je…

— Croyez-vous que Claude se serait laissé insulter de cette manière sans réagir ?

— Heu… Non…

— Eh ben alors ! Qu'est-ce que vous attendez pour protester ?

— Je… Je sais que je ne suis pas… Que…

— Mais encore ?

— Que je… Ne suis pas un raté… Que je vais, heu, réussir dans…

— Dans ?

— Ben dans Claude François. C'est… C'est un challenge, Claude François.

— Ça vous arrive de temps en temps de vous mettre en colère ?

— Ah oui oui oui ! Trois fois par jour comme Claude ! Et des grosses colères, hein ! Je vous jure.

— Il n'y a que les Sardous qui jurent, monsieur Peloux.

Lorsqu'un membre du jury commence à appeler un sosie par son patronyme civil et non par son nom d'artiste, le candidat est généralement très mal barré.

— Je sais que j'y arriverai ! Que je serai une star !

— Vous vous croyez à « Loft Story », monsieur Peloux ?

— Je suis pas plus nul qu'un autre Claude François !

— Calmez-vous, cher monsieur, calmez-vous : la colère, c'était tout à l'heure qu'il fallait la piquer, quand il était temps, là, c'est un peu hors sujet. Mes collègues et moi sommes déjà passés à autre chose.

Sacha Laugier, lui, attendait toujours *le* moment pour
intervenir.

— Vous avez peur de l'échec ?

— Heu… Non : il faut être fort dans la vie et…

— Claude était terrorisé par l'échec.

— Eh bien… Pas moi.

— Ça tombe bien, vous me direz.

— Vous mesurez combien ? a demandé Sacha Laugier, sortant de sa torpeur avec une question aux allures
de banalité qui était à deux doigts de remettre en cause
sa réputation de Dracula des oraux.

— 1 mètre 68.

— C'est un peu juste, ça, pour un Claude François,
non ?

— Sur scène je mets des talonnettes.

— Comme Michel Sardou en somme. Notez ça,
monsieur le Président et chers collègues. Notez ça.

Et voilà. Une seule question de Sacha Laugier et
c'en était terminé de Shalala qui a quitté la salle au
bord des larmes en compagnie de ses danseuses brési-
liennes venues pour rien.

— Suivant !

Le sale coup fait à Sylvio Marteau

C'est Sylvio Marteau (de son vrai nom Pascal Gélard)
qui s'est avancé, avec ses Sylvettes. Le jury allait lui
poser les questions d'usage quand tout à coup Sacha
Laugier s'est levé, a demandé au pauvre Sylvio de bien
vouloir le suivre au tableau noir et lui a tendu une
craie.

— Mon cher ami, j'aimerais que vous nous mon-triez comment vous convertissez le 8 décembre 2000[1] en date claudienne.

Tout en écrivant, Marteau, qui semblait plutôt assez à l'aise en maths, a expliqué son raisonnement. Une fois la solution donnée, Laugier lui a adressé un sou-rire sadique.

— Dites-moi : pourquoi considérez-vous dans vos calculs, sans la moindre explication, que 2000 est bis-sextile ?

— Ben... Elle est divisible par 4...

— Hé hé ! Cher ami, je crains bien que vous ne soyez tombé dans le panneau... Normalement, 2000, bien que divisible par 4, n'aurait pas dû être bissextile, car quand les années sont divisibles par 100, ce qui est le cas pour ce qui nous occupe, elles ne sont pas bissextiles. 1900, par exemple, n'était pas bissextile : vous pourrez vérifier chez vous dans un vieux calen-drier. La raison en est qu'en ajoutant une journée tous les 4 ans, on surcompense légèrement le décalage entre une année astronomique et 365 jours – le décalage n'est pas exactement de 6 heures, il n'y a aucune rai-son, n'est-ce pas, pour que ça tombe juste. Donc, tous les 100 ans, si vous me suivez bien, on laisse tomber – contrairement à ce que vous venez de me faire – le 29 février afin de corriger cette surcompensation... Mais évidemment, si on fait ça, on risque de sous-compenser un petit peu... Donc, on met *quand même* un 29 février quand l'année divisible par 100 se trouve être aussi divisible par 400.

---

1. 29 sha la la 60.

— Ah.

— Allez : réexpliquez-moi tout ça dans un langage clair et on passera à la suite.

Le pauvre Sylvio ne serait pas sosie officiel en 2002.

— Suivant !

L'oral de Rémi Sébastien

— Bonjour…

— Vous êtes *monsieur* ?

— Nom de scène Rémi Sébastien, nom civil Jean-Christophe Lamiot. Né le 3 marteau 37 à Château-Thierry.

— Jour de sortie de *Chanson populaire* ?

— Janvier 74 ?

— C'est votre dernier mot ?

— Heu… Oui…

— On aura tout vu. Passons ! Quelle est la seule femme qui ait vraiment résisté à Claude ?

— …

— Nom et prénom de Miss Podium 75 ?

— Ça je l'ai su… Ah zut ! Je l'ai sur le bout de la langue…

— Nombre de colères piquées par Claude entre 1964 et 1978 ?

— Ben… Une centaine…

— 2 737 petites, 1 083 grosses, 738 énormes.

— C'est quoi, sur cette diapositive ? (La question est posée par Octobre 72.)

— Heu… Alexandrie ?

Octobre 72 ne répond pas et désigne à Rémi Sébastien l'écran à diapos où s'affiche un cocker.

— Et là, vous voyez quoi ?

— Ben… Un chien ?

Les membres du jury paraissent étonnés de la réponse. Sacha Laugier et Pat, l'ex-Clodette, pouffent.

— Bien ! a conclu le président. Que pensez-vous de votre prestation, cher monsieur ?

— Heu…

— Comme vous dites. C'est bien beau de vouloir devenir un Claude François, mais encore faut-il s'en donner les moyens. Claude, lui, s'est battu pour devenir Claude François.

— Ben oui, mais c'est que…

— Attendez ! Attendez ! Il ne faut quand même pas se moquer du monde, monsieur Lamiot. Mon collègue vous montre une photo d'Ismaïlia, la ville natale de Claude, et vous répondez « Alexandrie »… Il tente de vous repêcher en vous montrant cette fois une photo du chien Plouf, décédé ici même voici trente ans (et dont on fête l'anniversaire de la mort ce mois-ci) et vous répondez : « un chien ». Je ne sais pas ce que mes collègues en pensent, mais franchement, il y a de quoi être désolé.

— Si je puis me permettre, monsieur le Président, a commencé Sacha Laugier, le niveau est faible cette année. Les candidats n'ont aucun sens de l'à-propos, aucune aptitude à la prise de décision.

— Parfaitement d'accord ! a surenchéri Royal Albert Hall 78. Franchement, monsieur le Président, le coup de Plouf, c'est énorme. Vous verrez : un jour viendra où quand on leur montrera une photo du général de

Gaulle et qu'on leur demandera ce que c'est, ils répondront : « un militaire »…

L'épreuve chorégraphique de Khaled Kôkô

Khaled Kôkô, d'origine algérienne, était liquéfié. Il tremblait de partout. Ses danseuses portaient le voile comme les danseuses du ventre.

— Moi j'aimerais quand même bien contrôler la chorégraphie… a dit Pat.

— Très bien, a répondu le président Dakar. Monsieur Nedjar, je vais vous demander de tirer un papier dans cette corbeille…

— Heu… *Belles ! Belles ! Belles !*…

— Ça n'a pas l'air de vous faire plaisir.

— C'est que… Je suis pas en option yé-yé. Pis comme je suis originaire d'Oran, je voudrais me spécialiser dans le raï, en fait.

— Écoutez : vous savez pertinemment que l'option générale comporte un mashed-potatoes obligatoire.

— J'ai pas révisé le mashed-potatoes…

— Bon allez : faites-le-nous en madison-twist. Mais dépêchez-vous un peu !

— C'est que j'avais surtout révisé la période disco…

— Assez discuté ! Allez, mesdemoiselles, en piste !

Le président a appuyé sur une télécommande : *Belles ! Belles ! Belles !* a démarré. Les danseuses avaient un trac indescriptible. Le jury (et plus spécialement Pat) a minutieusement examiné la chorégraphie de Khaled Kôkô en prenant des notes. Le président Dakar, Octobre 72, Royal Albert Hall 78, Sacha Laugier et

Pat, mais aussi le public : tout le monde dans la salle semblait effaré par la qualité de la prestation. À côté de moi, Nanard était blanc comme le costume de Claude au Casino de Trouville le 27 juillet 1966[1].

_____

1. 4 magnolias 27.

XIX

Si j'avais un marteau

Les Claudes François des années 80
ont beaucoup plus mal vieilli que
Claude.

BERNARD FRÉDÉRIC.

Le tour de Bernard

Le tour de Bernard a fini par arriver. J'étais terrorisé
à sa place. J'ai regretté que, finalement, Nanard n'ait
pas fait cette foutue prépa. Lui était d'un calme olym-
pien (c'est à ça qu'on reconnaît un grand professionnel). Quelques minutes avant d'être appelé, il a réuni
les filles à la cafétéria et leur a prodigué les derniers
conseils. Il leur a dit que ce n'était pas un moment plus
important qu'un autre et qu'il n'y avait aucune raison
que ça se passe mal.

— J'appelle Monsieur Bernard Frédéric et ses Bernadettes ! a lancé Octobre 72, dont la voix a retenti
dans les couloirs.

Très digne, la tête haute, les épaules fermes, Bernard s'est avancé dans la salle pleine à craquer. Les

filles, en tenue de scène, le suivaient. Il était très beau
en Amiens 3 mai 75[1].

— Beau costume ! a reconnu Pat.

Le président a opiné, ainsi que Royal Albert Hall.
Laugier n'a pas cillé : il a fixé Nanard droit dans les
yeux. Son regard était de glace.

— Oui. C'est Amiens 3 mai 75 du calendrier civil,
a calmement répondu Bernard. 17 ness-ness 35 du
calendrier claudien.

— Parfait, parfait, a répondu le président. Nous
allons passer à...

— Monsieur le Président, a interrompu Nanard, j'ai
une faveur à vous demander.

— Mais encore ?

— Une de mes danseuses, la jeune Maïwenn, ici
présente derrière moi, vient d'apprendre un décès sur
son cellular. C'est dans sa famille. Je lui ai dit « vas-y
file » mais c'est une très professionnelle woman, alors
elle fait dans « je reste le temps de l'oral ». Mais juste
ce que je voulais vous demander, monsieur le Président, avec tout le respect que je vous donne, c'est si on
pourrait commencer par la chorégraphie pour qu'elle
puisse rejoindre son deuil.

Le président a regardé dans la direction de Maïwenn.
Celle-ci était abasourdie. Les autres filles ne l'étaient
pas moins. Quel génie ce Bernard !

— Cela vous honore, mademoiselle, a dit le président. Mais êtes-vous certaine de tenir le coup ?

J'ai aperçu le regard que Bernard a alors lancé à
Maïwenn : il n'encourageait pas spécialement au désis-

---

1. 17 ness-ness 35.

tement. Maïwenn a fait « oui » de la tête en laissant échapper un petit sourire.

— Bien. La procédure n'est guère orthodoxe, mais si mes collègues n'y voient pas d'inconvénient, allons-y pour la chorégraphie !…

À cet instant, cet enculé de Laugier a soufflé quelque chose à l'oreille du président Dakar. Ce dernier a froncé le sourcil et s'est mis à dévisager Bernard.

— Mon éminent collègue m'informe que vous avez une biographie, comment dire ? assez chargée, monsieur Frédéric…

Qu'on l'aime ou qu'on le haïsse, Bernard ne s'est pas montré couard : debout face au jury, il a pris la parole au milieu de la salle comble, la tête haute :

— Président ! a dit Bernard, je suis très très ici, aujourd'hui. Très là. Pas en scène quelque part. Pas en gala sauvage ! Ici je suis. Devant vous à 100 % ! Je veux juste dire qu'on a tort en vous narrant des figues sur mon compte : je suis pas blanc blanc, et j'avoue que j'ai claudé en hors-piste pendant des années. Mais à part que c'était pas légal, je vois pas ce que j'ai fait de mal. Si la plupart de mes collègues me montrent du doigt, c'est que l'ingratitude et l'envie règnent aujourd'hui dans le monde. Chacun le sait ! Et je peux que m'étonner que mes services ont toujours été mal reconnus. On est bien souvent puni d'avoir voulu trop bien faire, et c'est pas ordinairement le plus coupable qu'on vient à condamner. Hélas ! C'est ma destinée à moi que mes meilleures actions deviennent l'occasion de mes gros problèmes. Ce que je veux vous dire, monsieur le Président, c'est que je suis orphelin. De père + mère ! Et qu'en tant qu'orphelin, j'ai trouvé refuge dedans Claude. Il m'a sauvé de la délinquance, de l'alcool. Des drogues ! Du serial killing, de toutes ces tentations… J'ai peut-être trahi une institution, mais jamais j'ai trahi Claude.

Ici, Nanard a paru céder à une vive émotion. Il a porté son bras à ses yeux comme pour essuyer une larme, et a repris :

— Alors, peut-être que pour vous je suis un grand pécheur, mais vous allez quand même pas m'ôter maintenant les moyens de me réconcilier avec la grande famille des Claudes.

Le président a eu l'air un peu troublé.

— Bien… Heu… Assez soliloqué, monsieur Frédéric ! Vous pouvez rejoindre vos danseuses. Vous avez choisi de commencer par la chorégraphie, il revient donc au jury – c'est de bonne guerre, n'est-ce pas ? – de choisir la chanson. Mademoiselle Pat ?

— Je verrais bien un petit *Belinda*, monsieur le Président.

— Excellent choix.

Les premières mesures de *Belinda* ont résonné. Bernard, dont c'est un des morceaux de Claude préférés, a entamé un pas de danse endiablé. Derrière lui, les Bernadettes n'étaient pas en reste. Tout baignait. Les moulinets étaient en place, les bonds, synchronisés. Le jury a eu l'air agréablement surpris. Jusqu'à ce que brusquement Delphine rate une figure, bouscule les autres Bernadettes et se rattrape à la perruque de Bernard, immédiatement scalpé. Ce qui était en train de se dérouler était évidemment éliminatoire. C'en était fini de « C'est mon choix ». C'en était fini de l'avenir.

— La salope !

Fou de rage, les larmes aux yeux, Bernard s'est précipité sur Delphine, tandis que *Belinda* continuait comme si rien ne s'était passé. Les concurrents de Bernard ne pouvaient pas rêver mieux.

> *Elle a les yeux bleus Belinda*
> *Elle a le front blond Belinda* [1]

« *Le grand jour de sa colère est venu* »

Hors de lui, Bernard a injurié la Bernadette indigne dans toutes les langues en gesticulant autour d'elle en une de ces crises de rage légendaires dignes de Claude [2]. Laugier en connaissait un rayon sur les colères de Claude François : il les avait même répertoriées dans son ouvrage-référence [3] : la B 12 (exemple-type : 24 avril 1976 [4], contre Cynthia, dans les loges, à Grenier-Montgon), liée à de très hauts niveaux de stress ; la D 14 (exemple-type : le 8 décembre 1970 [5], à l'encontre d'un photographe, place des États-Unis à Paris) ; la C 28 spéciale (exemple type : contre Patrick Juvet le 21 janvier

---

1. *Belinda, Claude François sur scène*, 33 t Flèche 6325 677 (juillet 1974).

2. « Je ne travaille jamais mieux que quand je suis inspiré par la colère. Car quand je suis en colère, je peux écrire, chanter et danser bien, car tout mon caractère est éveillé, ma compréhension aiguisée, et toutes les vexations mondaines dissipées », a dit Claude.

3. *Claude François 1939-1978*, Presses Universitaires de Dannemois, tome III, 1997.

4. 25 marteau 37.

5. 4 olympia 31.

1973 [1]), due au fait que les autres sont injustes (la C 28
classique, elle, étant due au fait que les autres sont
imparfaits) ; la X 23 (exemple : le 27 juin 1977 [2] après la
compagnie de taxis qui ne peut pas envoyer rapidement
un taxi pour un de ses collaborateurs – « Vous vous
appelez Compagnie de Taxis et vous n'en avez pas ! »).
Sacha Laugier était un des plus grands érudits en
matière de colères claudiennes et là, sous ses yeux
d'exégète des colères de Claude François, de chercheur
en colères de Claude François, de docteurs ès colères de
Claude François, Bernard venait de faire de ces colères
de Claude François une compilation inédite. Un collage
inouï, une œuvre originale.

Ce n'était pas là la colère d'un simple disciple. Ce
n'était pas une colère apprise par cœur. Bernard ne
transposait pas une vieille colère piquée par Claude en
avril 1975 ou en août 1977, mais se servait des colères
mortes pour donner vie à la sienne. C'était une colère
qui coulait de source. Une colère qui ne devait ni à
l'improvisation brouillonne, ni à l'application déguisée. Un chef-d'œuvre.

Les grands spécialistes des colères de Claude François ont toujours eu une prédilection pour la période
1973-1975. Mais cette colère de Bernard avait la particularité de fondre dans la même colère le style des
colères du temps des yé-yé avec les colères de la
période disco. Il y avait dans cette colère une conti-
nuité conceptuelle telle que la juxtaposition d'une citation d'une colère de 1964 avec une référence à une

---

1. 25 olympia 33.
2. 19 alexandrie 38.

colère de 1978 non seulement ne choquait pas, mais mettait en évidence la cohérence des colères de Claude fondues ici dans un même métal.

C'était une colère concise, pas une colère générique. Une colère pleine de vérité. Pas une simple colère, mais une colère simple. Pas une colère alambiquée, mais une colère enlevée. Rythmée, généreuse. Tout cela dans une harmonie parfaite de jurons, de coups, de jugements de valeur. Pas une colère saturée de colère. Mais dense, au contraire. Compacte. Efficace. Pas une colère «à la manière de», mais une colère «de».

Une colère qui modifiait l'espace comme une condensation progressive qui s'estompe vaguement pour revenir sans cesse plus violente. Une colère qui engageait le flanc de Bernard, le ventre de Bernard, la poitrine de Bernard, les veines du cou de Bernard, les veines du front de Bernard, les veines des tempes de Bernard.

Et cette colère tantôt s'insinuait comme un poison en Delphine, tantôt s'y plantait comme une fléchette, tantôt la coupait comme une lame, tantôt la brûlait comme une flamme, tantôt la déchiquetait comme un obus, tantôt la cinglait comme un fouet, tantôt l'ébouillantait comme une huile, tantôt la souillait comme une bite de violeur.

C'était une colère dédiée à Delphine mais qui en réalité avait valeur universelle. Une colère qui concernait chacun, une colère qui rasait le sol pour couper des jarrets, une colère qu'on sentait nous frôler la surface des reins, une colère-tornade qui tourbillonnait jusqu'au plafond, se scindait parfois pour revenir exploser à la face de la centaine de curieux en une centaine de mini-colères distinctes, adaptées au profil de chacun, comme des embryons de colères personnalisées.

Puis, la grosse colère se reformait un peu plus loin dans un coin du plafond ou sous une chaise ou près de la fenêtre qu'elle faisait trembler et qui émettait un bourdonnement, et cette colère réunifiée n'était pas semblable à la colère de départ, mais semblait enrichie en uranium de colère.

Parfois, cette colère ni tout à fait *interprétée*, ni tout à fait *restituée*, cette colère qui resterait comme la première colère de Claude François dont Claude François n'était pas l'auteur, cette colère, feignant un début de repentir, faisait une pause de quelques secondes. Elle semblait alors s'arrêter, mais en réalité cherchait une forme neuve sous laquelle se poursuivre.

Cette colère hésitait alors, se chargeant de suspense comme un fleuve se charge d'alluvions. Elle passait en revue les différents effets de surprise possibles, errait un peu, puis, régénérée, repartait de plus belle, plus décidée que jamais, s'éclairant d'un jour nouveau. Elle n'était pas encore sur le point de se désagréger, non, elle avait juste brouillé les pistes. On l'avait quittée linéaire, elle revenait circulaire. On l'avait laissée brûlante, elle revenait polaire.

On sentait à travers cette colère géniale le goût perpétuel de Bernard pour la nouveauté. C'était là la colère d'un créateur. Une colère-œuvre. Et cette colère était tellement dénudée dans sa belle beauté de colère, que c'était une colère qui n'était pas en colère. Elle n'était pas ivre d'elle-même.

On ne savait pas par quel bout prendre cette colère qui échappait à tous les critères de la colère claudienne classique. C'était une colère faite de contradictions, de paradoxes, de contrastes, une colère qui se dressait comme une cathédrale offerte à Claude François. Ce n'était pas tant une colère monumentale qu'une colère-monument, tout en styles différents, opposés parfois, et dont l'unité résidait dans la puissance.

Bernard ne suivait aucun itinéraire, il ne consultait aucun guide : il s'engageait droit devant lui. Il osait. Claude François avait donné lui-même l'exemple de l'audace. Cette colère a duré le temps que toi, lecteur, tu as mis à lire sa description. C'est la colère grandeur nature de Bernard que je t'ai offerte.

Dans les colères nanardesques que j'avais connues, voire subies, jusqu'à ce jour, la marque des années d'apprentissage était encore visible. Chaque colère était en effet séquencée, structurée, faite d'étapes bien délimitées. La plupart des colères s'acheminent vers leur fin par progression. Elles sont généralement une somme d'additions. Celle que Bernard achevait à présent avait été une somme de destructions.

D'abord décontenancés, les membres du jury (y compris Laugier) se sont levés les uns après les autres, ébahis. Pat, immédiatement suivie par Octobre 72, a commencé à applaudir, puis Royal Albert, puis Dakar. Tous avaient le souffle coupé. Tous étaient aux anges.

On ne peut pas être partout à la fois

À la consternation des Claudes François trop académiques qui, dans la salle, attendaient du jury qu'il interrompe et sanctionne lourdement ce qui n'était pas prévu dans la chorégraphie (une colère !), Bernard n'a même pas eu à passer l'examen théorique et a été, sur la proposition insistante de Sacha Laugier, reçu major de sa promotion[1] à l'examen de Claude François officiel. Si on m'avait dit ça un jour. Si on m'avait dit que le moins scolaire des Claudes François, le plus libre, le plus vrai de tous les sosies, le plus pourchassé par le C.L.O.C.L.O.S. depuis la fondation de cet organisme en 1982, serait un jour consacré officiel et major avec ça ! Mon psoriasis allait enfin pouvoir mourir de sa belle mort (il était vraiment temps).

On passe parfois sa vie à chercher Claude dans des lieux, à travers une chanson, en reniflant un costume de scène porté par lui à l'Olympia, et ces efforts sont inutiles. Et puis voilà, on était à deux doigts d'abandonner cette quête et on s'aperçoit que Claude était caché, était tapi dans une colère. Ce qui est triste, c'est qu'avant cette colère historique, il ne serait venu à l'esprit d'aucun des membres du jury, tous engoncés dans leurs préjugés, de dire que Bernard était un grand Claude François, qu'il avait un immense talent. Aucun d'entre eux n'aurait même dit qu'il avait du talent tout court, obsédés qu'ils étaient tous par l'image de Bernard en Claude François « hors-la-loi ».

Tout désormais était en ordre : Bernard sacré sosie officiel et « C'est mon choix » en perspective – on a aussitôt appelé l'assistante d'Évelyne Thomas. Le paradis. Quand on a annoncé la nouvelle à Véro, elle a eu un sourire poli, puis a continué de corriger l'exercice

---

1. Promotion Ticky Holgado (Ticky fut homme à tout faire de Claude).

de calcul de Mouss. J'ai eu l'impression que notre triomphe ne lui faisait pas vraiment plaisir. Va donc comprendre les femmes. Toi au moins, oui, toi qui me lis depuis le début, je suis sûr que tu apprécies notre victoire à sa juste valeur, que tu en cernes les enjeux. Tu es moins rabat-joie que Véro. Malgré ses «encouragements» du début, ma sœur, que j'ai un peu négligée dans ces pages (je ne peux pas être partout à la fois – et puis c'est de Bernard que je voulais te parler), n'a pas été très cool dans cette affaire.

Je crois que Véro est à bout. Elle aurait adoré qu'arrive (si possible en accéléré) le moment où elle n'aimerait plus du tout Bernard, et où elle pourrait le quitter, sachant bien entendu que, ce faisant, ce serait surtout de Claude François qu'elle chercherait à se séparer. Elle avait accepté qu'on remette *ça*, mais c'était plus une capitulation de sa part qu'un réel encouragement. D'ailleurs, elle a changé ces derniers temps. Ce qui domine maintenant chez elle, c'est l'indifférence. C'est triste à dire, mais ça crève les yeux. Bernard lui plaît de moins en moins. Du coup, elle se fout de plus en plus de son destin. Le bonheur de Véro n'est plus, ça crève les yeux, dans les mains de Bernard. De même qu'elle ne supporte plus qu'il soit de nouveau responsable de ses malheurs. Il y a de la démission là-dedans. J'ai remarqué que quand elle lui parle, Véro n'emploie plus jamais ces mots par lesquels elle cherchait, autrefois, à se donner l'illusion qu'il lui appartenait, faisant naître les occasions de dire «mon», «mien», quand il s'agissait de Bernard, de lui parler de l'avenir, de la mort même, comme d'une seule chose pour eux deux. Elle regarde un peu tristement cette tête de Claude

François qui n'est pas la tête de Claude François et cherche, sans jamais les trouver, des raisons de l'aimer plus, de l'aimer mieux.

Comme un bouquet de fleurs

Pour « C'est mon choix », le problème du costume s'est immédiatement posé : comment s'habiller ? Quel costume de Claude choisir ?

— Faut composer ça, nom d'un Sardou ! Comme un bouquet de fleurs !

Une fois encore, Bernard a eu une idée absolument géniale. Véro étant née un 23 juillet, il a demandé à la mère de Delphine de lui confectionner une veste composée uniquement d'éléments de vestes de scène portées par Claude un 23 juillet. Pour le pantalon, il a fait la même chose : un pantalon « citant » les pantalons de scène utilisés par Claude tous les 20 décembre, jour anniversaire de Mouss. Pour la chemise, il s'en est fait faire une chemise composée de morceaux de chemises portées tous les 6 août, jour de naissance de Nanard lui-même, et pour les bottines, il a fait des références aux bottines chaussées par Claude les jours de gala tombant un 10 avril, ce qui est mon anniversaire à moi (« Passque t'es à mes pieds, Couscous ! »).

Voici donc le costume (magnifique). La veste : orange à smocks avec buste en rempli bourdon à la boutonnière (Lodève, 23 juillet 76[1]) et point coupé aux manches

---

1. 28 clodettes 37 (tournée d'été avec Viva Zeiquera et Didier Marouani).

(Les Vans, 23 juillet 75[1]), col en semi-lézarde saillant
(Port-Barcarès, 23 juillet 70[2]) et guipure en serpentine
(Aix-les-Bains, 23 juillet 65[3]) doublée de points de
chausson croisés (Valras-Plage, 23 juillet 63[4]), épau-
lettes passepoil avec pampille (Saint-Pons, 23 juillet 67[5]),
coudières en à-plat (Port-la-Nouvelle, 23 juillet 74[6]) et
taille à sertissage à froncement devant et à plumetis derrière (Canet-Plage, 23 juillet 77[7]). Le pantalon : jaune
d'œuf (Olympia, 20 décembre 66[8]) à mosette sertie
d'étoiles argentées en point de Binche (Saint-Nazaire,
20 décembre 75[9]) avec falbala au revers et godet de fla-
nelle en rempli volant (Levallois-Perret, 20 décembre
72[10]). La chemise : body élastique vert pomme en
embrasse (Gaillac, 6 août 67[11]), col bouillonné à tor-

---

1. 10 disco 36 (tournée d'été avec Dani, David Michel et son
pingouin Nestor).

2. 11 podium 31 (tournée d'été avec Dani, C. Jérôme et les
Double Solution).

3. 12 magnolias 26 (Théâtre de Verdure).

4. 6 alexandra 24 (tournée d'été avec Sylvie Vartan et les
Gam's).

5. 17 rio 28 (plein air).

6. 22 disco 35 (tournée d'été avec Câline et Petit Matin).

7. 16 clodettes 38 (tournée d'été avec Shake).

8. 5 marteau 28.

9. 15 alexandra 36.

10. 22 drucker 33 (tournée « périphérique » avec Véronique Sanson et Patrick Topaloff. « Périphérique » parce qu'il s'agit d'une
tournée en banlieue parisienne : « Comme New York, Paris s'étend
et se décentralise. Aussi faut-il aller chercher les gens chez eux et
non les obliger à revenir sur leur lieu de travail », explique Claude
à Norbert Lemaire dans *L'Aurore* [21 novembre 1972]).

11. 2 magnolias 28 (cadre de plein air, matinée).

sade en nid-d'abeilles (Nice, 6 août 64[1]), épaules en rentré (Port-Barcarès, 6 août 72[2]), manches à bisette façon jupon (Le Grau-du-Roi, 6 août 75[3]) avec brandebourg à l'avant-bras (Saint-Gaudens, 6 août 66[4]), similiceinture incrustée à chantilly en point de riz (Montalivet, 6 août 73[5]). Les bottines : à bout claqué modèle « galon » de chez Anello (Dourdan, 10 avril 71[6]) avec pseudo-guêtres en houseaux (Niort, 10 avril 66[7]) et gamache en peau de serpent (Sury-le-Comtal, 10 avril 76[8]), semelles marquises de bois demi-surf, à la poulaine (Yvetot, 10 avril 65[9]).

---

1. 9 alexandra 25 (Théâtre de Verdure).

2. 2 podium 33 + tournée d'été avec Patrick Topaloff, Stone et Charden, Alain Chamfort et Guy Bonnardot.

3. 24 disco 36.

4. 14 magnolias 27 (plein air).

5. 19 flèche 34.

6. 11 alexandrie 32.

7. 12 disco 27.

8. 11 marteau 37.

9. 24 disco 26 (Salle des Vikings).

XX

Marche tout droit

> Je peux encore être beaucoup plus
> Claude François que ça.
>
> BERNARD FRÉDÉRIC.

Le Marais

La production de « C'est mon choix » nous a payé
l'hôtel. Les Bernadettes nous rejoindraient demain,
quelques heures avant le direct. Le seul petit hic, pour
Nanard, c'est que l'hôtel qu'on nous a trouvé est situé
dans le Marais.

— C'est quand même drôlement agressant, comme
zone, tu trouves pas ? a soupiré Nanard. Ils auraient pu
chercher un hôtel ailleurs que dans un environnement
homossessuel. C'est Anal Park, ici ! Je suis sûr qu'ils
ont tous un cancer du slip[1]. Pis t'as vu les dégaines ?
Ils ont tous des tee-shirts de marin. Le premier qui me
frôle il décède !

Dans un café où on a revu les étapes clefs de la cho-

---

1. Voir note 1, p. 252.

régraphie de *Magnolias For Ever*, Nanard a commencé
à chercher des noises à un type tranquillement installé
à côté de nous qui lisait *Libé* et dont le look rappelait
celui de Jean-Paul Gaultier.

— Mate la demoiselle, Couscous ! Joliment tortillée,
non ? Dis-moi, citoyen : tu serais pas vaguement de la
moustache, toi ?

— Pardon ? a répondu le type, assez surpris.

— Je m'essplique : tu n'aurais pas des accointances
avec Dave, par hasard ?

— Je suis désolé : je comprends rien à ce que vous
me dites.

— Et pis dis-moi : pourquoi vous avez tous besoin
de vous habiller en matelot, ici ? Y a quand même pas
la mer dans le quartier !

— Excusez-le, cher monsieur… ai-je amorcé.

— Putain, Couscous ! Ça me desgoûte ces types ! Je
suis sûr que rien que de me savoir là à ses côtés, ce chinois-là, c'est Johnny au Stade de France dans son kangourou.

À cet instant, le garçon est arrivé :

— Excusez-moi, messieurs, mon service est terminé : je vais encaisser.

— Plaît-il ? a répondu Bernard.

— Je quitte mon service et je ferme ma caisse. Si
vous voulez bien me régler…

— Oula ! Doucement, doucement. D'abord qu'est-
ce que tu veux que ça me foute, ta caisse ? Sers-nous
plutôt un ponche. Pédérace, va !

— Monsieur, je…

— Tu rien du tout ! Tu ponches ! Voilà ce que tu !
Ah vous les pédales, je peux vraiment pas vous sentir !

Déjà que dans les hôpitaux on poireaute des plombes à cause de vos fions infectés ! Vous passez des *wikenn* à vous encouiller jusqu'aux coudes, et le lundi vous venez dans nos hospices publics vous faire constater le dégât aux frais de la Sécu ! Voir si y aurait pas des polypes à se faire rembourser... Tout épanoui du *wikenn* avec Roberto ! Avec Cyril ! Et moi je paye ! Je paye pour ça ! Je sponsorise les manies ! Avec ta caisse qui ferme ! Roseau, va ! Marron du slip ! Caballero ! Que Claude te maudisse, double con ! Choléra ! Miquet mousse ! Épicéa ! Boudin !

— ...

— Enculé !

Glucose

Le grand jour avec un grand G et un grand J. On avait rendez-vous porte Maillot à 17 h 30. Pour un *prime time*, c'est vrai que ça faisait tôt, mais la production de « C'est mon choix » nous avait demandé d'arriver à cette heure-là parce qu'il fallait répéter un peu, s'habiller, se maquiller et tout et tout. On a donné rendez-vous aux Bernadettes directement là-bas (c'est France 3 qui avait payé leurs billets de train). Nanard a voulu qu'on déjeune rien que lui et moi. Ça m'a beaucoup touché. Quand il m'a dit « je t'invite », j'ai tout de suite compris qu'on irait dans un restaurant à volonté. Ça m'a un peu inquiété parce que dans ces cas-là, Bernard mange comme dix et qu'il valait mieux qu'il ne soit pas trop ballonné pour l'émission. On est entrés dans un restaurant situé à deux pas du Palais des

Congrès, en bas de l'avenue de la Grande-Armée. Ce restaurant offrait une formule « desserts à volonté ».

— Messieurs bonjour ! C'est pour déjeuner ?

— On peut voir ça comme ça.

On s'est installés.

— Voici la carte.

— Donne-nous sans transition celle des desserts, Nénesse : je suis surtout porté sur le sucré. Le glucose, c'est mon dada.

— Oui, mais habituellement, monsieur, notre aimable clientèle prend un repas complet, et ensuite seulement a droit à notre formule « desserts à volonté »…

— Ah ouais ? Seulement, mon copain et moi, on n'est pas très entrée ni plat de résistance. On est au régime, c'est ça le problème.

— J'entends bien, messieurs, mais…

— En plus, depuis que les vaches sont folles on désespère un peu du bétail. C'est que les steaks t'envoient au cimetière de nos jours. Le prion a fait son nid sur les estals ! Du coup ça se traduit par une ruée vers les douceurs.

— C'est qu'en plat du jour, nous avons un excellent poulet d'Auvergne à la sauce Bretèche, cuit avec des…

— Remballe ta volaille ! Garde-la pour un Sardou porté sur le poulailler et me va chercher ta collection de trucs sweet. Mon palais manque d'affection ces temps-ci. Si je voulais croquer des gélines, coqs et chapons, je serais pas chez toi ! Je serais chez Popotamus là-bas en face ! Allez, va : faut que je me requinque au sucre ! Charlottes ! Beignets ! Crèmes ! J'ai hyper-faim. Surtout que j'ai pas pris d'entrée ni de plat !

— C'est vraiment exceptionnel, hein, messieurs…
La prochaine fois… Bon… Voici la carte…

— Prépare-toi à ce que j'aille par-delà le raisonn-
able, Nénesse. Si je te disais que ma visite sera ren-
table pour ton établissement, ce serait mentir. C'est pas
le *Michelin* qui nous envoie, c'est le *Livre des Records*.
Préviens les cuisines : on va m'y trouver détestable. Tu
sais, je suis très « pied de la lettre » : à volonté, volonté
et demie ! Avec mon pote, quand on se met à reprendre
un plat, ça converge vers l'infini. Des vraies apsym-
totes ! C'est pas un estomac que j'ai, c'est un garde-
meubles. Je suis très « y a encore un peu de place »
niveau bide… Très « j'en reprendrais bien un peu ».
Reçu ?

— Vous savez, cher monsieur : j'en connais beaucoup qui partaient avec le même appétit que vous et
qui…

— Chut ! Imprime nos commandes. Avec un stylo
et une feuille, ce serait plus prudent, à moins que t'ayes
une mémoire d'éléphant.

— Je vous écoute.

— En entrée, ta tarte aux pommes avec de la Chantilly que je pourrais repeindre ma salle à manger
avec, une charlotte russe, une charlotte pas russe, de ta
compote maison, des crêpes Suzette, des crêpes pas
Suzette, et ton île flottante, mais ras la gueule de sauce
anglaise, hein, sinon je pars sans payer. Voilà… Ah !
Et rajoute un plateau chargé des plus beaux fruits ! À
toi, Couscous !

— Heu… Une mousse au chocolat, s'il vous plaît…

— C'est tout ? Mais t'es taré ! Je te signale qu'on
est dans le « à gogo », ici. Tu peux mourir d'avoir tout

pris, si tu veux ! Attends, faut pas te laisser impressionner par lui, mon Couscous ! *(Il me désigne le chef
de service.)* C'est pas passqu'il est tout pâlichon à la
perspective de mon appétit *Guinness Book* qu'il faut
que t'essayes de compenser… Il le sait, qu'y va y avoir
du happening, je viens de le briefer ! En plus, on est
dans notre bon droit ! Hein, Nénesse ?

— Oui, enfin, c'est peut-être un tout petit peu exagéré quand même…

— Pas de pression, oh !

— Je ne mets aucune pression, cher monsieur. La
maison vous fait même une fleur, comme je vous l'ai
dit.

— Garde ta flore pour les entrées des gégétariens et
affole-toi le citron : dans quelques heures je suis sur
scène en prime time.

On a bouffé comme trente : Nanard a réussi à m'entraîner dans sa boulimie.

— C'était super ! a lancé Bernard à la caisse au
moment de payer, faisant mine de sortir son carnet de
chèques.

— Merci bien, monsieur.

— Super ta charlotte et super ta suzette !

— Merci…

— Super tes calories !

— Bien, bien, tant mieux… Nous en sommes ravis.

Mais soudain, Nanard s'est mis à grimacer comme
un macaque, il s'est crispé, il s'est tordu, il s'est vrillé,
est tombé et s'est étendu en travers de la salle, les
jambes raides, la figure blême, les yeux grands ouverts
regardant vers nulle part, les dents serrées et les balèvres
rentrées.

— On croirait qu'il est mort ! a dit un des garçons.

— Mais non ! C'est une attaque ! Vite ! a crié le patron.

La crise cardiaque était si bien imitée qu'on l'aurait crue exécutée par un sosie de Joe Dassin. En tout cas, ça nous a fait un déjeuner gratuit : rien de tel pour redonner à Bernard du poil de la bête.

Sur la tombe de C. Jérôme

Pour digérer, on est allés se recueillir sur la tombe de C. Jérôme. Le mardi 14 mars 2000[1], Bernard avait frappé trois coups à la porte de ma petite soupente. C. Jérôme venait de rejoindre Claude au paradis des paillettes (pléonasme). Il m'avait montré la dépêche, découpée dans *La République du Centre*. On était allés le voir, avec Nanard, en février 1993, quand il avait fêté ses vingt-cinq ans de carrière à l'Olympia. Un grand moment. On en a approché des vraies vedettes : C. Jérôme était la plus gentille, la plus accessible, la plus profonde de toutes. Ses trente ans d'une carrière parsemée de mégatubes ne lui étaient pas montés à la tête et malgré ses 25 millions de disques vendus, il était toujours disponible, que ce soit pour ses sosies ou pour Monsieur Tout-le-monde. Il se savait malade depuis quelques années déjà, mais sa pudeur lui interdisait d'incommoder ses interlocuteurs avec le cancer qui a fini par l'emporter.

Ce n'est jamais drôle, la mort. Mais quand elle

---

1. 21 alexandrie 60.

s'abat sur un chanteur de variétés qui ne faisait de mal à personne, caché qu'il était dans un coin du monde à composer des chansons d'amour d'une simplicité enfantine, elle a quelque chose de plus dégueulasse encore. Il voyait pourtant bien, le cancer, que C. Jérôme n'était pas un méchant, qu'il adorait sa fille, qu'il était fidèle à sa femme et à son public. Il souriait tout le temps. Il pouvait rester signer des photos, des disques, sans jamais être désagréable, jusqu'à une heure avancée de la nuit après un gala exténuant. Il n'était pas prétentieux. Peu avant sa mort, il avait sorti un single au ton plus grave que ce qu'il avait l'habitude de faire : *Les bleus lendemains*, une chanson bouleversante sur l'exclusion.

Ses obsèques avaient été célébrées un vendredi triste, à Boulogne-Billancourt. Avec Bernard, on avait fait le voyage. Vers 14 heures, Claude Dhôtel alias C. Jérôme avait glissé dedans la terre. Des hommes vêtus de noir avaient fait coulisser une corde entre les poignées du cercueil. Un cercueil tout simple, avec marqué « C. D. » dessus. Ne nous berçons pas d'illusions. Les morts, on ne les pleure pas très longtemps. Leur poussière a juste été une poussière dans l'œil.

XXI

Comme les autres

Nous sommes tous des Claudes François. Surtout moi.

BERNARD FRÉDÉRIC.

« La Cérémonie des Sosies »

Palais des Congrès. Nos Bernadettes se préparent.
Bernard est maquillé. Avec son costume fait de dates
anniversaires. Il est splendide. Immense salle de réception. Tous les sosies de France et de Navarre sont là,
soit comme concurrents, soit comme simples supporters. MC Cloclo, notre vieux compagnon de sardonnade, vient nous saluer.

MC CLOCLO *(énergique)* : Bravo les gars ! Vous êtes
revenus au top.

BERNARD *(flatté, et heureux aussi de retrouver un
vieux compagnon de combat)* : Merci ! Lulu et Walter
sont là ?

MC CLOCLO : Ouais, tu parles ! Ils sont déjà au bar !

Le Palais s'emplit de Florents Pagnys, de Daves,
d'Eddys Mitchells, de Michaels Jacksons, de Gains-

bourgs, de Belmondos, de Hélènes Segaras, de Sardous, d'Eltons Johns, de Garous, d'Elvis, de Dalidas, de Sylvies Vartans, de Juliens Clercs, d'Alains Souchons, de Catherines Laras, de Coluches, de Jean-Jacques Goldmans, de Francis Cabrels, de Véroniques Sansons (je reconnais parmi elles ma copine Isabelle Forestier), de Chantals Goyas, de Daniels Balavoines (dont Patrick Papain), etc. Parmi les espèces en voie de disparition, on peut croiser quelques rares spécimens de Pierres Perrets, de Nicolas Peyracs, d'Yves Duteils, de Roses Laurens, de Laurents Voulzys décolorés qui se prennent pour des Polnareffs, de Francis Lalannes (qui se prennent carrément pour des Francis Lalannes), de Jeannes Mas, de Patricks Coutins, de Mireilles Mathieus et j'en passe.

À l'intérieur, c'est un buffet. Bernard préfère : il peut ainsi se resservir à volonté. Chaque sosie circule avec son assiette. Les tables sont préparées à l'avance, selon un protocole qui semble précis. Les Eddys Mitchells sont mélangés aux Johnnys, aux Pascals Obispos, aux Bécauds. Bien sûr, aucun Claude François n'est installé à la même table qu'un Sardou. Une tradition, enfin, veut que les Elvis ne se mélangent pas aux autres sosies : ils ont leur table à eux.

À propos des Sardous : ils affluent, arrivent les uns après les autres en se souhaitant mutuellement bonne chance. La dernière trouvaille des Michels est de titiller la patience des Claudes François en prenant prétexte du surnom de « Cloclo », basé sur le redoublement du « Clo », pour l'appliquer à tous les mots :

— Sasalulut Cloclo ! Cocomenment vavas-tutu ? Moi-

moi çaça vava bienbien. Mermercici ! Sisinonnon, tata femmfemme n'est-n'est papas vevenunue ?

Il y a quelques mois, on avait eu droit (notamment dans leurs fanzines) à des calembours minables du style : clocloaque, clocloche, clocloche-pied, cloclocher, y a quelque chose qui clocloche ?, cloclodo, cloclope, cloclopinettes, clocloportes, clocloque (« Ta femme est en clocloque, on m'a dit ? »), huis-cloclos, le débat est cloclos, la Clocloserie des Lililalas, cloclôture, cloclaudiquer, cloclause, cloclaustration, cloclaustrophobe, j'en passe – et pas des meilleures (quand ils s'en prennent aux Johnnys, ça donne des trucs comme : « Dis donc, il a jauni Hallyday ! »).

Johnny 1 et Sardou 1

Au buffet. Bousculade. Devant moi : un Elvis et une Dalida (un travesti que j'avais déjà vu en Amanda Lear en première partie d'un show Patrick Juvet). Un Dick Rivers explique à un Eddy Mitchell qu'il est devenu sosie parce qu'il ne supportait plus l'anonymat. Derrière moi, un Sardou discute avec un Johnny.

SARDOU 1 *(la main sur l'épaule du Johnny)* : T'as vu, il paraît que les Aznavours viennent pas cette année ?

JOHNNY 1 *(indistinctement)* : Ah ouais ?

SARDOU 1 : Ouais, ils boycottent… Il paraît qu'ils étaient contre l'admission des Bécauds…

JOHNNY 1 *(indigné)* : Les chieurs ! Nous, chez les Johnnys, on n'a rien dit quand on a su que les Eddys Mitchells reviendraient cette année…

SARDOU 1 : Ah ? *(Au serveur.)* Un steak-frites…
Non ! Purée s'il vous plaît…

LE ELVIS DEVANT MOI *(Au serveur.)* : Excusez-moi,
vous avez du beurre de cacahuètes ?

JOHNNY 1 *(à Sardou 1)* : Fais gaffe, la purée elle est
pleine de grumeaux ici… Sinon Françoise, ça va ?

SARDOU 1 *(tout bas)* : Comment ça, t'es pas au
courant ?

JOHNNY 1 : Non. Quoi ?

SARDOU 1 *(vérifiant que personne ne l'écoute)* : On
divorce.

JOHNNY 1 *(levant les yeux)* : Mais ça fait vingt ans
que vous étiez ensemble !

SARDOU 1 *(sec)* : Va dire ça à Michel : son divorce
avec Babette a complètement bousillé notre couple. Et
toi, avec Claire ?

JOHNNY 1 *(caressant lentement sa barbiche)* : Ben
moi je dois reconnaître qu'en ce moment Johnny me
fout plutôt la paix. S'il continue comme ça avec Laeti-
cia, y a des chances que Claire et moi on se marie.

SARDOU 1 *(avec un sourire aigre-tendre)* : Et le bébé :
ça lui fait combien de mois maintenant ?

JOHNNY 1 *(la voix rauque)* : Quel bébé ?

SARDOU 1 : Ben attends ! Claire était bien enceinte,
non, la dernière fois où on s'est croisés au « C'est mon
choix » spécial sosies ?

JOHNNY 1 *(à qui la mémoire revient)* : Aaaaaaah….
Exact ! Oui mais, non mais : comme Johnny se sentait
pas complètement prêt à être papa à nouveau, on a
décidé d'avorter.

La table des aveugles

Je rejoins Bernard. Il parle avec des sosies de sa promo qui le félicitent (ça me fait bizarre de savoir que Nanard est officiel : je n'arrive pas à m'y habituer). Il y a aussi autour de lui MC Cloclo, Walter François, Lucien Dannemois, Coluche 2, Johnny 1. On s'assied tous : il reste une place de libre. La table derrière la nôtre n'est composée que d'aveugles. Un organisateur s'approche du seul Noir de la table (les autres sont blancs mais très différents les uns des autres).

L'ORGANISATEUR *(à l'aveugle noir)* : Excusez-moi, monsieur, mais la table des Rays Charles est de l'autre côté.

L'AVEUGLE NOIR *(excédé)* : Enfin, monsieur ! Vous voyez bien que je suis le sosie de Gilbert Montagné !

LES AVEUGLES ATTABLÉS : Oui, c'est bien les Montagnés, ici !

UN ROUQUIN DE LA TABLE DES AVEUGLES : Ah ? C'est moi qui ai dû m'égarer par contre. Je suis sosie de Stevie Wonder.

Une canne blanche frôle alors les fesses de l'organisateur, au bout de laquelle se trouve un nain asiatique.

LE NAIN ASIATIQUE : La table des Andreas Bocellis, je vous prie.

Quant à Johnny 3 et Sylvie Vartan 1, ils sont assis l'un à côté de l'autre. (Les autres places, pour le moment, sont libres.)

Johnny 2, Sylvie Vartan 1 et Johnny 3

JOHNNY 3 *(à Sylvie Vartan 1)* : J'aimerais beaucoup qu'on se revoie…

SYLVIE VARTAN 1 *(gênée)* : Ben, c'est que ça va pas être possible…

À cet instant précis est arrivé Johnny 2 avec un plat de brocolis qu'il a tendu à Sylvie Vartan 1. Il avait exactement le même look que Johnny 3 (tenue et look concert au Stade de France 2000).

JOHNNY 2 *(à Sylvie Vartan 1)* : Tiens ma chérie, ton steak… Je retourne te chercher la moutarde !

JOHNNY 3 *(à Sylvie Vartan 1)* : C'est votre mec ?

SYLVIE VARTAN 1 : Oui pourquoi ?

JOHNNY 3 : Franchement, je me demande ce que vous lui trouvez.

Elvis 2 et Elvis 3

Je me lève pour aller réchauffer mes spaghettis bolognaise. Elvis 2 et Elvis 3 sont au micro-ondes pour réchauffer leurs plats. Le plat d'Elvis 3 est à l'intérieur. Elvis 2, qui porte des lunettes de soleil, attend son tour.

ELVIS 3 *(pas très à l'aise)* : Heu… Salut.

ELVIS 2 *(regardant par-dessus ses Ray-Ban)* : Dis donc, j'te connais toi…

ELVIS 3 *(penaud)* : Gérard Lemonnier… D'Étampes.

ELVIS 2 *(outré)* : Ta tronche, elle me dit kekchose…

Dis-moi : t'étais pas un Johnny, au dernier « C'est mon choix » sur les sosies ?

ELVIS 3 *(flippant)* : Heu… Ouais…

ELVIS 2 *(index pointé)* : Traître à ta race ! Tu te crois où ? Elvis c'est pas l'Armée du Salut pour les rescapés de Johnny, j'te signale !

ELVIS 3 : Ben quoi, c'est toujours du rock'n roll…

ELVIS 2 : Écoute-moi bien, Gérard Lemonnier d'Étampes, si tu poses ton cul à la table des Elvis, on te fait bouffer du beurre de cacahuètes avec des barbituriques à la petite cuiller jusqu'à ce que t'exploses… Comme le vrai Elvis ! Pigé ? *(Lui touchant le crâne.)* Pis, aplatis-moi cette banane !

ELVIS 3 : Mais…

ELVIS 2 : Aplatis-moi cette banane ou j't'éclate à coups de santiags !

Sardou 8, Elvis 14, Coluche 2, Johnny 1 et Elvis 3

Sardou 8, en passant, bouscule intentionnellement Bernard.

BERNARD *(à Sardou 8)* : Hé oh doucement, bastapute !

Elvis 14 arrive, prenant la défense de Sardou 8.

ELVIS 14 *(à Bernard)* : Quoi, t'as un problème ? Les Sardous, c'est nos potes, à nous, les Elvis… D'ailleurs faudra qu'on s'explique tous les deux, hein, la Clodette, là ?

BERNARD *(se levant, piqué au vif)* : Ho, Toto, comment tu m'as appelé ?

ELVIS 14 : T'as très bien entendu !

BERNARD : Doucement, là, parce que sans *My Way*,

Elvis il est rien. Et *My Way*, je te rappelle que c'est
Claude qui l'a écrite !

SARDOU 8 : Michel aussi, il a chanté *My Way* !

Je calme Bernard, qui se rassied.

ELVIS 14 ET SARDOU 8 *(s'éloignant en se moquant
d'un des plus grands tubes de Cloclo)* : Alexandrie,
tulut ! Alexandra !

COLUCHE 2 : À chaque fois, les Elvis y a des problèmes avec eux…

Soudain, toute la table des Elvis, pour provoquer les
Claudes François, s'est mise à chanter *Le téléphone
pleure* en tapant avec les couverts sur la table. Pendant
ce temps, Gérard Lemonnier, alias Elvis 3, s'est assis à
notre table. Johnny 1 l'a dévisagé.

JOHNNY 1 : Dis donc, tu faisais pas Johnny, toi,
avant ?

ELVIS 3 : Heu… Si.

JOHNNY 1 *(dépité)* : Et tu nous lâches pour ce gros
pudding d'Elvis ? T'as vraiment aucune personnalité !

XXII

Même si tu revenais

> S'il revenait parmi nous Claude Fran-
> çois serait le dernier à imiter Claude
> François, vu qu'il était peu imitateur.
>
> Bernard Frédéric.

Évelyne

Maïwenn, Delphine, Melinda et Magalie sont magnifiques dans leurs costumes de scène. (Un grand coup
de chapeau à la mère de Delphine. J'ai proposé qu'on
lui fasse un cadeau, mais Bernard n'a pas voulu.) Évelyne Thomas fait son entrée sur la scène. Elle est encore
plus belle en vrai.

— Mesdames, messieurs, bonjour… Merci d'être
venus si nombreux au Palais des Congrès pour cette
grande «Cérémonie des Sosies»! Nous vous rappelons que ce soir nous allons élire le meilleur sosie de
l'année dans chaque catégorie. Comme le veut la tradition, nous allons commencer par les Claudes François…

Sifflets provenant de la table des Elvis, puis de celle
des Sardous. On craint quelques problèmes entre Clo-

clos mêmes : les Claudes François 1974 (pour des raisons dont l'explication n'entre pas dans le cadre de
mon récit) ne se sont jamais très bien entendus avec les
Claudes François 1965.

— Nous allons accueillir, pour commencer, Bernard Frédéric et ses Bernadettes !

Bernard s'avance vers la scène. Applaudissements.
Dans son costume à paillettes, il n'a jamais ressemblé
autant à Claude François. Quelques Cloclos jaloux le
huent – vite rappelés à l'ordre par les représentants du
C.L.O.C.L.O.S. dont, ironie du destin, après toutes ces
années de cabale, Nanard est devenu le chouchou. Les
Elvis tentent de le ridiculiser en chantant *Le téléphone
pleure* en poussant à fond dans les aigus.

Bernard monte sur la scène. Clody Claude le regarde.
Les Bernadettes sont derrière Nanard, plantées comme
des piquets, prêtes à mettre le feu comme jamais.
Claude Sanderson ne rate pas une miette du spectacle.
Les Sardous lancent des insultes. Claudine glisse à
sa voisine une phrase méchante sur Nanard. Certains
Claudes François aimeraient que Bernard dérape, se
casse en deux, se fasse assassiner là maintenant, juste
avant que sa gloire ne soit irréversible. Claude Sylvain
est de ceux-là. On sait bien, dans tous les recoins (de la
salle, du monde), que c'est Bernard le meilleur Claude
François, lui que Claude réclame de toutes ses forces
comme seul successeur sérieux en attendant un Claude
François meilleur encore, si cela était jamais possible.
Doodoo Franky espère bien gagner. Évelyne demande
aux Sardous de mettre leurs sarcasmes en sourdine.
Chris Damour affiche un sourire méprisant. Les Sardous huent Nanard de plus belle. Doc Gynéclaude fait

semblant de n'avoir rien à faire de tout ça. Évelyne réitère sa demande auprès des Sardous d'une voix plus ferme. La jambe dans le plâtre, Claude Flavien est venu en simple spectateur. Silence intégral. Afric François est pris d'un tic nerveux. Bernard regarde au-delà des têtes, vers la sortie de secours. Chicken Claude rote, trouant le silence et déclenchant le rire des Sardous et des Elvis. Clody laisse échapper un soupir d'ennui. Nanard scrute l'horizon. Fred François joint les mains sous la table, en signe de prière, afin que Nanard rate sa prestation. Bernard n'est plus qu'une palpitation. Kiki Cloclo est la proie d'un rire nerveux. Dieu que la foule est nombreuse. Bernard se concentre. Les Frères Zanzini sont d'accord sur le fait qu'il en fait trop. Bernard ôte un grain de poussière qu'il a repéré sur l'extrémité de sa manche droite. Il prend son temps. Il est seul au monde devant tout ce monde. Il se tourne vers les techniciens. Leur fait, à la surprise générale, un geste qui signifie qu'il se passera de musique. Il fait signe à ses Bernadettes qu'elles peuvent s'en aller, leur adressant un sourire déterminé, l'œil à la fois amical et chargé de menaces, selon un cocktail de sentiments non solubles l'un dans l'autre comme Claude en avait le secret. Maïwenn regarde Delphine qui regarde Magalie qui regarde Melinda qui regarde Bernard qui ferme les yeux. Les filles quittent la scène, éberluées. Quelques sifflets tentent une percée qu'Évelyne fait avorter d'un air sévère, respectant la solennité que Nanard semble vouloir imposer à l'instant. Un des instants les plus importants de sa vie.

— Frimeur ! a lancé un Sardou.

« Chut ! » lui a rétorqué la salle entière en un automatisme unanime qui soulignait qu'il allait se passer quelque chose d'important. D'ailleurs, tout le monde sentait que ce quelque chose avait déjà commencé.

Il y avait des intelligences, dans la salle, plein d'intelligences. Des diffuses, des pointues, des originales, des aiguës, des pénétrantes, des limitées, des moyennes. Mais l'intelligence n'a jamais été le meilleur instrument pour saisir le vrai. C'est la vie qui peu à peu, cas par cas, te permet de remarquer que ce qui est le plus important pour ton cœur, tu ne l'apprends pas par le raisonnement mais par des puissances autres. Du coup, c'est l'intelligence elle-même qui, se rendant compte de leur supériorité, abdique devant elles et accepte de devenir leur collaboratrice et leur servante. Foi expérimentale. Ce qui se déroule devant toi est la vérité, et cette vérité ne passe pas par le cerveau. C'est une vérité dans laquelle tu n'as rien à faire. Ne lis pas ce qui suit. Arrête-toi là. Tu risquerais de me prendre pour un menteur ou pour un fou.

Résurrection

Pourtant je l'ai vécu, ce moment. C'est ça qui m'avait toujours séparé de Bernard : moi, je n'avais jamais osé y croire, je n'avais pas osé aller jusqu'au bout de cette pensée. J'avais toujours accepté la mort de Claude comme un postulat. Claude avait fini par être pour moi un chanteur contemporain à toutes les époques, situé dans un temps inexistant.

Comme tous ses sosies, j'avais fait carrière sur la tombe de Claude François. Il y avait toujours eu, dans notre manière à tous d'être Claude François, une sorte de détachement qui nous rendait étrangers à la nature profonde de Claude. Chacun opérait sur l'idée qu'il se faisait de Claude une retouche ineffaçable. La plupart des sosies présents pour ce « C'est mon choix » spécial étaient des dérivés de Cloclo, mais ne parvenaient jamais à être réellement Cloclo. Ils formaient un Claude François collectif.

Au fond, mon cœur était incapable de vouloir, de recevoir Claude, le vrai Claude, vivant, en mouvement. Ç'avait été dans ma vie un fantasme sur lequel j'avais fait une croix.

— Merci, Claude, d'être venu ce soir.

Et Claude, le vrai Claude, le seul ici qui fût vraiment Claude, Claude en personne, Claude en chair et en os, a posé sa main sur l'épaule de Bernard.

Je sais tes œuvres, ton labeur et ta persévérance.

Tout le monde s'est levé. Même les Elvis. Même les Sardous. Claude s'est avancé de quelques mètres sur le devant de la scène, en direction de ce public étrange composé de Claudes François qu'il ne connaissait pas, de Claudes François qui n'étaient pas lui. Exactement comme nous, finalement, nous étions en face d'un Claude François que nous ne connaissions pas, un Claude François qui n'était pas nous.

C'était un petit homme brusque et pressé. Il arpentait la scène à petits pas précipités et cadencés de ses bottines Bornéo sport brunes en cuir pleine fleur, le front baissé sous la chevelure plus jaune que blonde avec çà et là des reflets argentés, le regard tendu de bas en haut, comme un taureau. Il ne nous regardait pas en face. Il avait une gestuelle un peu brusque qui semblait être le paravent d'une timidité. Jamais je ne me l'étais représenté timide. Il avait des yeux gris-bleu et des cils qui paraissaient plus longs que sur les photos. Sa lèvre supérieure était fine, quasi inexistante. Sa bouche, large, avec de forts maxillaires. Son souffle était étonnamment court (la légende prétendait le contraire) et le parler égal, pressé, saccadé, moins nasillard que ce à quoi on pouvait s'attendre, avec un léger défaut de langue. Le plus frappant était le sang à fleur de peau, ces brusques afflux au front, aux tempes, le battement visible des artères. C'était un homme à congestions.

Il était là, dressé devant toutes ces images de lui-même, et il était la raison d'être de toutes ces vies. Il était déformé non par le mensonge, mais par la vérité. Je me disais que ses jambes étaient des jambes d'être humain, que ses mollets étaient des mollets d'être humain, que ses muscles fessiers étaient des muscles fessiers analogues aux muscles fessiers qui se trouvaient dans la salle. Il n'y a pas de sosie ni de clone qui tienne, en matière de muscles fessiers : ils sont identiques.

Toujours est-il que ce Claude-là ne faisait pas suffisamment appel à l'imagination. Il lui manquait cette dissemblance avec lui-même dans laquelle nous nous étions immiscés pour trouver un sens à notre vie. Il avait un nez que personne ici ne lui avait jamais connu, une manière insoupçonnée de poser ses mains sur ses hanches, et quelque chose dans son sourire n'allait pas. Sourire lui creusait des fossettes dont nul ne m'avait jamais parlé. À un moment, il a mécaniquement remis une mèche de cheveux en place d'une façon si spéciale

que si l'on m'avait dit la veille encore que ce geste
avait été de lui, je ne l'aurais jamais cru. Quant à sa
manière de se déplacer et à son menton, ils avaient bien
caché leur jeu pendant toutes ces années. Claude François nous éloignait sans cesse un peu plus de Claude
François.

Tout ce qu'il faisait, tout ce qu'il disait avait l'air
d'être hors sujet. J'essayais, combat perdu d'avance,
de faire entrer en compétition l'image que j'avais eue de
lui pendant vingt ans et lui. J'ajoutais, je retranchais.
Mais cette gymnastique ne rimait à rien puisqu'il était
là, étalon suprême de tous les Claudes François, diapa-
son venu donner le *la* universel.

J'avais envie de pleurer. Il y avait bien peu de notre
Claude dans Claude. Qu'avait-il de commun, là, debout
dans la lumière des projecteurs, vaguement pressé de
repartir, avec notre passé, nos joies, nos peines ? C'était
une traduction de Claude François dans une langue que
je ne connaissais pas, c'était une version différente de
Claude, presque moins ressemblante que toutes celles
que j'avais connues jusqu'à présent. Normal, puisqu'elle
« ne ressemblait pas » : elle *était*.

Claude coïncidait trop avec lui-même. Il était le
Claude François absolu au milieu de Claudes François
relatifs, déçus par chacun de ses gestes qui étaient trop
de lui, qui étaient trop lui. On avait à peine terminé
l'exégèse de sa vie officiellement connue qu'il nous
proposait déjà la suite. Cette nouveauté qui prenait de
l'avance allait donner à tous les sosies du travail sup-
plémentaire. Au cours des années, chacun d'entre eux
s'était calé dans un Claude François taillé à sa mesure.
Chacun était installé confortablement dans son Cloclo

bien à soi. Certains avaient eu le Claude François gai, d'autres le Claude François mauvais, mais enfin, ç'avait été le leur.

Chacun, à présent, allait devoir remettre son Claude François en question, voire changer radicalement de Claude François. Combien étaient-ils, en train de s'apercevoir qu'ils avaient fait fausse route dans Claude ?

Claude était campé sur la scène dans son indivisibilité têtue. Tandis que les sosies présents dans la salle du Palais des Congrès se contrariaient les uns les autres, se raturaient, se contredisaient, s'annulaient, Claude François apparaissait dans son inaliénable unité. Nous connaissions sa vie mieux que lui, mais voilà : lui l'avait vécue. Et ses oublis à lui s'avéraient plus légitimes, plus licites que notre mémoire à nous.

Claude regardait tous ces lui-mêmes. Il n'y avait pas de haine dans ses yeux, mais tous ses sosies semblaient l'écœurer. Leur visage collectif et informe, sorte de Claude François générique et monstrueux, ne renvoyait en rien à ce qu'il était, à ce qu'il savait qu'il était. Le productivisme avait fait son entrée dans le domaine de la notoriété. Ces Claudes François indiscernables étaient finalement tout sauf lui. Leur diversité, leur nombre niaient sa personne. Ces clones étaient précisément ce qu'il n'aurait jamais supporté d'être : le clone de quelqu'un.

C'était pour cet inconnu (j'allais dire : ce trouble-fête) que certains Claudes François avaient quitté leur femme, s'étaient fait quitter par elle, s'étaient ruinés, avaient sombré dans la dépression, s'étaient parfois donné la mort.

Ils comptaient sur toi, et tu les libérais
Ils criaient vers toi, et ils étaient délivrés ;
Ils comptaient sur toi, et ils n'étaient pas déçus.

Très vite, sa présence a commencé à nous faire trop sentir son absence. C'était insupportable. On voulait que Claude nous rende Claude François. Hier encore, Claude était clos. Il était aujourd'hui rouvert à tous les vents. « Je suis beaucoup plus lui que lui », pensaient certains. Et sans doute, quelques sosies parmi nous étaient de meilleurs Claudes François que lui. Je ne regrettais rien : avoir été un temps son sosie, puis avoir aidé Bernard à le devenir à son tour, s'était révélé une expérience formidable (j'allais dire « unique »).

Il y avait deux Claudes François dans la salle : nous, d'un côté, et lui, de l'autre. Nous : le Claude François multiple, riche de possibilités. Lui : le Claude François dépouillé de tous les « moi » qu'il aurait pu être et que nous étions. Il y avait peut-être dans la salle un Claude François que Claude aurait vraiment rêvé d'être ou du moins un Claude François à qui il aurait aimé ressembler.

Il y avait des sosies qui, las d'être des Claudes François, usés qu'ils étaient par une vie entière dans Claude François, en profitaient pour faire des provisions de défauts qu'ils repéraient chez Claude et qu'ils utiliseraient, dès le lendemain matin, pour entamer leur long travail d'oubli, de renoncement. C'était la première fois qu'un travail de deuil était déclenché par une résurrection.

D'autres au contraire cherchaient à l'aimer d'une manière plus exacte, plus précise, plus adaptée à la personne qu'il *avait l'air d'être*. Le risque était alors de passer d'un embellissement à un autre, de troquer sans transition l'amour pour un mort contre l'amour pour un vivant en ne faisant que travestir juste ce qu'il fallait de son ancienne admiration pour qu'une nouvelle admiration prenne place, comme dans une simple mise à jour.

La vérité était que la plupart des Claudes François n'étaient pas prêts à affronter cette situation. Car le Claude François à qui Bernard souriait sur la scène (et Claude avait répondu plusieurs fois à ce sourire, rajoutant çà et là un clin d'œil) était Claude François amplifié par le fait qu'il l'était vraiment, si bien qu'on voyait en lui une forme d'exagération à l'envers : il n'en faisait pas assez dans l'imitation de Cloclo, et d'habitude les Claudes en font toujours un peu trop.

Le fait qu'il lui « suffisait » d'être lui-même pour être Claude François nous apparaissait comme injuste tant cela donnait une impression de facilité qui niait tout le travail de mimétisme et d'imitation qu'on avait dû fournir pendant des années. Il nous infligeait à tous, comme une gifle, qu'être Claude François était pour lui une évidence. Il était une provocation vivante aux yeux de tous les Claudes François qui s'étaient réalisés à la force du poignet.

Claude me parut soudain infranchissable, barré de tous les côtés. Claude était devenu en quelques minutes le pire ennemi de Claude François. On n'arriverait pas à changer Claude selon notre désir : il faudrait donc que ce soit notre désir qui change. Personne ne pourrait plus jamais l'imiter *comme avant*. Désormais, entre les Claudes François et Claude François se dressait un obstacle : Claude François lui-même. Claude n'était plus un simple contenant, mais était redevenu un contenu.

Je ne me faisais aucune illusion sur ce que Claude pensait de nous. On avait passé notre existence auprès de lui et on sentait qu'il n'avait guère envie de passer plus de quelques minutes avec nous. Si encore il nous avait félicités pour notre travail. Si au moins il nous avait encouragés (je commençais à regretter de moins en moins mon passage dans C. Jérôme) : mais il était évident qu'il allait nous laisser nous dépatouiller tout seuls dans notre amour pour lui, que jamais il ne deviendrait un ami, ni même une connaissance. Il allait repartir sans nous donner son numéro de téléphone.

Certains ont commencé à prendre des photos. Je n'en ai pas eu la force. Car tandis que je regarderais chez moi la photo de Claude, je saurais que, pendant ce temps-là, sa vie, sa vraie vie continuerait quelque part, distincte, indépendante de cette photo, et peut-être même en contradiction totale avec elle.

Le scrutant avec attention, je me promettais de persuader Bernard de mettre la clef sous la porte. Mais mes sentiments étaient contradictoires, car je redoutais aussi terriblement qu'il s'en aille.

— C'est très sympa, ce que vous faites. Merci à tous.

« Sympa ». Voilà comment il décrivait nos sacrifices, notre fidélité, notre religion, nos vies : comme quelque chose de « sympa ». C'est alors que j'ai compris qu'il ne fallait pas se laisser faire. Nous étions ses serviteurs, pas ses valets de chambre. Cette façon qu'il avait de faire intrusion dans sa vie, comme ça, sans prévenir, était insupportable. Car sa vie, c'était à nous qu'elle appartenait désormais. Cette vie, c'était nous qui lui avions donné corps pendant plus de deux décennies. Il n'avait aucun droit de nous la reprendre en se faisant ainsi concurrence à lui-même, sans nous demander notre avis, sans nous demander *son* avis.

Il fallait qu'il comprenne que, pendant son absence, sa vie s'était engagée vers d'autres voies. Il fallait qu'il comprenne qu'il était démodé, que d'autres Claudes que lui l'avaient ringardisé, allant plus loin en Claude que lui-même. Il ne pouvait plus ni se ressembler, ni se rassembler. Sans doute, il resterait comme une voie possible, mais ce ne serait plus jamais comme le seul chemin valable. Il ne serait plus qu'une possibilité de Claude François parmi d'autres. Il ne serait plus jamais l'issue unique, autoritaire et définitive. Il deviendrait une indication et non plus un modèle.

D'accord : il ne serait jamais un Claude François lambda, un Cloclo banal, un Claude comme vous et moi. Mais des gens comme Luc François ou Claude Sanderson avaient, après tout, passé plus de temps dans la peau de Claude François que Claude lui-même. Des jeunes sosies surdoués, comme Bernard, avaient dû traverser les (sales) années 80 et 90 en Claude : en prenant la relève, ils avaient également pris le dessus.

Il semblait donc hors de question que Claude vienne, comme si de rien n'était, cueillir le fruit du travail d'autrui. Ils avaient été ses sosies, pas ses nègres. Chaque Claude François, au vu d'années de labeur pour être au top en Cloclo, aurait très mal pris que Claude reprenne tranquillement sa place. Il avait montré la voie : il était aujourd'hui dépassé.

Il ne fallait pas qu'il nous en veuille. On n'avait

jamais été préparés à ça. De toute façon, il est fort probable qu'aucun des Claudes présents n'aurait rien eu à lui dire, ni lui à leur dire.

— Ne vous inquiétez pas. Je ne suis pas venu reprendre ma place. C'est la vôtre à présent.

Ça a rassuré tous les Claudes François qui pensaient se retrouver au chômage dès le lendemain. Puis, Claude a effectué un demi-tour très scénique vers Bernard, doublé d'un moulinet rapide avec les bras rappelant la chorégraphie de *Magnolia* :

— Bon, on va pas tarder, nous.

Tu m'as répondu !
Je vais redire ton nom à mes frères
et te louer en pleine assemblée

— Oui, Claude.

XXIII

Il ne me reste qu'à partir

> J'aurai bientôt 39 ans, l'âge auquel
> Claude nous a quittés. On verra bien
> ce qui se passera. J'ai pas peur.
>
> BERNARD FRÉDÉRIC.

Le poids du corps

Quand Véro a appelé pour savoir comment ça s'était
passé, je n'ai pas osé lui dire que Bernard, au moment
de chanter, avait craqué et avait quitté la scène, sous
les sifflets des Sardous et des Elvis, à la consternation
du C.L.O.C.L.O.S. et à la surprise générale. Puis qu'il
s'était enfui dans les coulisses. C'est une assistante
d'Évelyne Thomas, Anissa, qui a découvert Bernard,
dans une loge, les mains au-dessus de la tête.

Mon Claude, mon Claude, pourquoi m'as-tu abandonné ?

Quand Anissa l'a trouvé, ses mains étaient encore
collées à l'ampoule.

Je suis le mal aimé
Les gens me connaissent
Tel que je veux me montrer
Mais ont-ils cherché à savoir
D'où me viennent mes joies
Et pourquoi ce désespoir
Caché au fond de moi [1]

Elle a tenté de l'en arracher. Raidi dans la douleur, la chair et les ligaments transpercés par les volts, Bernard lui a souri. Le poids du corps a déchiré les plaies causées par le contact avec l'ampoule.

Tous mes membres se disloquent.
— *Mon cœur est pareil à la cire,*
Il fond dans mes entrailles.
Ma vigueur est devenue sèche comme un tesson,
La langue me colle aux mâchoires.
Tu me déposes dans la poussière de la mort.

Puis sa tête s'est inclinée sur sa poitrine et il a expiré. Il allait pouvoir commencer la vie claudienne qu'il allait mener dans le cœur de l'humanité pour des siècles infinis.

À la suite de l'épreuve endurée par son âme,
il verra la lumière et sera comblé

---

1. *Le mal aimé*, 45 t Flèche 6061 196 (juillet 1974), 33 t Flèche 6325 678 (octobre 1974) et *Claude François sur scène été 75* 33 t Flèche 6325 683 (octobre 1975).

Sermon du Révérend Père
Paul-Éric Blanc-François

« Les catholiques romains croient en leurs saints, qu'ils prient et honorent, et dont les reliques sont adorées par eux. Les Russes orthodoxes adressent leurs prières aux Pères et martyrs de l'Église archaïque. Les musulmans ne sont plus que respect, humilité et dévotion face à leurs awliyâ' Allâh et à leurs maîtres soufis. Les bouddhistes se prosternent devant leurs saintes figures : arahants, bodhisattvas et lamas pour les Tibétains. Dieux humains, hommes divins : les hindous vénèrent des gurus. Les juifs ont Abraham et Moïse, quelques martyrs et de nombreux rabbins. Nous autres, nous avons Claude François. Il est notre sainte figure. Il est le Saint des saints. Car seul Claude François est absolument Claude François.

« Mais être un sosie, un imitateur, ça veut dire beaucoup. Il se cache, derrière, une philosophie qui nous dit que tous les Claudes François sont égaux entre eux, qu'ils sont équivalents les uns aux autres. Il y a quelque chose de démocratique dans la célébrité de Claude répartie équitablement entre tous ses sosies. La justice de Claude est distributive.

« Par l'imitation, ce sont tous les Claudes François qui sont reliés à tous les autres Claudes François. Tout Claude François, quel qu'il soit, peut venir, avec sa singularité propre, son caractère particulier, enrichir cette fresque vivante, ce *work in progress* humain qu'est Claude François.

« Grâce à ses sosies, Claude a pu connaître des

années telles que 1982, 1987, 1994 ou 2000. Parce qu'il s'est trouvé sur la terre des êtres pour l'incarner à ces dates-là. De toute façon, les amis de Claude, ceux qui communient avec lui en dansant sur un podium, en interprétant *Comme d'habitude* sur scène ruisselants de sueur, ceux-là savent que pour recevoir le génie dont ils ont besoin, ils n'ont qu'à le demander à Claude au nom de tous les Cloclos. C'est en leur nom que je vous invite maintenant à prier pour l'un des meilleurs qui fut jamais.

« L'histoire d'un Claude François, le destin de Bernard en est la magistrale illustration, est toujours une histoire d'amour. Mais être un Cloclo n'est pas rester un amoureux solitaire. C'est communier, un bouquet de magnolias à la main, avec tous ceux pour qui Rio est autant une ville qu'une chanson, Alexandrie, une mélodie autant qu'un port.

« Cher Bernard, l'heure est donc venue pour toi de rejoindre celui que tu as aimé plus que toi-même. La route qui t'a mené jusqu'à lui n'a pas toujours été facile. Tes amis, tes proches, à certains moments, ne te comprenaient plus et éprouvaient devant toi un sentiment de crainte. Ta mauvaise humeur contre toute résistance t'entraînait jusqu'à des actes inexplicables et en apparence absurdes. L'obstacle t'irritait. Mais ce que peu comprenaient alors, c'est que, avec une dignité, une fidélité qui forcent le respect, tu ne faisais que suivre Claude sur le chemin de l'irascibilité croissante. Ta notion de "Fils de Claude" se troublait, s'exagérait. Mais c'est bien là la preuve que la divinité a ses intermittences. Qu'on n'est pas Fils de Claude toute sa vie et d'une façon continue. Qu'on l'est à certaines heures, par des illuminations soudaines, perdues au milieu de longues obscurités.

« Non, Bernard, tu n'as pas été impeccable. Tu as vaincu les mêmes passions que celles que nous combattons. De même que certains de tes grands côtés sont perdus pour nous à jamais, il est probable aussi que beaucoup de tes fautes ont été dissimulées. Mais jamais aucun Claude François autant que toi n'a fait prédominer dans sa vie l'amour du métier et la passion de Claude sur les vanités mondaines. Voué sans réserve à ton art, tu y as subordonné toute chose à un tel degré que l'univers n'exista plus pour toi. C'est par cette volonté que tu as conquis la gloire. Il n'y a pas eu de Claude François, hormis peut-être Claude lui-même, qui ait à ce point foulé aux pieds la famille et les joies de ce monde. Tu ne vivais, cher Bernard, que de ton public et de la mission que tu avais la conviction de remplir.

« Goethe dit dans son épître didactique : "L'imitation est innée en nous ; mais nous ne reconnaissons pas sans peine ce qu'il nous faut imiter. L'excellent se rencontre rarement ; il est apprécié plus rarement encore." Tu as su nous montrer, cher Bernard, et nous tenons tous ici à t'en remercier, qu'il en est de la valeur des Claudes François comme de celle des diamants qui, à une certaine mesure de grosseur, de pureté, de perfection, ont un prix fixe et marqué mais qui par-delà cette mesure restent sans prix et ne trouvent pas d'acheteurs. Le public vantera toujours les Claudes François inférieurs, admirera les Claudes François moyens et ne comprendra pas les Claudes François les plus grands.

« Pour nous, éternels enfants, condamnés à l'impuis-

sance, qui travaillons sans moissonner, et ne verrons
jamais le fruit de ce que nous avons semé, inclinons-
nous devant toi, Bernard, qui a su ce que nous ignorons :
créer, affirmer, agir. La grande originalité renaîtra-t-elle,
ou le monde se contentera-t-il désormais de suivre les
voies que tu as contribué à ouvrir ? Claude seul le sait.
Tu n'as jamais eu la prétention de faire mieux que ton
modèle. Tu disais souvent : "Je crois en Claude parce
qu'il a bien voulu croire en moi."

« Tu savais mieux qu'un autre que Claude ne sera
jamais surpassé. Mais ton culte restera pour nous un
modèle qui nous rajeunira sans cesse. Ta légende pro-
voquera des larmes. Tes souffrances attendriront les
cœurs. Les siècles proclameront qu'entre les fils de
Claude, il n'en est pas né de plus grand que toi. Un
novateur, dans une discipline, ne risquait que la mort,
et la mort est bonne à ceux qui travaillent pour l'avenir.

« Repose maintenant dans ta gloire, noble imitateur.
Ton imitation est achevée. Ta divinité est fondée. Ne
crains plus de voir crouler par une faute l'édifice de tes
efforts. Désormais hors des atteintes de la fragilité, tu
assisteras, du haut de la paix claudienne, aux consé-
quences infinies de tes actes. Pour des années et des
années encore, les nouvelles générations de Claudes
François vont relever un peu de toi. Pleinement vainqueur de la mort, prends possession du Royaume de
Claude François où te suivront, par la voie royale que
tu as tracée, des siècles d'adorateurs.

« S'être fait aimer "à ce point qu'après sa mort on ne
cessa pas de l'aimer", voilà le chef-d'œuvre de Claude
François. Tu l'as aimé, toi, plus que n'importe qui. Si
Claude revenait parmi nous, il reconnaîtrait pour dis-

ciples, non ceux qui prétendent le renfermer tout entier dans quelques phrases de catéchisme, mais ceux qui travaillent à le continuer. La gloire éternelle est d'avoir posé la première pierre. Je crois que, toi Bernard, tu as posé la seconde. »

R.I.P.

Il y a deux catégories d'amis : ceux à l'enterrement desquels on assistera, et ceux qui assisteront au nôtre. Bernard étant passé officiel, il a eu droit à de véritables obsèques de Claude François. Il y a à Dannemois, non loin du cimetière où est enterré Claude, un cimetière adjacent où reposent tous les Claudes François officiels qui en ont fait la demande. Sous le soleil hivernal, le long de la route qui va du Moulin au cimetière des Cloclos, le cercueil a été transporté par des Claudes François robustes, suivis d'une multitude de sosies et de danseuses, tandis qu'en tête du cortège François Michael, le président *honoris causa* du C.L.O.C.L.O.S., en habit de scène (le costume porté par Claude à Provins le dimanche 29 juin 1969[1]) avançait seul. Les groupies sont venues par dizaines.

> *Des femmes se frappaient la poitrine et se lamentaient sur lui*

Un peu avant d'arriver au cimetière, François Michael a fait un signal. On s'est tous arrêtés un instant : Véro,

---

1. 28 flèche 30.

Mouss, les Bernadettes et moi. Le cercueil a alors été
placé sur les épaules et le rite a commencé : pied droit
en avant, genoux fléchis, mouvement des hanches vers
la gauche, puis genoux pliés en avant et mouvement
des hanches vers la droite. C'était un surf, car Bernard,
bien que non spécialiste de la période yé-yé, était
reconnu pour sa maîtrise de cette danse claudienne (le
poids du cercueil, la route en pente et la fatigue ont
failli à plusieurs reprises casser le rythme sacré). Par
ces pas de danse, exécutés sur place, on symbolise le
fait que le Claude François défunt craint de laisser ses
amis, ses pairs, sa communauté, et qu'il avance avec
mauvaise volonté vers la terre froide, le trou béant. Ce
déhanchement chorégraphique du cortège se fait au son
de paroles tristes d'une chanson de Claude qui, résonnant comme un cantique plaintif échappé de voix mono-
tones, s'élèvent humides de larmes :

> *Oh oui le plus malheureux*
> *C'est celui qui reste*
> *Et celui qui reste*
> *C'est moi* [1]

Le corps de Bernard a été descendu lentement au
fond du trou, entre les modestes vases où se fanaient
les humbles magnolias des pauvres. Les premières pel-
letées de terre sont tombées avec un bruit sourd sur le
bois du cercueil. La chanson de Claude s'est précipitée, est descendue avec la terre grise, s'unissant dans la

---

1. *Avec la tête, avec le cœur*, 33 t Philips/Flèche 844 801
(décembre 1968).

fosse à l'humus, au sable, aux grosses pierres, formant sur le Cloclo endormi pour son dernier sommeil un mélange de terre et de musique, de glaise et de paroles :

Oui le plus malheureux
C'est celui qui reste
Et celui qui reste
C'est moi

On a opéré ensuite le signe dit « du marteau », signe de réconciliation de tous les Claudes François entre eux, de toutes les chapelles claudiennes, de toutes les mouvances, de toutes les obédiences. Ça m'a gratté la tête : un nouveau champignon était en train de me pousser, situé plus à gauche. Avant de s'en aller, Véro a lancé un magnolia.

LES HOMMES RESSEMBLENT PARFOIS
PLUS AUX AUTRES QU'À EUX-MÊMES

23 flèche 62 (11 mars 2002), 15 heures.

ANNEXES

La plupart des Claudes François
rêvent d'être Claude François. Pendant qu'ils en rêvent, moi, j'y travaille.

BERNARD FRÉDÉRIC.

ANNEXE 1

QUELQUES CLAUDES FRANÇOIS CÉLÈBRES

Cette brève galerie se borne à présenter les Claudes François les plus marquants. Les Claudes François officiels sont indiqués par un ○. Le symbole ● indique qu'ils ont été radiés.

AFRIC FRANÇOIS ○
(Polycarpe M'Bawé, dit) Abidjan, 1960 -

Premier Claude François noir, Afric François a la révélation de sa vocation lors des deux concerts que Claude donna à Abidjan, en Côte-d'Ivoire, les 7 et 8 décembre 1977[1]. Son charisme, ses dons de danseur et sa fidélité profonde à l'esprit originel de Claude François l'amènent à fonder en 1984 la Conférence des Claudes François de couleur et à s'attaquer au système de ségrégation qui, chez les sosies, consistait jusque-là à ghettoïser les sosies noirs en les enfermant dans Ray Charles ou James Brown. On lui doit également l'organisation du Colloque anniversaire « Cloclo aujourd'hui » (11-13 mars 1998[2]). En hommage à la mère de Claude François, Chouffa (« artichaut » en arabe), Afric François commande toujours un artichaut au dessert. Il est aujourd'hui responsable de la chaire « Claude François et l'art de la rythmique » à l'Université de Dannemois.

---

1. 8 et 9 magnolias 38.
2. 12-14 clodettes 58.

ALBERT CLAUDE ○
(Jean-Marie Fouchardier, dit) Dreux, 1933 - Dreux, 1997

Chanteur de moyenne envergure, coach de Mort Schubert, sosie de Mort Shuman, il est le fondateur et premier directeur du Comité Légal d'Officialisation des Clones et Sosies (C.L.O.C.L.O.S.) établi à Dannemois. Albert Claude voit rapidement échapper à son autorité la première génération des Claudes François free-lance dont il doit affronter l'opposition. En collaboration avec les fan-clubs officiels, ces mouvements fractionnistes sont rapidement mis au pas. Il s'oppose en outre à la tentation sécessionniste de la mouvance disco des Claudes François homologués, puis résiste à la tentative de putsch de la mouvance yé-yé au début des années 80. Contre toute attente, il réussit néanmoins à réaliser l'unité claudienne.

BRUNO MICHEL ○
(Zladek Scjhtlazko, dit) Belgrade, 1949 - Nice, 1982

Bruno Michel est à ce jour l'unique sosie officialisé Claude François à titre posthume. À première vue, il existait autant de points communs entre Claude et lui qu'entre Mylène Farmer et la Joconde : il est un des rares Cloclos qui aient été plus petits que l'original puisqu'il ne mesurait que 1,57 m contre 1,72 m pour Claude. Zladek était un Bohémien immigré qui ne lésinait ni sur l'alcool (chose impensable avec Claude), ni sur le jeu (idem), ni sur la bagarre (idem). Il traînait en outre derrière lui de vagues affaires de réseaux de prostitution. Mais le pire (véritable crime de lèse-Cloclo) était sa paresse légendaire. Une fois sur deux, il ratait un gala. Souvent, il se faisait payer puis disparaissait plusieurs semaines de la circulation. On recevait alors de lui une carte postale de Rio de Janeiro. Ses danseuses, qu'il ramassait sur le trottoir, étaient fréquemment battues. Mais il y a une chose par laquelle Zladek Scjhtlazko alias Bruno Michel avait surpassé tous ses collègues Claudes François : il mourut électrocuté dans sa baignoire.

CHICKEN CLAUDE
(Gilles Pujol, dit) La Rochelle, 1964 -

Gilles Pujol connaît une enfance perturbée. Il découvre les numéros de *Podium*, de *Salut les copains* et de *Mademoiselle Âge Tendre* sur lesquels son grand-père, handicapé moteur, passe ses journées à se masturber. Un soir de 1982, une bande de loubards s'introduit dans sa chambre et tente de l'égorger. Dès lors, il ne supporte de passer ses nuits qu'en écoutant du Claude François. En 1984, il produit ses premiers happenings sous le nom de Trash François, et finit ses shows en égorgeant des poulets sur *Le téléphone pleure*. C'est de cette période que date le surnom de « Chicken Claude », qu'il adopte comme nom de scène à partir de 1987. Influencé aussi bien par le heavy-metal, Alice Cooper, les serial killers ou Warhol, tout droit sorti d'un film de John Waters, Chicken Claude apparaît comme le chef de file de la mouvance trash dans le milieu des Claudes François indépendants. On peut parler ici d'underground claudien. Sur scène, sur fond de larsens, Chicken Claude, après avoir donné des coups de pied à ses musiciens ou à ses danseuses (la plupart du temps des travestis), se déshabille intégralement, urine dans ses bottines, en boit le contenu et asperge le premier rang. Puis il arpente la scène à quatre pattes tandis qu'une jeune fille le fouette. Le duo du *Téléphone pleure* a généralement lieu entre lui et une vieille dame handicapée. Le show se termine en apothéose : Chicken Claude se fait attacher et recouvrir de grains, permettant ainsi à une trentaine de poulets (qu'il égorge au rappel) de venir picorer sur son corps.

CHRIS DAMOUR ○
(Francis Prunelas, dit) Rouffiac, 1959 -

« Devenir célèbre est pour moi une revanche sur le destin. Je n'ai pas la prétention de devenir aussi célèbre que Claude François, bien sûr. Mais c'est dans Claude François que je veux l'être. » Telle est la profession de foi de ce sympathique sosie, apprécié de tous. En 1987, alors expert-comptable établi à son compte, il se ruine en achetant le même modèle de Pontiac que celui que s'était offert Claude en 1959. Après sept ans passés à Punta del Este (Uruguay), entretenu selon les mauvaises langues par une ancienne maîtresse fortunée de Claude, il revient en France et se ruine de nouveau en achetant une Thunderbird identique à celle que son idole s'était offerte en 1960. Il tente, pour rembourser ses dettes, d'écrire des chansons pour Danyel Gérard, qui les refuse. Passé officiel en 1992 (promotion France Gall) mention « très bien avec félicitations du jury », il incarne un visage jovial de Claude François qui ravit un très large public.

CLAUDE FLAVIEN ○
(Éric Hatsadourian, dit) Contrexéville, 1951 -

Issu d'une famille d'ouvriers, le jeune Hatsadourian perd son père, un des meilleurs sosies de Bourvil de l'époque, quelques mois après sa naissance. Sous l'influence de sa sœur, une groupie de Claude, il s'oriente très jeune vers le claudisme. À Contrexéville, il crée les Cloclo's, un groupe dédié à la musique de Claude et fonde un fanzine qui ne connaîtra pas moins de 229 numéros, *Les Cahiers de Claude*, qui le fera remarquer par le C.L.O.C.L.O.S. Devenu maître d'œuvre du *Bulletin d'Études Claudiennes*, il entame parallèlement une carrière de sosie spécialisé dans les duos, qu'il a la particularité étonnante de chanter seul, passant sans transition de la voix de Claude à celle de la petite Frédérique sur *Le téléphone pleure*, de Martine Clemenceau sur *Quel-quefois* ou encore de Kathalyn sur *Toi et moi contre le monde entier*.

CLAUDE SANDERSON ○
(Yves Goldstein, dit) Nevers, 1938 -

Sosie historique, dans le circuit depuis le début des années 70, il était déjà un Claude François du vivant de Claude François. Considéré par Claude lui-même comme son unique rival vocal, cet originaire de la Nièvre, membre fon-dateur du C.L.O.C.L.O.S., reste, à 65 ans passés, le plus grand Claude François romantique de tous les Claudes Fran-çois. Baryton léger qui peut monter jusqu'au ténor d'un chanteur d'opéra, il est époustouflant dans les aigus sur *Magnolias For Ever* ou *Alexandrie, Alexandra*. Snobé par la jeune garde claudienne qui voit en lui un ringard entachant l'image d'un Claude François à la jeunesse éternelle, Claude Sanderson a su imposer son élégance naturelle et, loin des modes claudiennes et des courants claudiens en vogue, il fidélise un très large public qui l'ovationne parfois pendant près d'un quart d'heure.

CLAUDE SYLVAIN ○
(Alain Lemesle, dit) Charleville-Mézières, 1949 -

De la génération Sanderson, ce chanteur exceptionnel, d'une force, d'une sensibilité et d'une puissance comparables à un Dick Rivers ou à un Eddy Mitchell, a parfois donné l'impression de s'être trompé de voix, et donc de voie, en choisissant de faire carrière dans Claude François. Plus spé-cialisé dans le répertoire twist de Claude, plus fin connais-seur de *J'y pense et puis j'oublie* (1964) ou d'*Amoureux du monde entier* (1966) que de *Magnolias For Ever* ou d'*Alexandrie, Alexandra*, il est en outre un des derniers Claudes François sur terre à maîtriser encore le spring twist, le dengué, le locomotion, la pachanga, le madison ou le sucu sucu.

CLAUDINE ○
(Nathalie Salvet, dite) Saint-Malo, 1945 -

Première Claude François femme officiellement reconnue (promotion Sinatra, 1987), cette Malouine à l'étonnante voix enfantine s'est d'abord spécialisée dans les galas pour enfants en reprenant les titres écrits par Claude pour la jeunesse (*Sale bonhomme*, *La mouche à la queue bleue*, *Fred*, *Le zoo de Vincennes*, etc.). Variant aujourd'hui les registres et multipliant les tournées, elle est parvenue, dans le milieu assez macho des Claudes François (qui voit en elle la Chantal Goya des Cloclos), à imposer au cours des années un personnage de mamie-gâteau à la gaieté explosive, coiffé de mèches multicolores et couvert de vêtements et accessoires bariolés.

CLAUDY CHARLES ○
(Henri Brieux, dit) Tulle, 1949 - Dannemois, 1988

Fils d'un sosie de Georges Guétary, ex-sosie de Dave reconverti en Claude François en 1977, reçu major à l'examen de Claude François officiel en 1980 (promotion Magnolias), il est le premier sosie à avoir eu recours à la chirurgie esthétique à une époque où cette pratique était encore très mal vue chez les Claudes François. Né le 1er février 1949[1], dix ans jour pour jour après Claude François, ce sosie exemplaire se donnera la mort le 11 mars 1988[2], soit dix ans jour

1. 28 magnolias 10.
2. 14 rio 48.

pour jour après Claude François, devant l'entrée du Moulin, en se tirant une balle dans la tête.

CLODION
(Claude-Adrien Giroux, dit) Sérignan, 1951 -

Chez Clodion, personnalité électrique, se mêlent les cultures yé-yé du premier Claude François et disco de la dernière période. Imprégné de twist et de mashed-potatoes, il prône, dans la grande tradition orthodoxe claudienne, la résistance non violente aux Sardous. Après une formation faite sur le terrain de gala en gala et une thèse consacrée aux « Numéro Un Claude François » de Maritie et Gilbert Carpentier, il appelle à la désobéissance lorsque, en 1983, le C.L.O.C.L.O.S. entend interdire la présence des sosies indépendants de Claude François dans l'enceinte du cimetière de Dannemois. En 1985, il lance une campagne de « bonne volonté » pour mettre fin au racisme anti-« Cloclo free lance ». Il engage même une grève de la faim pour que soit acceptée l'officialisation automatique, sans discrimination ni examen de passage, de tout Claude François qui en ferait la demande. Marginalisé, discrédité par une campagne calomnieuse orchestrée par les fan-clubs officiels, il vit aujourd'hui à Besançon, retiré de l'activité claudienne, où il exerce la profession de jardinier municipal.

CLODY CLAUDE ○
(Alain Lechantre, dit) Mougon, 1966 -

De son vrai nom Alain Lechantre, Clody Claude est le premier Claude François officiel à avoir fait son coming-out. On lui doit en 1994 la création de l'A.R.C.H. (Association pour le Regroupement des Cloclos Homosexuels). Souffre-douleur privilégié des Sardous, mal perçu par l'aile traditionaliste du C.L.O.C.L.O.S., il doit son officialisation (1990, promotion Ness-Ness) à un sens inné de la technique claudienne, en particulier pour les chorégraphies. Exigeant (certains diront : tatillon), il apporte au métier de Claude François la précision qui lui a parfois fait défaut ces dernières années.

CLOCLO LIONEL ●
(Lionel Lepetit, dit) Poitiers, 1957 -

La plus longue, la plus pénible, la plus courageuse des entreprises de Cloclo Lionel, Monsieur Claude François Univers 1983, a été de rompre avec l'orthodoxie claudienne incarnée par le C.L.O.C.L.O.S. à laquelle, longtemps, il fut, semble-t-il, très attaché. Mais il préféra la polémique et créa, tandis qu'il achevait sa thèse de 3ᵉ cycle à l'Université de Dannemois sur les rapports de Claude François et de l'espace musical londonien, l'Église de claudologie. « Adorer Claude au sein d'une chapelle créée à cette fin, c'est dresser le Temple, non d'un amour singulier, mais de l'amour universel », a-t-il écrit dans son magnifique ouvrage *La Claudification du monde* (éd. La Merlatière, 1989). Il travaille actuellement sur un projet de Clocloland, un parc d'attractions conçu sur le modèle de Disneyland.

DOC GYNÉCLAUDE ○
(Bruno Beauseigneur, dit) Paris, 1963 -

D'origine antillaise, enfant des cités, influencé par Kraftwerk, DMX Krew et Aphex Twin, Doc Gynéclaude, Claude François précoce, a révolutionné la variété populaire claudienne en y introduisant des influences électroniques, ouvrant la brèche à des mouvances Cloclo tournées vers la techno, le hip-hop et la house. Son rôle dans le succès des tubes de

Claude François dans la nuit parisienne a été prépondérant ces dernières années. On lui doit également, entre autres, la compilation *Trans-goa Megaremix Claude 2000* qui fit fureur durant l'été 1998.

DOODOO FRANKY ○
(Marcel Doudou, dit) Fort-de-France, 1980 -

Ce Claude François antillais est l'un des pionniers du zouk claudien. En 1996, il obtient son premier succès en métropole au 17ᵉ Congrès des Claudes François où il crée l'événement avec son adaptation biguine, très contestée par certains, de *Si j'avais un marteau*.

FRED FRANÇOIS ○
(Alfred Fourré, dit) Mulhouse, 1961 -

Premier sosie officiel yé-yé de l'histoire, il est l'auteur d'une étude remarquée sur les relations entre Claude François et le magazine *Salut les copains* [1]. Promu en son temps plus jeune sosie officiel de France, il connaît une carrière rapide et brillante, assurant à 18 ans la première partie de Sim et Patrick Topaloff sur la tournée «Où est ma chemise grise?». Mais, malgré ses aptitudes, il est freiné et limité dans son ascension professionnelle parce qu'il est né un 26 janvier, comme Michel Sardou. En 1994, il est accusé d'avoir transmis des secrets sur Claude François à la S.A.R.D.O.U.S. (Société Agréée de Remise du Diplôme Officiel et Universel des Sosies de Sardou). Après une procédure à huis clos bâclée, le C.L.O.C.L.O.S. le condamne le 22 décembre 1994 [2], au vu de faux documents, à la dégrada-

1. *Claude François ou le Copain salué*, Presses universitaires du Moulin, 1981.
2. 26 ness-ness 55.

tion claudienne. En 1996, le président de la mouvance yé-yé, Jean-François Claude, relance l'affaire en démontrant que le véritable espion est en fait un autre Claude François officiel, Claudy Strong, qui a eu un lourd passé de Michel Sardou dans la région d'Aix-en-Provence. Mais celui-ci n'est pas inquiété. En janvier 1998, Pascal Sevran, dans « La chance aux chansons », réclame que justice soit faite. En décembre 1999, le comité révise enfin le procès. Fred François est aujourd'hui Claude François d'honneur à Dannemois.

KIKI CLOCLO
(Joachim Dumaz, dit) Auxerre, 1978 -

Sa venue au monde le jour de la mort de Claude, le 11 mars 1978[1], l'a propulsé d'office, par dérogation spéciale, au rang de Claude François officiel. Kiki Cloclo est à ce jour le seul sosie officiel par naissance. Les jaloux prétendent que s'il avait dû passer l'examen, il aurait sans doute été recalé. En réalité, la personnalité exubérante de ce jeune Claude François en devenir, remarquable improvisateur, capable de passer du chant au rap, du madison-twist au pogo, ainsi que sa propension aux délires et son humour juvénile apportent une fraîcheur salvatrice dans le milieu très académique des sosies officiels.

LE PÈRE CLOCLO
(Anatole Fourchaume, dit) Decize, 1924 -

Âgé de 79 ans, le Père Cloclo est le doyen des sosies de Claude François. Recalé chaque année à l'examen de sosie officiel (qu'il s'évertue à présenter alors que l'âge limite est de 38 ans $^1/_2$), on le reconnaît à ce qu'il est habituellement

---

1. 15 sha la la 38.

vêtu d'un habit bleu barbeau, d'un gilet de piqué blanc sous lequel fluctue son ventre piriforme et proéminent, qui fait rebondir une lourde chaîne d'or garnie de breloques. Ses interprétations des chansons de Claude François, pittoresques pour les uns, pathétiques pour les autres, présentent malgré tout le mérite de prouver qu'il n'y a pas d'âge pour rendre hommage à Claude.

LES FRÈRES ZANZINI
(Gérald et Jean-Marie Zanzini, dits) Lyon, 1966 -

Ces frères siamois, qu'aucune opération chirurgicale n'a réussi à séparer l'un de l'autre, sont les seuls à se présenter comme un «double Claude François», même si pendant longtemps ils se sont déchirés, Gérald ayant été jusqu'au milieu des années 80 un sosie de Michel Sardou. Passé le premier stade de «l'effet de foire», le public les aime pour leurs duos à la beauté envoûtante et décalée. Hélas, les statuts du C.L.O.C.L.O.S. ne prévoient pas leur particularité biologique et, à ce jour, ne leur permettent pas de concourir à l'officialisation.

LUC FRANÇOIS ○
(Jean-Luc Jourdan, dit) Paris, 1959 -

Lancé par la mode des sosies au milieu des année 80, ce Claude François parisien devenu une institution vivante chez les Cloclos est considéré par beaucoup comme le plus grand Claude François vivant. Major de sa promotion (promotion Rio, 1984), consacré par le C.L.O.C.L.O.S., en 1999, meilleur Claude François de la décennie 90, perçu par son public comme une réincarnation de Claude, il s'est surtout révélé un excellent interprète des ballades, des mélodies désespérées ou mélodramatiques du répertoire claudien.

WILLY MAGNOLIA ●
(William Esternaud, dit) Saumur, 1962 - Paris, 1999

Issu d'une famille fanatique de Johnny Hallyday, il s'en-
fuit de chez lui à 12 ans pour vivre sa passion en tant que
Claude François. Introduit à Dannemois par un proche d'Albert Claude, il y fait son apprentissage de Cloclo. Spécialiste
mondial de l'année 1977 de Claude François, il est considéré comme l'instigateur de la mouvance disco à laquelle
différents groupuscules, auparavant épars, viendront s'agré-
ger. Représentant alors une menace pour l'unité du claudisme, il est mis à l'écart par les instances officielles avant
de revenir, quelques années plus tard, sur le devant de la
scène en écrivant des chansons pour Éric Jérémy et Flavie
Desjouis.

Sources : *Who's Claude 2003*, Presses du Moulin, 2002, et
Guide Cloclo 2002, Nouvelles Éditions Européennes, 2001.

ANNEXE 2

LES QUOTAS ANNUELS DE SOSIES

Quotas annuels	2001/2002	2000/2001	1999/2000	1998/1999	1997/1998
CARLOS	78	74	72	79	74
G. BRASSENS	267	256	241	218	202
DALIDA	45[1]	43	42	39	48
DAVE	86[2]	119	132	125	161
C. FRANÇOIS	**9**	**11**	**13**	**14**	**17**
S. GAINSBOURG	79[3]	87	84	82	80
D. GUICHARD	332	345	354	356	354
J. HALLYDAY	17	21	28	21	27
JORDY	232	321	212	134	432
J.-L. LAHAYE	438	439	434	465	586
M. SARDOU	18	13	24	25	20
C. JÉRÔME	147	136	213	275	323
C. TRENET	67[4]	3 454	3 765	3 564	3 765

Sources : *BODICSA hors série n° 59, décembre 2001*, Cofipresse, ltd.

(1) Au premier semestre 1999, 87,7 % des Dalidas étaient de sexe masculin.
(2) Selon les spécialistes, nombre de Daves actuellement sur le marché ne sont pas exploitables.
(3) L'anniversaire des dix ans de la mort de S. Gainsbourg a eu un effet multiplicateur.
(4) La recrudescence des clones de Charles Trenet est due à sa récente disparition.

Afin d'éviter la saturation en Claudes François sur le marché, des quotas sont fixés. Il ne peut y avoir plus de *x* « clo-clofficialisations » annuelles. Ce nombre varie selon les lois de l'offre et de la demande. Tous les organismes d'officialisation mènent une même politique, que ce soit la S.A.R.D.O.U.S. (Société Agréée de Remise du Diplôme Officiel et Universel

388 Podium

de Sosie), la C.A.R.L.O.S. (Chambre Agréée de Ratification, de Légalisation et d'Officialisation des Sosies) ou les autres. D'après le BODICSA[1] (Bulletin Officiel des Imitateurs, Clones et Sosies d'Artistes), le nombre de places à pourvoir en Claudes François au titre de l'année 2000/2001 était de 9. Il y a deux ans, il était de 13 et, il y a douze ans, de 26. Sont reproduits ci-dessus les quotas fixés pour chaque artiste pour la saison 2001/2002. La « cote » de l'artiste est inversement proportionnelle au quota annuel fixé.

1. BODICSA n° 667, juillet 2000, pp. 67 à 78, « Catégories, barèmes et quotas garantis pour l'obtention du titre de sosie officiel pour l'exercice 2000/2001, section sosies hommes ».

ANNEXE 3

LE CALENDRIER CLAUDIEN

Les actes officiels du Comité Légal d'Officialisation des Clones et Sosies de Claude François (C.L.O.C.L.O.S.) et la vie quotidienne des fans de Claude François ne sauraient se dérouler dignement hors d'un temps claudiennement mesuré et célébré. L'ère claudienne commence le 1er février 1939, date de la naissance de Claude. L'année claudienne a la même durée que l'année normale et court donc du 1er février au 31 janvier suivant. Toutefois, elle est divisée en treize mois, de structure identique. Chaque mois compte 28 + 1 jours. Le 1er, le 8, le 15 et le 22 du mois sont toujours des dimanches et tous les 13 sont des vendredis (le calendrier claudien est un calendrier perpétuel). Le 29e jour n'est ni un lundi, ni un mardi, mais un « lundi au soleil », d'après la célèbre chanson de Claude sortie en 1972. Les *lundis au soleil* sont des jours imaginaires, sauf celui du mois de *drucker*, qui est « gras » tous les ans, et, le cas échéant, celui du mois de *podium*, qui est « gras » les années bissextiles. Ainsi, avec 13 fois 29, soit 377 jours, l'année claudienne reste constamment égale à l'année usuelle de 365 ou 366 jours. Les mois du calendrier claudien portent des noms qui ont trait à Claude François. Dans l'ordre : *marteau, ness-ness, alexandrie, clodettes, disco, flèche, podium, rio, magnolias, alexandra, drucker, olympia, kathalyn.*

Le premier mois de l'année claudienne, *marteau*, fait référence à l'un de ses tout premiers tubes, *Si j'avais un marteau* (1962) ; *ness-ness*, au nom de son petit singe écureuil fétiche ; *alexandrie*, à son Égypte natale mais aussi, évidemment, à son succès disco qui fit un malheur en 1978,

Alexandrie, Alexandra – comme d'ailleurs le mois d'*alexandra* ; le mois de *clodettes* fait allusion à ses danseuses ; celui de *disco* à la dernière période musicale de Claude ; *flèche* est un clin d'œil à sa maison de disques ; le mois de *podium*, au journal du même nom ; *rio*, à la chanson *Je vais à Rio* (1977) ; *magnolias* célèbre *Magnolias For Ever* (1977) ; le mois de *drucker* est un hommage rendu à la fidélité et la loyauté que Michel Drucker a toujours prodiguées envers Claude ; *olympia* rend hommage à la célèbre salle parisienne ; quant au dernier mois de l'année claudienne, *kathalyn*, il est dédié à celle qui ferma les yeux de Claude.

Six sortes de célébrations ornent les jours. Les fêtes sont toutes suprêmes, depuis les Fêtes Suprêmes Égyptiennes – elles-mêmes distinguées en Fêtes du Nil et Fêtes de la Mer Rouge – jusqu'aux Fêtes Suprêmes dites « du Moulin ». La sixième catégorie est celle des Mal aimés, sortes de non-fêtes inconnues des autres calendriers et qui rappellent les jours où Claude sombrait dans la mélancolie. Nombre de fêtes célèbrent le répertoire de Claude : sa Nativité (1er marteau 01 ou 1er février 1939 de l'année civile), son mariage avec Janet (2 ness-ness 22 ou, plus vulgairement, 5 novembre 1960), le jour où *Comme d'habitude* fut composé (14 magnolias 28), la naissance de Coco (7 flèche 30), la naissance de Marc (14 alexandra 31), sa rencontre avec leur mère Isabelle (26 magnolias 29), le malaise de la salle Vallier (22 clodettes 31), etc. D'autres évoquent Jacques Revaux, France Gall, Étienne Roda-Gil, Maritie et Gilbert Carpentier, Mike Brant, etc. Le 11 mars, date de sa disparition, correspond à la Pâque claudienne.

Le calendrier claudien a été instauré par les statuts du Comité Légal d'Officialisation des Clones et Sosies et sa première édition, calligraphiée et triée au nardigraphe, est une des toutes premières publications (1979) des Presses du Moulin. Le calendrier a connu quatre éditions quant au texte,

certaines sous diverses présentations (plaquette, format minuscule pour la poche, format mural recto-verso).

Méthode algorithmique de conversion des dates civiles en dates claudiennes

L'année claudienne compte $13 \times 29 = 377$ jours =
Constante. Pour transcrire une date du calendrier civil D en
date du calendrier claudien, celui-ci commençant au 1er février
1939, l'algorithme à utiliser est le suivant :

1) Compter le nombre de jours n entre le 01/02/1939 et D
(en prenant garde aux années bissextiles).

2) Diviser (division naturelle avec reste entier) n par 29.

3) Écrire le résultat de cette division comme suit : n =
$29 \times m + jr$ où m représente le nombre de mois claudiens et
jr le nombre de jours résiduels (mois incomplet).

4) Diviser m par 13 pour obtenir l'année.

5) Écrire le résultat de cette division comme suit : m =
$13 \times a + Mr$ où a représente le nombre d'années claudiennes
et Mr le nombre de mois résiduels.

Exemple :

Convertir en date claudienne le 14 juin 1972.
n = n1 + n2

n1 = nombre de jours entre le 01/02/1939 et le 01/02/1972
soit : $(1972 - 1939) \times 365 + 8 = 12\ 053$ (8 années bissextiles : 1940, 1944, 1948, 1952, 1956, 1960, 1964,
1968)
n2 = 14 (jours de juin) + 31 (mai) + 30 (avril) + 31
(mars) + (29 – 1) (février 1972 – qui est bissextile) = 134.

12 187 = n = 29 × 420 + 7
420 = 13 × 32 + 4
Nombre d'années claudiennes = 32
Nombre de mois claudiens = 4
Nombres de jours sur le mois suivant = 7
Il s'agit donc du 7e jour du 5e mois de la 33e année clau-
dienne, soit le **7 disco 33**.

Exercice :

Convertir en date claudienne le 7 février 2002.

Corrigé :

n vaut (2002 − 1939) × 365 + 16 + (7 − 1) = 23 017 (âge
qu'aurait eu Claude à cette date)
(NB : le 16 à cause des seize années bissextiles de 1940 à
2000 incluses – attention, c'est (2000 − 1940)/ 4 **+1** car
les deux extrêmes sont bissextiles.)
23 017 = n = 29 × 793 + 20
793 = 13 × 61 (ce qui tombe juste : il s'agit là d'un cas
particulier).
Nombre d'années claudiennes = 61
Nombre de mois claudiens = 0
Nombre de jours sur le mois suivant = 20
Nous sommes donc le 20 du premier mois de la 62e année
claudienne : autrement dit, le **20 marteau 62**.

ANNEXE 4

«FRÉDÉRIQUE FRÉDÉRIC»
MÉGA-COMPI NANARDIENNE DESTINÉE
À FRÉDÉRIQUE BARKOFF

« Une compilation, ça se fait pas comme ça, comme ton toutou pose un caca. C'est comme une œuvre, une compilation : il faut tenir compte de l'ensemble, y a la question du rythme, et puis des paroles des chansons. C'est comme quand on raconte une histoire. C'est the reason why mes compilations ont toujours un titre, comme les livres que tu lis. Et comme aussi les films que tu vois ! Le but du jeu est que la personne qui l'écoute aille jusqu'au bout. C'est pourquoi une compilation digne de ce nom doit toujours s'adresser non pas à la toute foule mais à quelqu'un en particulier. On ne peut jamais faire la même compilation pour deux personnes différentes, c'est-à-dire deux gens qui sont pas le même gens. Pour moi, faire une compilation, c'est comme écrire une lettre d'amour. C'est comme faire l'amour. »

BERNARD FRÉDÉRIC.

Première cassette
FAIS TES VALISES

« Dans cette première cassette, j'ai surtout voulu insister sur le thème de l'évasion comme quand tu t'évades, avec du voyage dedans. Un peu comme Tintin. Quand j'étais enfant, je m'enfermais dans les Tintin et je m'évadais. Je m'évadais

dans l'Amazone, en Chine, dans Le Lotus bleu, *au Moyen-Orient... Je voulais pas passer trop vite à l'amour dans cette première cassette, pour pas effrayer ma petite puce. Ce qu'il faut, pour séduire une fille de la trempe de Frédé, c'est y aller tout doux. Comme le renard qui arrive où les poules dorment. Je suis progressif pour ma compidation. Du Brésil à l'Italie, comme Tintin, en passant par l'Afrique, l'Islande où même Tintin je crois n'a jamais dû trop traîner, et l'Égypte, terre natale de Claude*[1]*, je crois que le voyage auquel je convie ici Frédé a vraiment de la gueule. »*

BERNARD FRÉDÉRIC.

Face A

1. Claude François, *Je vais à Rio* (1977).
2. Toto Cutugno, *L'Italiano* (1983).
3. Hervé Vilard, *Capri c'est fini* (1965).
4. Les Charlots, *Il était une fois dans le Sud* (1970).
5. Confetti's, *In China* (1989).
6. Chanteurs sans frontière, *Éthiopie* (1985).
7. Monty, *Le Vésuve et l'Etna* (1971).
8. Sheila, *La colline de Santa Maria* (1969).
9. Barry Manilow, *Copacabana* (1979).

Face B

10. Claude François, *Alexandrie, Alexandra* (1978).
11. Elton John, *Island Girl* (1976).
12. Le Grand Orchestre du Splendid, *Macao* (1980).
13. France Gall, *Christiansen* (1964).
14. Ringo, *Les oiseaux de Thaïlande* (1976).
15. Scott McKenzie, *San Francisco* (1967).
16. Antoine, *Un an en Amazonie* (1971).

---

1. Mais aussi de Guy Béart, de Richard Anthony, de Dalida, de Georges Moustaki et de Georges Guétary.

17. Michel Sardou, *Les lacs du Connemara* (1982).
18. C. Jérôme, *Himalaya* (1973).
19. Jean-Michel Jarre, *Souvenirs de Chine* (1982).
20. Gilbert Montagné, *Les sunlights des Tropiques* (1985).

Deuxième cassette
MA PUCE

« *Dans cette deuxième cassette tout se passe comme si je m'adressais moi-même à Frédé, sans intermédiaire, exactement comme si j'étais moi-même l'auteur de chacune des chansons qui sont ici. Je vais direct à la chose. Au cœur. En pleine cible de la chose. Pas de chichis, pas de détours. J'ai des tendresses particulières, concrètes, pour cette deuxième cassette parce qu'elle débute par un morceau de Claude qui est pratiquement tombé dans l'oubli aujourd'hui, et qui est, dans l'Humanité, un pur chef-d'œuvre de tous les temps.* »

BERNARD FRÉDÉRIC.

Face A
1. Claude François, *Qu'est-ce que tu deviens ?* (1967).
2. France Gall, *Viens je t'emmène* (1978).
3. Michel Berger, *Écoute la musique* (1973).
4. Plastic Bertrand, *Sentimentale-moi* (1979).
5. Karen Chéryl, *Ma vie n'appartient qu'à toi* (1975).
6. Il Était Une Fois, *Viens faire un tour sous la pluie* (1976).
7. Enrico Macias, *C'est pour toi que je chante* (1979).
8. Présence, *Si tu passes par chez moi* (1973).
9. Éric Charden, *Pense à moi* (1977).
10. Marie Laforêt, *Viens, viens* (1973).

Face B

11. Claude François, *Y a le printemps qui chante* (1972).
12. Joe Dassin, *Fais la bise à ta maman* (1971).
13. Billy Swan, *I Can Help* (1975).
14. Human League, *Don't You Want Me* (1982).
15. Triangle, *Viens avec nous* (1972).
16. Gérard Palaprat, *Fais-moi un signe* (1971).
17. Julien Clerc, *Berce-moi* (1971).
18. Gérard Lenorman, *Si tu ne me laisses pas tomber* (1973).
19. Claude Nougaro, *Tu verras* (1978).

Troisième cassette
FINIE LA RIGOLADE

« *Ici, je passe à la vitesse supérieure. Je balance la tête ! Ça se concrétise ! Mais sans dire je t'aime encore – toujours ma tactique de faire patienter ma proie. Tu donnes pas tout tout de suite, en amour. Jamais ! Je dis souvent que les meilleurs succès sont le résultat de quelque chose de graduel, qui n'explose pas dans une seule seconde, un seul moment et puis c'est fini. Je veux pas dire par là que le but est de s'économiser dans le corps, bien au contraire : il s'agit en fait de gérer son énergie. C'est au niveau de la dimension de l'énergie que tout se tient. Je suis pas sûr que tout le monde comprend, mais même celui qui comprend pas, je sais qu'il comprend quand même.* »

BERNARD FRÉDÉRIC.

Face A

1. Claude François, *Je viens dîner ce soir* (1973).
2. Il Était Une Fois, *Que fais-tu ce soir après dîner ?* (1973).
3. Frédéric François, *Je voudrais dormir près de toi* (1972).

4. George Benson, *Give Me The Night* (1981).
5. Claude François, *Laisse-moi tenir ta main* (1964).
6. Pierre Bachelet, *Embrasse-moi* (1984).
7. Claude François, *Serre-moi, griffe-moi* (1968).
8. Claude François, *Des bises de moi pour toi* (1963).
9. Claude François, *Où tu veux quand tu veux* (1969).
10. Karen Chéryl, *Ma vie n'appartient qu'à toi* (1975).

Face B
1. Ringo Willy-Cat, *Elle, je ne veux qu'elle* (1972).
2. Frédéric François, *Viens te perdre dans mes bras* (1974).
3. Claude François, *Tu seras toute à moi* (1969).
4. Shakin' Stevens, *You Drive Me Crazy* (1982).
5. Monty, *Pour la vie* (1968).
6. Claude François, *J'attendrai* (1967).
7. Patti Labelle, *Lady Marmalade (Voulez-vous coucher avec moi, ce soir)* (1975).
8. Sylvie Vartan, *Un peu de tendresse* (1967).
9. Zanini, *Tu veux ou tu veux pas* (1970).
10. Johnny Hallyday, *Prends ma vie* (1974).
11. Les Charlots, *Sois érotique* (1970).

Quatrième cassette
L'AMÉRIQUE FRÉDÉRIQUE

« Cette quatrième cassette, eh bien elle ne parle toujours pas d'amour ! Il faudra encore attendre… Cette cassette fait une sorte de break par rapport au but premier qui est de s'adresser à Frédé, mais c'est pour des raisons de stratégie. Comme le titre de la cassette l'exprime, ce volet est consacré à l'Amérique, vu que j'ai quand même un côté très américain, très Central Park. Claude aimait beaucoup l'Amérique. Si c'était à refaire, je serais américain. »

BERNARD FRÉDÉRIC.

Face A
1. David Essex, *America* (1974).
2. Julien Clerc, *La Californie* (1969).
3. Patrick Juvet, *I Love America* (1978).
4. The Bee Gees, *Massachusetts* (1968).
5. Nicolas Peyrac, *So Far Away From L.A.* (1974).
6. Jean-Jacques Goldman, *Américain* (1985).
7. C. Jérôme, *OK pour Miami* (1975).
8. Johnny Hallyday, *Mon Amérique à moi* (1982).
9. Joe Dassin, *L'Amérique* (1970).

Face B
10. Tabou Combo, *New York City* (1975).
11. Nicolas Peyrac, *Mississippi River* (1975).
12. Claude Nougaro, *Nougayork* (1988).
13. Sting, *Englishman In New York* (1988).
14. Elvis Presley, *U.S. Male* (1968).
15. Graham Nash, *Chicago* (1971).
16. Michel Sardou, *La java de Broadway* (1977).
17. Maxime Le Forestier, *San Francisco* (1974).
18. Danyel Gérard, *America* (1963).

Cinquième cassette
ADIEU, MON AMOUR

« *Spéciale parano-victime. Là je joue le D.J. des larmes, parce que je voudrais bien que ma petite Frédé finisse par pleurer. Je lui montre à la fois "je suis sensible et en même temps, sur une parallèle, je suis triste". C'est pour lui donner la preuve que je suis un mec à fleur de peau, quoi. En plus, c'est ça qui est très fort, j'anticipe mon échec, j'inclus le râteau, je prends les devants pour pas avoir l'air d'un slip dans l'hypothèse où Frédé ne voudrait vraiment pas de moi.* »

Bernard Frédéric.

Face A

1. Claude François, *Ce soir je vais boire* (1968).
2. Dick Rivers, *Je suis triste* (1967).
3. C. Jérôme, *Mélancolie* (1970).
4. Nicolas Peyrac, *Je pars* (1977).
5. Patrick Juvet, *De plus en plus seul* (1979).
6. Michel Polnareff, *La poupée qui fait non* (1966).
7. Harry Nillson, *Without You* (1972).
8. Demis Roussos, *Ainsi soit-il* (1978).
9. Sylvie Vartan, *Les hommes qui n'ont plus rien à perdre* (1970).
10. Gilbert Bécaud, *L'indifférence* (1978).

Face B

11. Joe Dassin, *Si tu t'appelles mélancolie* (1975).
12. Elton John, *Sacrifice* (1990).
13. Caroline Grimm, *La vie sans toi* (1986).
14. The Rolling Stones, *Miss You* (1978).
15. Jean-Jacques Goldman, *La vie par procuration* (1987).
16. Jean-Patrick Capdevielle, *Quand t'es dans le désert* (1980).
17. Richard Anthony, *Il pleut des larmes* (1970).
18. Jimmy Sommerville, *Comment te dire adieu* (1990).
19. Johnny Hallyday, *J'ai oublié de vivre* (1978).

Sixième cassette
RIQUEFRÉDÉRIQUEFRÉDÉRIQUEFRÉ

« *Là, je mets à exécution l'un de mes coups favoris :
après les larmes, place à l'humour ! Ça remet une bonne
ambiance. Tu vas voir c'est poilant.* »

BERNARD FRÉDÉRIC.

Face A
1. Ringo, *Remets ce disque* (1974).
2. Ringo, *Remets ce disque* (1974).
3. Ringo, *Remets ce disque* (1974).
4. Ringo, *Remets ce disque* (1974).
5. Ringo, *Remets ce disque* (1974).
6. Ringo, *Remets ce disque* (1974).
7. Ringo, *Remets ce disque* (1974).
8. Ringo, *Remets ce disque* (1974).
9. Ringo, *Remets ce disque* (1974).

Face B
10. Ringo, *Remets ce disque* (1974).
11. Ringo, *Remets ce disque* (1974).
12. Ringo, *Remets ce disque* (1974).
13. Ringo, *Remets ce disque* (1974).
14. Ringo, *Remets ce disque* (1974).
15. Ringo, *Remets ce disque* (1974).
16. Ringo, *Remets ce disque* (1974).
17. Ringo, *Remets ce disque* (1974).
18. Ringo, *Remets ce disque* (1974).

Septième cassette
FRÉDÉ, JE VOULAIS TE DIRE QUE…

« *C'est maintenant ou jamais ! Le truc est mûr comme tout. Il faut balancer la purée ! Dire "Je t'aime". Ce qu'il faut ici, c'est s'adresser à elle, de moi vers elle, de Bernard vers Frédérique. C'est l'étape où je déclare mon amour, indépendamment de toute idée de "je veux que toi aussi tu m'aimes". On n'est pas encore dans la réciproque ! Ça viendra dans une prochaine cassette.* »

BERNARD FRÉDÉRIC.

Face A
1. Christian Delagrange, *Je t'aimerai mon amour* (1973).
2. Michel Sardou, *Je vais t'aimer* (1976).
3. Michel Polnareff, *Je t'aime* (1981).
4. Lara Fabian, *Je t'aime* (1998).
5. Michel Sardou, *Je t'aime, je t'aime* (1971).
6. Johnny Hallyday, *Je t'aime, je t'aime, je t'aime* (1974).
7. Daniel Guichard, *Je t'aime tu vois* (1976).
8. Michel Chevalier, *Je veux t'aimer encore* (1973).
9. Mike Brant, *C'est comme ça que je t'aime* (1974).
10. Claude François, *Je t'aime trop toi* (1965).
11. Christian Adam, *Si tu savais combien je t'aime* (1973).

Face B
12. Joe Dassin, *Je t'aime* (1973).
13. Julien Clerc, *Des jours entiers à t'aimer* (1970).
14. Eddy Mitchell, *Je n'aime que toi* (1968).
15. Dalida, *T'aimer follement* (1960).
16. Slade, *Coz' I Love You* (1972).
17. Claude Michel, *Comme je t'aime* (1973).
18. Boule noire, *Aimer d'amour* (1990).

19. Sylvie Vartan, *Je n'aime encore que toi* (1996).
20. Michel Polnareff, *I Love You Because* (1973).
21. Johnny Hallyday, *Que je t'aime* (1969).

Huitième cassette
TOI AUSSI TU M'AIMES, MA FRÉDÉ

« Là, il faut la jouer fine. Je pars du principe qu'en persuadant Frédé qu'elle m'aime aussi, elle m'aimera forcément. Je lui fais donc penser et dire des choses qui me font plaisir par les intermédiaires de mes génies de la chanson. La pudeur est sauvée – c'est pas vraiment elle qui me dit "Je t'aime", elle le dit par des voix de chanteurs et en même temps ça lui permet d'accoucher de ses sentiments pour moi. Ça passe ou ça casse !!! C'est tutti frutti l'affaire ou dans le décor la star ! »

BERNARD FRÉDÉRIC.

Face A
1. Claude François, *Toi tu voudrais* (1968).
2. Françoise Hardy, *C'est à l'amour auquel je pense* (1963).
3. Cocogirls, *Ce mec est too much* (1985).
4. Richard Anthony, *C'est ma fête* (1963).
5. Barbra Streisand, *Woman In Love* (1980).
6. Sylvie Vartan, *Chance* (1963).
7. La Bouche, *Be My Lover* (1995).
8. Captain Hollywood Project, *Only With You* (1993).
9. Modern Talking, *You're My Heart, You're My Soul* (1985).

Face B
10. Marlène Jobert, *C'est un éternel besoin d'amour* (1984).
11. Christian Adam, *Tu sais si bien dire je t'aime* (1974).

12. Eddy Mitchell, *Sentimentale* (1963).
13. Sylvie Vartan, *On a toutes besoin d'un homme* (1969).
14. Françoise Hardy, *On dit de lui* (1963).
15. Monty, *Le cœur d'une fille* (1967).

Neuvième cassette
NOUS

« *Je récapitule : il y a eu mon amour pour Frédé, l'amour de Frédé pour moi, il est donc normal que je fasse maintenant la synthèse en concluant que puisque je l'aime et qu'elle m'aime, nous nous aimons. C'est logique. J'ai sobrement intitulé cette cassette* Nous, *du nom d'un grand succès d'Hervé Vilard en 79, mais aussi en hommage à Pierre Charby, qui lui aussi a sorti une chanson appelée* Nous *cinq ans plus tôt, en 74, année du* Téléphone pleure, *justement, et qu'on a un peu oubliée.* »

BERNARD FRÉDÉRIC.

Face A
1. Claude François, *Il faut être deux* (1967).
2. Hervé Vilard, *Nous* (1979).
3. Joe Dassin, *Il était une fois nous deux* (1976).
4. Mireille Mathieu, *Toi, moi, nous* (1969).
5. Michel Polnareff, *Comme Juliette et Roméo* (1971).
6. Claude François, *Toi et moi contre le monde entier* (1975).
7. Hugues Aufray, *À bientôt nous deux* (1964).

Face B
8. Jean-Claude Pascal, *Nous les amoureux* (1961).
9. Sheila, *Adam et Ève* (1973).
10. Les Sunlights, *Nous deux on s'aimera* (1969).

11. Georges Chelon, *Nous on s'aime* (1968).
12. Pierre Charby, *Nous* (1974).
13. Sheila, *Samson et Dalila* (1972).
14. Adamo, *On est deux* (1973).

Dixième cassette
DANS L'INTIMITÉ

« *D'après la cassette juste avant, nous sommes logique-
ment ensemble Frédé et moi, hein, selon la chronologie de
ma compidation qui raconte une histoire. NOTRE HIS-
TOIRE ! Eh bien là je franchis encore un stade dans notre
intimité en trouvant pour ma petite puce des expressions
gentilles qui la décrivent bien.* »

BERNARD FRÉDÉRIC.

Face A
1. Claude François, *La plus belle fille du monde* (1973).
2. Jean-Michel Caradec, *Ma petite fille de rêve* (1974).
3. René Joly, *Chimène* (1969).
4. Regina, *Baby Love* (1986).
5. Gilles Dreux, *Alouette* (1968).
6. France Gall, *Papillon de nuit* (1988).
7. K. Dop presents the Bucketheads, *The Bomb* (1995).
8. Joe Dassin, *Ma bonne étoile* (1969).
9. Michel Polnareff, *Âme câline* (1967).
10. Christian Delagrange, *Petite fille* (1972).
11. Wet Wet Wet, *Angel Eyes* (1988).
12. Panics, *Superwoman* (1973).

Face B
13. Christophe, *Belle* (1973).
14. Richard Gotainer, *Chipie* (1981).

15. Angelo Branduardi, *La demoiselle* (1979).
16. Téléphone, *Cendrillon* (1982).
17. Paul McCartney, *Blue Bird* (1974).
18. Roch Voisine, *Darlin'* (1991).
19. Gilbert Bécaud, *Les cerisiers sont blancs* (1968).
20. Joe Dassin, *Le petit pain au chocolat* (1969).
21. Gilles Marchal, *L'étoile filante* (1970).
22. Petula Clark, *My Love* (1964).
23. Anne, *La petite sirène* (1991).

Onzième cassette
BOUQUET FINAL

« *À la femme qu'on aime il faut offrir de la fleur. C'est ce que je fais ici. Frédé va être folle de joie de recevoir un bouquet comme preuve sincère de ma passion. Si l'opération a raté et qu'elle ne veut pas de moi, les fleurs deviennent alors un moyen poli et délicat de m'excuser de l'avoir infortunée. Et cette délicatesse peut justement faire naître in extremiste, en toute-toute fin de compidation, les sentiments qu'elle n'avait peut-être pas en début de compidation. Bref, je gagne sur les deux tableaux.* »

BERNARD FRÉDÉRIC.

Face A
1. Claude François, *Magnolias For Ever* (1978).
2. Dalida, *Le temps des fleurs* (1968).
3. Joe Dassin, *La fleur aux dents* (1971).
4. C. Jérôme, *Les lilas* (1970).
5. Claude François, *Une fille et des fleurs* (1972).
6. Les Sunlights, *Les roses blanches* (1968).
7. Claude François, *Les anges, les roses et la pluie* (1977).
8. Richard Anthony, *Rose parmi les roses* (1963).

9. Julien Clerc, *Les fleurs des gares* (1970).
10. Michel Fugain, *Les fleurs de mandarine* (1968).
11. Monty, *Fleurs et bonbons* (1970).

Face B

12. Francis Lemarque, *Une rose rouge* (1960).
13. Johnny Hallyday, *Fleurs d'amour, fleurs d'amitié* (1967).
14. Claude François, *Un jardin dans mon cœur* (1971).
15. Philippe Timsit, *Henri Porte des Lilas* (1981).
16. Nana Mouskouri, *Les roses blanches de Corfou* (1962).
17. Tiny Tim, *Tip Toe Through The Tulips With Me* (1968).
18. Claude François, *Fleur sauvage* (1970).
19. Hugues Aufray, *Des jonquilles aux derniers lilas* (1968).

ANNEXE 5

LE CENTRE D'ÉTUDES CLAUDIENNES

Le Centre d'Études Claudiennes (C.E.C.) fonctionne selon un principe simple, qui est «Tout ce que nous ne connaissons pas encore nous empêche de connaître ce que nous connaissons déjà». À quoi les chercheurs en claudisme (théorique ou appliqué) aiment ajouter ce passage de l'Évangile : «Il n'est rien de caché qui ne doive être découvert, rien de secret qui ne doive être mis au jour» (Marc, 4-22). À partir de là sont formés des spécialistes de Claude François. Nous avons rencontré leur directeur, le professeur Patrick Marboué.

Comment est organisée la recherche sur le site de Dannemois ?

Elle est segmentée, mais toujours complémentaire. Certains chercheurs travaillent sur une journée particulière de la vie de Claude François, d'autres encore sur le nombre d'insultes qu'il a proférées dans sa vie, d'autres sur les différentes versions répertoriées de *Comme d'habitude*, d'autres encore décryptent et analysent ses livres ou ses films préférés, d'autres, enfin, se penchent sur sa manière de nager la brasse ou d'épicer ses plats. Nous avons pour cela des équipes de formation très expérimentées. Le travail sur le terrain étant très important, nous avons mis en œuvre des moyens logistiques adaptés.

En quoi consiste ce travail sur le terrain ?

Il s'agit d'un aspect fondamental de la claudologie. En effet, le claudologue n'est pas un chercheur enfermé entre quatre murs qui passe son temps à écrire des textes lyriques

et ampoulés à la gloire de Claude François. Nous ne sommes
pas des membres de fan-club. Le claudologue et son équipe,
au contraire, sont sans cesse en déplacement. Les chercheurs
de la section « Sexualité de Claude François » doivent, par
exemple, se rendre chez les ex-femmes et les anciennes maîtresses de Claude François pour recueillir leur témoignage.
C'est un véritable travail de fond.

*Par conséquent, la section « Claude François et la gastro-
nomie » visite tous les restaurants où Claude a déjeuné ou
dîné...*

C'est à peu près ça. Sauf que, dans la pratique, c'est un
tout petit peu plus compliqué. En effet, la section que vous
évoquez existe, elle s'appelle « Diététique de Claude François ». Mais elle est en réalité rattachée à deux autres sections connexes : « Claude François et l'art culinaire » et
« Métabolisme claudien ». Nous attendons donc de nos chercheurs qu'ils travaillent en coordination permanente : je ne
supporterai aucune concurrence entre sections.

*Quelle différence faites-vous entre un « claudien » et un
« claudologue » ?*

Un claudien est un amateur de Claude François. Un claudologue étudie Claude François, indépendamment, en principe, du fait qu'il apprécie ou non ce chanteur.

Il y a beaucoup d'étudiants sur le campus ?

Près de 300, qui sont répartis dans nos différentes sections : lettres claudiennes, psychologie claudienne, sociolo-
gie claudienne, philosophie claudienne, biologie claudienne,
théologie claudienne, histoire claudienne, mathématiques
claudiennes...

Des mathématiques claudiennes ?

Parfaitement : je suis moi-même professeur de statistiques claudiennes. Cela consiste en une approche quantitative de la vie de Claude François. Nous cherchons par exemple à estimer le nombre de litres d'eau que Claude François a pu absorber au cours de son existence.

Combien de litres cela représente-t-il ?

C'est très simple. Claude a vécu 14 300 jours. Si je considère qu'il a bu, en moyenne, 1,5 litre d'eau par jour pendant toute sa vie, j'arrive à un total de 21 424 litres bus, soit un peu plus de 78 300 verres.

C'est stupéfiant. Et quant à la nourriture ?

Nous avons calculé que, durant son séjour terrestre, Claude François avait absorbé, et déféqué, 15,7 tonnes d'aliments. En réalité, le chiffre exact de la quantité déféquée est moindre, compte tenu des calories brûlées. Il s'agirait plutôt de 5 tonnes environ d'excréments, sur une base évaluée à 400 grammes par jour de matière fécale. Ces chiffres ont fait l'objet de vérification par la section « Macrobiologie claudienne » du C.E.C. Ils sont sans doute révisables. Pour nous, ces chiffres ne sont pas que des chiffres : ils sont *aussi* Claude François. Dire que Claude François a vécu 39 années est une chose, mais en traduisant ceci dans un autre référentiel de mesure, on peut porter sur les choses un regard neuf. Claude François a ainsi passé parmi nous 14 283 jours, soit 342 790 heures en tout, autrement dit 20 567 500 minutes, ce qui fait, au bout du compte, 1 234 050 000 secondes. Quand vous savez qu'à nos yeux chaque seconde de la vie de Claude François compte, vous devinez un peu l'ampleur de nos travaux !

Combien de fois Claude François a-t-il respiré ?

329 millions de fois, si l'on considère qu'il a respiré 16 fois par minute. Ceci tient compte des dernières études de la section «Physiologie claudienne» qui est parvenue à établir de manière certaine que Claude François était diaphragmatique, c'est-à-dire qu'il possédait une double colonne d'air : une pour la voix et une autre pour la respiration pure. Quant à son cœur, il a battu 1 milliard 563 millions de fois environ, sur une base de 76 battements par minute. La section «Hygiène» s'est également penchée sur le brossage de dents chez Claude François. Celui-ci se brossait les dents 3 fois par jour. Nous en arrivons à un résultat de quelque 43 070 brossages, ce qui revient à un tout petit peu plus de 3 mois à se brosser les dents 8 heures par jour. Ceci est calculé sur une durée de brossage de 1 minute. Pour des brossages de 3 minutes, on arrive à 43 070 × 3 = 129 210 minutes, soit 2 153 heures ou encore 269 journées de 8 heures, c'est-à-dire 9 mois. Même chose pour le temps qu'a passé Claude François aux toilettes. Si nous considérons chacun de ses séjours aux lieux d'aisances de 10 minutes chacun, nous arrivons à une durée totale de 9 mois passés sur la lunette – là encore, à raison de 8 heures par jour. Mais ces calculs sont basés sur une défécation journalière, ce qui peut sembler peu élevé. Des recherches en cours devraient nous apporter bientôt à ce sujet de plus amples informations.

Y a-t-il des spécialisations plus prisées que d'autres ?

La section «11 mars 1978», qui est en fait une sous-section de la section «Claude François et la mort», semble rester à ce jour la plus prestigieuse. C'est en effet la plus demandée devant la section «Sexualité» – seuls nos meilleurs éléments ont une chance d'obtenir des bourses de recherche dans l'une ou l'autre de ces deux sections.

Quelles sont les spécialisations les moins demandées ?

Cela dépend des sessions. Pour la promotion actuelle, nous constatons, sans nous en expliquer les raisons réelles, un net recul des sections « Claude François et Alain Chamfort », « Claude François et le Luxembourg » et « Été 1976 » – ce qui nous préoccupe un tout petit peu, je ne vous le cache pas.

On parle aussi d'une section de recherches sur le cerveau de Claude François.

Parfaitement. On a créé sur le site, en 1984, un laboratoire spécialisé dans l'examen du cerveau de Claude François. Le but est d'y trouver les preuves matérielles de son génie. On pense ainsi également éclaircir les fondements de la neuropsychologie et de la neurophysiologie, et aboutir, pourquoi pas, à la création d'un homme nouveau.

Quel genre d'homme nouveau ?

Non pas un cloclone, comme le préconise la dangereuse secte qu'est le Mouvement Magnolien International, mais un homme nouveau *issu* de Claude François.

Avez-vous étudié d'autres cerveaux de vedettes de la variété ?

Oui : Mike Brant, Dalida, Daniel Balavoine, Joe Dassin, Michel Berger, Mort Shuman, Joëlle de Il Était Une Fois, Gainsbourg. Mais nous avons posé par hypothèse de travail, afin d'en faire un étalon, que celui de Claude François était le plus génial. De toute façon, là-dessus, il ne peut y avoir de doute.

Le cerveau de Claude François serait donc différent des autres ?

En effet. En l'examinant, on a fait d'intéressantes découvertes, notamment à propos de ses régions sous-occipitales.

C'est la partie du cerveau qui différencie le plus l'homme du singe et qui gère les fonctions les plus complexes. Chez Claude François, ces zones du cerveau sont d'une complexité exceptionnelle, plus riches en circonvolutions, d'une architecture compliquée.

Comment opérez-vous concrètement ?

Eh bien, les parties du cerveau sont découpées en milliers de lames d'une épaisseur d'un micron. Les échantillons ainsi préparés servent à l'examen microscopique. Ce procédé étant très onéreux, il est réservé aux cerveaux qui ont été au moins dix fois disques d'or. Les autres, rincés au formol et conservés dans de la paraffine, sont soigneusement rangés sur des étagères, où ils attendent leur tour.

Avez-vous réussi à percer le secret du génie de Claude François ?

Affaire à suivre. Mais je tiens également à préciser que nous travaillons actuellement sur des cerveaux de favinets et favinettes qui se sont suicidés lorsque Claude François est mort en 1978. Et nous sommes parvenus à localiser la partie du cerveau qui, chez le fan ou la groupie, exacerbe le désir pour leur idole. C'est à l'intérieur du système limbique que tout se déroule, plus exactement dans le noyau paraventriculaire et la région préoptique situés dans l'hypothalamus. Des hormones, sexuelles à la base, comme la testostérone et les œstrogènes, y activent les cellules nerveuses qui commandent l'excitation et la libido. Dans le cas de l'attraction opérée par Claude François, un neuromédiateur comme la dopamine joue un rôle important. Ce qui n'est pas le cas chez le fan de Joe Dassin, par exemple, où c'est plutôt, pour des raisons que nous ignorons encore, la sérotonine qui prévaut.

Propos recueillis par Bérénice de Montgeoffroy, *Bulletin des Amis de Claude François* n° 12 de la 34ᵉ série (janvier 1995).

ANNEXE 6

AMÉRICANISATION PATRONYMIQUE
CHEZ LES CÉLÉBRITÉS YÉ-YÉ

Frank Alamo. . . . . Jean-François Grandin
Richard Anthony . . . . Richard Btesh
Audrey Arno. . . . . Adrianna Medini
Ronnie Bird . . . . Ronald Méhu
Lucky Blondo[1] . . . . Gérard Blondiot
Mike Brant . . . . Moshe Brant
Billy Bridge. . . . . Jean-Marc Bridge
Long Chris . . . . Christian Blondiau
David Christie . . . . Jacques Pépino
Evy . . . . Évelyne Verrechia
Larry Greco . . . . Claude Dégalier
Johnny Hallyday . . . . Jean-Philippe Smet
Chantal Kelly. . . . . Chantal Bassignani
Eddy Mitchell . . . . Claude Moine
Monty. . . . . Jacques Bullastin
Dick Rivers . . . . Hervé Fornéri
Jackie Seven . . . . Évelyne Manuel
Sheila . . . . Annie Chancel
Stone. Annie Gautrat
Sullivan. . . . . Jacques Dautriche

Source : Gilles-Édouard Lhéritier, *Mondialisation et Claudisation*, Mazzini, 1999.

1. Après 800 000 disques vendus de *Jolie petite Sheila*, il quitte le showbiz à 24 ans en plein succès pour se reconvertir dans la pub. Caprice des Dieux, Canada Dry, « Casto, Casto, Castorama… », c'est lui.

ANNEXE 7

QUE SONT-ILS DEVENUS ?

Pierre Perrin, Michel Laurent, Jacky Moulière, Michel Paje, Tiny Young, Les Missiles, Chouchou, Les Lionceaux, Jean-Claude Annoux, Guy Mardel, Akim, Monty, Noël Deschamps, Pierre Barouh, Stella, Udo Jürgens, Pascal Danel, Claude Righi, Sullivan, Arlette Zola, Sandie Shaw, Les Sunlights, Laurent, David Christie, Georgette Plana, Gilles Dreu, René Joly, Gérard Palaprat (*Sodomie*, septembre 1969), Dominique Brest, Serge Latour, Gilles Marchal, Jean-François Michaël, La Révolution Française, Danielle Licari, Maurice Dulac, Marianne Mille, Serge Prisset, Jeannie Bennett, Triangle, Séverine, Richard Gilly, Gérard Manuel, Marie, Esther Galil, Pierre Tisserand, Christian Delagrange, Nicolas Skorsky, Jean-Pierre Castelain, Mathias, Serge Fouchet, Art Sullivan, Michel Chevalier, Anne-Marie David, Patricia Lavila, Petit Matin, Pierre Charby, Présence, Christian Adam, Christian Vidal, Gilbert O'Sullivan, Papoose, Santiana, Marc Charlan, Philippe Cantrel, Jacky Reggan, Noam, Labelle, Sabrina Lory, Laurent Rossi, Kenji Sawada, Denis Pépin, Beau Dommage, Nicole Rieu, Marie-France Roussel, Alain Delorme, Catherine Ferry, Stéphane Forman, Élisabeth Jérôme, Shake, La Bande à Basile, Marie Myriam, Michael Raetner, Jean-Claude Borelli, Rémy Bricka, Jean-Christian Maurice, Sophie & Magali, Patrick Coutin, Buzy, J. J. Lionel, Claire d'Asta, Gérard Blanchard, Thierry Pastor, Gérard Berliner, Julie Piétri, Hugues Hamilton, Guy Criaki, Rose Laurens, Le Club, Les Kœurs, Regrets, Les Mini-Stars, Douchka, Laroche-Valmont, Vivien Savage, Bibie, Jean-Jacques Lafon, Mader, Noë Willer, Magazine 60, Marie Dauphin, Sabine Paturel, Muriel Dacq, Partenaire Particulier, Images, Sandra Kim, Les Avions, Carole Arnaud, Emmanuelle, Caroline Loeb, Philippe Russo, Licence IV, Philippe Cataldo, Christian Roque, Graziella de Michele, David & Jonathan, Carmel, Annabelle, Léopold Nord et Vous, Sirima, Simon et les Modanais, Bézu, Début de Soirée, Sandy, Claudia Phillips, Les Musclés, Caroline Legrand, Philippe Lafontaine, Jean-Pierre François, Corinne Hermès, Pacifique, Les Vagabonds, Pauline Ester, Joëlle Ursull, Benny B., Thierry Hazard, Boule Noire, Les Infidèles, Mecano, Anne, Jil Caplan, Luc de La Rochelière, Jean Leloup, Au Petit Bonheur, Anaïs, Jordy, Hélène, Carmen Marie, Christophe Rippert, Regg'Lyss, Native, Francky Vincent, Lilicub, Philippe Candelon, Teri Moïse, Jane Fostin, Anggun, Poetic Lover, Alliage, 2 Be 3.

ANNEXE 8

UN EXEMPLE DE DÉSINFORMATION

Sandillon, dimanche (ASP). «Je m'en fiche, c'est arrivé aussi à Claude, à Beaune, le 14 juillet 1965. C'est un signe», disait, hier soir, Bernard Frédéric avec des mimiques et une intonation qui rappelaient son modèle Claude François. Il venait d'être obligé de quitter le podium Paul Ricard où les spectateurs hurlants lui avaient envoyé des choux de Bruxelles. Et de rajouter : «Sauf que Claude, c'était avec des tomates.» Pourtant, tout avait bien débuté. Bernard Frédéric était à l'affiche en première partie de Philippe Lavil, venu remplacer au débotté Jean-Luc Lahaye, qui avait décliné l'invitation à la dernière minute. Mais dès que Bernard Frédéric apparut sur la scène, le public se partagea en deux clans : l'un applaudissant à tout rompre, l'autre huant le chanteur et ses danseuses. Puis un premier chou de Bruxelles tomba à la gauche de Bernard Frédéric. «Toi t'es mort!» lança-t-il, décontenancé, en pointant du doigt quelqu'un pris au hasard dans la foule. Ce fut le signal de la bataille. Les choux de Bruxelles se mirent alors à pleuvoir sur le podium, l'un atteignit Bernard Frédéric à la cuisse : il quitta alors la scène.

Source : *La Sologne Républicaine*.

ANNEXE 9

DOSSIER DE PRESSE

VACHE TENDRE ET GUEULE DE BOIS

Prenez un sosie à perruque blonde monté sur bottines, mettez-le sur une scène de fortune recouverte de banderoles publicitaires, ajoutez quatre pseudo-danseuses en short à paillettes, incorporez des éclairages de disco-mobile et mélangez une grosse poignée de tubes. Versez une larme de nostalgie en poudre, secouez bien fort et laissez frémir pendant deux heures au thermostat 78. Vous obtiendrez ainsi un cocktail explosif tout show qui relèvera plus du pétard mouillé que de l'étincelle de génie ! Samedi, Bernard Frédéric et ses Bernadettes n'étaient pas à Rio mais à Jouy-le-Potier pour la Brocante des Deux-Ânes. C'était l'occasion rêvée, pour ce sosie non officiel de Claude François, de reconquérir son public après des années d'abstinence.

Bernard Frédéric n'a pas changé : en grand perfectionniste à la petite semaine, son spectacle se révèle toujours aussi décevant. Les chansons ultra-vendues sont chorégraphiées à la chaîne et pas une virgule n'a été déplacée depuis sa dernière prestation ; ceci étant valable également pour les titres moins convenus dont la pauvreté d'interprétation n'a d'égale que la confidentialité suraffichée. Hélas, une performance dénuée de toute économie d'énergie ne suffit pas pour faire un bon spectacle.

Et pour ceux (nombreux) qui ont jugé bon de ne pas venir voir Bernard Frédéric et ses Bernadettes sur scène, puisque vous aimez vraiment Claude François, rabattez-vous sur sa dernière compilation qui, à défaut d'entretenir l'illusion visuelle de sa résurrection nocturne, vous permettra d'engloutir vingt madeleines de Proust sans modération aucune.

Alix de Tarveranne, *Le Quotidien Blésois*,
11 février 2002.

CLOCLO FOR EVER

Qu'il a fait bon, qu'il a fait chaud, ce samedi au soleil de la salle des fêtes de Villorceau où l'Amicale des Spectacles célébrait sa première décennie d'activités culturelles lors d'un barbecue géant. C'est donc au dessert que Bernard Frédéric et ses Bernadettes ont fait salle comble en enflammant chaque mètre carré de la scène. Pendant plus de deux heures, notre «Cloclone» et ses quatre Clodettes ont inlassablement mis le feu au moulin des trois générations qui acclamaient son idole retrouvée. Du mythique *Alexandrie, Alexandra* à *Je vais à Rio*, de *Cette année-là* à *Magnolias For Ever*, aucun standard ne manquait à l'appel. Ce serait toutefois mal connaître Bernard Frédéric que d'oser penser qu'il aurait pu oublier des titres moins connus comme *Nabout Twist*, *Rêveries* ou encore *Une chanson française* qui ont été repris en chœur par une foule frénétique au bord de l'apoplexie («Waow!»).

Réglées comme du papier à musique et fidèles à l'original, les chorégraphies explosives et électriques de la bande à Bernard ont fait renaître la grande époque des pattes d'eph et des paillettes où les feux de Bengale tourbillonnants et les spots multicolores n'ont finalement pas pris une ride et nourrissent toujours l'étincelle magique qui brille dans l'infinité des pupilles gonflées d'émotion. Ambiance de folie et énergie communicative!

Bernard Frédéric et ses Bernadettes se sont donnés sans retenue à un public conquis et extatique qui a rappelé cinq fois notre héros et ses «wonder-women» après une *standing*

ovation d'un quart d'heure sous un tonnerre d'applaudissements plus que reconnaissants. En parfaite osmose avec ses
Bernadettes, professionnel jusqu'au bout des ongles et perfectionniste avant tout, Bernard Frédéric incarne la représentation la plus objectivement digne du chanteur français le
plus populaire de tous les temps.

Après *Si j'avais un marteau*, un final en sueur qui restera
planté dans toutes les têtes, le sosie idéal de Cloclo vous a
déclaré avec bonheur : « Je me sens aujourd'hui trop bien
dans ma peau pour avoir envie de ressembler à quelqu'un
d'autre qu'à Claude. Claude restera vivant jusqu'à ma mort. »
Alors longue vie à vous, Bernard Frédéric.

Yves Bongrand, *Les Nouvelles d'Orléans*,
24 février 2002.

AU CARREFOUR DES INFLUENCES...

Le parking de Carrefour commença à se remplir dès
19 heures tapantes au son des répétitions de Bernard Frédéric et de ses Bernadettes qui se préparaient activement pour
célébrer la clôture de la Quinzaine du blanc. Deux longues
heures pendant lesquelles les groupies du sosie blond platine
furent les victimes de la météo tout en succombant au charme
de l'idole disco. Melinda, Delphine, Magalie et Maïwenn
ont souvent bien du mal à synchroniser leurs mouvements et
leurs pas. Le retard quasi automatique de deux d'entre elles
n'a cependant pas entamé un iota du moral et des pirouettes
contrôlées de leur mentor, qui ne perdrait son enthousiasme
pour rien au monde. Son personnage est animé d'une fougue
que pourraient lui envier bien des sosies sur le marché. Son
travail acharné et son talent aérodynamique n'auraient même
pas pu être démentis par le véritable Cloclo, son éternel
modèle.

Mais à quoi bon, quand la copie se transforme en calque,

sans jamais véritablement engendrer une originalité un tant soit peu créatrice ? La musique est là, les tubes s'enchaînent, la lumière le dessine, les effets spéciaux tombent à pic et les couleurs sont chaudes comme son public essentiellement féminin. «Il y a parmi mes groupies d'anciennes groupies de Claude», souligne M. Bernard Frédéric. Elles ont une fois de plus répondu en masse puisqu'elles étaient près de huit cent cinquante ce soir-là ! Et cela, malgré le vent dru et les trombes de pluie qui, tels des grains de sable émouvants rafraîchissent les mémoires défaillantes et excitent les jeunes filles belles, belles, belles comme l'amour… Leurs enfants n'ont d'ailleurs pas arrêté une seconde de sautiller sur le bitume saturé d'eau sous l'œil vigilant des garde-fous qui les ramassaient à la pelle, pelle, pelle…

Les vraies fans connaissent toutes les paroles par cœur et que ne feraient-elles pas pour illuminer ce grand show à l'américaine revisité par l'immaculée «clone-ception», Bernard Frédéric et ses danseuses de gym-tonic. Après le traditionnel pot-pourri, notre ersatz de Cloclo a enchaîné un final des plus humides sur *My Way* à la sauce Nanard. C'est alors qu'une moitié du parking a tenté de mettre le feu à son sot briquet mais *it was raining again*, Halleluiah !

Jean-Yves Herblin, *La République du Centre*,
2 mars 2002.

ANNEXE 10

UN ARTICLE DE VIRGINIE BRÉHIER

L'APPRENTI CLOCLO

Ce n'est pas un secret entre nous : chaque fois que nous nous rencontrons, le célèbre sosie orléanais de Claude François Bernard Frédéric et moi, nous savons que nous nous quitterons fâchés. Il me reproche je ne sais quelle méchanceté gratuite et une évidente (pour lui) mauvaise foi. Je lui reproche un je ne sais quoi de prétention et une évidente (pour moi) grosse tête. Si bien que nous avons fini par éviter de nous rencontrer. Et puis hier, au gymnase de Vitry-aux-Loges, Bernard a eu ce stupide accident qui le condamne à un mois de chambre. On a beau ne pas être le meilleur ami de quelqu'un, quand il arrive à ce quelqu'un un tel pépin, on va lui dire bonjour. C'est ce que j'ai fait.

Effectivement, après le traditionnel « Comment ça va ? – Et toi ? », quand il nous a vus reprendre nos vieux sujets de conversation favoris, je lui ai proposé de faire quelques photos tout en écoutant une cassette du concert de Bernard à la Tombola de Germigny-sur-Orge du mois dernier, enregistré sur cassette audio par son fidèle Couscous, homme de confiance qui ne le quitte jamais et par ailleurs ex-sosie de Claude François reconverti en sosie de C. Jérôme.

Revenir très prochainement au gymnase de Vitry-aux-Loges... C'est le premier projet de Bernard. D'abord parce qu'il n'en veut absolument pas aux habitants de Vitry. Ensuite, parce que comme son modèle Claude François, il est superstitieux : Bernard, qui a la hantise de la mort (toujours comme Claude François), ayant bien cru ne plus jamais pouvoir danser, veut à tout prix effacer ce mauvais souvenir. « Tu me connais, dit-il. Je me suis efforcé de pas tomber dedans les pommes. J'avais le feeling que si je me laissais partir, c'était directos la mort ! J'avoue : je balisais comme une vieille pute. Le docteur, près de moi, a dit que y avait pas de quoi, pour deux côtelettes de fêlées ! Je suis pas une doudouille, mais je déguste velu. »

On le comprend quand on sait que les fractures de côtes sont les plus douloureuses puisque vous ne pouvez pas empêcher de les bouger quand vous respirez... Mais ce qui fait le plus souffrir « Nanard », comme l'appellent ses proches, c'est de ne plus bouger tout court. Pour lui qui, comme son idole, ne sait pas rester en place, être enfermé dans une chambre d'hôpital, c'est l'enfer. Mais il a encore la force de hurler contre ses danseuses et de faire des reproches à sa femme Véronique. Seul semble épargné le fils de celle-ci, Mouss, 3 ans à peine, dont Bernard est le beau-père. « Je dois pas être méga-supportable, dit-il, je fais très dans le "je suis maniaque", I know, tu sais. »

Le téléphone sonne. C'est un collègue sosie blésois qui appelle, un certain Aimé Claude, dont nos lecteurs se souviennent peut-être (voir *La Gazette de l'Orléanais*, n° 22435, juin 1989, pp. 56-57 : « Cloclo est de retour sur terre et à Blois », par Jean-Yves Le Cornec) : Aimé, fonctionnaire de police, aujourd'hui âgé de 42 ans, est ce fan de Claude François qui avait prétendu il y a quelques années être la réincarnation de son idole. Aimé, chose rare dans ce milieu, promet à Bernard de venir rendre à l'infortuné une petite visite avant la fin de la semaine. Infortuné est bien le mot. En effet, juste avant l'accident de Vitry-aux-Loges, Bernard a appris que, pour un excès de vitesse commis il y a trois mois sur la D 310 entre Outarville et Bazoches-les-Galle-randes (il revenait d'un show à Charmont-en-Beauce), il était condamné à six jours de prison avec sursis, cinq mille francs d'amende, sans compter, bien sûr, la suppression de son permis pour six mois. «L'immobilité a quand même du bon, dit-il. Ça multiplie la pêche pour après ! On n'est pas grand-chose. Je suis pas plus qu'un autre. »

Moi qui l'accusais d'avoir la grosse tête ! Souhaitons-lui, donc, un bon rétablissement. Espérons que sa « période noire » soit terminée et que ce sera enfin, peut-être, pour lui, l'an-goissé, l'inquiet, le caractériel, le mouvement du bonheur…

Virginie Bréhier, *La Gazette de l'Orléanais*,
2 avril 1995.

EXEMPLE D'ANNALES CORRIGÉES DE L'EXAMEN DE CLAUDE FRANÇOIS OFFICIEL

**Examen de Claude François officiel,
Académie d'Aix-Marseille, Session 1984**

ÉPREUVE de MUSICOLOGIE

Option : disco

Durée : 3 h

Documents fournis : cassette audio + partition

Énoncé :

Étude analytique d'*Alexandrie*, *Alexandra*.

Corrigé :

<u>Note liminaire</u> : Contrairement à une idée répandue, *Alexandrie*, *Alexandra* n'est pas un morceau facile. Notre corrigé s'inspire largement d'une analyse parue il y a quelques années déjà dans le *Bulletin du Centre d'Études Claudiennes* (BCEC)[1] :

---

1. *BCEC hors série* n° 99 avril 1991, spécial Actes du Colloque Européen de Musicologie claudienne «Chant et chansons : nouveaux aspects analytiques. Du structuralisme lévi-straussien à la stylistique générative», organisé au Moulin de Dannemois du 24 au 26 novembre 1990, sous la direction du professeur Jean-Nicolas Barjoli, Presses du Moulin.

Alexandrie, Alexandra ne manque pas d'interpeller la
musicologie par l'idiosyncrasie de ses choix d'écriture. Si le
plan formel obéit à une structure traditionnelle (que l'on
peut subdiviser en une introduction de 4 mesures, un premier couplet de 30 mesures, un refrain de 16 mesures, un
second couplet, le refrain à nouveau, suivi d'une coda en
exténuation), les procédés compositionnels s'apparentent
à une distanciation irréductible avec l'héritage scriptural.
Observons tout d'abord la mise en avant du phonème
«a» dans l'introduction, qui fait consciemment écho aux
recherches de Ligeti et de Berio dans les années 60, dont le
souvenir était encore vivace en 1977, année de composition
de l'œuvre. On retrouvera dans les interventions chorales
qui ponctuent la pièce cette imprégnation phonétique. Plus
surprenant peut-être, le découpage du couplet, qui, faisant
appel à la prose musicale théorisée par Schönberg, avant
d'être reprise par Adorno et Dahlhaus dans leurs fameuses
études sur le maître viennois, justifie une fois de plus le
qualificatif de «progressiste». Le couplet obéit donc au
regroupement suivant : 2+2+2+2, chaque binôme associant
1 mesure de chant solo et 1 mesure de chœur (une régularité
périodique qui ne laisse présager jusque-là aucune asymé-
trie), puis 1+1+2 (chant solo) qui clôt la première phrase
musicale ; celle-ci est suivie d'une articulation en 2+2
mesures, toujours en fractionnant chant solo + chœur, avant
qu'une subite accélération du processus n'enchaîne sur 2+2
mesures de chant solo, réduisant à 8 mesures la seconde
phrase ; avec beaucoup d'intelligence musicale et de com-
pétence compositionnelle, la troisième et dernière phrase
reprend le découpage précédent en 2+2+2+2, auquel s'ajou-
tent 2 mesures instrumentales ayant pour effet de rompre la
symétrie et de créer par conséquent un effet de tension for-
melle propre à provoquer une situation d'attente. Non satis-

faite de recourir à une fragmentation asymétrique (mais non aléatoire) et libre (mais contrôlée), l'écriture distribue motifs musicaux et figures textuelles avec la double exigence esthétique de l'unité et de la variété. Que l'on juge par cette distribution du couplet (ici, le premier) à nouveau :

Motifs mélodiques		Nombre de mesures	Texte	Rime
Phrase 1				
a		2	a	a
a'	(= a avec inversion de	2	b	a
	la queue du motif)			
a		2	c	b
b		2	d	c
a'		2	e + e'	c + b
a + a'		2	f	b
Phrase 2				
a		2	g	b
a'		2	h	c
c + a'		2	i	c
c + d		2	i	c
Phrase 3				
a		2	e	b
a'		2	e'	c
a + a'		2	f'	c
c + d		2	g	c
	(instrumental seul)	2	–	–

La complexité d'une telle structure parle d'elle-même. Sa logique également, qui associe les vertus cardinales de la reconnaissance mnésique et de la surprise esthétique.

À ces considérations formelles, il est nécessaire d'ajouter, pour compléter cette analyse qui, si elle n'épuise pas de façon exhaustive les qualités de l'œuvre, n'ambitionne pas moins d'en fournir les éléments les plus prégnants, une étude harmonique. Avec beaucoup d'à-propos, les chatoiements de l'harmonie tonale trouvent leur *climax* dans le refrain, après qu'un couplet, dont nous avons observé le raffinement, a limité ses couleurs à une alternance de tonique et de sous-dominante dans le ton élégiaque de si mineur. Contrastant avec cette économie volontaire, la vision d'« Alexandrie » inspire au musicien les teintes ensoleillées de la neuvième mineure sur tonique, immédiatement suivie d'une sixte ajoutée au timbre suave. La « jeunesse » semble de prime abord recevoir semblable connotation harmonique, d'intention toute ravélienne ; ultime subtilité, il ne s'agit en fait que d'une appoggiature ascendante qui, lorsqu'elle se résout sur la médiante de l'accord parfait de tonique, achève d'imprimer à l'œuvre sa couleur particulière, celle d'un monde qui n'est plus et qu'il faut pourtant fêter. Dans la dialectique, caractéristique de l'œuvre de Claude François, entre la création d'attentes musicales par infiltration d'éléments progressistes d'écriture et leur résolution dont on doute qu'elle ne soit chimère, *Alexandrie, Alexandra* représente un point d'aboutissement, un *chef-d'œuvre*.

Source : *Prépa Cloclo 1996 : Réussir aux épreuves de Claude François officiel*, Éditions du Lundi au Soleil, 1995.

ANNEXE 12

LE MIRACULÉ :
QUATRE ANNÉES NOIRES DE CLAUDE FRANÇOIS

1970

14 mars 1970[1]. Claude est à bout. Il n'a pas pris de vacances depuis 1962. Dans *Le Monde* daté du 23 novembre 1969[2], Claude Sarraute résume parfaitement la situation en parlant de « la boîte à vitesses qu'il s'est fait greffer à la place du cœur ». Pendant ces huit années où il est devenu le plus grand chanteur de variété française de tous les temps, il a enchaîné en moyenne 180 galas par an, soit un tous les deux jours, accompagné de 26 à 30 personnes (contre 3 ou 4 pour Marcel Amont, par exemple). Il a visité une centaine de pays. Fait l'amour avec des milliers de filles. Épuisé trente voitures. Parcouru près d'un million de kilomètres. Piqué 2 920 grosses colères plus 7 300 mini-colères (à raison de 3 grosses colères quotidiennes auxquelles il convient d'ajouter 2,5 mini-colères). Inhalé 1 000 tubes de Pernazène et avalé 31 300 calmants environ. Il a passé 800 appels téléphoniques par semaine, ce qui, depuis 1962, fait 332 800. Reçu plus de 900 000 lettres – 642 400 déclarations d'amour et 128 480 lettres d'injures. Perdu, en huit ans, 2,16 tonnes de sueur sur scène. Pris 280 fois l'avion et fait 24 syncopes. Celle de la salle Vallier est la vingt-cinquième. C'est une de trop. Ces derniers mois, Claude ne tenait le coup que grâce à des injections. S'il a voulu que le spectacle continue, c'est qu'il sait qu'un artiste n'a jamais le droit d'être malade.

---

1. 25 ness-ness 31.
2. 4 marteau 31.

Regarde-le sur les photos de l'époque : on dirait un zombie.
Dès le milieu du show, Claude sent qu'il va défaillir. En grand
professionnel, il attend la dernière chanson puis s'écroule.
« Mon accident de Marseille m'a donné la preuve que je
n'étais pas infaillible. De ce fait, je suis devenu beaucoup
plus tolérant avec les gens qui travaillent avec moi. Je ne les
considère plus comme des objets, mais comme des êtres, de
chair et de sang, qui eux aussi ont leurs propres problèmes »
(*Salut les copains hebdo*, 12 mai 1970[1]). Un blanc. Puis il
ajoute ces paroles, très émouvantes : « Je veux être plus sensible à la poésie. À une sorte de romantisme moderne. »
Claude reprend toujours un concert sur la scène même où il
a été obligé de l'interrompre. Ce n'est pas qu'une question
de superstition. C'est une question de résurrection. « La loi
du cirque et du music-hall, dit-il, c'est de recommencer là
même où l'on s'est arrêté. » Impression salvatrice de conti-
nuité. Se relever là où l'on tombe. Renaître de ses propres
cendres. Il revient à Vallier, donc. Son public l'aime pour
ça. « Du plus profond de mon cœur, je vous aime ! » Et c'est
l'émeute. Jusqu'au prochain accident, jusqu'au prochain
miracle.

1973

Deuxième année noire : 1973. Année où un incendie cri-
minel ravage une des dépendances du Moulin. Année où
Claude reçoit des visites la nuit dans son domicile du boulevard Exelmans. Année où, une nouvelle fois, Marseille lui
porte la poisse : le lundi 2 juillet[2], lors d'un show au Palais
des Sports où Claude, bien qu'un peu enrhumé, semble
encore plus déchaîné que d'habitude, un favinet électrisé est

1. À toi de convertir cette date civile en date claudienne.
2. 13 disco 34.

pris d'un accès de folie : sur les premières notes de *Belinda*,
bravant la sécurité, il se hisse jusqu'à la scène. Il essaie
d'enlacer Claude, le griffe, veut l'attraper (pour l'emmener
chez lui ?). Claude se débat tout en continuant de chanter. Le
favinet ne l'entend pas de cette oreille : il frappe son idole
de tous ses poings en hurlant. Le sang gicle, tachant la chemise blanche de Claude et son pantalon de scène bleu électrique moucheté de phosphènes. Il a l'arcade sourcilière
gauche ouverte.

Une bousculade s'ensuit : la salle entière veut venger
Claude et lyncher le salopard qui a osé s'en prendre à Dieu.
Dieu calme le jeu. Les gorilles emportent déjà l'exalté. Tous
s'attendent à ce que le spectacle prenne aussitôt fin. Sauf
ceux qui connaissent Claude aussi bien qu'eux-mêmes : le
visage ensanglanté, il finira son tour de chant jusqu'à la dernière note.

1973, toujours. 24 septembre[1]. Nous sommes à Orly. Il
est 19 h 30. Claude et les 25 membres de son équipe (Clodettes, choristes, musiciens, techniciens et journalistes de
Podium) embarquent pour Djibouti. Ils y donneront un gala
de prestige avant d'entreprendre une tournée de quelques
dates à La Réunion. L'Afrique attend l'ange blond. Ils ont
failli l'attendre à jamais : l'avion de Claude a survolé le canal
de Suez de son enfance, manquant de se faire mitrailler par
les armées israélienne et égyptienne. Par chance, à moins
que ce ne soit par politesse, la guerre n'éclata que quelques
jours plus tard.

1975

Troisième année noire : 1975. Beau mois de juillet. Claude
est à Cannes. Il doit se rendre à Monte-Carlo pour un

---

1. 6 flèche 34.

concert devant Son Altesse au Sporting-Club, où il a débuté en 1959. Il a opté pour l'hélicoptère, qui le terrorise encore plus que l'avion. Avant de monter dans l'engin, saisi d'un pressentiment, il se livre à des plaisanteries morbides, lançant au pilote qu'il aurait bien aimé que la vie continue, mais que tant pis, il faut bien qu'elle s'arrête un jour et que ce jour est arrivé, que la mort, c'est là, c'est maintenant, en hélicoptère. Les deux pilotes rigolent et demandent à Claude de mettre son casque. On embarque. L'engin décolle. Le ciel est bleu. On se croirait dans une chanson de Claude. Vacarme de l'hélice, du moteur. Le vol se passe à merveille. Le Sporting-Club est en vue. On y dépose Claude. Il est soulagé. L'hélicoptère décolle. S'élève de soixante mètres. S'écrase. Sous les yeux de celui qui vient d'en sortir.

1975, suite. 6 septembre[1] : Claude enregistre à Londres la version anglaise du *Téléphone pleure*. Il a ses habitudes au Hilton de Park Lane. Il descend dans le hall du palace pour se rendre en studio. Une bombe explose à un mètre de lui. Une jeune femme, qui mourra quelques heures plus tard, déchiquetée, à l'hôpital, lui a servi de bouclier. L'attentat est imputé à l'IRA. La police anglaise, prévenue, n'avait pas jugé bon de faire évacuer l'hôtel. «Il faut bien l'avouer, depuis quelques années, Claude était poursuivi par la malédiction, le mauvais œil», écrit Jean-François Sellig dans *Podium* en août 1977.

1977

1977 ? Pas mal non plus, comme année. Par une nuit de juin, on a essayé de tuer Claude. Une heure du matin. Un type louche suit Claude et Kathalyn en voiture. Il est armé. Sur l'autoroute du Sud, il ne les lâche plus. Il les dépasse, leur

---

1. 26 flèche 36.

sourit. Et tire. C'est du 9 mm. Claude ne panique pas. Il est
ivre de colère. Il veut s'arrêter. Il freine. Voudrait bien riposter. Il gueule. Ordonne à Kathalyn de se glisser entre la banquette avant et le tableau de bord. Il conduit d'une main. À
150 km/h. Zigzags. Dix balles fusent. S'encastrent dans la
tôle de la Mercedes. Déchirent l'air, brisent les vitres. Une
onzième balle traverse la lunette arrière, frôle la nuque de
Claude, se loge dans le volant. Incrustée comme un diamant.
Pour Claude, c'est un malentendu. Un « incident de parcours ».

Jean-Baptiste Cousseau, dit « Couscous ».

ENTRETIEN AVEC PAUL-ÉRIC BLANC-FRANÇOIS, DIT « SAINT CLAUDE », AUMÔNIER DU MOULIN DE DANNEMOIS

Bonjour, mon père...

Bonjour, mon fils.

En tant qu'aumônier du Moulin de Dannemois, je crois que vous avez du travail pendant les examens, avec tous ces candidats qui demandent une audience auprès de vous avant de passer les épreuves. Sans compter ceux que vous devez consoler après...

Je suis très ému, voyez-vous, de voir tous ces jeunes fidèles reprendre le flambeau de Claude. Je crois qu'eux-mêmes sont assez bouleversés de se retrouver entre Claudes. Pour certains, c'est la première fois qu'ils rencontrent d'autres Claudes François. Ils ont un peu l'impression de se retrouver dans la galerie des Glaces ! On a des pincements de cœur en voyant ça... Ils sont tous très beaux, je dois dire.

Vous êtes vous-même sosie officiel de Claude François depuis 1979 : cela correspond-il à une vocation ?

C'est arrivé comme ça, sans que j'aie rien demandé... Ça m'est tombé dessus un lundi matin, trois jours après la mort de Claude. Trois jours ! J'appelle ça ma mission. Je dois témoigner, laisser parler le Claude qui est en moi.

*Justement, et sauf votre respect, mon père, Claude est-il en
vous ?*

C'est bizarre à dire, mais quand Claude est mort il m'a
donné la vie. Il est un peu en moi, Claude, ça je le sens très
fort. Moi je dis qu'il s'est ressuscité en moi, enfin je trouve.
Ressusciter, ça commence toujours mal, vous remarquerez :
il faut un mort ! Il a fallu que ça tombe sur lui ! Et puis sur
moi ! Étrange coïncidence, mon fils ! Mais il fallait peut-être
ça pour que je puisse suivre ma pente, qui sait ? Sa mort a
finalement été l'étincelle qui a mis le feu aux poudres.

*Image très poétique, mais dans la réalité, on sait très bien
qu'il n'y a pas de place pour dix dans la peau de Claude. La
preuve, c'est qu'on va bientôt élire, sur France 3, le Claude
François de l'année...*

La multiplication des Claudes n'est pas un problème pour
moi, du moins tant qu'on est honnête et qu'on reste fidèle à
la mémoire de Claude. Je pense qu'on peut être un très bon
Claude François même si on ne lui ressemble pas. La preuve :
je suis bien chauve ! Nous avons également de nombreux
Claudes François en Afrique, dans les pays du Maghreb, en
Chine... C'est le cœur, l'important. Le physique, c'est pas
tout !

*Votre pacifisme vous honore, mon père, mais les Claudes
François que j'ai été amené à rencontrer sont moins gentils
que vous : on a l'impression que règne entre eux une compétition féroce.*

Il ne peut pas y avoir de compétition entre Claudes ! On
est tous les fils d'un même père ! Ce serait manquer à sa
fidélité que de nous déchirer pour sa chemise, surtout qu'on
n'a pas la même taille ! Moi je vous le dis : on a tous ici en
nous des molécules de Claude. Il y a un peu de ses cheveux
dans nos cheveux, de ses yeux dans nos yeux... Il les a épar-

pillés chez ceux qui l'aiment. On porte tous en nous des pétales de magnolias for ever. Les Claudes François que vous rencontrez ici ne sont pas de simples interprètes, de simples imitateurs… Car au fond, les sosies de Claude François, qui sont-ils ? Des hommes, des femmes qui ne supportent pas, qui ne supportent plus, qui supportent chaque jour de moins en moins que Claude François, leur Claude François, ne soit que des chansons, ne soit que quelque chose de sonore. Ils voudraient vivre au milieu des yeux bleus de Claude, dans un champ d'yeux bleus de Claude. Ce serait leur paradis. Avec des grands prés de mèches blondes. Mon rôle est de leur dire que ce paradis existe et qu'il commence sur la terre. Qu'il commence ici, au Moulin.

Le candidat que vous venez de confesser a l'air complètement démoli…

Il n'a pas su répondre sur l'anniversaire du chien Plouf lors de l'examen. Mais il a eu le total des points en chorégraphie. Je crois qu'il gardera la foi jusqu'à la session prochaine.

Quel est votre morceau préféré de Claude ?

Le lundi au soleil forcément, vu ce qui m'est arrivé ce jour-là ! J'ai vu, je n'ai pas honte de le dire, le soleil de Claude descendre du firmament et venir battre dans mon cœur – comme qui dirait. Pour des raisons purement christiques, j'aime aussi beaucoup *Si j'avais un marteau*. C'est l'hommage de Claude à la Passion.

« N'imitez rien, ni personne. Un lion qui imite un lion devient un singe », a dit Victor Hugo. Qu'en pensez-vous ?

Malgré tout le respect que je lui dois, Victor Hugo a oublié le cas de figure essentiel : celui d'un singe imitant un lion.

Un dernier mot, mon père ?

Oui, je crois qu'il est temps que nous apprenions à vivre les uns et les autres avec nos ressemblances. Dans la diversité. Dans l'originalité. Plus que personne, je respecte les précurseurs. Claude a été un de ceux-là. Mais, justement parce qu'ils furent nos précurseurs, il est probable que nous les avons dépassés. Les mépriser serait d'une imbécile fatuité. Mais les imiter servilement serait faire preuve d'une admiration docile un peu niaise.

Propos recueillis par Francis Menneveux, *Cahiers Claude François* n° 345, 8ᵉ série, mars 2002.

CHANSONS DE CLAUDE FRANÇOIS
CITÉES DANS *PODIUM*

Cette année-là   (Bob Gaudio/Judy Parker/Eddy
                            Marnay)
                            © Jobete Music Co Inc/Seasons
                            Music Co.
                            Avec l'aimable autorisation de
                            EMI Music Publishing France,
                            20 rue Molitor – 75016 Paris.

J'attendrai   (Brian Holland/Lamont Dozier/
                            Eddy Holland/Vline Buggy)
                            © Stone Agate Music
                            Avec l'aimable autorisation de
                            EMI Music Publishing France,
                            20, rue Molitor – 75016 Paris.

Dix-sept ans   (Janis Ian/Franck Thomas)
                            © Mine Music Ltd
                            Avec l'aimable autorisation de
                            EMI France Publishing France,
                            20, rue Molitor – 75016 Paris.

Dors petit homme   (Claude François/Edmond Bacri/
                            Jean-Claude Petit)

© Isabelle Musique, 20 rue Molitor – 75016 Paris / Éditions des Alouettes, 93, avenue Niel – 75017 Paris.

Y'a le printemps qui chante
(Jean-Pierre Bourtayre – Claude François/Franck Thomas – Jean-Michel Rivat)
© Isabelle Musique, 20, rue Molitor – 75016 Paris.

Belles ! Belles ! Belles !
(Claude François/Vline Buggy)
Adaptation de *Made to love* de Phil Everly (Everly Brothers).

Magnolias For Ever
(Étienne Roda-Gil/Jean-Pierre Bourtayre/Claude François)

Henri Porte des Lilas
(Philippe Timsit/J.L. d'Onorio)

Belinda
(Eddy Marnay)
Adaptation de *Miss Belinda* (Pop/Calypso) (Des Parton) chanté par The Boulevards.

Le mal aimé
(Eddy Marnay)
Adaptation de *Day Dreamer* (Terry Dempsey/Angela) chanté par David Cassidy.

Celui qui reste
(Jean Fredenucci/Jean Schmitt)
33 tours Flèche 6450 502 (déc. 72)
45 tours Flèche 6062 167 (fév. 73).

À part ça la vie est belle
(Eddy Marnay)
Adaptation de *By the devil I was tempted*, de Guy Fletcher et Doug Flett.
© Flèche 1973, album 6450-504.

Dans les orphelinats

(Claude François/Gilles Thibaut)
© Philips/Flèche, 1968, album
844801.

REMERCIEMENTS

Honoré de Balzac, Roger Bastide, Christophe Bataille, Yvon Bedu, Paul-Éric Blanrue, Louis-Ferdinand Céline, Miguel de Cervantès, Claude Dalla Torre, Danièle du Mathis Bar, le Collège de Pataphysique, Olivier Dazat, Olivier Delbosc, Éric Denut, Jean-Paul Enthoven, Élie Faure, Claude François Junior, André Gide, Isaïe, Alfred Jarry, saint Jean, James Joyce, Céline Kamina, saint Luc, Fabien Lecœuvre, Martin Luther King, Idalina Madeira, saint Marc, saint Matthieu, Maïwenn, Stéphane Million, Marc Missonnier, docteur Henri Mosnier, Gerald Nanty, Olivier Nora, Jean-François Paga, Pierrette du Mathis Bar, Charles Péguy, Jean-Marie Périer, Benoît Poelvoorde, Daniel Prost, Marcel Proust, Élisabeth Quin, Ernest Renan, Philip Roth, Albert Sebag, Pascal Sevran, Jérôme et Jean Tharaud, Paul Tommasi, Jean-Claude Van Damme, Stéphane Zamfirescu, Frank Zappa.

Table

Table 445